KB161747

밤이
길었던 날

I SHALL AWAKEN

밤이 길었던 날

카테리나 사르디츠카 지음

최지숙 옮김

글늘

이야기에 대한 나의 열정을
일깨우고 오랜 시간 지지해주신
할머니 앤과 할아버지 얀에게
이 소설을 바칩니다.

잠자리에 들기 전
침대 밑을 들여다보기가
두려웠던 당신에게도.

제 1 장

전날 밤

오래도록 사람들 입에 오르내릴 겨울이었다. 너무 급작스럽게 찾아와 제대로 준비할 시간이 없었다. 사람들의 뇌리에 새겨질 것은 서리와 추위가 아니었다. 그것은 열두 번의 밤, 모든 것을 바꿔 놓은, 새해의 문턱에서 맞이한 그 밤들이었다.

도라 로트너는 어둑어둑 땅거미가 지는 창밖 풍경을 보려고 차창에 뺨을 대고 눌렀다. 기차는 갑자기 칠흑 같은 어둠 속으로 돌진했다. 마치 땅속으로부터 뚫고 올라와 아무것도 없는 공간을 헤치고 나가는 듯했다. 도라는 몸을 돌려 좌석이 있는 칸으로 향했다.

오래된 디젤 기차에 앉아 있는 사람은 그녀와 차장뿐이었다. 좌석에 씌워진 갈색 가죽 커버는 찢어져 있었고 기차 문은 제대로 닫히지도 않았다. 도라가 올라탄 후르비네크 열차는 단선철도를 질주했다. 지난날 승객이 별로 없는 지역 노선을 주로 달렸던 기차다.

이렇게 오래된 기차가 여전히 운행 중이라는 사실이 믿기지 않았다. 도라는 어린 시절 기차를 타며 보낸 시간이 많았다. 골짜기 위쪽 근처에 사는 삼촌 집에서 여름을 보내러 갈 때마다 기차를 탔다. 심지어 그 당시에도 삼촌은 도라에게 이제 곧 새 기차로 교체될 거라고 말하곤 했다. 하지만 삼촌의 얘기를 들어도 별로 놀랍지가 않았다. 이 마을은 좀처럼 변하는 게 없기 때문이었다. 주민들 대부분이 이곳에 영원히 뿌리를 내린 채 마을과 한 몸처럼 엉켜있었다. 떠나고 싶어도 떠날 수가 없었다. 뭐든 이곳에 뿌리를 내리면 결국 여기서 죽었다.

그렇지만 도라는 탈 수 있는 기차가 한 대라도 있어서 다행이라고 생각했다. 마치 습관처럼 하루에 딱 세 번, 마을에 정차하는 기차였다. 예전에는 산을 넘어 국경지대로 가는 여객열차의 보급로가 이곳을 통과하곤 했다. 그러나 그 보급로는 오래전에 쓰이지 않게 되었고, 이제 기차역이 영영 폐쇄되는 것은 시간문제였다.

도라는 종종 자신이 사는 마을을 경멸했다. 마을 주민들이 그녀에게 저지른 일 때문이었다. 진심으로 그들을 혐오했다. 하지만 이런 감정에 휩싸일 때마다 휩싸이는 속도만큼 재빨리 감정을 억눌렀다. 마을은 그녀가 속한 곳이었고, 그녀가 가진 전부였다.

도라는 학교에서 돌아오는 길이었다. 겨울 방학이 시작되는 날이라 수업이 조금 일찍 끝났지만, 시내에서 쇼핑하느라 시간이 지체되었다. 기차의 움직임을 따라 몸이 흔들렸다. 객차 칸에 둘만 앉아 있게 된 순간부터 그녀를 바라보는 차장의 시선이 느껴졌다.

'**제발, 저 사람이랑 눈 마주치지 말자.**' 도라는 차장과 말할 기분이 아니었다.

"마지막 정거장이오." 차장이 불쑥 말했다.

두 시간이 유난히도 빨리 흘렀다. 차장은 인간미 없이 단호한 목소리로 말했다. 늘 같은 어조였다. '마지막 정거장이오.' 그뿐이었다. 전쟁이 끝난 직후 역 건물이 철거되면서 기차역은 외딴곳으로 옮겨졌다. 도라는 기차에서 내려 검은 숲을 따라 마을로 향했다.

도라는 추운 게 싫었다. 하지만 이 지역은 항상 추웠다. 겨울에는 춥고 여름에는 서늘한 식이었다. 이런 날씨는 그녀 취향이 아니었다. 궂은 날씨는 지옥의 끝자락으로 되돌아간다는 느낌을 증폭시킬 뿐이었다.

도라는 북쪽을 향해 눈 덮인 들판을 터덜터덜 걸어갔다. 이미 외우고 있는 길이었다. 추운 날씨에 배가 고프고 팔다리는 얼어붙었지만 속도를 늦추지 않았다. 여기서 걸음을 멈춘다면 계속 나아갈 힘을 끌어모을 수 없을 것이다. 신들도 버린 땅, 이 외딴 황무지 동네에서 태어나지 않았더라면 좋았을 텐데. 그녀는 문득 생각했다.

잠시 뒤 도라는 나무 사이로 자신의 집을 찾아냈다. 겉모습만 보면 아직도 사람이 사는 곳이라고 여겨지지 않을 집이었다. 가정 형편이 넉넉한 적은 없었지만, 도라 가족이 마을에서 떨어져나온 순간부터 가세가 급격히 기울기 시작했다. 집에 돌아올 때면 도라는 늘 기분 나쁜 두려움에 짓눌리곤 했다. 도시에는 그녀를 아는 사람이 없어서 어떤 사람이든 될 수 있었다. 하지만 여기, 이 마을 사람들은 서로에 대해 모든 것을 꿰뚫고 있었다.

도라는 저녁 식사 시간에 딱 맞춰 집에 도착했다. 부엌에서 접시 달그락거리는 소리가 들렸다.

"온종일 어디 있다 온 거냐?"

현관에 발을 들여놓기도 전에 잔소리를 시작하지 않으면 도라의 아빠답지 않을 터였다. 그는 복도로 머리를 내밀어 도라를 한번

쓱 쳐다보고는 다시 들어갔다.

"죄송해요."

"부엌으로 가라. 어서!"

도라는 옷가지와 물건들을 복도에 걸어놓고 아빠의 말을 따랐다. 남동생들은 식탁을 차리고 있었고, 할아버지는 창가 흔들의자에 앉아 꾸벅꾸벅 졸고 있었다. 부엌은 비좁고 갑갑했다. 도라는 블라우스가 더러워지는 것을 막으려 소맷단을 걷어 올렸다. 드러난 팔뚝에는 문신이 새겨져 있었다. 예전부터 전해 내려오는 수호의 상징이었다. 스토브 위에 올려진 냄비에서는 벌써 수프가 끓고 있었다. 도라는 찬장에서 세몰리나¹, 달걀, 우유를 꺼내 엄마가 만들던 것처럼 경단을 만들기 시작했다. 수프 냄새를 맡으니 어린 시절의 기억이 되살아났다. 끓는 물에 반죽을 숟가락으로 떠넣으며, 그녀는 과거로 돌아간다면 얼마나 좋을까 생각했다. 아직 엄마가 살아있던 때로, 아직 친구들이 곁에 있었던 때로, 온 마을 사람들이 그녀가 미쳤다고 생각하지 않았던 때로 돌아가고 싶었다.

12년 전, 네 명의 아이들이 사라졌다. 도라 로트너는 그날 함께 있었지만 남겨진 아이였다. 가운데 침대에서 자고 있었던 아이, 다른 아이들이 당한 일에 대해 한마디도 꺼낼 수 없었던 아이였다.

"밥은 다 된 거냐?"

도라의 아빠가 갑자기 부엌에 나타나는 바람에 도라는 공상에서 빠져나왔다. 아빠가 들어오는 소리를 듣지 못했기 때문에 화들짝 놀랐다. 도라는 어릴 적 사고를 당한 이후로 한쪽 귀가 들리지 않았다. 누군가 왼편에서 말을 할 때면 알아듣기가 쉽지 않았다.

---

1. semolina: 파스타·푸딩 등의 원료로 쓰이는, 알갱이가 단단한 종류의 밀.

하지만 한쪽 귀가 들리지 않은 것을 결코 핑곗거리로 쓸 수는 없었다. 도라는 말없이 스토브 불을 끈 다음 행주 두 개를 집어 뜨거운 수프 냄비를 식탁으로 옮겼다. 쌍둥이 동생들은 벌써 식탁에 나란히 앉아 눈이 빠지게 음식을 기다리고 있었다.

"할아버님, 저녁 차리고 있으니 어서 와서 앉으세요."

이 마을 사람들은 대대로 어른들에게 공손하게 예의를 갖췄다. 또 존칭을 붙여 말하는 전통을 유지해왔다. 일종의 존경을 표시하기 위함이었는데, 아무리 친한 식구라도 제일 어른이라면 존칭을 붙여야 했다. 도라는 몸을 숙여 할아버지가 일어설 수 있도록 부축했다. 그는 두 발로 겨우 일어설 정도로 몹시 노쇠했다. 할아버지가 도라의 손목을 꽉 움켜쥐자, 누렇게 변한 기다란 손톱이 도라의 피부를 파고들었다. 도라는 할아버지에게서 나는 퀴퀴하고 역한 냄새를 맡지 않으려고 숨을 참았다. 도라는 할아버지를 거북하다고 느낀 자신이 부끄러웠다.

할아버지는 힘겹게 식탁 의자에 앉았다. 아빠는 이미 식탁 맨 앞에 앉아 있었다. 아빠의 오른쪽 자리는 비어 있었다. 원래 엄마가 앉던 자리라서 아무도 앉을 수 없었다. 도라는 국자를 들고 수프를 떠주기 시작했다. 다른 사람들은 그 모습을 말없이 바라보았다. 마지막으로 도라까지 자리에 앉고 나서, 식구들은 다 같이 손을 맞잡고 식전 기도를 올렸다.

아빠가 가장 먼저 식사를 시작했다. 한술 떠서 삼킨 다음 별 불만이 없자, 나머지 사람들도 먹기 시작했다. 아빠는 가장이었고 모든 것을 항상 자신의 방식대로 처리했다. 쥐죽은 듯 조용한 가운데 식사가 이어졌고, 부엌에는 포크와 칼이 접시에 부딪히는 소리만

이 맴돌 뿐이었다.

저녁 식사가 끝나자, 도라는 으레 자신이 해야 할 일인 양 식탁을 치우고 설거지를 끝냈다. 먹고 남은 수프도 찬 기운이 도는 현관에 내놓았다. 그사이 남동생들은 목욕하고 잘 준비를 마쳤다. 도라는 오늘 밤 잠자리에서 동생들에게 책을 읽어 주겠다고 아빠에게 말했다. 그러면 할아버지를 씻기는 일을 도와주지 않아도 되겠다고 생각했기 때문이었다. 아빠는 반대하지 않았지만, 아빠의 표정을 보아 내일은 쉽게 빠져나가지 못할 게 분명했다.

쌍둥이는 이불을 목까지 끌어올린 채 침대에 누워 있었다. 도라는 이야기책을 가져와 전날 밤에 읽다가 멈춘 부분부터 다시 읽기 시작했다. 마음이 복잡해서 책 내용에 집중할 수 없었지만, 동생들은 신경 쓰지 않는 것 같았다.

"한 권만 더 읽어줘." 올렉이 졸라댔다.

"오늘은 여기까지 하자. 너무 늦었어." 도라는 동생들 침대 사이에 있는 테이블에 책을 내려놓았다.

올렉과 안톤은 이불 밑에서 동시에 팔을 쑥 내밀었다.

"이제 잠자리에 듭니다. 악령들은 저희에게 닿을 수 없으므로 저희는 깨어날 것입니다." 도라는 동생들 팔뚝에 새겨진 문신을 손가락으로 따라 그리며 속삭였다.

다섯 살이 되면 마을의 아이들은 모두 문신을 새기는 의식을 치렀다. 그 문신들이 모든 악으로부터 아이들을 지켜주고 보호해준다고 믿었다.

"이토록 신성한 밤의 시간에 고대의 신들에게 도움을 청합니다." 삼 남매는 한목소리로 암송했다. "아침 해가 뜰 때까지, 사악

한 손길로 흔들어대는 노츠니챠²로부터 저희를 보호해주소서." 그
들은 검지와 중지를 꼬아 먼저 이마에 대고 이어서 입술에 갖다 대
며 기도를 마쳤다.

"좋은 꿈 꾸렴." 도라는 동생들에게 잘 자라고 말했다.

도라는 문 앞에서 잠시 멈춰 서서 둘 다 이불을 제대로 덮었는
지 확인하고 방문을 닫았다. 도라는 재빨리 씻은 뒤 침대로 향했
다. 이불을 덮고 누운 후에도 방안의 램프를 끄지 않았다.

도라는 도통 잠이 오지 않았다. 한 시간쯤 몸을 뒤척이고 나서야
겨우 잠이 들기 시작했다. 그녀의 마음은 꿈의 영역과 의식 세계
사이의 어딘가를 헤매고 있었다. 그러다 갑자기 누군가 그녀를 만
지는 것 같았다.

"도라!"

도라는 깜짝 놀라 침대에서 벌떡 일어났다. 조금 전 누군가의 손
길이 닿았던 뺨에 손바닥을 갖다 댔다.

"아스트리드…."

도라는 텅 빈 방에서 나지막이 친구의 이름을 불렀다. 친구가 방
에 들어왔다가 방금 문을 닫고 나간 것 같은 기분이 들었다. 자신
의 꿈에 찾아온 사람은 아스트리드가 분명했다. 그 애는 언제나 독
특한 분위기를 풍겨서 다른 사람과 혼동할 수 없었다.

아스트리드는 도라의 가장 가까운 친구였다. 12년 전, 그녀가 다
른 친구들과 함께 아무 흔적도 없이 사라지기 전까지는.

---

2. Notsnitsa(Nocnitsa): 슬라브 전설에 나오는 악몽을 꾸게 하고, 특히 아이들을 괴롭히는 악령.

도라는 17년 동안 이 마을에서 지내며 한가지 기본적인 법칙을 알게 되었다. 이곳을 이루는 것은 지도상 구획이나 둘러싼 벽이 아니라 주민들이라는 것을. 마을 한쪽을 가로막은 산은 나머지 세상과 그들을 분리했다. 다른 한쪽으로는 계곡을 가로질러 강이 흘렀는데, 그 강 하류에는 몇몇 작은 마을과 정착지가 있었다. 이렇게 말하면 아빠에게 적어도 꾸중을 듣겠지만, 마을은 한마디로 쓰레기장이었다. 도라는 이런 생각을 하는 자신이 조금은 수치스러웠다. 하지만 그보다 더 어울리는 말을 찾을 수는 없었다. 마을에 발전이 없는 이유는 외딴곳에 있어서가 아니라 마을 주민들 때문이었다.

아빠는 늘 마을에서 원하는 기준에 맞춰 살아가려면, 그들과 그럭저럭 어울려 지내야 한다고 가르쳤다. 도라는 아빠의 말을 따랐다. 하지만 그녀가 끝내 받아들일 수 없었던 것은 당장 눈앞의 것만 생각하는 마을 사람들의 근시안적인 태도였다. 이보다 더 잘 표현할 말이 떠오르지 않았다. 바로 그날 아침, 공동묘지에서 일어난 사건 때문에 도라의 이런 생각은 더 확고해졌다.

도라는 일주일에 한 번 엄마의 언니인 발레리아 해틀러 이모 집을 찾아갔다. 아빠 몰래 방문해야 했다. 아빠는 한 번도 이모를 마음에 들어 한 적이 없었는데, 도라의 엄마가 죽고 나서는 완전히 인연을 끊었다. 아빠는 도라가 이모를 만나는 것을 금지했다. 그럼에도 불구하고 도라는 가끔 이모 일을 도와주었고, 둘은 죽은 자들을 기리기 위해 매달 함께 공동묘지를 찾았다.

도라는 자신의 이모를 진심으로 좋아했다. 이모를 보면 엄마가 떠오를 때도 있었다. 도라가 철저하게 혼자라고 느꼈던 그 시절에, 이모는 어느 정도 엄마 역할을 해주었다. 하지만 십 대 소녀 도라 입장에서 이모가 가장 좋았던 점은 그 사건에 대해 한 번도 자신에게 화낸 적이 없다는 사실이었다. 도라는 이모와 함께 있으면 이모의 아들, 그러니까 그녀의 사촌이 실종된 게 자신의 잘못처럼 느껴지지 않았다. 사촌은 사라지고 도라는 사라지지 않았지만…. 도라는 이모를 찾아갈 때마다 아빠에게 거짓말을 했다는 죄책감에, 혹은 누군가 둘이 있는 모습을 보고 아빠에게 말하지는 않을까 하는 두려움에 속이 울렁거리곤 했다.

동네 주민들이 '코로춘'이라 부르는 동지가 되기 이틀 전, 도라는 이모와 함께 공동묘지로 향했다. 그때가 다가오고 있었다. 마을 사람들에 따르면 이 시기에는 이승과 저승 사이의 경계가 흐려지고, 선한 조상과 악귀가 동시에 현실 세계에 출몰한다고 했다. 매년 이맘때면, 죽은 자들을 적절히 기리는 것이 관습이었다.

이모와 함께 공동묘지 입구를 통과하는 순간 불쾌한 느낌이 도라를 엄습했다. 모퉁이를 돌자, 묘비들 사이에 모여 있는 한 무리의 사람들이 보였다. 포레스 가족이었다. 포레스 씨가 새벽부터 저녁까지 두 가지 고된 일을 하며 생활비를 벌었지만, 그 집안은 마을에서 가난한 축에 속했다. 부부에게는 딸린 자식들이 많았는데, 모두 믿을 수 없을 정도로 안색이 창백하고 말수가 없었다.

'**병들고 딱한 어린 것들.**' 사람들은 아이들을 이렇게 불렀다. 포레스 부인은 매일 병아리 떼 몰듯이 아이들을 예배당으로 몰아넣곤 했다. 그 가족으로부터 몇 걸음 떨어진 곳에 코버 부인이 서 있었다. 부인은 마을 사람을 통틀어 가장 남의 일에 참견하기 좋아하는 사람이었다. 그녀는 믿기지 않을 정도로 눈과 귀가 밝고, 사건이 있는 곳에는 꼭 나타나는 재주를 타고났다. 멀리서 보니 코버 부인이 포레스 부부와 말다툼을 하는 것처럼 보였다.

해틀러 이모도 그 유별난 무리가 있는 것을 보고는 누가 알아보기 전에 도라를 돌려세워 반대 방향으로 가려 했다. 하지만 코버 부인은 벌써 이모를 발견하고 이름을 불러대기 시작했다.

"해틀러 부인, 안녕하셔요!"

도라와 이모는 마지못해 돌아서서 무리에 합류했다. 오싹한 바람이 불고 있었지만, 이모의 등장으로 더욱더 얼음장처럼 살을 파고드는 냉기가 감돌았다.

"안녕하세요." 이모가 그들에게 답했다.

도라는 학교에서 본 적 있는 큰 아이들 몇 명에게 고개만 끄덕이며 인사했다.

"그 비극이 바로 엊그제 일어났던 것 같은 느낌이라고 이야기하던 중이었어요." 코버 부인이 읊어댔다. "벌써 12년이라뇨. 세상에나, 시간이 어찌나 빠른지! 정말 어제 일 같아요. 머리를 곱게 딴 꼬마 소녀가 우리 집 앞마당을 뛰어가는 모습이 지금도 선한데 말이죠." 코버 부인은 아픈 곳을 찔렀다.

포레스 부인은 고개를 숙인 채 막내 두 명을 자신의 몸쪽으로 더 밀착시켰다. 포레스 씨는 더 이상 짜증을 숨길 수 없었다.

"네, 슬프지만 우리는 모두 시간의 흐름에 굴복할 수밖에요."

"아주 작고 깡마른 꼬마였는데." 코버 부인은 한숨을 내쉬었다. "정말 끔찍한 비극이 아닐 수 없어요. 끔찍해요."

"우리는 매일 언니를 위해 기도해요." 한 아이가 입을 열었다.

"그런다고 해서 언니가 돌아오지는 않을 거다." 부인은 차갑게 쏘아붙이고는 고개를 돌려 도라의 이모를 바라보았다.

"그쪽은 아이를 위해 촛불을 켤 생각인가요?"

"아뇨. 우리는 다른 사람들과는 달리 톰이 죽었다고 생각하지 않아서요." 이모가 대답했다.

포레스 부인은 헉하고 숨을 들이마시는 소리를 내더니 재빨리 성호를 그었다.

"그 일을 전부 다시 파헤칠 필요는 없어요." 포레스 씨는 이를 악물고 말했다. "우리는 이미 그 당시에 할 말을 다 했고⋯."

"정말 유감이네요." 이모가 끼어들었다. "당신은 당신 자식을 묻었어요. 그 애를 포기한 거라고요!"

"그 입 닥쳐요!" 포레스 부인이 악에 받쳐 소리 질렀다.

"내 아이들 앞에서 감히 그런 식으로 말하다뇨! 그게 어떤 기분인지 당신은 모르잖아요, 알 수가 없죠!"

"제가 알 수가 없다고요? 어떻게 그런 말을 할 수 있죠? 제 아들도 사라졌어요. 기억 안 나요? 사랑하는 제 아들도 돌아오지 않았다고요!"

두 여자는 눈물을 쏟아내기 시작했다. 도라는 도망가고 싶었다. 아니면 땅속으로 사라져버리면 좋겠다고 생각했다.

"12년이 지났어요, 발레리아. 그동안 아무런 단서도 발견되지 않았고요! 원하는 만큼 현실을 부정하세요. 하지만 이 사실만은 모른 체할 수 없을 거예요, 우리 아이들은 오래전에 죽었다는⋯."

"**아뇨.**" 분노에 찬 이모는 포레스 가족을 향해 달려들 기세였다.

"몇 년이 흘러도 치유되지 않는 상처가 있는 법이죠." 코버 부인

15

이 끼어들었다.

"코버 부인, 당신은 조용히 하세요. 당신 때문에 벌어진 일이니까요." 이모는 화를 내며 코버 부인에게서 등을 돌렸다. "당신 때문에 이 언쟁이 벌어졌다고요."

그렇지만 코버 부인은 시치미를 뗐다. "나 때문이라고? 이 사람이 지금 무슨 말을 하는 거요?"

"물론 그러시겠죠. 매번 그랬던 것 처럼 악의 없는 척, 정말 역겹네요. 가자, 도라야."

해틀러 이모는 그날 아침 내내 거의 한마디도 하지 않았다. 도라는 서둘러 이모와 헤어진 후 식료품을 사러 마을로 향했다.

십 대 소녀 도라는 언제나처럼 갓 구운 빵 한 덩어리를 사 들고 빵집을 나와 잠시 밖에 서 있었다. 마을의 소년들은 동틀 무렵부터 마을회관 옆에 장작을 한가득 모았다. 코로춘 축제 동안 피울 모닥불에 쓸 나무였다. 올해 모닥불은 지금까지 만든 것 중 가장 높은 모닥불이 될듯했다. 도라는 눈앞의 땅에 시선을 고정했다. 12년 전일어난 일들은 마을 광장의 떡갈나무 아래, 작은 기념 명판에 사라진 아이들의 이름을 새겨 표시되어 있을 뿐이었다. 도라는 오랫동안 그것을 보지 않으려고 했지만, 거의 매번 그 명판에 시선을 빼앗겼다. 오늘 곧장 이리로 발걸음이 향한 것은 간밤에 꾼 생생한 꿈 때문이었다.

소냐 포레스. 톰 해틀러. 아스트리드 말러와 막스 말러. 그녀의 친구들, 도라의 인생을 통틀어 사귀었던 친구 네 명이었다. 그리고 도라는 한순간에 그들을 모두 잃었다. 그것은 오래 숨겨온 기억이었다. 아주 오랜 시간 그 기억을 억누르려고 노력했지만 헛수고였다. 그 모든 시간 동안, 도라는 그저 나쁜 꿈을 꾼 것이길 바랐다. 마을 사람들은 전부 다 그 일을 잊었거나, 아니면 무슨 일이 일어났는지 기억하지 못하는 척했다.

'내가 어떻게든 막을 수 있었다면 좋았을 텐데. 친구들이 돌아올 수 있도록. 그럴 수만 있었다면…' 도라는 생각했다.

"스파키, 돌아와!"

커다란 검은 개 한 마리가 도라를 향해 달려오고 있었다. 눈에 띄는 모든 것을 향해 짖어대며 미친 듯이 돌진하는 개를 피해 도라는 간신히 길 밖으로 벗어났다. 한 소년이 그 뒤를 바짝 쫓았다.

"기다려!"

도라는 고기를 좀 사려고 고깃간으로 향했다. 명절이 다가오면 마을 사람들은 적어도 일 년에 한 번쯤 이런 호사를 부렸다. 고깃간에는 사람들이 바깥까지 길게 줄을 늘어서 있었다. 도라는 고기가 조금이라도 남아 있기를 바라며 그 줄 끝에 자리를 잡았다. 이미 동생들에게 고기를 구워주겠다 약속을 한 상태였다. 빈손으로 집에 돌아갔을 때 동생들이 실망할 모습은 생각하고 싶지 않았다.

시간이 지나면서 도라는 줄을 섰을 때 쑥덕거리는 여자들을 점점 신경 쓰지 않게 되었다. 그 비극이 일어나고 나서 도라는 3년 동안 말을 하지 않았는데, 그동안 주변 환경에 녹아드는 법을 배운 것이다. 쉬운 일이었다. 도라는 점차 투명인간이 되어갔다. 그녀는 가끔 사람들이 자신을 관통해서 보는 것처럼 느꼈다. 마치 그녀가 그곳에 존재하지 않는 것처럼.

왜 그때 자신이 같이 사라지지 않았는지, 최근 들어 도라는 더 자주 궁금했다.

줄은 천천히 줄어들고 있었다. 한참을 기다린 후, 도라는 살을 에는듯한 추위를 피해 가게로 들어가 몸을 녹일 수 있었다. 외투 옷깃에서 눈을 털어내고 까치발로 서서 다른 사람들 상황을 살펴보았다. 다행히도 고기는 아직 좀 남아 있는 듯했다. 그 순간, 가게 앞쪽에서 사람들이 나누는 대화 일부가 들려왔다.

"… 내가 들은 건 그게 다야. 그 사람을 풀어줬다고 하더라고…."

"벌써? 더 오래 들어가 있어야 하는 거 아냐?"

"코버 부인 말로는 정신병원에 감금되어 있다고 했거든. 환자를 그렇게 내보내지는 않을 텐데…."

"신이 우리를 지켜주기를. 밤에 문 걸어 잠그고 우리 아이들을 지켜봐야겠어."

"그 사람이 여기 돌아올 거라고 생각하는 거야?"

"아니면 어디로 가겠어? 이 마을밖에 아는 게 없는 사람인데."

도라는 등골이 오싹해지는 것을 느꼈다. '사실일 리가 없어…. 저 여자들이 그 사람 얘기를 할 리가 없는데…. 정말 그 사람 이야기야?' 도라는 다른 말을 놓칠까 봐 사람들을 밀치고 앞으로 나갔다.

"린하트 부인이 살아서 이 꼴을 보지 않는 게 다행이지. 내 아들이 그랬다면 난 수치스러워서 집 밖으로 나가지도 못했을 거예요…. 그 인간 아비가 누군지 누가 알겠어요, 그렇게 정신이 온전치 못하게 태어났으니…."

"그 집 식구들이 옛날부터 좀 지능이 모자랐죠. 왜, 린하트 씨는 가축 총으로 자살했잖아요. 우리 아버지가 그이를 발견했더랬죠."

"설마!"

"자자, 여성분들. 다음 손님 앞으로 오세요!" 고깃간 주인이 여자들의 뒷말을 가로막았다.

"서둘러요, 시간이 없습니다!"

그 순간, 가게 문이 휙 열리며 차가운 공기가 훅 밀려 들어왔다. 도라는 분명 밖에 줄이 늘어선 것을 못 본 성미가 급한 손님이거나, 아니면 자기 차례가 되었을 때 자기 몫의 고기가 남아 있을지 확인하고 싶은 사람일 거라고 생각했다. 가게 전체가 쥐죽은 듯 조용해지고 모두가 뒤를 돌아봤다. 도라는 그제야 무언가 잘못되었다는 것을 깨닫고 뒤를 힐끗 돌아보았다.

가게 한복판에 산송장 같은 레나 말러가 서 있었다. 너저분한 모습이었다. 양쪽 볼에는 보기 흉한 발진들이 돋아있었고, 엉킨 머리는 헝클어져 있었다. 몹시 야윈 몸에 얇은 잠옷만 걸친 여자는 그 자리에서 벌벌 떨고 있었다. 손님들은 여자를 위아래로 훑어보고 있었다. 호기심에 바라보는 사람도 있었고 일부는 대놓고 혐오감을 드러내기도 했다. 딱하게 바라보는 사람은 별로 없었다. 그사이 여자는 이해할 수 없는 말을 중얼거리며 경련하듯 떨리는 손가락으로 머리를 쓸어내렸다.

실제로 그 순간이 얼마나 이어졌는지 알 수 없었지만, 마치 영원처럼 느껴졌다. 도라는 사람들 앞에 서 있는 사람이 자신인 것 같아 모멸감을 느꼈다. 하지만 나서서 그 여자를 도와줄 정도의 용기는 없었다.

"뭘 드릴까?" 고깃간 주인이 쾌활한 말투로 물었다.

레나 말러는 반응하지 않았다. 자신이 어디에 있는지 전혀 모르는 듯했다.

누가 끼어들기도 전에 다시 가게 문이 열렸다. 그리고는 헤다 말러가 걸어들어왔다. 도라가 아주 어렸을 때부터 늘 소름 끼치게 했던 그 백발의 노부인은 말없이 며느리의 손을 잡고 밖으로 끌어내기 시작했다.

"무슨 구경이라도 났어?"

헤다 말러는 화가 나서 구경꾼들에게 쏘아붙였다. 두 여자가 시야에서 사라지고 몇 분도 채 지나지 않아 조용했던 가게는 다시 웅성거리기 시작했다,

"딱한 여자 같으니라고."

"저렇게 아이 둘을 잃으면 나라도 정신을 놓을 거야…"

"이 모든 건 그 정신병자 탓이야. 그 사람을 그냥 내보냈다는 사실을 저 여자가 알게 됐다고 상상해봐…"

마지막 말은 무슨 뜻인지 알 수 없었다. 도라는 그저 도망치고 싶었지만, 그 자리에 얼어붙어 꼼짝도 할 수 없었다.

튀지 말자. 묻혀 지내자.

❄

도라네 집처럼, 마을의 가정 대부분은 오래된 믿음에 따라 명절을 기념하고 전통과 관습을 유지했다. 대대손손 그랬던 것처럼 말이다. 고대의 신들에 대한 믿음이 시들해지고, 옛 풍습은 야만적이며 구시대적이라고 주장하는 목소리가 점점 높아지고 있지만, 동짓날에 마을 전체가 마을 광장에 모이는 것은 드문 일이 아니었다. 그해, 1년 중 낮이 가장 짧은 날은 12월 21일이었다.

오래전 이 명절은 태양의 신 다즈보그를 숭배하기 위한 것이었다. 이 마을 사람들의 조상은 동짓날에 다즈보그가 저승에서 태어나, 봄에 성장하고, 하지에 전성기를 이루다 다시 동짓날이 되면 서서히 쇠약해지며 죽는다고, 그리고 이날 부활한다고 믿었다. 다즈보그의 죽음과 탄생 사이, 이승의 영역이 보호 범주를 벗어나는 바로 그 마법 같은 밤에 이승과 저승 사이의 장벽이 사라져 위험한 존재들은 마음대로 죽음의 영역으로 건너갈 수 있었다.

도라가 어렸을 적 엄마는 밤에 이승을 배회하는 뱀파이어, 늑대인간, 요정들에 대한 무서운 이야기를 들려주곤 했다. 이러한 존재들로부터 사람들을 보호하기 위해 마을에서는 해 질 무렵 수호의 모닥불을 피웠다. 밤새 피운 그 모닥불은 그들의 세계가 위험에 처하게 되는 12일 동안 밤낮으로 꺼트리지 말아야 했다.

동지 축제를 준비하다가 잠시 쉬는 동안이었다. 마을 사람들은 해가 질 기미가 보이자마자 축제 의상을 입고 밖으로 나와 모이기 시작했다.

"안녕하세요, 로트너 씨!"

"안녕하십니까!" 도라의 아빠가 이웃에게 인사를 했다.

군중을 보면 도라는 늘 겁이 났다. 그녀는 남동생들 사이에 바짝 붙어 그들의 손을 꽉 움켜쥐었다. 집에서부터 광장까지, 다른 마을 사람들과 눈 마주치지 않으려고 고개를 아래로 푹 숙여 시선을 떨군 채 걸어갔다. 올해 모닥불은 작년보다 조금 더 커질 거라는 도라의 예상이 맞았다.

모닥불 주위로 모인 꼬맹이들은 그 주변을 빙빙 돌면서 춤을 추고 큰소리로 노래를 부르며 뛰어다녔다. 어른들은 점차 아이들 주위에 자리를 잡았고, 이어서 기도 시간이 찾아왔다.

"다즈보그, 우리의 전능하신 지도자, 모든 것을 보고 모든 것을 아는 빛의 전달자시여."

기도문이 낭송되는 동안, 사계절과 삶의 네 단계를 상징하는 네 명의 남자가 모닥불 더미에 다가갔다. 한 명씩 모닥불에 불을 붙이며 이렇게 외쳤다.

"꺼지지 않는 당신의 불꽃이 계속 타오르게 하소서. 당신의 힘으로 가득 차 있나니, 그것이 밤의 위험으로부터 우리를 지켜주기를."

도라는 커지는 불길을 바라봤다. 탁탁 소리를 내며 타오르는 주황색 불길은 하늘을 향해 점점 더 높이 치솟았다. 악단은 드럼과 호른으로 흥겨운 곡을 연주하고 있었고, 젊은 여자 몇몇은 춤을 추기 시작했다. 사람들은 악령이 춤추고 노래하며 떠들썩하게 노는 데는 끼지 못하고 달아날 거라고 믿었다.

"누나, 저기 봐!"

안톤은 도라의 소매를 세게 잡아당기며 군중 속 어딘가를 가리켰다. 조금 후에야 동생이 무얼 보고 있는지 깨달았다. 사람들 너머로 주민들끼리 무슨 싸움을 벌이고 있는 것처럼 보였다. 마을 사람 중 몇 명이 모여들더니 서로 거칠게 밀치기 시작했다.

"올렉!"

도라의 다른 동생 올렉은 누나와 잡았던 손을 뿌리쳤고, 군중은 물에 빠진 사람을 끌어내리는 수면처럼 곧장 그를 집어삼켰다.

"올렉!"

도라는 안톤을 끌고 지체하지 않고 바로 올렉의 뒤를 쫓아갔다. 아무도 길을 비켜주지 않았다. 사람들은 그 자리에 뿌리를 박고 꿈

적도 하지 않았다. 도라와 안톤은 안간힘을 써서 군중을 뚫고 나아 갔다. 어느 순간, 그들은 마을 사람들 사이에 갇히게 되었고, 거부 감을 느낄 정도로 급작스럽게 도라의 몸에 많은 사람이 닿았다. 사 람들은 큰소리로 노래를 부르며 서로의 몸을 부딪치고 있었다. 도 라는 노골적으로 사람들을 밀어제치며 안톤을 끌고 나왔다.

"너 괜찮아?"

도라는 안톤이 무사한지 한번 훑어보고는 주위를 둘러보며 올 렉을 찾기 시작했다. 올렉의 이름을 부르며 갔을 때, 도라는 자신 과 안톤이 조금 전 멀리서 바라본 갈등의 한복판에 있다는 사실을 문득 깨달았다. 불과 몇 분 사이에 상황이 악화했다. 처음에 도라 가 실랑이라고 착각했던 그 상황이 아니었다. 집단 전체가 한 사람 을 적대시하고 있었다.

"당신이 있던 곳으로 돌아가!"

"거기서 널 내보낸 거냐, 아니면 네가 탈출한 거냐?"

딱해 보이는 한 남자가 무리의 한 가운데 서 있었다. 노인처럼 구부정한 자세로 서 있는 그는 며칠 동안 면도도 하지 못한 게 분 명했고, 시궁창에서 방금 기어 나온 부랑자처럼 옷차림새도 구질 구질했다. 적어도 두 치수는 작아 보이는 지저분한 모자 하나를 손 에 움켜쥐고 있었다. 남자는 사람들이 무슨 말을 하는지 이해할 수 없다는 듯, 이 사람 저 사람 얼굴을 쳐다보며 계속 제자리를 맴돌 았다.

"미친 사람이다!" 어떤 아이가 비명을 질렀다.

그 비명이 동생의 목소리라는 것을 알아차리고 도라는 소스라 치게 놀랐다. 그리고 사람들이 괴롭히고 있는 사람은 미치광이 구스토였다. 도라는 어렸을 때 이후로 그 사람을 본 적이 없었는데, 그때도 그는 도라에게 공포의 대상이었다. 하지만 정신병원에서 보낸 십여 년 동안 그는 큰 타격을 입었다.

"우리 애들한테 무슨 짓을 한 거예요!"

도라의 이모 발레리아가 남자에게 달려들며 소리를 질렀다. 군중은 물러났다. 도라는 곧바로 올렉을 찾아내 그의 옷깃을 잡아 쥐고는 두 동생을 데리고 혼돈의 현장으로부터 뒷걸음질 쳤다.

의식은 중단되었다. 이제 마을 사람 절반 정도만 남아 동네 미치광이가 괴롭힘을 당하는 모습을 구경할 뿐이었다. 도라는 동생들을 성난 군중으로부터 가능한 한 멀리 데리고 가 그곳에서 그들을 꾸짖기 시작했다.

"내 옆에 붙어있으라고 했잖아! 도대체 무슨 생각인 거야?" 도라에게서 불같이 화를 내는 아빠의 모습이 겹쳐 보여 올렉은 고개를 숙였다.

"미안해. 아빠한테는 말하지 말아줘." 도라는 올렉에게 길게 화를 낼 수 없었다. 이 일을 아빠에게 이야기하면 동생이 매 맞을 것이 분명했기 때문이다.

"그만 가자." 그녀는 누그러진 말투로 말했다.

도라와 동생들은 다른 사람들 사이에서 아빠를 찾아냈다. 점화 행사는 항상 모든 가족이 공동으로 만든 모닥불에서 촛불에 불을 붙여감으로써 끝이 났다. 그 촛불을 가져가 필요한 모든 곳에 불을 밝혀 집을 보호하려는 용도였다. 도라는 촛불을 집으로 가져오는 동안 불이 꺼지지 않도록 지키는 역할을 맡았다. 촛불이 꺼지면 불길한 징조였다.

집에 거의 다 도착했을 무렵 아빠는 갑자기 걸음을 멈추고 무언가에 귀를 기울였다.

"무슨 일이에요?" 도라는 조심스럽게 물었다.

"개들이 안절부절못하고 있어." 아빠가 대답했다.

도라도 동작을 멈추고 귀를 기울였다. 도라네 집은 마을 바로 뒤 언덕에 자리 잡고 있어서 개가 짖으면 울려 퍼지는 소리를 들을 수 있었다. 마치 무언가가 계속 개들을 화나게 하는 것 같았다.

"어서 가자." 아빠는 아이들을 재촉했다.

"악마들이 이미 이 땅에 발을 들여놓았어. 그들이 가는 길을 막는 것이 최선이야."

이따금 마을 전설을 확고하게 믿는 아빠의 모습에 도라는 꼼짝할 수 없었다. 어린 도라가 자신이 목격한 것을 설명했을 때, 아빠는 딸의 말을 한마디도 믿지 않았다. 아빠가 진짜로 믿는 것은 무엇이냐고, 너무나 물어보고 싶었지만 도라에게는 그럴 용기가 없었다.

❀

마을 광장에서 사건이 일어난 이후로 가족들은 각자의 집으로 흩어져 축하 행사를 이어나갔다. 수년간 코버 부인은 마을 중심부에 있는 작은 오두막에서 혼자 살아왔다. 그녀는 남편과 사별한 이후로 집 안에서 방 하나만 사용했고 나머지는 비워두었다.

부인은 집으로 돌아와 혼자 먹기에 적당한 저녁을 준비했다. 그리고 주방에서 천천히 먹었다. 식사를 끝내고는 사과를 반으로 잘랐다. 마치 점쟁이처럼 사과의 속을 읽더니, 또 한 번 건강을 누릴 수 있는 한 해가 다가오고 있음을 알고는 기뻐했다. 코버 부인은 보통 일찍 잠자리에 드는 편이지만, 오늘은 창문에서 불과 3~4미터 떨어진 곳에서 거대한 모닥불이 타고 있는 것을 목격했다. 그녀는 커튼을 젖히고 호기심 어린 눈길로 밖을 내다봤다. 마을에서 보낸 젊은이 몇 명이 불을 지키고 있었다. 마지막까지 남아 있는 다즈보그의 힘을 빨아들이기 위해 모닥불은 항상 저물녘에 불을 붙였다.

코버 부인은 빨래통에 물을 가득 채우고 재빨리 몸을 씻었다. 그런 다음 잠옷으로 갈아입고 부엌에 놓인 판자 침대에 누웠다. 꽤 오랫동안 신문을 읽었다. 오늘 자 신문은 아니었지만, 제대로 읽는 법을 배운 적이 없어서 긴 글을 읽는 일은 항상 어려웠다.

하지만 오늘은 도통 집중이 되지 않았다. 이웃집 개는 미친 듯이 짖고 있었다. 그녀는 침대에 누워 신문을 제대로 읽지는 않고 페이지를 훑어보기만 했다. 자꾸만 마을 광장에서 일어났던 일이 떠올랐다. **'미치광이 구스토가 이 마을에 다시 돌아올 만큼 멍청할 거라고 누가 생각이나 했겠어?'**

처음에 코버 부인을 멈칫하게 만든 것은 침묵이었다. 개들이 마침내 조용해졌다. 머리맡에 있는 램프의 불을 끄고 나서 한참 후에야 그녀는 무엇이 자신을 불안하게 하는지 깨달았다.

그것은 코버 부인의 방을 완전히 삼킨 암흑이었다. 모닥불이 꺼진 것이다.

❀

포레스 가족은 평소와 달리 늦은 시각에 저녁을 먹으려고 앉았다.

포레스 씨는 양들을 쫓아 마당을 뛰어다녔다. 어떻게 한건지 모르겠지만 가족이 외출한 동안 양들이 우리를 탈출한 것이다. 양들이 도통 주인 말을 듣지 않아서 다시 우리에 집어넣는 데 한참 걸렸다. 관습에 따라 나머지 사람들은 가장이 참석하지 않은 저녁 식사를 먼저 시작할 수 없었다.

"도대체 저 망할 양들은 왜 저러는 거야?" 마침내 부엌에 도착한 그는 투덜거렸다.

"저렇게 구는 걸 본 적이 없는데."

"양들이 겁먹은 것 같아요." 막내딸이 말을 꺼냈다. "선생님이 그러시는데 코로춘이 끝나면 귀신이 나온대요."

포레스 씨는 초조한 듯 숟가락을 테이블에 탁 내려쳤다.

"그만해라. 너희 선생은 그런 말을 할 자격이 없는 사람이야."

"여보." 포레스 부인은 애원하듯 남편을 바라보았다.

"**여보**라고 부르지 마, 조야. 전에도 한 번 말 한 적 있는데 다시 말해줄게. 나는 학교에서 선생들이 아이들에게 이런 허튼소리들이 하는 게 맘에 안 들어. 선생이라면 아이들을 가르쳐야지. 혼란스럽게 할 게 아니라." 부인은 말없이 고개를 끄덕였다.

"당신 말이 맞아요. 밥 먹으러 갑시다."

부부 사이에는 이틀 내내 긴장감이 감돌았다. 공동묘지에서 발레리아 해틀러를 만나 기분이 불쾌해진 것이 그 원인이었다. 오래된 상처가 다시 벌어졌다.

포레스 씨는 집안에 건강, 행운, 부와 번영이 깃들길 바라는 건

배로 저녁 식사를 시작했다. 조상들의 영혼도 함께 식사에 참여하도록 초대했다. 아이들이 이 모든 불쾌한 아이러니를 이해할 나이가 되면, 이러한 의식이 몹시 부당하다고 느낄 것이다. 조상의 영혼을 위해 기도하는 것은 괜찮았지만, 날이 어두워지면 유령과 귀신이 집마다 찾아다닌다고 믿는 것은… 그건, 정말 안될 일이었다. 과연 아빠는 무엇이 진짜고 진짜가 아닌지 결정할 수 있는 사람일까?

가족은 절식용 음식을 먹었다. 고기는 없지만 배는 충분히 채울 수 있는 몇 가지 코스로 이루어진 식단이었다. 모두 식사를 끝내면, 엄마는 태양을 상징하는 둥근 빵 덩어리를 식구 수만큼 조각내 잘랐다. 그리고 관습에 따라 한 조각은 조상들을 위해 남겨두었다.

저녁을 먹고 있는데 창문 유리를 두드리는 소리가 났다. 식탁에서 떠들던 소리가 끊기고 모두 동시에 문 쪽으로 고개를 돌렸다. 하지만 아무도 없었다. 노크 소리가 다시 한번 집안에 울려 퍼졌다. 이번에는 현관문에서 나는 소리였다.

조야 포레스는 테이블에서 천천히 일어났다. 포레스 씨는 불만스러운 듯 낮은 신음을 냈다.

"어딜 가는 거야? 아직 먹는 중이잖소."

"오늘은 집에 누가 오더라도 문을 열어줘야 하는 날이잖아요." 부인은 남편을 상기시켰다. "조상들이 찾아올지도 모르니까요."

포레스 씨는 더 이상 왈가왈부하지 않고 앞에 놓인 호두를 계속 쪼갰다.

조야는 복도로 나가는 문을 열었다. 또 노크 소리가 났다.

"네, 나가요!"

엄마의 감시에서 벗어난 아이들은 그 틈을 타서 마지막 남은 사과 조각들을 게걸스럽게 먹어 치웠다. 아이들은 엄마가 자물쇠로 잠긴 문을 조심스럽게 여는 소리를 들을 수 있었다. 낮아진 엄마의 목소리가 부엌까지 울렸다.

"조야, 누가 온 거야?" 포레스 씨가 어깨너머로 소리쳤다.

그 순간, 비명이 온 집안을 가득 채웠다.

❋

단지 직감일 뿐이었다.

도라는 한밤중에 침대에서 벌떡 일어났다. 몇 초가 지나자 방향 감각이 생겼다. 자기 전에 불을 끈 기억이 없는데도 그녀의 방은 칠흑같이 캄캄했다. 도라는 떨리는 호흡을 가다듬으며 곧바로 불을 켰다. 잠옷은 식은땀으로 흠뻑 젖어있었다.

다리에 덮었던 이불을 벗어 던진 도라는 슬리퍼를 신고 천천히 침대에서 일어났다. 크지 않은 집이라 눈을 감고도 돌아다닐 수 있지만 불을 켜기로 했다. 방에서 나와 삐걱거리는 계단을 걸어 내려간 다음 부엌에 도착했다. 도라는 물 한잔을 따라 꿀꺽꿀꺽 마셨다.

도라는 얼어붙었다. '방금 창밖에서 뭐가 움직인 거지?' 머릿속에서 위험 경보가 울리며 다시 불안감에 사로잡혔다. 무언가 잘못됐다.

도라는 복도에 들어섰다. 느닷없이 현관문을 쾅쾅 두드리는 소리가 울려 퍼졌다. 그녀는 텅 빈 문 앞을 속수무책으로 바라보았다. 그러면 문 뒤에 감춰진 것을 알 수 있을 것 같았다. 빠르게 노크하는 소리를 따라 도라의 심장도 쿵쾅거렸다.

"누, 누구세요?" 그녀는 주저하며 외쳤다.

아무 대답도 없었다. 그녀가 마주한 것은 침묵뿐이었다. 현관에서서 도라는 어찌할 바를 몰랐다. 그러다 이 모든 게 자신의 상상인 건 아닌지 의심하기 시작했다. 그런데도 그녀는 더 가까이 살금살금 다가가 문에 귀를 갖다 댔다. 여전히 아무 소리도 들리지 않았다.

왜 그랬는지는 알 수 없었지만, 도라는 손을 뻗어 벽에 걸려 있는 열쇠를 집었다. 자물쇠에 열쇠를 꽂아 돌린 다음 손잡이를 눌러 내렸다. 문 뒤에는 아무도 없을 거라고 확신하면서…. 머리부터 발끝까지 진흙으로 범벅이 된 젊은 여자가 서 있었다. 머리카락에서부터 벗은 몸 구석구석까지 진흙으로 뒤덮여 있었는데, 마치 지구의 가장 깊은 곳에서 기어 나온 듯한 모습이었다. 여자는 벌벌 떨고 있었다.

도라는 숨을 쉴 수 없었다, 비명을 지르며 도망가고 싶었다. 이 낯선 여자 앞에서 문을 쾅 닫아버리고 싶었다. 하지만 아무것도 하지 못했다.

"당신 누구야?" 도라는 악을 썼다. "워, 원하는 게 뭔데?"

그 여자는 한참 동안 아무 반응도 하지 않고 도라를 뚫어지게 쳐다봤다. 도라는 여자가 자신의 말을 이해했는지 알 수 없었다. 마침내 여자가 입을 떼고 속삭였다.

"나 아스트리드야." 여자는 자기를 소개했다. "아스트리드 말러. 나 모르겠어?"

제 2 장

첫 번째 밤

코버 부인의 심장이 쿵쾅거렸다. 숨소리가 거칠어졌다. 주름진 손으로 창문 유리를 닦고 다시 밖을 내다보았다. 마을은 칠흑 같은 어둠에 잠겨 있었다. 멀리서 고함을 질러대는 소리가 귀에 꽂혔다. 부인은 재빨리 코트를 걸치고 스카프 속으로 머리카락을 집어넣은 뒤 목에는 숄을 감쌌다. 어떤 상황에서도 밖에서 일어나는 일은 뭐든 그녀의 감시망을 피해갈 수 없었다.

부인은 집을 나섰다. 부츠를 신은 발아래에서 눈이 뽀드득거렸다. 늙는다는 것이 이래서 우울한 거구나, 그녀는 처음으로 느꼈다. 노쇠한 몸이라 느릿느릿 걸어갈 수밖에 없었다. 열정에 불타 거의 넘어지다시피 하면서도 더 가까이, 제일 처음으로 그곳에 가고 싶었다.

"불을 붙여, 어서!"

"하고 있어!"

불지기 중 한 명은 불이 붙은 랜턴을 손에 들고 이리저리 뛰어

다녔고, 다른 두 명은 연기가 피어오르는 나뭇더미 옆에서 무릎을 꿇고 마치 목숨이 달린 일인 양 다시 불을 붙이려 하고 있었다.

"하고 있다고! 그런데 나무가 다 젖었어!"

"조금 전만 해도 불타고 있었는데 어떻게 젖을 수가 있지?"

"내가 어떻게 알아? 알아서 좀 붙여봐, 이 멍청한 놈아!"

코버 부인은 더 가까이 다가갔다. 그리고 다른 사람 눈에 띄지 않으려고 나무 뒤에 웅크리고 숨었다. 길 건너편 집 창문에 불이 켜지기 시작했다. 그녀만 그 소리를 들은 게 아님이 분명했다.

"저 안에 저게 뭐지? 저거 보여…?" 한 남자가 갑자기 물었다.

코버 부인은 더 잘 보려고 몸을 앞으로 숙였다. 불지기 중 한 명이 불 꺼진 불구덩이에 두 손을 깊이 넣어 파냈다.

"자네 미쳤어? 그러다 넘어뜨리면 어쩌려고!"

"뭔가 있어…. 저 안에 뭔가가 걸려 있다고. 그 랜턴 들고 이리로 좀 와봐."

불지기들이 나뭇더미에서 무언가를 꺼내는 데는 시간이 좀 걸렸다. 남자가 꺼낸 것을 두 손에 들고 있었지만, 코버 부인은 너무 멀리 떨어져 있어서 알아보기 힘들었다.

"그게 뭔가?"

나머지 불지기가 여전히 불구덩이 반대편에서 불을 붙이려 하며 물었다.

"죽은 고양이야." 두 사람이 대답했다. "검은 고양이."

"고양이라고? 도대체 어떻게 거길 들어간 거야?"

"내 생각엔… 얼어 죽은 것 같은데…."

"얼어 죽다니…. 활활 타오르는 불길 속에서? 자네 정신이 어떻게 된 거 아냐?"

잠시 귀가 먹먹해질 정도로 침묵이 흘렀다. 그러다 불지기 중 한 명이 큰 소리로 말했다. 코버 부인이 내내 생각했던 것과 똑같은 말이었다.

"불길 속에서 죽은 동물이 나오는 건 나쁜 징조야."

예전 세대는 전부 그 말이 사실이라고 믿었다. 코버 부인도 어렸을 때 그 얘기를 들은 적이 있었다. 좋은 징조는 아니었다.

가장 나이가 많은 불지기가 코웃음을 쳤다. "벌써 재수 옴 붙었어. 불길이 첫날밤을 넘기지도 못했는데. 새해가 되기 전까지 평화롭게 살긴 글렀군."

바로 그 순간, 느닷없이 마을의 종이 울리기 시작했다. 아직도 나무 뒤에 웅크리고 있는 코버 부인과 세 명의 불지기 모두 놀란 얼굴로 돌아보았다. 자정을 지난 지 몇 분 안 된 시간이었는데, 종지기가 이 시간에 종을 칠 이유가 전혀 없었다.

❋

도라는 처음에 받았던 충격에서 빠져나오는 데 얼마나 걸렸는지, 아니면 아직도 그 상태인 건지 알 수 없었다. 문손잡이를 너무 꽉 움켜쥐고 있는 바람에 손가락이 떨리기 시작했다. 그리고 완전히 말문이 막혔다.

한밤중에 젊은 여자가 도라의 집 문 앞에 나타났다. 그리고는 자신이 12년 전 실종된 아이 중 한 명, 도라의 가장 친구라고 주장했다. 오래전 애도하며 기억 속에 묻었던 친구였다. 그럴 리가 없었다. 전혀 말이 안 되는 얘기였다. 하지만 눈앞에서 문을 닫지 말라고 애원하는 불쌍한 소녀에게는 분명 무언가가 있었다.

"날이 추워. 안으로 들어와." 도라는 마지못해 말했다.

주저하며 걸음을 떼기 힘들어하는 여자의 모습을 보고, 도라는 할아버지를 도왔던 것처럼 익숙하게 팔을 내밀었다. 여자는 문을 닫기 전, 숲의 가장자리에 있는 자신들의 모습을 누가 보기라도 할까 봐 걱정된다는 듯이 좌우를 살폈다.

복도에 달린 코트 걸이에서 도라는 할아버지의 스웨터와 그녀가 동물을 돌보고 집안일을 할 때마다 입는 낡은 코트를 움켜쥐었다. 가능한 한 조용히 여자를 부엌으로 데리고 갔다. 그리고는 나머지 집안사람들이 깨지 않도록 부엌문을 닫았다.

"여기 이거 입어." 도라는 옷가지를 건넸다. "아래층에 있는 건 이게 전부야. 위층에 올라가면 아빠가 깰지도 모르고, 그럼….

도라는 말끝을 흐렸다. 어쨌든 여자는 자신의 말을 이해하지 못하는 것 같았다. 분명 추위에 벌벌 떨고 있으면서도 건네받은 옷을 수상쩍게 바라보고 있었다. 도라는 잠자코 기다렸다. 솟구쳤던 아드레날린이 잦아들자, 벌거벗은 상대방의 몸을 바라보는 게 당혹스러워지기 시작했다.

도라는 여자를 식탁에 앉히고 조용히 부엌을 왔다 갔다 했다. 냄비에 물을 담아 스토브 위에 올리고 차를 끓였다. 주전자를 쓰면 휘파람 소리 때문에 잠든 식구들을 깨울까 두려웠다. 물이 서서히 데워지는 동안, 도라는 여자 스스로 씻을 수 있도록 작은 대야에 따뜻한 물을 채워서 깨끗한 행주와 함께 여자 앞에 놓았다. 하지만 여자는 쥐죽은 듯이 꼼짝하지 않고 앉아 있을 뿐이었다.

도라는 씻겨 줄 생각으로 행주 모서리를 물에 적셔 여자의 얼굴에 가져갔다. 피부에 묻은 진흙은 채 마르지도 않았다. 말도 안 되는 일이었다. 밖의 땅은 몇 주 동안 눈 덮인 채로 얼어붙은 상태였는데, 여자는 도대체 어디서 왔길래 머리부터 발끝까지 흙투성이가 된 걸까?

도라는 묵묵히 따뜻한 비눗물로 여자의 얼굴과 목, 손을 닦았다. 그렇지만 손톱 밑에 낀 때는 뺄 수가 없었다. 제대로 목욕을 하며 박박 문질러 닦아야 없어질 때였다. 도라가 행주를 물에 담가 빠는 동안 두 사람은 한마디도 하지 않았다. 물은 점점 더 더러워졌다.

결국, 도라는 직접 옷 입는 것을 도와주겠다고 손짓했다. 여자는 별달리 거부하지 않았다. 도라가 스웨터를 머리 위로 집어넣은 다음 소매에 손을 집어넣도록 했다. 스웨터는 너무 헐렁해서 여자의 허벅지 중간까지 내려왔다. 코트까지 둘러주고 나니 여자의 떨림이 조금 가라앉았다.

스토브에 올려둔 물이 끓기 시작했다. 도라는 머그잔 두 개에다가 자신이 여름에 직접 따서 말린 약초를 가득 넣은 다음 물을 부었다. 여자 앞 테이블에 큰 머그잔을 올려놓고 자신은 작은 잔을 들었다.

"고마워." 여자는 목이 쉰듯한 소리로 말했다.

얼굴을 깨끗이 씻어내자 불빛 아래로 여자의 얼굴이 확연히 드러났다. 여자는 눈은 커다랬는데, 마치 상처 입은 야생동물의 눈망울을 떠올리게 했다. 어깨까지 내려오는 짙은 머리는 헝클어진 채로 여자의 창백한 얼굴을 감싸고 있었다. 분명 마을 사람은 아니었다. 도라는 확신했다. 마을의 모든 소녀, 특히 또래는 전부 알고 있

었기 때문이었다. 근처 정착촌 중 한 곳에 사는 사람일 수도 있었
다. 하지만 어떻게 이렇게 추운 날씨에 수십 마일을 걸어올 수 있
었을까? 깜깜한 밤에 실오라기 하나 걸치지 않고? 그러면서도 도
라는 눈앞에 있는 사람이 누군가를 연상시킨다는 느낌을 떨쳐버릴
수 없었다. 이것저것 캐묻고 싶은 마음을 꾹 참고, 도라는 결국 여
자에게 제일 평범한 질문을 던지기로 했다.

"이제 좀 괜찮아? 몸은 녹았고?"

여자는 얼어서 곱은 손가락으로 머그잔을 감싸 쥐며 고개를 끄
덕였다. "응, 고마워."

침묵이 또다시 방을 뒤덮었다. 벽시계는 리드미컬하게 똑딱거리
고 있었고, 꼭대기 층에서 할아버지가 코 고는 소리도 똑똑히 들렸
다. 뭘 해야 할지, 무슨 말을 해야 할지 알 수 없었다. 도라는 당장
이라도 문이 획 열리며 아빠가 부엌으로 뛰어들어올까 봐 두려웠
다. 아빠에게는 뭐라고 말해야 할까? 자신의 행동을 어떻게 정당화
할 수 있을까?

여자는 도라의 마음을 읽을 수 있기라도 한 듯 도라를 한참 쳐
다보다가 입을 열었다.

"나한테 물어보고 싶은 게 많구나."

"왜 그런 말을 해?"

"네 눈에 그렇게 쓰여 있거든."

도라는 여자의 기묘한 대답을 한참 동안 곰곰이 생각했다. 호기
심이 더 발동했다.

"넌 누구야? 무슨 일이 있었던 거니?"

"아까 말했잖아." 여자가 속삭였다. "내 말을 못 믿는 거야?"

도라는 확신할 수 없다는 듯 어깨를 으쓱거렸다. 어떻게 대답해야 여자의 감정이 상하지 않을지 알 수 없었다. 얼굴이 화끈거리며 볼에는 빨갛게 홍조가 피어올랐다.

"나라니까. 아스트리드."

"알았어. 화내지 마, 그런데… 그건… 불가능한 일이야."

"어째서?"

도라는 머뭇거렸다.

"아스트리드는… 죽었거든."

❋

"도대체 여기서 무슨 일이 벌어지고 있는 거예요?" 코버 부인이 나무 뒤에서 나왔다.

불지기 세 명은 코버 부인이 거기 있는 것을 보고도 전혀 놀란 기색이 없다. 그녀의 레이더망을 빠져나갈 수 있는 일은 없다는 것을 온 마을이 다 알고 있었다. 코버 부인과 불지기들은 아직도 미친 듯이 울려대는 예배당 종탑을 함께 올려다보았다.

"어떤 징조인 거야." 연장자 불지기가 나지막이 말했다. 그는 곧장 손가락을 교차해 이마와 입술에 차례대로 갖다 댔다. "신이 우리를 지켜주기를." 그가 낮게 중얼거렸다.

다른 불지기들도 따라 했다. 종소리가 그다음 종소리로 이어지기 전, 뒤쪽에서 큰 목소리가 들렸고, 그 소리는 이내 고함으로 바뀌었다.

"거기 서! 거기 서라고!"

빵집과 오래된 이발소 사이에서 한 사람의 모습이 나타났다. 마치 미치광이처럼 그들에게 곧장 달려들고 있었다. 빵집 주인 코왈스키 씨가 목이 터지라 소리치며 그 뒤를 쫓고 있었다.

"도둑이야! 저놈 잡아!"

정체불명의 그 사람은 자신이 불지기가 있는 쪽으로 곧장 향하고 있다는 사실을 몰랐을 것이다. 불지기 중 두 명이 모닥불을 벗어나 남자의 앞길을 가로막은 후에야 그들의 존재를 알아챘다. 그는 잠시 멈칫하더니 뒤도 안 돌아보고 오던 길로 다시 돌진했다. 하지만 그 길에는 나머지 불지기 한 명이 자리 잡고 있었고, 저항할 새도 없이 세 명의 불지기가 한꺼번에 달려들어 남자를 땅에 쓰러뜨렸다.

"이거 놔요! 전 아무 짓도 안 했어요!" 남자는 거칠게 마구잡이로 몸부림쳤다.

이미 빵집 주인 코왈스키 씨도 합류한 상태였다. 코버 부인은 더 가까이 보려고 나무에서 안전거리를 유지하며 무리에게 다가갔다. 동네에서 제일 손버릇이 나쁜 정육점 주인의 남동생이라던가, 아무튼 도둑은 기골이 장대한 사람일 거라고 예상했다. 하지만 눈 속에서 뒹굴고 있는 사람은 앳된 청년이었다. 게다가 남자는 몸에 맞지 않는 바지와 지저분한 셔츠를 입고 있었다. 꼭 거지 같은 몰골이었다.

"이 도둑놈!" 제빵사가 소리쳤다. "우리 가게에서 빵을 훔치다 들킨 거요!"

"사실이 아니에요!"

"아니, 그냥 어린 애잖아!" 불지기 한 명이 킬킬댔다.

"저런 어린애가 당신 가게에서 뭘 훔치겠소? 이제 막 기저귀를 뗀 것 같은데!"

"저놈이 빵집에 쳐들어왔다고. 내가 갓 구운 빵을 가지고 도망가려고 했다니까!"

젊은이는 간신히 불지기의 손아귀에서 빠져나와 있는 힘을 다해 그를 걷어찼다.

"어이! 진정해!"

"이 멍청한 녀석아!"

하지만 아무리 욕보이고 무력을 가해도 소용이 없었다. 낯선 청년은 덫에 걸린 야생동물처럼 발버둥 치며 저항했다. 먼 옛날부터 야인들과 기인들이 살았던 산 위 산장에서 도망친 아이일지도 모른다고 코버 부인은 생각했다. 움켜쥔 불지기들의 손을 비틀며 빠져나오려고 하자, 남자의 셔츠가 찢어졌다. 그 사이로 오래된 흉터로 가득한, 반은 소년 같고 반은 남자 같은 가슴팍이 드러났다.

"순순히 불어!" 빵집 주인은 성을 내며 호통쳤다. "네놈 집이 어디냐. 네 아버지한테 말해서 해결할 테니까. 아니며 경찰을 부를 테다!"

그것이 말뿐인 협박이라는 것은 모두 다 알았다. 주민들은 심각한 범죄가 아니면 경찰을 마을 일에 끌어들이는 법이 없었다. 작은 갈등은 외부의 도움 없이 관련자들끼리 해결을 보곤 했다. 그래도 안 되면 불지기나 경비대를 불러들였다. 그들은 거리의 평화를 지키는 임무를 맡은 자들이었다.

"훔치고 있던 게 아니었어요!" 젊은이가 맞받아쳤다. "다른 집인 줄 알았단 말이에요! 저는 해틀러네 집을 찾고 있었어요!"

이번에는 코버 부인이 한마디 거들었다.

"그럼 말해봐라, 이 녀석아. 그 집은 대체 왜 찾고 있었던 게냐?"

남자가 오랫동안 침묵을 지키자, 빵집 주인은 그에게 쏘아붙였다.

"얼른 대답하지 못해!"

"우리 집이니까요." 남자가 불쑥 말을 내뱉었다. "저 톰이에요.
톰 해틀러."

모두가 놀라서 굳은 채로 입을 떡 벌리고 서로를 바라봤다. 그러
는 동안 종소리가 멈췄다. 시끄러운 소리에 잠에서 깬 사람들이 주
변 집에서 하나둘 나오기 시작했다.

"이제 끝이야." 불지기 한 명이 중얼거렸다. "우리가 마을에 불
운을 불러들였어."

❊

포레스 부부는 20년 전 결혼한 이후로 많은 일을 겪었다. 그중
최악은 첫째 딸을 잃은 것이었다. 부모에게 일어날 수 있는 최악의
사건이 그들에게 일어났다. 1년간 소득 없는 수색을 이어갔고, 끝내
부부는 딸의 사망신고서를 제출하기로 했다. 이 결정으로 부부의 이
웃과 친구는 그들을 경멸하거나 완전히 등을 돌렸다.

시신이 발견되지 않은 상태에서 자식을 묻는 게 부도덕하고 무
신경하며 부적절하다고 생각한 사람들도 있었다. 하지만 포레스
부부는 딸의 영혼이 길을 잃고 떠돌아다니느라 영영 편히 쉬지 못
할 거라는 생각에 시달렸다. 게다가 부부에게는 돌보고 키워야 할,
가르치고 보살펴야 할 다른 아이들이 있었다.

포레스 부부는 식구들에게 소냐 얘기를 꺼내는 법이 없었다. 마치 소냐가 존재한 적 없었던 것처럼. 그래도 일요일이 되면 조야 포레스는 아이들 모두에게 나들이옷을 입혀 교회에 갔고, 예배가 끝나면 공동묘지로 데려갔다. 그곳 텅 빈 무덤 앞에서 소냐의 영혼을 위해 기도했다. 그들에게는 습관이 된 일이라 전혀 이상하게 느껴지지 않았다.

포레스 부부는 과거를 잊으려고 노력했지만, 마을 사람들은 그들을 내버려두지 않았다. 전혀 예상치 못한 상황에서 불쾌한 진실은 뜬금없이 수면 위로 떠올랐다. 실종된 딸을 두고 부모가 딸의 사망선고를 내렸다고, 마치 제대로 겨냥해 뺨을 때리듯 그들을 괴롭혔다. 그리고 지금, 딸의 실종에 책임이 있다는 혐의를 받은 사람이 부부의 부엌에 앉아 있었다.

식탁 위의 음식은 식은 지 오래였다. 조야 포레스는 구석에서 움츠린 채 아이들을 감싸 뒤쪽 벽으로 밀어 넣으며 통곡했다. 남편은 맞은편 구석에 서서 장전된 사냥용 소총을 구스타프 린하트의 머리통에 겨눴다.

"나… 나, 나, 나는 ….." 마을 미치광이가 더듬거리며 말했다.

"조용히 하시오!" 포레스 씨가 그에게 명령했다. "누구 허락을 받고 내 집에 들어온 겁니까?"

구스타프의 얼굴이 씰룩거리고 있었다. 틱 증상인 듯 머리를 왼쪽 어깨 쪽으로 젖혀대고 있었고, 한쪽 입꼬리는 축 늘어진 상태였다. 그는 주먹이 날아올까 봐 두 손으로 얼굴을 막으며 고개를 좌우로 계속 흔들었다.

"나… 나, 나, 나는 … 화나게 하려던 게 아니오….." 그는 애써 말을 내뱉었다.

포레스 씨는 소총의 총신을 남자의 얼굴에 들이밀었다.

"내 눈에 띄지 말라고 했잖아! 우리 가족에게서 떨어지라고!"

구스토는 요란한 울음소리를 내기 시작했다.

아이 중 한 명이 발작을 일으키듯이 울기 시작했다. "엄마, 나 무서워."

"나도." 다른 아이 하나도 말을 꺼냈다.

"얘들아, 조용히 해야 해." 포레스 부인이 흐느끼면서 아이들에게 간청했다.

"이유를 대보시오." 포레스 씨는 구스토를 윽박질렀다.

"내가 지금 이 자리에서 당신을 쏘면 안 되는 이유를 하나라도 대보란 말이야!"

바로 그때, 팽팽한 긴장을 뚫고 예리한 노크 소리가 들렸다. 포레스 부부는 말없이 공포에 질린 표정을 주고받았다. 도대체 이 시간에 누가 온 것인가? 이웃들이 미치광이 구스토가 그들의 집에 들어가는 것을 본 걸까? 그 사람이 여기 앉아 있는 것을 이웃들이 보면 무슨 생각을 하겠는가? 부부가 뭘 해야 할지, 누가 문을 열 것인지 결정하기도 전에 부엌문이 열리며 이웃의 모습이 보였다. 그는 얼굴에서 흥분을 감추지 못했다.

"얘기 들었소? 해틀러네 아들이 발견됐대요!" 그가 소리쳤다. "살아있답니다!"

❋

나비 날개가 바스락거리는 소리가 들렸다.

마치 나비들이 귀 주변에서 끊임없이 팔랑대는 것 같았다. 계속 귀를 비볐다. 무의식적으로 손으로 몇 번 낚아채 봤지만, 손에 잡히는 건 아무것도 없었다. 미친 소리처럼 들릴지라도, 나비들은 귓속에 있는 게 분명했다. 머릿속에 나비들이 있는 것이 느껴졌다. 아스트리드가 관자놀이를 문질렀지만, 아무 도움이 되지 않았다.

그녀는 아무것도 기억하지 못했다. 완전히 정신을 차리고 보니 눈앞에 어렴풋한 기억들이 번뜩였지만, 그것에 집중하려 하자 기억은 연기처럼 사라지며 영영 자취를 감췄다. 그녀는 당황하기 시작했다.

"아스트리드는… 죽었어." 도라가 말했다.

아스트리드는 도라가 무슨 말을 하는지 이해하지 못했다. 죽었다고? 도라는 자기 눈앞에 직접 앉아 있는 아스트리드가 보이지 않는 걸까? 아스트리드는 자신이 다 큰 몸으로 있는 게 이상하고 불편하게 느껴졌다. 뭔가가 잘못되었다. 아니, 전부 다 잘못된 것인지도 몰랐다. 모든 소리가 세게 브레이크를 밟는 기차 소리처럼 들렸고, 모든 빛이 그녀의 망막 깊숙이 파고들어 와 타오르는 듯했다. 이제 어른이 된 그녀의 몸은 아팠고, 숨쉬기 같은 기본조차 잊은 느낌이었다.

"내 말을 믿어야 해, 도라." 아스트리드는 친구에게 다급한 목소리로 애원했다.

"내 이름은 어떻게 안 거야?"

또 바스락 소리가 났다. 아스트리드는 손으로 귀를 감쌌다. 그래도 소용이 없었다. 아스트리드는 어떻게든 친구를 설득해야 했다. 조금이라도 기억을 떠올려야 했다.

"네 이름은 도라 로트너야. 이 집에서 평생을 살았지. 너는 딜소스를 싫어하고, 아직도 잠들기 전에 엄지손가락을 빨아. 네 살 겨울에 호수에 빠져 폐렴에 걸렸고, 그 일 때문에 청력에 손상을 입었어. 지금은 왼쪽 귀가 들리지 않아."

아스트리드가 마음속 깊은 곳에서 기억들을 끄집어내려고 안간힘을 쓸 때마다 육체적으로도 고통을 느꼈다. 도라의 얼굴이 창백해졌다. 그녀는 머그잔을 깨트릴 정도로 세게 움켜쥐고 있었다.

"그리고 또?" 도라는 속삭였다.

"넌 고양이를 키웠어." 아스트리드는 문득 예전 기억을 떠올렸다. "그 고양이는 봄에 새끼들을 낳았는데, 너희 아빠가 새끼 고양이들을 쫓아내고 때려죽일까 봐 무서워했었지. 너희 아빠는 처음에는 키우는 걸 허락할 생각이 없었어. 네가 빌고 비니까 아빠는 딱 한 마리만 키워야 한다는 조건으로 허락했지. 우리는 고양이들을 뒤뜰로 데리고 가서, 전부 우물에 던져 익사시켰어. 그 장면을 너희 할아버지가 보셨지. 할아버지는 우리를 향해 소리를 지르면서 한 대 때리셨어. 내가 널 꼬드긴 거로 생각한 할아버지는 나랑 만나지 말라고 하셨지만 넌 말을 듣지 않았지. 고양이들을 우물에 던진 게 너라고 아무한테도 말한 적이 없어. 그때 나는 우물 뚜껑을 들고 있었거든."

도라는 눈이 휘둥그레져서 말없이 아스트리드를 응시하고 있었다. 도라는 처음에는 믿을 수 없다는 표정을 짓다가, 친구가 고양이 사건에 대해 말하는 동안은 수치스럽다는 얼굴을 했고, 나중엔 갑자기 무언가를 깨달았다는 표정을 지었다.

"아스트리드….." 충격에 빠진 도라는 작은 목소리로 말했다. "정말 너구나!" 도라는 갑자기 자리에서 벌떡 일어나 아스트리드의 목을 껴안았다.

아스트리드는 그 자리에 앉아 경직된 채로 무슨 느낌이 드는지에 대해 생각하지 않았다. 지금 여기에, 그녀가 있었다.

"여긴 어떻게 온 거야? 무슨 일이 있었던 거니?"

아스트리드는 눈을 깜빡였다. "나는…… 모르겠어…….." 아스트리드의 시야가 검게 변했다. 손아귀에서 힘이 빠지며 쥐고 있던 머그잔이 미끄러졌다. 의식을 잃기 전, 아스트리드는 자신의 이름을 부르는 도라의 목소리를 들었다.

❋

마을 사람들의 3분의 1은 잠에서 깨어 집 앞에 모이기 시작했다. 하나둘 목을 길게 빼고 무슨 일이 일어나고 있는 건지 알아내려고 했다.

"네 말이 거짓말이면 그땐 큰코다칠 줄 알아라!" 빵집 주인은 때리는 시늉을 하며 위협적으로 손을 올렸다.

"사실인지 아닌지는 금방 알 수 있지." 코버 부인이 끼어들었다. "가서 해틀러네 식구 한 명을 깨워오시게!"

가장 나이가 어린 불지기가 허둥지둥 고개를 끄덕이더니, 빵집 바로 옆에 있는 집으로 달려갔다. 그러는 동안, 다른 두 불지기는 남자를 풀어주고 그가 일어나는 것을 도와주었다. 코버 부인은 호기심 어린 눈길로 남자를 관찰했다. 어쨌든 이 아이가 이야기를 지어낸 것은 아닌 듯했다. 날렵한 광대뼈를 보니 해틀러 가족과 닮은 것도 같았다. 그래도 남자가 한 말 중에 진실이 있다면…. 코버 부인은 그것이 마을에 어떤 결과를 가져올지 상상할 수 없었다.

손에 잡힐 듯한 긴장감이 공기 중에 감돌고 있었다. 오랜 세월이 흘렀어도, 실종된 아이들 사건에 진전이 있으리라고는 누구도 감히 기대할 수 없었다. 얼마 지나지 않아 불지기가 집과 집 사이 통로에서 모습을 드러냈다. 이번에는 발레리아 해틀러와 함께였다. 두 사람이 다가오자 여자는 걸음걸이 속도를 높였다.

"뒤로 물러서요, 떨어지라고요!"

발레리아는 마지막 3~4미터를 거의 뛰다시피 했다. 그녀는 자기 아들이라고 주장하는 청년에게서 한 걸음 정도 떨어진 곳에 걸음을 멈췄다. 그들은 오랫동안 서로를 바라보며 서 있었다. 남자가 먼저 침묵을 깼다.

"그럴 생각은 없었는데…. 사고였어요. 제가 창문을 깬 게 아니에요. 믿어주세요."

코버 부인은 그가 무슨 말을 하려는 건지 알 수 없었다. 말도 안 되는 소리를 지껄이고 있었다. '결국, 미친 게로군.' 코버 부인은 생각했다.

손으로 입을 틀어막으며 발레리아는 비명을 질렀다. 남자는 그녀를 향해 머뭇거리며 몇 걸음 다가갔다. 같은 말을 계속 반복했다.

"엄마… 내 말을 믿어야 해요. 엄마…."

빵집 주인 코왈스키 씨도 무슨 일이 일어나고 있는지 이해하지 못한 듯했다.

"그래서 그 애가 맞다는 거요, 아닌 거요?" 그가 물었다.

"엄마, 저예요. 절 좀 보세요. 제 눈을 보시라고요."

발레리아는 이제 코가 닿을 정도로 남자에게 가까이 다가갔다. 그녀의 뺨을 타고 눈물이 흘러내리고 있었다. 찢어진 셔츠 사이로 드러난 상처투성이 가슴도 분명히 알아보았다. 이번에는 고통스러운 신음이 발레리아의 입에서 새어 나왔다. 손가락으로 흉터를 가볍게 어루만졌다. 마치 오랫동안 잊고 지낸 형상을 머릿속으로 떠올리려는 듯이.

"톰." 끝내 그녀의 목이 메었다. "정말⋯ 정말 너니?"

"맞아요. 저예요, 톰이에요."

발레리아는 울음을 터트리며 톰을 꼭 껴안았다. 둘은 다른 사람은 듣지 못할 말들을 중얼거리며 서로를 오랫동안 품에 안은 채로 서 있었다.

코버 부인은 빵집 주인과 불지기 옆에 서서 그들의 재회를 지켜보았다. 그들은 방금 목격한 장면을 믿을 수 없었다. 심상치 않은 일이 일어났다는 소식이 들불처럼 번지면서 그들 주변으로 사람들이 몰려들었다.

"정말 그 애야?"

"톰 해틀러래!"

"기적이 일어났군!"

"그동안 어디에 있었던 거야?"

"이건 정말이지⋯."

정말이지 기적이었다. 그 자리에 있던 사람들은 잠깐이나마 꺼진 모닥불과 불지기들이 검게 탄 나무 덩어리, 그리고 그 사이에서 발견한 죽은 고양이에 대해 까맣게 잊어버렸다.

"난 정말….." 발레리아는 다급하게 말했다. "사랑하는 우리 아들, 다시는 널 볼 수 없을 거라고 생각했는데….."

군중 때문에 코버 부인은 현장에서 점점 밀려났고, 그녀는 그게 못마땅했다. 시장은 앞으로 밀고 나가 이와 같은 기쁜 날을 맞았으니 축복받았다며 주위에 소리치기 시작했다. 포레스 부부는 잔인한 농담일 거라고 생각하면서, 아이들을 데리고 서둘러 현장으로 왔다. 하지만 그 젊은이를 직접 눈으로 보자, 부부의 피가 차갑게 굳었다.

톰은 잠시 엄마에게서 떨어졌다. 누군가를 찾고 있는 듯 두리번거렸다.

"왜 그러니? 무슨 일이야?" 발레리아가 걱정스러운 목소리로 물었다. 다시 찾은 행복을 또다시 잃을까 봐 두려운 표정이었다.

"다른 애들은 어디 있어요?" 톰이 물었다. "나머지 애들이요….."

"이보게, 그게 무슨 뜻인가?" 시장이 덧붙여 말했다.

"아스트리드는 어디 있나요? 소냐와 막스는요?"

그의 눈길이 멈추지 않고 이 얼굴에서 저 얼굴로 혼란스럽게 오고 갔다. 발레리아는 놀라서 입을 딱 벌리고 서 있었다.

"너희들, 같이 돌아온 거니?"

들끓던 분위기는 갑자기 흔적도 없이 사라지고 팽팽한 침묵만이 자리 잡았다.

"말해 보게, 젊은이." 시장이 톰의 어깨를 흔들었다.

"그게….." 톰은 마치 기억 속에서 무언가를 힘들게 찾아내는 것처럼 머뭇거렸다. "그런 것 같아요….."

"다른 애들은 살아있냐?" 누군가 물었다. "다른 애들도 전부 살아있는 거냐고?"

톰이 고개를 끄덕였다. "네."

조야 포레스의 다리가 휘청거렸다. 남편이 제때 잡지 않았다면 그녀는 땅바닥에 고꾸라졌을 것이다. 동요하는 속삭임이 군중을 휩쓸고 지나갔다.

"자자, 뭘 기다리는 겁니까?" 시장이 큰 소리로 말했다. "아이들을 찾아야 합니다! 남자들은 흩어지세요!"

✳

아스트리드가 다시 정신을 차렸을 때, 가장 먼저 보인 것은 도라였다. 도라는 몸을 숙이고 진심으로 걱정하는 표정을 짓고 있었다.

"괜찮아?" 도라는 친구의 상태를 확인했다.

아스트리드는 대답할 수 없었다. 신음을 내며 일어나 앉으려고 했지만 쉽지 않았다. 의자에서 바닥으로 고꾸라진 후로는 누군가 뜨거운 물에 담갔다 뺀 스펀지를 목덜미에 대고 누르는 듯한 느낌이 들었다. 그녀는 토하고 싶었다.

도라는 아스트리드가 다시 의자에 앉도록 도와주었다. 작은 체구의 여자가 넘어지면서 그런 굉장한 힘을 발휘할 수 있다는 게 놀라웠다.

"미안해." 잠시 후 아스트리드가 말했다. "머그잔 깨트린 거."

도라는 손을 뻗어 깨진 조각들을 재빨리 집어 들었다. "괜찮아, 걱정하지 마…."

아스트리드는 전에 느꼈던 것과는 다른 고통으로 머리가 깨질 듯이 아팠다. 무수한 생각들이 머릿속을 휘젓고 있었지만 단 한 가지 생각만은 집중할 수가 없었다. 손을 뻗으면 닿을 수 있는 그곳 어딘가에 있는 듯했지만, 손가락 사이로 계속 빠져나가는 바람에 그 생각을 붙들고 있는 게 무의미했다.

"아스트리드." 도라의 목소리가 그녀를 깨웠다. "다른 애들은 다 어떻게 된 거야?"

"다른 애들은⋯."

도라가 기대하는 눈빛으로 아스트리드를 쳐다보고 있었지만, 아스트리드는 알지 못했다. 도라가 어떤 대답을 왜 기다리고 있는지. 혼란스러움을 느끼며 그녀는 미간을 찡그렸다.

"나는⋯ 네가 어디까지 알고 있는지는 모르겠지만,"

도라는 한 번 더 시도했다.

"네가 사라지고 12년이 흘렀다는 건 말해줘야 할 것 같아."

"뭐라고?"

불현듯 퍼즐의 한 조각이 제자리를 찾았지만, 전체 그림은 여전히 오리무중이었다. 금이 간 유치원 교실 천장의 이미지가 갑자기 아스트리드의 뇌리를 스쳤다.

"12년이라니⋯."

"그래. 아스트리드⋯. 내가 상관할 일은 아니란 건 알지만, 어디 있었던 거니? 기억할 수 있어?"

다시 통증이 찾아왔다. 아스트리드는 관자놀이를 손가락으로 누르며 머리를 무릎 사이로 떨궜다. 도라가 얼핏 옆에서 무언가를 말하고 있었지만, 그 말은 아스트리드의 귀에 들어오지 않았다. 소리를 죽여 중얼거리는 소리만 들릴 뿐이었다.

"다 괜찮을 거야…. 심호흡을 한번 해봐."

아스트리드는 도라의 말대로 심호흡을 해보려 했지만, 폐가 조여와 숨을 쉴 수가 없었다. 마침내 숨을 깊게 들이마실 수 있게 되자 다시 기절할 것 같았다. 너무 많은 산소가 들어오며 머리가 핑돌았다.

"막스!" 아스트리드가 갑자기 소리쳤다. "막스, 톰, 그리고… 소냐!"

충격에 빠진 아스트리드는 손톱을 세운 채로 도라의 팔뚝을 움켜쥐었다.

"그래." 도라가 고개를 끄덕였다.

"막스, 톰, 소냐, 그리고 너. 12년 전에 한꺼번에 사라졌었어. 무언가…" 도라는 말을 어떻게 끝내야 할지 몰랐다. "무언가 끔찍한 일이 너희한테 일어났었지…."

"가야겠어." 아스트리드는 별안간 결심했다. 이유는 알 수 없었지만, 그것이 옳은 결정이라는 느낌이 들었다.

"뭐? 안돼, 아스트리드. 내 말 들어봐. 너는 지쳤어, 혼란에 빠진 상태라고, 쉬어야 해."

"다른 애들을 찾아야 한단 말이야…."

그렇다. 다른 아이들이 있었다. 당장 가야 했다.

"아스트리드!"

아스트리드는 의자에서 벌떡 일어났다. 눈앞이 빙빙 돌며 현기증이 났지만, 이번에는 꽤 빨리 방향을 찾을 수 있었다. 자신을 막으려는 도라를 뿌리치고 아스트리드는 곧장 문으로 향했다.

"기다려!" 도라가 다급하게 속삭이는 목소리로 말했다.

그들은 둘 다 복도에 서 있었다. 도라가 아스트리드를 막을 새도 없이 계단의 불빛이 깜빡였고, 서둘러 다가오는 발소리가 점점 더 가까워졌다.

"도라, 무슨 일이냐?"

한 남자의 목소리가 방을 가득 채웠다. 아스트리드의 손목을 잡고 있던 도라는 공포에 질려 얼어붙었다. 도라가 마비된 상태를 틈타 아스트리드는 그녀의 손아귀에서 빠져나왔다. 현관문까지는 두 걸음만 걸으면 되었다. 아스트리드는 얼어붙을 듯한 날씨를 느끼며 다시 집 밖으로 나왔다.

"이게 무슨 일이냐?"

아스트리드는 도라를 남겨두고 떠날 때, 그녀가 아빠에게 무언가를 설명하려는 소리를 들었다.

어둠 속에서 방향을 찾기가 쉽지 않았지만, 쌓인 눈에 반사되는 달빛으로 사물의 외향은 간신히 알아볼 수 있었다. 아스트리드는 본능적으로 마을을 향해 발걸음을 옮겼다. 숲속에서 짙은 안개가 밀려 나오더니 순식간에 사방으로 퍼져 마을까지 쭉 뻗어 내려갔다. 보이는 모든 것을 집어삼킬 기세로 몰려오는, 살을 엘 듯 차가운 안개였다.

눈 위를 걸어가는 아스트리드의 맨발바닥이 얼어붙고 있었다. 내딛는 걸음마다 수백만 개의 작은 바늘이 동시에 피부를 찌르는 듯한 느낌이 들었다. 눈은 그런 식으로 자신의 존재를 일깨웠다. 아스트리드는 혹한에 심하게 떨고 있었다. 자신의 의지와는 상관없이 이가 딱딱 부딪히는 소리가 새어 나왔다. 겨우겨우 한 발 앞에 다른 발을 놓았다. 더는 나아갈 수 없다고 생각하면서도 계속 걸었다. 멈추지 않았다. 혈관을 따라 퍼지는 얼어붙을 듯한 추위에 대해 생각하지 않았다. 그녀는 숨을 쉴 때마다 이것이 마지막 숨이 될 수도 있겠다는 생각이 들었다. 하지만 곧 떨쳐버렸다.

멀리 마을이 보였다. 그 순간 갑자기 발아래 눈더미가 무너지며 비틀거렸다. 균형을 잃고 무릎이 꺾인 채 고꾸라진 아스트리드는 머리를 눈 속에 처박았다.

❅

"깨어나고 있어요! 여자를 앉힙시다!"

누군가 그녀를 억지로 앉히기 전까지 아스트리드는 눈도 제대로 뜨지 못했다. 갑자기 기침이 터져 나오고 입술에서는 피 맛이 났다. 넘어지며 혀를 깨물었던 모양이었다. 강렬한 빛에 앞에 보이지 않았다. 금속성의 피 맛을 느끼자 메스꺼움이 파도처럼 밀려왔다. 담즙이 목구멍을 타고 밀려 올라왔다.

"음… 토할 것 같아요….'"

아스트리드는 숨을 헐떡이며 두 눈을 질끈 감았다. 자신의 말을 누가 듣고 있는지 알 수 없었다.

"그냥 다 토해버려." 누군가 편안하게 달래는 목소리로 말했다.

아스트리드는 구토했다. 누군가 그녀의 이마에 붙은 머리카락을 쓸어 넘기며 물 한잔을 건네주었다. 타는 듯한 목마름에 아스트리드는 꿀꺽꿀꺽 물을 마셨다.

"눈을 뜰 수가 없어요." 아스트리드는 당황해서 중얼거렸다. "머리가… 깨질 듯이 아파요….”

“잠시 누워서 쉬어. 의사가 오고 있거든. 양귀비 차를 끓여줄게. 그걸 마시면 좀 진정될 거야.”

아스트리드는 자신이 잠들었던 건지 아니면 다시 기절했던 건지 알 수 없었다. 내내 의식은 있었던 것 같았다. 목소리, 발걸음 소리, 이마를 만지는 누군가의 손길을 알아차릴 수 있었다. 자신이 어디에 있는지, 무슨 일이 일어났는지, 얼마나 오랫동안 눈 속에 누워 있었는지는 알 길이 없었다. 하지만 사람들이 나누는 대화 소리와 들리는 몇몇 단어들로 봐서는 가까이에 의사가 있다는 것을 알 수 있었다.

얼마의 시간이 지나고, 마침내 아스트리드는 번쩍 눈을 떴다. 자신이 한동안 보지 못했던 온화한 표정의 낯익은 얼굴을 바라보고 있다는 사실에 화들짝 놀랐다. 하지만 그와 동시에, 그 사람이 지금껏 자신과 함께 있어 주었던 것처럼 느껴졌다. 이제 어른이 된 모습에도 불구하고, 아스트리드는 그를 단박에 알아보았다.

“톰.” 아스트리드는 그의 이름을 내뱉었다.

톰은 곧바로 그녀의 손을 꽉 쥐었다.

“나 여기 있어, 아스트리드. 괜찮아. 이젠 안전해.”

톰의 말을 듣자 기분 좋은 따뜻한 감각이 그녀의 마음속에 퍼졌다.

정적을 깨고 누군가 나타났다. 흰옷을 입은 여자가 톰의 등 뒤에서 모습을 드러내더니 그를 끌고 가려고 했다. 톰은 꿈쩍도 하지 않았다.

“다른 애들은?” 아스트리드가 물었다.

“사람들이 너를 발견하기 직전에 소냐를 찾았어.” 톰은 서둘러 질문에 대답했다. "소녀는 아직 의식이 없지만, 의사 말로는 목숨엔 이상이 없을 거래. 지금 옆방에 있어. 그리고 막스는…." 톰은 대답하지 않았지만, 표정만 봐도 알 수 있었다.

"이봐." 여자가 힘주어 말했다. "여기 있으면 안 돼. 당장 네 방으로 돌아가." 여자는 톰의 팔을 잡고 끌고 가기 시작했다.

"막스한테 무슨 일이 생긴 거야?" 아스트리드는 절망에 빠져서 소리쳤다.

톰의 대답을 듣기 전까지 영원의 시간이 지나간 것처럼 느껴졌다.

"아스트리드, 막스는 성공하지 못했어. 돌아오지 못했다고."

※

아스트리드가 어렸을 때, 엄마는 종종 그녀에게 조심성이 없다며 꾸짖었다. 자기 전에 장난감을 정리하지 않았다는 이유로 '장난감 사준 걸 감사할 줄 모르는 아이'라고 했다. 아스트리드는 자신이 그런 아이라고 생각한 적은 결코 없었지만, 엄마의 기분을 맞추기 위해 매일 장난감을 치우기 시작했다. 저녁 먹기 전에 장난감들을 아무렇게나 선반 위로 던졌다. 아무 체계 없이 대충 정리하는 식이었지만 엄마는 더 이상 뭐라고 할 수 없었다. 저녁 식사 자리에 앉기 전에는 카펫 위에 장난감이 하나도 남아 있지 않았다.

아스트리드는 어느 날 저녁에 있었던 일을 또렷이 기억했다. 그녀는 저녁을 먹기 전에 손을 씻고 있었다. 그때 아이들 방에서 이게 뭐냐고 언성을 높인 엄마의 목소리가 들렸다. 아스트리드는 어리둥절했다. 언제나처럼 장난감들을 다 치웠었는데, 다시 보니 온

바닥에 장난감이 흩어져 있었다. 막스가 생전 가지고 놀지 않던 빌딩 블록들을 누군가가 전부 다 쏟고, 침대까지 뒤집어가며 방 전체를 쑥대밭으로 만들어 놓았다. 처음에 엄마는 차분한 목소리로 왜 이런 짓을 했는지 설명해달라고 부탁했다. 하지만 아스트리드가 자신은 모르는 일이라고 부인하자 엄마는 화를 냈다. 엄마는 아스트리드의 엉덩이를 한 대 때리며, 그녀가 한 짓이 아니면 누가 그런 거냐고 계속 추궁했다.

아스트리드는 내내 "모르겠어요."라는 말만 되풀이했다.

아스트리드가 들어간 비좁은 방의 문이 다시 열렸다. 그들은 일종의 교대 근무를 하는 것처럼 보였다.

"이번은 내 차례야, 너는 다음이고. 잠깐이라도 여자애를 혼자 두지 않도록 해."

아스트리드의 가족들이 이 문을 열고 들어온 적은 한 번도 없었다. 모두 낯선 얼굴들이었다. 아스트리드는 걱정하기 시작했다. 무언가 잘못되었다.

"아스트리드?"

오늘 그녀를 여러 번 상담했던 의사는 침대 발치에 서서 진료 기록 카드처럼 보이는 것을 힐끗 쳐다보고 있었다. 지금 있는 곳은 실제 병원이 아니라 일반 가정집이었다. 아스트리드는 이 남자가 진짜 의사인지 아닌지 의심하기 시작했다. 그들은 온갖 종류의 조제약을 그녀의 목구멍으로 집어넣으며 삼키라고 강요했다. 약이 너무 써서 혀가 점점 마비될 지경이었다. 머릿속이 온통 뒤죽박죽이었다. 물어보고 싶은 질문이 수없이 많았지만, 그중 하나도 말로 표현할 수 없었다.

"처음 받았던 검사 결과에 따르면, 너는 지금 아주 건강하단다."
의사는 일반적인 말로 운을 뗐다. 파일을 손에 들고 있었지만 열지
는 않았다. "그저 몸 상태가 약해져서 피로감을 느낄 뿐이야. 며칠
은 침대에서 푹 쉬어야 할 거다."

"아무것도 기억이 안 나요." 아스트리드가 말했다. "저… 저는
무슨 일이 있었는지 모르겠어요."

의사는 한참 동안 아스트리드를 유심히 바라보았다. 아스트리드
는 의사의 대답을 듣기 전에 몇 초 동안 잠깐 졸았던 것 같았다. 머
리가 빙빙 돌고 있었다. 정말 이 정도로 피곤했던 걸까? 그게 아니
면 그들이 물에 무언가를 타서 준 걸까? 어째서 무언가에 집중할
수 없었을까?

"기억상실증에 걸리는 명확한 신체적 원인은 없단다. 의식을 잃
으며 뇌가 손상된 사람들은 종종 외상 후 기억 상실을 겪을 수 있
지. 부상이 발생한 직후나 의식을 회복한 후에 나타나는 단기적 기
억 상실 상태인데… 환자가 현재의 시간과 장소를 인지하지 못하고
주위 사람들을 못 알아보면 단기 기억이 손상된 거라 할 수 있어."

의사는 마치 걸어 다니는 사전처럼 말했다. 그날 아스트리드의
방에 찾아온 사람 중에서 분명 그 의사만 이 지역 사투리를 쓰지
않았다. 아스트리드는 그가 어딘가에서 의사가 되려고 몇 년 동안
공부했을 거라고 생각했다. 왜 마을로 돌아온 거지? 어째서 외딴
이곳으로 온 걸까?

"전… 선생님이 무슨 말을 하시려는 건지 도저히 모르겠어요."
아스트리드가 털어놓았다.

"네가 기억상실증을 한번 겪었을 확률이 높아. 그 사건이 발생

하기 전까지 네 삶을 재구성할 수 있지만, 그 후에 일어난 일, 구체적으로 말하자면 지난 12년을 기억하지 못하는 거란다. 어느 정도 시간이 지나면 이 시기에 대한 기억이 완전히 되살아날 수도 있고, 적어도 어떤 단편들은 기억할 수도 있어."

그 사건이 발생하기 전까지라···.

모든 사람이 그 일에 대해 이름을 붙이려고 한다는 사실을, 아스트리드는 금방 알아차렸다.

"다행히 시간이 지나면 괜찮아질 거다." 의사가 덧붙였다.

"톰이랑 얘기하고 싶어요." 아스트리드가 불쑥 말을 꺼냈다.

톰은 여기에 있었다. 그녀는 기억했다. 둘은 이야기도 나누었었다. **그렇지 않았나?**

"톰이랑 얘기한 다음에 여길 나가고 싶어요."

의외라는 듯이 의사는 그녀를 계속 쳐다보았다. "원로들이 허락하기 전까지는 너를 퇴원시킬 수 없단다."

아스트리드는 의사가 무슨 얘기를 하는 건지 도무지 알 수 없었다. "톰은 어디 있나요? 소냐는 괜찮아요?"

사실 아스트리드는 왜 아무도 막스에 관한 이야기를 하지 않는지 묻기가 두려웠다. **나쁜 일**이라도 일어난 걸까? 어디 있는 걸까? 내 동생 막스는 대체 어디 있단 말인가?

"원로들의 허락이 있기 전에는 어떤 정보도 말해줄 수 없어."

아스트리드는 몹시 당황하기 시작했다. "그럼 언제 나갈 수 있는지라도 말해주세요."

"의학적인 관점에서 보자면, 지금으로서는 더 이상 내가 해줄 수 있는 일이 없어. 경비대가 복도에 와있는데 너와 이야기하고 싶다는구나."

아스트리드는 자신에게 무슨 선택지가 있을지 생각했다. 의사에게서 빨리 벗어날수록 더 좋았다. 비록 더 많은 사람에게 말을 해야 하고, 자신은 별 도움이 안 될 거라는 얘기를 계속 반복해야 할지라도.

"들여보내 주세요." 아스트리드가 의사에게 말했다.

하지만 실제로 그들에게 무슨 말을 해야 할지, 아무 생각도 들지 않았다.

❁

"어젯밤에 무슨 일이 있었는지부터 얘기해보자."

톰은 눈 덮인 나무에서 답을 찾으려는 것처럼 창밖의 너저분한 정원을 바라보았다. 기억하는 건, 어려운 일이 아니어야 했다. 그런데 왜 갑자기 기억할 수 없게 된 걸까?

"저는 우리 집 울타리인 줄 알고 늘 하던 대로 울타리를 넘어갔어요. 밖은 깜깜하고 끔찍하게 추웠죠. 집 뒤쪽 창문이 벌어져 있길래 그 틈으로 안에 들어갔어요. 옷을 훔치고 싶지는 않았지만, 걸칠 옷이 필요했어요…."

두 남자가 그의 맞은편 테이블에 앉았다. 자신들을 경비대원이라고 소개했는데, 자칭 마을의 정부 역할을 한다고 했다. 간결한 갈색 제복과 배지로 그들의 계급을 가늠할 수 있었다. 한 명은 믿을 수 없을 정도로 큰 키에 호리호리했고, 다른 한 명은 체구가 건장했다.

대원 중 한 명이 작은 수첩을 꺼내 몇 글자를 휘갈겨 적었다.
"아무것도 입지 않고 있었나?"

톰은 남자의 심문을 받고 자기도 모르게 수치심을 느꼈다. 마치 자신이 일부러 사람들 앞에서 벌거벗었던 것처럼 느껴졌다.

"아뇨." 톰은 고개를 저었다. "제일 처음 눈에 띈 셔츠와 바지를 집어 들었어요. 곧바로 집에서 나가려고 했지만, 갓구운 빵 냄새가 너무 좋아서 그만…" 그는 목 안이 뜨겁게 달아오르는 것을 느낄 수 있었다. "배가 고팠어요. 정말 작은 빵 한 조각이었다고요. 맹세할 수 있어요. 그때 갑자기 불이 켜졌고, 빵집 주인분이 문 앞에 나타났어요. 그분이 저한테 도둑이라고 소리치는 바람에, 그래서 달아난 거예요."

그 대원은 한 문장이 끝날 때마다 고개를 끄덕이고 있었다.

"네가 빵집에 침입했다고 비난하는 사람은 아무도 없어. 그 후에 무슨 일이 일어났지?"

"사람들이 광장에서 저를 가로막았어요…. 저는 그 사람들을 알아보지 못했죠. 누군지 몰랐어요…. 저한테 너는 누구냐고 묻기 시작했어요. 말을 하려고 했는데 제 말을 믿지 않았죠. 그 사람들이 엄마를 불러냈고, 엄마는 제가 아들이 맞다고 확인해주셨어요."

사건이 발생한 지 몇 시간밖에 되지 않았는데 톰에게는 아주 오래전에 일어난 일처럼 느껴졌다.

"사람들이 정말 많이 모여 있었어요…. 그들은 다른 아이들을 찾으러 갔죠. 소냐는 얼어붙은 상태로 학교 정원에서 발견됐고, 아스트리드는 마을 뒤쪽 어느 들판에 누워 있었어요. 막스는 찾지 못했죠."

경비대원들은 눈빛을 교환했다. "막스 말러가 너와 함께 있었나?"

"전… 모르겠어요. 그런 것 같아요. 그렇게 들었거든요. 사람들이 우리 넷이 사라졌던 거라고 말했어요."

"그런데 너는 어제 막스도 거기 있었는지 구체적으로 기억을 못하는 건가?"

톰은 경비대원의 작은 공책에 적힌 단어들이 점점 늘어나는 것을 지켜보았다.

"아무것도 기억나지 않아요." 그는 시인했다.

경비대는 다른 각도에서 접근하기로 했다.

"빵집에는 어떻게 들어가게 된 거지?"

"네?"

"창문을 통해 빵집에 침입하기 전에 무엇을 하고 있었냐고."

톰은 곰곰이 생각했다. '내가 뭘 하고 있었지?' 그는 달리고 있었다. 숨을 헐떡였던 것이 떠올랐다. 뼛속까지 얼어붙은 몸으로, 어둠에 둘러싸인 채, 한참을 달리고 있었다. 하지만 그 이전은 전혀 기억이 없었다. 강물에서 튀어나왔으려나? 숲에 있다가 뛰쳐나왔을 가능성이 더 컸다. 적어도 순간적으로는 그럴듯하게 느껴졌다.

"모르겠어요. 숲속에 있었던 것 같은데…."

"검은 숲을 말하는 건가? 마을 외곽에 있는?"

톰은 어깨를 으쓱했다. 그 숲을 검은 숲이라고 부른다는 것도 경비대원의 말을 듣고서야 겨우 생각이 났다. 그걸 어떻게 알았을까? 우거지게 자란 키 큰 나무들이 갑자기 떠올랐다. 검은 숲이었을 수도 있었다. 젠장, 반경 십여 킬로미터 내에 있는 아무 숲일 수도 있었다.

"다른 건 더 없나? 숲에 들어가기 전에는?"

톰은 약간 바보가 된 기분이 들기 시작했다. "미안하지만, 저 정말 모르겠어요."

"괜찮다."

하지만 경비대원의 말투로 보아 확실히 괜찮지 않음을 알 수 있었다. 대원은 톰의 대답에 만족하지 못했다. 톰도 마찬가지였다. 만약 톰이 침묵으로 일관했더래도, 결국 마찬가지 결과가 나왔을 것이다.

❋

"천천히 해, 아스트리드. 이제 막 벌어진 일이라 감정적으로 받아들일 수 있는 상황이라는 걸 이해하니까. 서두를 필요 없어."

아스트리드는 갈등했다. 자신을 위해서라도 모든 것을 속 시원히 밝히고 싶은 마음이 간절했다. 무슨 일이 있었던 건지 알아내기 위해, 모든 빈칸을 채우기 위해. 경비대원의 질문에 답하는 것은 그녀에게 그렇게 중요하지 않았다. 자신의 표정이 너무 티 나지 않기를 바랐다. 한편, 무언가를 기억하려 할 때마다 찾아오는 고통은 너무나도 살을 에는 듯했다. 아스트리드는 의식적으로 기억해내길 거부하고 있었다. 경비대원들은 천천히 하라고 했지만, 그들이 조바심내고 있었다는 느낌을 떨쳐버릴 수가 없었다.

대원들은 아스트리드를 보기 위해 그녀의 방까지 걸어들어왔다. 아스트리드는 침대 가장자리에 앉아 있었고, 대원들은 창가에서 서성대며 번갈아 그녀를 심문했다. 아스트리드는 두 명의 경비대원 중에서 키가 작고 앳된 얼굴을 한 사람이 더 마음에 들었다. 이따금 그녀에게 친절한 미소를 지었기 때문이었다. 키가 크고 건장한 다른 대원보다 훨씬 더 그녀를 안심하게 만드는 구석이 있었다. 두 대원은 마치 서로 다 아는 사이인 것처럼 그녀에게 말을 걸었다. 하지만 아스트리드는 그들을 기억하지 못했다.

아스트리드가 어디서부터 시작해야 할지 몰라 침묵을 지키고 있을 때, 키가 작고 통통한 대원이 먼저 말을 꺼냈다.

"이 얘기를 들으면 좀 솔깃할 거야. 의사 말이, 톰 해틀러는 괜찮대." 그가 억지로 미소를 지으며 말했다. "집에 보내줄 거래."

아스트리드는 고개를 끄덕였다.

톰이 경비대원들에게 무슨 말을 했을지 궁금했다. 하지만 자신이 무얼 궁금해한다 하더라도 소용없다는 것을 알고 있었다. 어차피 대원들은 그녀에게 아무것도 말해주지 않을 게 분명했다. 경비대원은 별다른 반응을 얻어내지 못하자 계속 말을 이어나갔다.

"소냐 포레스는 아직 의식이 없어. 의사 말로는 깊은 혼수상태에 빠졌을 거라고 하더군."

아스트리드는 그 말을 어떻게 받아들여야 할지 몰랐다.

"12년 전, 너, 네 동생 막스, 소냐 포레스, 그리고 톰 해틀러까지, 대낮에 유치원에서 사라졌었잖아. 아스트리드, 무슨 일이 있었는지 기억하나?"

대답 대신, 그녀는 대원들 머리 너머 창밖을 바라보았다.

"의사 말이 내 기억이 되살아나려면 시간이 오래 걸릴 수도 있댔어요. 외상 때문일 가능성이 가장 크다고."

"너와 다른 아이들이 트라우마를 겪고 있는 것 같은 느낌이니?"

대원은 질문 공세를 이어나갔다. 겉보기에도 그가 질문을 던지는 사람이었다. 다른 한 사람은 조용히 노트에 내용을 적었다.

아스트리드는 어깨를 으쓱했다. "모두 다 그렇게 말하잖아요."

"너는 어떠니? 너는 어떻게 생각하는데?"

그 질문은 아스트리드를 격분시켰다. 인내심이 바닥나고 있었다.

"나보다 주변 사람들이 나한테 일어난 일을 더 잘 알고 있는 것 같아요. 전 하나도 기억나는 게 없거든요…. 저의 어린 시절이 너무 멀게만 느껴져요, 마치 다른 사람이 살았던 것처럼. 그리고 이… 시간의 공백이 생겼어요. 텅 빈 어둠이에요. 뭔가가 빠졌어요. 제 자신의 큰 부분을 잃어버린 것 같아요. 그거 말고는 어젯밤 일밖에 기억이 안 나는데, 그것도 분명하지 않고 혼란스러워요. 모두 내가 12년 동안 실종되었었다고 말하면서 대답하라고 해요. 하지만 전 가진 게 없어요. 아무것도 없다고요. 당신을 왜 믿어야 하는지도 모르겠어요. 아마 저는 어제 길을 걸어가다가 미끄러져서 머리를 부딪쳤을 수도 있어요…."

아스트리드의 얼굴에서 눈물이 흐르기 시작했다. 나약함을 드러낸 자신에게 화가 났다. 하지만 참으려 할수록 눈물은 그칠 줄 모르고 뺨을 타고 흘러내렸다.

"아스트리드, 우린 널 속 상하게 하고 싶지는 않아. 힘든 일이라는 건 이해해."

"이해한다고요?" 아스트리드가 끼어들었다.

"분명히 여섯 살이었는데 잠에서 깨보니 12년이 지나있고 나는 어른이 되어있는 기분이 어떤지 이해한다고요? 정말요? 솔직히 말해서 미안한데요, 진짜 그럴까요? 그게 어떤 기분인지는 아무도 몰라요. 나조차도 어떤 기분인지 모르겠는데. 설명할 수가 없어요. 내 머리가, 머릿속이 뭔가를 기억해내려 할 때마다 무너져내린다고요. 정신을 차려보니 알아볼 수도 없는 어른의 몸을 하고 있어요. 당신들은 지금 엉뚱한 사람에게 와서 대답해달라고 하는 거라고요. 난 아스트리드 말러에 대해서는 아는 게 없으니까!"

방안은 쥐죽은 듯이 조용해졌다. 한동안 침묵 속에서 아스트리드의 훌쩍거리는 울음소리만 들려왔다. 아스트리드는 낯선 사람들 앞에서 나약한 모습을 보이는 자신이 싫었다. 그들에게 우는 꼴을 보이지 말았어야 했다.

"의사를 불러 진정제 좀 놓아달라고 할까?" 경비대원 한 명이 제안했다.

아스트리드는 재빨리 고개를 저었다. 마지막으로 주사를 맞았던 자리가 아직도 따끔거렸다. 그녀가 여기 온 이후로 이미 어떤 주사를 놨을지는 알 길이 없었다. 더 이상의 약은 원하지 않았다.

"그럼 다음에 다시 얘기하자."

"싫어요!" 아스트리드는 별안간 격렬하게 항의했다. "난… 난 그냥 여기서 나가고 싶어요."

경비대원은 고개를 끄덕였다.

"알겠어. 그럼 어제로 돌아가 보자. 사람들이 마을 외곽 들판에 누워 있는 너를 발견했어."

아스트리드는 사실대로 말하면 도라가 곤란해지는 건 아닐까 생각했다. 무섭게 화를 내며 소리를 지르던 친구 아빠의 목소리가 떠올랐다. 분명 나중에 도라에게 사과해야 할 일이었다.

"저는 어느 숲에… 어느 숲이 떠올라요." 아스트리드는 확신 없는 목소리로 말했다.

경비대원들은 아스트리드가 해독할 수 없는 눈빛을 교환했다.

"혹시 검은 숲?" 다른 경비대원이 처음으로 목소리를 높였다.

"모르겠어요." 그녀는 털어놨다. "그럴 수도 있어요…. 키가 큰 소나무들을 봤어요. 그 숲에서 자라는 나무인 것 같아요. 아니면… 적어도 제가 어렸을 때는 그랬던 것 같아요."

"그리도 또?"

"집을 한 채 봤어요. 도라 로트너가 사는 집이요. 그 애가 거기 산다는 걸 알고 있었죠. 갑자기 이런 기분이 들었어요…. 달리 어떻게 설명해야 할지 모르겠지만, 그 애와 이야기를 해야 한다는 느낌말이에요. 그런데 제가 노크를 하기도 전에, 그 애가 직접 문을 열어줬어요."

"네가 올 줄 알고 있었던 거야?" 대원 하나가 깜짝 놀라 물었다.

"그런 것 같지는 않아요…." 아스트리드는 자세히 기억해내려고 애썼다. "그 애는 제가 누군지도 몰랐어요. 그리고 제 말을 믿지 않았죠. 저를 집안으로 들여서 입을 옷을 준 다음 제 얼굴을 씻겨줬어요…."

"너는 진흙투성이가 되어 이곳에 왔어. 어떻게 그런 일이 있었는지 기억나니?"

"아뇨."

지금도 목구멍에 남아 있는 담즙의 맛이 느껴졌다. 그녀는 토했었다. 어젯밤에! 혀를 깨물었기 때문에 입안의 피를 다 토한 상태였다. 그리고 톰은 여기 있었다…. 그건 꿈일 리가 없었다. 그와 말할 수만 있다면 좋겠다고 아스트리드는 바랐다.

"도라는 몸을 데우라고 따뜻한 차를 끓여줬어요. 우리는 이야기를 나눴어요. 제가 정말 아스트리드란 걸 증명해야 했어요."

"그리고 도라는 네 말을 믿었고?"

아스트리드는 끄덕였다.

"결국엔 제 말을 믿었어요. 우리 둘만 아는 얘기를 도라에게 말했거든요."

"그게 뭐였는데?"

"그냥 우스꽝스러운 일이요." 아스트리드는 고개를 저었다. "우리가 어렸을 때 했던 어리석고 유치한 행동이요. 그냥… 개인적인 이야기에요."

경비대원은 미간을 찌푸렸지만, 다행스럽게도 그냥 넘겼다.

"갑자기 속이 안 좋아지면서 기절을 했어요. 무슨 일이 일어났던 건지 도라가 얘기해주고 나서 바로요. 우리가 사라졌고 아주 오랫동안 실종상태였다는 얘기요…. 전 도대체 이해할 수가 없었어요. 사실 지금도… 이해가 안 돼요."

"그 들판에는 어쩌다 가게 된 거야?"

"모르겠어요…. 전 다른 애들이 떠올랐어요, 남동생 막스를 생각했죠…. 그 애들을 찾고 싶었어요. 하지만 제가 어느 방향으로 달려온 건지 전혀 알 수 없었어요. 그러고 나서 여기 있었다는 것만 기억나요."

"구스타프 린하트랑은 무슨 사이였니?"

아스트리드는 대원이 어떤 사람을 말하는 건지 전혀 모른다고 대답하려 했다. 하지만 그 순간, 오랫동안 잊고 있던 기억이 머릿속 한가운데서 떠올랐다. 그 기억은 몹시 강렬해 그녀 자신도 놀랄 정도였다.

미치광이 구스토.

"마을 사람들이 그렇게 생각하는 것처럼, 저도…." 그녀는 수긍했다. "그 사람을 무서워하지 않는 아이는 없었어요."

바로 그때, 문이 열리며 한 여자가 방으로 들어왔다.

"실례합니다…. 의사 선생님께서 보내서 왔단다. 옷을 좀 들고 왔어."

여자는 아스트리드가 자신을 알아볼 거라는 듯이 말하고 있었다. 하지만 아스트리드는 여자가 누군지 몰랐다.

"괜찮아요. 어차피 마무리하는 중이었어요." 경비대원 한 명이 대답했다.

여자는 옷가지를 침대 위에 놓고 서둘러 방을 나섰다.

"이게 다예요? 제 동생에 대해 알아낸 게 있나요? 그 애를 찾고 있기나 한 거예요?"

"순찰대가 주변 마을들을 샅샅이 뒤지면서 뭔가 봤을 가능성이 있는 목격자들을 심문하고 있어. 최선을 다하고 있지만, 아직 뭘 본 사람은 아무도 없는 것 같아. 너무 기대하진 마, 아스트리드." 경비대원들은 문으로 향하며 이렇게 작별 인사를 했다.

대원 중 한 명이 문손잡이를 잡으려고 손을 뻗는 순간, 아스트리드는 그들에게 소리쳤다. "사실, 부탁하고 싶은 게 있어요." 그녀는 깨달았다. "집에 좀 데려다줄 수… 있나요?"

경비대원들은 깜짝 놀란듯한 표정을 지었다. 아스트리드는 그들이 묻지 않기를 바랐다. 왜 아무도 그녀를 데리러 오지 않았는지,

왜 아무도 그녀 곁에 없는지.

　그 질문에도 대답할 수 없다는 사실을 받아들이는 건 당황스러울 것 같았다.

✽

　마을에 이토록 뚜렷한 흥분과 긴장이 한데 뒤섞인 때가 있었을까? 도라는 떠올릴 수 없었다. 동틀 무렵부터 사람들은 전날 밤 일어난 기이한 사건 이야기 외에는 아무 이야기도 하지 않았다. 마을로 돌아와 일주일에 몇 번 정도 일을 도와주는 가게를 갔을 때도, 도라는 보기 드물게 많은 사람이 밖에 서 있는 것을 목격했다. 그들은 집 앞에서 빈둥거리면서 뭘 하는 척하지도 않고 자기들끼리 잡담을 했다.

　도라는 걸음을 멈추지 않고 재빨리 사람들을 지나쳤다. 가게 안으로 들어선 도라는 작업복으로 바꿔 입고 오전 내내 통로에다가 재고 물건을 쌓았다. 통조림을 쌓고 썩어가는 과일과 채소를 골라내는 동안 도라는 사람들이 나누는 대화 일부를 들었다. 처음에는 그런 얘기들에 신경 쓰지 않으려고 노력했지만 쉽지 않았다.

　정오 무렵이 되자, 도라는 어젯밤에 일어난 일과 그 순서에 대해 완전한 그림을 그릴 수 있게 되었다. 동네 주민들이 퍼즐 조각을 맞추는 데 도움을 준 셈이다. 세부 내용에 대한 설명이 사람마다 다르기도 했지만, 도라는 무엇이 사실인지 쉽게 판독할 수 있었다. 정말로 무슨 일이 일어났는지 마을 사람들이 알게 된다면 좋을 텐데…. 하지만 아스트리드가 처음 모습을 드러낸 곳이 도라의 집이라는 사실을 아는 사람은 아무도 없었다.

물론 도라의 아빠는 예외였다. 딸이 한밤중에 누구를 집에 들였는지 털어놨을 때 그는 머리끝까지 화를 냈다. 도라는 아빠가 화를 내는 것이 허락 없이 누군가를 집에 들였기 때문인지, 아니면 그게 아스트리드였기 때문인지 알 수 없었다. 어렸을 때도 아빠는 둘이 친하게 지내는 것을 허락한 적이 없었다. 도라는 심지어 아스트리드가 사라지자 아빠는 어쩐지 안심한 건지도 모른다고 의심한 적도 있었다.

도라는 어릴 때처럼 아빠가 자신을 때릴까 봐 겁먹었지만, 쏟아지는 모든 꾸중을 군말 없이 받아들이자 아빠는 소리 지르는 것으로 끝냈다. 그 후 도라는 잠을 잘 수가 없었다. 몹시 불안한 상태가 계속되었다. 날이 밝을수록 사라졌다 돌아온 친구의 기묘한 방문이 점점 더 어렴풋하게 느껴졌다.

도라는 오랫동안 친구들이 돌아오기를 꿈꿨다. 그들의 시체가 발견되어서 사건이 해결되기만 했어도 만족했을 것이다. 당시에도 진실을 증명할 수 있는 것이면 무엇이든지 도라는 계속 말해왔다. 자신은 미친 게 아니라고. 어린 나이에도 그 모든 이야기를 지어내지 않고 말했다.

도라는 확인하고 싶었다.

그리고 아스트리드와 다른 아이들이 그 열쇠였다. 자신의 궁금증에 대한 해답을 줄 사람.

"도라." 가게 주인 레소브스카 부인의 말에 도라는 생각의 흐름을 멈췄다. "삽을 가져와서 가게 앞에 눈을 치워주렴. 아침부터 눈보라가 불어댔거든."

도라는 말없이 뒤쪽 창고에 들어갔다. 코트를 입고 목도리를 두른 후 장갑까지 낀 다음 삽을 챙겼다. 도라는 올겨울에 이 나무 삽을 싫어하게 되었다. 하루에도 몇 번씩 등이 뻐근할 때까지 눈을 치워야 했기 때문이었다.

가게에 들어오려는 손님 몇 명에게 길을 내주며 도라는 밖으로 나갔다. 날카로운 오후 햇살이 눈에 반사되어 그녀는 순간적으로 앞이 보이지 않았다. 잠시 후 도라는 눈 덮인 인도를 삽으로 치우기 시작했다. 이제 막 쌓인 눈더미 밑에는 30센티미터 정도의 두께로 눈이 얼어붙어 있었는데, 그 부분을 내리칠 때마다 삽 손잡이가 그녀의 쇄골을 쿡쿡 찔렀다. 몇 분도 안 돼서 도라는 땀 범벅이 되었다.

그때까지 불지기들은 마을 광장에 모닥불을 다시 피울 수 없었는데, 아무도 그 이유를 알지못했다. 그들은 오전 내내 불을 붙이려고 애썼다. 도라는 그쪽을 보지 않으려고 안간힘을 썼다. 도라가 무언가 알고 있다고 그들이 의심하게 만들면 안 될 일이었다. 조심하지 않으면 표정 하나, 움직임 하나로 죄인이 될 수도 있기 때문이었다.

삽질이 거의 끝나갈 무렵 도라는 경비대원 두 명이 순찰 중인 것을 보았다. 심장이 두근거렸다. 그들이 자신을 잡으러 온 거라는, 거의 편집증적인 생각이 불현듯 스쳤다. 마치 자신이 범죄자를 돕고 방조한 것 같은 죄책감에 도라는 그 자리에서 완전히 얼어붙었다. 하지만 도라는 무슨 불법을 저지른 것이 아니었다. 자신의 친구를 도왔을 뿐이었다. '**하지만 넌 아무한테도 신고하지 않았잖아.**' 머릿속에서 어떤 굵은 목소리가 말했다. '**그래도 그건 범죄가**

71

아니야…. 그렇지?'

도라는 괴로웠다. 그녀는 보도에 쌓여 있던 눈을 다 치웠다. 이제 해야 할 일은 가게로 돌아가서 다시 일을 하고 경비대원의 눈에 띄지 않는 것이었다. 하지만 한편으로는 다음에 무슨 일이 일어날지 진심으로 궁금했다. 그래서 눈은 그쳤지만 계속 삽으로 눈을 치우는 시늉을 했다. 순찰대가 집마다 돌아다니며 이것저것 물어보고 있었다. 심지어 수색견들도 풀어놓은 상태였다. 그들은 무엇을 찾고 있는 걸까? 막스?

호기심이 발동한 사람은 도라 뿐만이 아니었다. 사람들은 잠시 가는 길을 멈추고 마을 광장 위에서 어슬렁거리며 왔다 갔다 했다. 하지만 그녀의 호기심은 이내 중단되었다.

"도라!"

레소브스카 부인이 가게 문을 열어젖혔다. 광장 전체에 부인의 목소리가 쩌렁쩌렁하게 울렸다.

"아직도 여기서 뭐 하는 거니? 네 할 일은 저절로 끝나는 거야?"

"지금 가요. 죄송합니다."

도라는 부끄러워하며 작은 목소리로 말했다. 그리고는 주인 아주머니를 따라 재빨리 안으로 들어갔다.

"제 귀 때문에요. 소리가 안 들려서…."

"빈둥거리라고 너한테 돈을 주는 게 아니야!"

가게 주인은 손님들 앞에서 도라를 꾸짖었다.

"버려진 애들 세 명 때문에 가게 장사가 방해받아서는 안 되지! 여기저기 눈 뿌려대지 말고 계산대 뒤로 가라. 필요할 때만 안 들리는 척하기는! 내가 너 같은 부류를 잘 알지, 쯧쯧."

도라는 가게에 있는 모든 사람이 자신을 쳐다보는 게 느껴졌다. 뺨이 붉게 달아올랐다. 그녀는 재빨리 코트를 벗고 계산대에 앉았다. 손이 너무 떨려서 동전 접시에서 잔돈을 꺼내려고 할 때마다 여러 번 시도해야 했다. 도라가 할 수 있는 일이라고는 자신의 서툰 행동에 대해 거듭 사과하는 것뿐이었다.

한 시간도 지나지 않아 경비대원들이 가게 앞에 나타났다. 도라는 그들이 있는 쪽을 몰래 바라보지 않을 수 없었다. 수색견들이 구석구석을 킁킁거리며 왔다 갔다 하고 있었다. 하지만 몇 분도 안 돼 사라진 것을 보니 개들이 어떤 냄새도 감지하지 못한 듯했다.

오후 세 시쯤 일이 마무리되고 있었다. 마지막 30분에 대한 일당은 주지 않아도 될 것 같았던 레소브스카 부인은 도라를 일찍 퇴근시켰다. 도라는 문제 삼지 않았다. 간밤에 한숨도 못 자 피곤하고 몰골이 흉해서 혼자 있을 수 있기를 고대했기 때문이었다. 집안 일도 도라가 돌아오기만을 기다리며 쌓여 있었다. 하지만 적어도 집에서는 바깥세상 일로부터 숨을 수 있었다.

일을 마치고 집에 오는 길에 도라는 아스트리드 가족이 사는 집을 지나쳤지만, 텅 비어 있는 것 같았다. 도라는 아직 자신의 궁금증에 대한 해답을 얻지 못한 느낌이었다.

❋

톰은 그날 오후 엄마와 함께 병원을 나서고 있었다. 모든 검사가 진행되고 톰이 경비대원들과 얘기를 하는 동안 엄마는 톰의 방 밖에서 기다려야 했다. 그녀는 톰의 엄마이면서 간호사였다. 톰이 의사에게 엄마도 참석할 권리가 있다고 소리치는 소리를 들었지만 들어갈 수 없었다. 의사는 꿈쩍도 하지 않았다. 하지만 의사나 경비대원들이 자리를 비울 때마다, 엄마는 바로 톰의 곁으로 와서 그의 손을 잡았다. 아들이 흔적도 없이 사라질까 봐 두려워하는 듯했다.

형광등이 간헐적으로 기분 나쁘게 깜빡이며 그 생기 없는 건물을 밝혔다. 사람들의 발소리는 텅 빈 복도를 따라 울려 퍼졌다.

"아스트리드는 어디에 잡아두고 있는지 아세요?"

톰은 엄마에게 물었다.

"아니, 그런데 그 애는 분명 괜찮을 거야. 의사가 돌봐줄 거니까."

톰은 실망감을 감추려고 애썼지만, 엄마가 다시 힘찬 어조로 말을 거는 것을 보니 티가 난 게 분명했다.

"곧 만나게 될 거야, 알았지? 그러니까 지금은 같이 집으로 가는 것만 신경 쓰도록 하자."

그들이 서서히 집을 향해 출발했을 때, 아빠는 왜 오지 않았는지 톰은 몹시 궁금했다. 하지만 톰은 묻지 않았다. 엄마가 대화하는 도중에 그 얘기는 의도적으로 피하려고 하는 게 느껴졌기 때문이었다.

톰은 풍경 중에서 구체적인 것들은 아무것도 알아볼 수 없었다. 하지만 저 너머로 언덕과 키 큰 나무들이 내다보이자 마음속에서부터 집에 돌아온 느낌이 일었다. 한때는 아득했지만, 이제는 되찾은 집. 의사는 마을의 가장 끝자락에 있는 강가에 살았다. 그들이 마침내 집에 도착했을 때, 날은 이미 어두워지고 있었다.

엄마는 마치 톰이 두 발로 설 수 없다는 듯이 그에게 달라붙어 몸을 부축했다. 톰은 곧 그 이유를 깨달았다. 뻔뻔스럽게도 마을 사람들이 톰의 집 앞에 서서 그들을 노려보고 있었다.

"어떤 것들은 정말 변할 생각을 않네요."

톰은 병원을 나선 이후로 처음으로 입을 열었다. 발레리아는 시무룩한 표정으로 고개를 끄덕였다.

"사람은 변하지 않아…. 어서 안으로 들어가자."

엄마가 톰을 안으로 안내했다. 톰은 집에 있던 모든 것이 그대로 남아 있는 것을 보고 깜짝 놀랐다. 일어난 페인트, 삐걱거리는 마루판, 익숙한 냄새.

"들어오렴. 배고프니? 먹고 싶은 건 뭐든지 만들어줄게. 다른 사람을 위해 요리하는 게 이제는 익숙지 않구나. 아직도 죽 좋아하니? 그럴 거야. 죽은 모두가 좋아하니까."

톰이 이방 저방을 돌아다니며 자세히 살펴보는 동안 엄마는 말을 멈추지 않았다.

"집에 먹을 게 별로 없지만, 뭐가 좋을지 생각해 볼게. 혹시 먹고 싶은 게 있니? 이웃집에서 지난주에 돼지 한 마리를 잡았거든. 그래서 돼지고기 한 덩이를 줬는데 특별한 날에 먹으려고 저장해 두었단다. 오늘이 그 특별한 날이 아니란 소리는 아니야. 드디어 네가 집에 왔구나, 우리 아들. 정말로 돌아오게 돼서 너무나 다행이야!"

그들은 주방에 서 있었다. 비좁은 주방에는 찢어진 인조 가죽이 덮인 낡은 긴 의자가 식탁 옆에 놓여있었다.

"엄마?"

"응?"

그녀는 먹을 게 아무것도 없어 절망적인 찬장에서 시선을 뗐다.

"솔직히 말하자면, 식료품을 살 시간이 없었단다. 그래도 어제

먹다 남은 빵이 있긴 한데….”

“엄마.” 톰이 엄마를 다그쳤다.

“듣고 있어.”

“아빠는 어디 계세요?”

그 질문이 나올까 봐 줄곧 두려워했다는 것을 엄마의 표정에서 알 수 있었다. 엄마가 적절한 말을 찾을 때까지 톰은 참을성 있게 기다렸다. 그러나 침묵은 계속되었다.

“엄마?”

“우리는 힘든 시간을 보냈단다, 얘야.”

엄마는 인자한 어조로 말했다.

“네가… 네가 사라지고 나서, 네 아빠랑 나는 감당할 수 없을 만큼 감정적으로 힘들었어. 하지만 그건 절대 네 잘못이 아니란 걸 알아줬으면 해.”

톰은 누군가가 자신의 목 뒤에 얼음물을 한 양동이를 쏟은 것 같은 기분이 들었다.

“네 아빠랑 나는… 십 년 전에 이혼했어.”

톰은 마을에서 누가 이혼했다는 얘기를 들어본 적이 없었다. 그 것은 생각할 수도 없는 일이었고, 문제가 있는 가족들조차 끝까지 함께 살았다. 결혼 서약은 죽음만이 끊을 수 있었다.

“아빠는 지금 어디 계세요?”

엄마는 낙담한 듯했다. 집으로 돌아온 아들과 이런 얘기를 하게 될 거라고 상상하지 못했을 것이다.

“엄마, 아빠는 지금 어디 계시냐고요?”

“오래된 제분소 옆에 산단다. 새 가족을 위해 그 집을 수리했지.

네가 받아들이기 힘들 거란 걸 잘 알아….”

톰은 의자에 주저앉았다. 지금까지는 12년간의 공백을 받아들이는 게 힘들었다면, 이제 그 현실이 그를 덮치기 시작했다. 아주 분명하게.

❋

집으로 돌아가는 길, 아스트리드는 휙 돌아서서 도망가지 않고 계속 갈 수 있도록 마음을 다잡아야 했다. 집이 가까워져 올수록 그녀의 가슴 한편에 자리 잡은 두려움은 장기를 휘감고 숨 막히게 했다. 그 두려움은 설명할 수 없는 존재였다. 에스트리드는 두려움의 이유를 모르는 척했다. 그렇게 하지 않았다가는, 마음 깊숙한 곳에 숨겨져 단단히 잠긴 상자에서 그 이유의 절반만이라도 꺼냈다가는, 결국 아스트리드는 미쳐버렸을 것이다.

두 명의 경비대원과 함께 있던 방을 나설 때, 아스트리드는 포레스 부부와 우연히 마주쳤다. 그들은 복도 끝에 있는 소녀의 방에서 막 나오던 참이었다. 포레스 부인은 거의 혼자 서있지 못할 정도로 망가져 보였다. 남편 포레스 씨가 부축하지 않았다면, 그녀는 어떤 동물처럼 네 발로 바닥을 기어 다녔을지도 모른다. 아스트리드는 그러한 심상에 사로잡혀 잠시 여자의 눈에 시선을 고정했다. 하지만 이것은 커다란 실수였다.

“왜? 어째서?”

포레스 부인은 남편의 손길을 뿌리치고 아스트리드 쪽으로 몸을 날렸다. 아스트리드는 무의식적으로 한 발짝 뒤로 물러서며 자신의 팔뚝을 잡으려는 여자의 손을 간신히 피했다. 포레스 부인은 주저앉으며 무릎을 꿇었지만, 남편과 경비대원들이 여자를 제때 붙잡았다. 하지만 여자는 아스트리드의 손목을 용케 움켜쥐고는 놓을 생각을 하지 않았다.

"내 어린 딸에게 무슨 짓을 한 거야?" 여자가 외쳤다. "왜 깨어나질 않는 거냐고?"

충격에 빠진 아스트리드는 어떻게 반응해야 할지 몰라 그 자리에 서 있었다.

"조야, 진정해." 남편은 그녀를 아스트리드에게서 떼어놓으며 매정한 말투로 재촉했다. "소란 피우지 말라고."

"우리 애는 의식이 없는데 왜 너는 멀쩡한 거야? 어서 소냐를 깨워!"

아스트리드는 포레스 부인의 질문에 뭐라고 답해야 할지 몰랐다. 거리로 나가자 몸이 떨리기 시작했다. 포레스 부인과 대치했던 상황 때문인지 아니면 집에서 자신을 기다리고 있는 것이 두려워서인지, 알 수 없었다. 어쩌면 이 모든 게 전부 원인일지도 몰랐다.

"돌아오니 좋지 않니?" 그들이 모두 떠나자 경비대원이 적막을 깨고 말을 걸었다.

아스트리드는 대답하지 않았다. 다시 돌아와서 좋은 점이 무엇인지 전혀 알 수 없었다. 좋다기보다 오히려 공포에 가까웠다. 거리는 친숙하면서도 낯설게 느껴졌다. 이곳의 집들, 정원들, 구석구석들을 천 번쯤 본 것 같기도 하고 동시에 처음 보는 것 같기도 했다. 만약 의사 말이 틀렸다면 어떻게 해야 하지? 영영 기억을 되찾지 못한다면? 자기 자신도 알아보지 못한 채 반쯤 비어 있는 상태로 영원히 이렇게 지내야 한다면?

아스트리드와 경비대원이 거리를 걸어가자, 길을 비키는 사람들이 점점 더 늘어났다. 몇몇은 멈춰 서서 그녀를 가리키며 이웃들에게 귓속말하기도 했다. 언짢은 표정을 숨기지 않고 관심 있게 관찰하는 사람들도 있었다. 경비대와 그들이 지닌 권위에 대해 반감을 드러내는 것인지, 아니면 온 마을 사람들이 이미 그녀의 정체를 알고 있어서 수군거리는 것인지 아스트리드는 알 수 없었다. 그런 생각을 할수록 그녀는 사람들의 시선을 더욱더 피하고만 싶었다.

아스트리드는 자신의 집을 곧장 알아보았다. 12년이라는 시간이 흘렀어도 자신이 이 집에 가졌던 감정들은 지워지지 않았다. 그녀는 경비대원들에게 고맙다고 말하고 싶었지만, 겨우 고개를 숙여 인사할 수밖에 없었다. 현관문 쪽으로 걸음을 옮길 때마다 배가 뒤틀렸다.

'좋아, 해치워버리자.' 그녀는 혼잣말했다.

아스트리드는 문을 세게 두드렸다. 아무 응답이 없었다. 순간 몸을 돌려 어딘가 멀리 달려갈 생각을 하자 거짓 안도감이 온몸에 퍼졌다. 하지만 어디로 가야 할까? 선택권이 있나? 아스트리드는 다시 문을 두드렸다.

문 너머의 그 사람은 아스트리드에게 벌을 주고 있었다. 누가 뭐래도 아스트리드는 확신했다. 그녀가 틀림없이 자신을 발견했을 거라고. 항상 모든 것을 주시하고 있어서 아무것도 빠져나가지 못하기 때문이다. 앙심을 품고 벽 너머로 보고 있었던 게 분명했다. 아스트리드를 어둠 속에 혼자 내버려 둔 채 그 비참한 모습을 즐기고 있을 터였다. 아스트리드가 계속 문을 두드리고 애원하길 바랐을 것이다. 그녀는 할 수 있는 사람이었다.

마침내 아스트리드는 문 쪽으로 다가오는 발소리를 들었다. 다시 어린 아이가 된 기분으로 머뭇거렸다. 이런 느낌이 사라진 적이 있었던가? 그녀는 알 수 없었다.

문이 열렸다. 12년은커녕 하루도 늙지 않은 것처럼 보이는 여자가 문 앞에 서 있었다. 주름 몇 개가 새로 생긴 것을 빼고는 말이다. 아스트리드가 기억하는 한, 여자가 자신의 회색 눈동자로 할 수 있는 것은 지금처럼 그녀를 그 자리에 얼어붙도록 뚫어져라 보는 게 다였다. 혐오와 증오로 가득 찬 냉소적인 시선. 아스트리드의 살을 오싹하게 만드는 그 시선.

아스트리드는 먼저 침묵을 깨기로 마음을 먹었다.

"할머니, 안녕하세요."

제 3 장

두 번째 밤

·

그들은 아무 말도 하지 않고 현관에 서 있었다. 영겁의 시간이 흐르는 듯 했다. 할머니는 얼굴 근육을 하나도 움직이지 않았다. 마치 조각상 같았다. 아스트리드는 자신이 인사를 건네기도 전에 할머니가 자신을 알아봤음을 알았다. 미칠듯한 침묵만이 흘렀다.

"돌아왔구나."

마침내 할머니가 입을 열었다. 그 목소리를 듣자 아스트리드는 뼛속까지 오싹해졌다. 할머니는 애써 실망감을 감추지 않았다. 아스트리드는 심호흡했다. 해낼 수 있었다. 그녀는 이제 열여덟 살이고, 더는 어린아이가 아니었다. 하지만 자신의 유년 시절 전체를 앗아간 사람 앞에서 어떻게 어른스럽게 행동할 수 있을지 막막했다.

"갈 데가 없어서요." 아스트리드는 본론부터 말했다.

"그래서 **집**에 온 거로구나."

할머니는 입술을 꽉 깨물며 '집'이라는 단어를 힘주어 말했다.

아스트리드는 할 말을 잃었다. 둘은 표정으로 모든 것을 말하며 말 없는 의사소통을 이어나갔다. 잠시 후, 할머니는 한 발짝 뒤로 물러서더니 문을 활짝 열고 아스트리드를 안으로 들였다. 완전한 승리라고 볼 수는 없었지만, 완전한 패배도 아니었다.

집은 변해 있었다. 누군가 벽을 하얀색으로 다시 페인트칠해서 내부를 환하게 만들었다. 바닥은 쪽마루 바닥으로 바뀌어 있었다. 그렇다 해도 음산한 분위기는 전혀 바뀌지 않았다. 그 음산함은 벽이 아니라 이 집에 사는 사람들에게서 풍겨 나오는 거라고 아스트리드는 생각했다. 새로 페인트칠을 하고 바닥을 다시 깔아도 바꿀 수 없는 분위기였다.

아스트리드는 배운 대로 현관 앞에서 신발을 벗고 할머니를 따라 부엌으로 갔다. 아스트리드의 숙모를 스토브 앞에 서서 저녁을 만들고 있었다. 아스트리드가 들어가자 숙모는 고개를 돌려 그녀를 바라보았다. 모인 눈, 폭이 좁으면서 긴 코, 황갈색 머리카락 때문에 아스트리드는 이모를 볼 때마다 여우가 떠올랐다. 게다가 여기저기 기웃거리는 교활한 면도 여우와 닮았다.

"그래, 돌아왔구나."

숙모는 마치 아스트리드가 골목 가게에 가서 한참 구경하다 돌아온 것처럼 말했다. 아스트리드는 고개를 끄덕였다. 숙모는 앞치마에 손을 꾹꾹 눌러 말린 다음, 아스트리드에게 바로 다가가 그녀의 이마에 묻은 머리카락을 손으로 넘겼다.

"어디 보자! 음, 그래, 음……. 너도 이제 다 큰 여자가 되었구나. 아침부터 네 얘기로 마을이 떠들썩했단다."

"엄마는 어디 계세요?" 아스트리드가 숙모의 말을 끊었다.

순간 숙모의 얼굴에 어두운 그림자가 스쳤다. 아스트리드는 숙모가 할머니 쪽을 쳐다보지 않으려고 애쓰고 있다는 사실을 눈치챘다. 숙모는 대답 대신 스토브 쪽으로 몸을 돌려 다시 요리하기 시작했다.

"엄마는 어디 계시냐고요." 이번에는 할머니를 바라보며 다시 물었다.

그사이 할머니는 테이블에 앉아 호두 껍데기를 벗기기 시작했다. 아스트리드가 오기 전부터 호두 껍데기를 까고 있었을 것이다.

"다 네 잘못이지, 누구 탓이겠냐."

할머니는 모호하게 대답했다. 호두 까는 기구에 호두를 하나 더 집어넣었다. 호두가 깨지며 요란한 소리가 났다.

"그게 무슨 뜻이에요?"

끔찍한 공포감이 아스트리드를 압도했다.

할머니는 호두에서 눈을 떼고 손녀를 바라보았다. 아스트리드는 할머니의 팔뚝을 장식하고 있는 문신을 흘끗 쳐다봤다.

"그 애는 완전히 정신을 놨어. 이게 다 네 잘못 아니고 뭐겠냐는 말이야. 신경쇠약에 걸렸으니까."

아스트리드는 더 이상의 설명을 요구하지 않았다. 복도로 뛰쳐나가 곧장 엄마의 침실로 향했다. 한 번도 이 집을 떠난 적이 없다는 듯이……. 침실 문을 두드렸지만 아무 반응이 없었다. 아스트리드는 방문을 열고 안으로 들어갔다.

아스트리드는 노크를 해봐야 소용이 없었다는 것을 깨달았다. 방은 지저분하고 엉망이었다. 곰팡내인지 알 수 없는 퀴퀴한 냄새가 코를 찔렀다. 엄마는 반쯤 누운 자세로 안락의자에 앉아 있었다. 담요를 두른 엄마는 아스트리드가 기억하는 모습보다 훨씬 작고 연약해 보였다. 팔걸이 위에 걸친 두 팔은 축 늘어져 있었다. 마치 누군가에 의해 무심코 던져졌다가 다시 선택받길 기다리는 헝겊 인형 같은 모습이었다. 엄마는 문이 열리는 소리에도 돌아보지 않고, 아스트리드가 방에 들어왔을 때도 움직이지 않았다.

"엄마…?"

아스트리드는 안락의자 주위를 빙 돌며, 자신의 앞에 있는 철저하게 텅 빈 엄마의 모습을 바라보았다. 그토록 감정 표현에 익숙했던 엄마였는데. 누군가 엄마의 감정을 전부 지워버린 듯했다.

"엄마."

아스트리드는 손을 뻗어 엄마의 얼굴을 손가락으로 움켜쥐고 자신의 얼굴을 향하도록 살짝 들어 올렸다.

"엄마…. 나야, 아스트리드."

말을 하던 아스트리드의 목소리가 중간에 끊겼다. 엄마는 그녀를 똑바로 바라보고 있었지만, 딸을 알아보는 눈빛이 아니었다. 생판 모르는 사람을 쳐다보는 시선 같았다. 바로 그 순간, 아스트리드는 완전히 깨달았다. 무슨 일이 벌어졌는지를 말이다. 그녀는 온종일 모든 사람이 그녀에게 알리려고 했던 진실을 가차 없이 부정해왔다. 증거가 없었기 때문이다. 이제, 그 증거가 바로 눈앞에 있었다.

각각의 퍼즐이 제자리를 찾기 시작했다. 아스트리드와 남동생은 흔적도 없이 사라졌었다. 그 일 때문에 엄마는 쇠약해져서 이 집에 갇혔다. 할머니와 함께, 12년 동안이나. 아스트리드는 엄마가 견뎌야만 했던 것이 무엇인지 상상조차 할 수 없었다. 그리고 이제 그녀가 돌아왔다. 하지만 막스는… 그녀의 남동생은 돌아오지 않았다. 왜일까? 아스트리드는 돌아왔는데, 어째서 막스는 돌아오지 않은 걸까? 도대체 무슨 일이 일어났던 걸까? 지난 12년 동안 어디에 있었던 걸까? 왜 아무것도 기억하지 못한단 말인가? 그녀는 왜 누군가 자신의 일부를 지운 것 같은 느낌을 받았을까?

아스트리드는 참을 수 없는 고통으로 욱신거리는 머리를 움켜쥐었다. 소리가 잘 나지 않는 낡은 라디오를 세게 탁탁 쳐서 주파수를 맞추려는 것처럼, 그녀는 주먹으로 관자놀이를 두드리며 기억이 되살아나길 바랐다. 소용이 없었다. 다리에 힘이 풀렸고, 바닥에 쓰러지며 몸을 웅크렸다. 아스트리드는 엄마의 발밑에서 흐느껴 울었다.

아스트리드는 오랫동안 흐느껴 울다가 숨을 헐떡이기 시작했다. 눈물이 마를 때까지 울었더니 목이 건조해지며 따끔거렸다. 뒤이어 뺨 위로 흐르는 눈물을 닦고 떨리는 다리로 일어섰다. 엄마는 무덤덤하게 딸의 행동을 지켜보았다. 아스트리드는 다시 복도로 나갔다. 천천히 문을 닫고 방을 나서자 바로 앞에 할머니가 서 있었다. 아스트리드는 할머니가 얼마나 오랫동안 거기에 있었는지, 혹시 자신이 우는 소리를 들었는지 알 수 없었다. 하지만 통통 부은 눈을 보면 모를 수가 없었다.

"저녁 식사는 7시다. 남자들이 일을 다 마치고 오면 먹는 거야." 할머니가 알렸다.

"너는 네 숙모를 도와 집안일을 다 하게 될 거다. 잠은 예전에 네가 쓰던 방에서 자고. 내 집이니까 내 말이 법이야. 알겠니?"

할머니는 휙 돌아서더니 부엌으로 걸어갔다. 문턱을 넘어가며 아스트리드가 들을 수 있도록 똑똑히 말했다.

"네 동생이 돌아왔어야 했는데, 네가 아니고."

최악은, 바로 그 순간 아스트리드도 같은 생각을 했다는 사실이다.

✳

아스트리드는 저녁을 먹기 전까지 부엌에서 시간을 보냈다. 말없이 숙모가 음식 준비하는 것을 도왔다. 채소를 썰고 구운 고기에 양념을 발랐다. 하지만 자신이 어리숙하게만 느껴졌다. 쉴새 없이 모든 것을 감시하는 할머니의 눈길이 등 뒤에 꽂히는 것이 느껴졌기 때문이기도 했지만, 주된 원인은 부엌 사정을 도통 알 수 없었기 때문이었다. 무엇이 필요한지, 그게 어디에 있는지 모르는 아스트리드는 숙모에게 도움이 아니라 짐이 되고 있었다.

7시가 되기 직전, 삼촌과 함께 사촌 형제 중 동생인 크리스티안이 돌아왔다. 어린시절 크리스티안은 아스트리드보다 세 살이 많았고, 키도 훨씬 더 컸다. 크리스티안은 지금은 따로 나가 사는 게 분명한 그의 형과 함께 아스트리드를 괴롭히곤 했다. 아스트리드는 그 일 때문에 아직도 이 형제가 싫었다.

이제 크리스티안은 성인이 되었고, 아스트리드도 마찬가지였다. 어렸을 때도 탐탁지 않게 여겼던 것처럼 지금도 크리스티안은 그녀를 다시 만나 불쾌한 듯 보였다.

"그 말이 사실이었군."

크리스티안은 현관에 서서 아스트리드를 위아래로 훑어보며 큰 소리로 말했다.

"내가 불지기들한테 너무 나무만 만지다가 정신이 나간 거 아니냐고 했는데, 그 인간들 말이 맞았네. 정말 돌아왔구나. 참, 이런 일이 다 있고 말이야….”

“말조심해라.”

삼촌은 아스트리드를 보는 둥 마는 둥 하며 크리스티안을 훈계했다. 아스트리드를 투명인간 취급하는 모습조차 변하지 않았다.

“저녁 준비는 다 됐나?”

“네.” 숙모는 서둘러 대답했다.

삼촌과 크리스티안은 화장실로 향했다. 먼지와 때를 씻어내기 위해서라고 아스트리드는 추측했다. 물어보지 않았지만, 삼촌은 산속에 있는 제재소에서 일했고, 크리스티안이 삼촌의 일을 도왔다. 아스트리드는 어렸을 적, 거스러미가 잔뜩 일어나고 송진이 묻어 끈적끈적했던 삼촌의 크고 거친 손이 항상 두려웠던 생각이 났다.

숙모는 여섯 명분의 음식을 차리기 위해 재빨리 자리를 떴다.

“넌 숫자도 못 세냐?”

마치 엑스레이를 찍는 것 같은 할머니의 시선이 아스트리드를 꿰뚫었다. 아스트리드는 할머니의 말이 의아했지만 여섯 개의 접시를 모두 테이블에 놓았다.

“제 생각엔….”

“레나는 자기 방에서 먹는단다.” 숙모가 재빠르게 대답했다. “우리랑 테이블에서 같이 먹지 않아.”

식구들이 엄마를 피하고 있었다. 예전에도 그랬던 것처럼. 전과 다르게, 지금은 그들을 향해 대들 수 없었다. 아스트리드가 자신들의 혈육이 아니라는 것을 상기시키고 있었다. 불현듯 병원에 오래 있었던 게 다행이라고 여겨졌다. 바로 오늘 아침만 해도 그렇게 생각하지 않았지만 말이다. 아스트리드는 너무 서둘러 나오지 말았어야 했다. 그냥 병원에 있는 편이 나았을지도 몰랐다. 이 집에서 무엇이 그녀를 기다리고 있을 거라고 생각했단 말인가?

엄마. 아스트리드는 엄마가 절실히 필요했다. 하지만 아스트리드의 엄마는 오히려 그녀의 도움이 필요했다.

이날 저녁 식사는 그녀 인생에서 가장 기이한 순간 중 하나가 되었다. 제3자가 본다면, 모르는 사람들이 무작위로 모여 각자 다른 언어로 떠드는 것처럼 보일지도 모르겠다고 생각했다. 상대방의 말을 무시하거나 상처를 주지 못해 안달이 난 모습처럼 보일지도 모르겠다고 생각했다.

아스트리드는 한 번도 관심의 대상이 되고 싶었던 적은 없었다. 하지만 만약 12년 동안 실종된 누군가와 한 테이블에 앉아 있다면, 몇 가지 질문을 하거나 아니면 적어도 어떤 상호작용을 하고 싶을 것 같았다. 도라와 그랬던 것처럼. 하지만 이 집에서 아스트리드는 아무도 규칙을 설명해주지 않는 게임을 하는 것 같은 기분이 들었다. 삼촌은 저녁 식사를 하는 대부분 말없이 자신의 접시를 들여다봤다. 이따금 숙모가 그에게 질문을 던지면 대답했다. 재제소에서 하는 일들과 날씨가 안 좋아 계획이 틀어진 일 등을 퉁명스럽게 말했다.

"남기지 말고 먹어라. 꼴이 말이 아니네." 숙모가 아스트리드를 재촉했다.

"그래, 아스트리드, 다 먹어."

크리스티안은 맥주잔 가장자리 너머로 작고 쑥 들어간 눈으로 그녀를 쳐다보며 숙모의 말을 따라 했다.

아스트리드는 포크로 음식을 깨작거렸다. 한입 크기의 덩어리를 잘게 잘라 씹으며 단 몇 입이라도 삼키려고 노력했다. 하지만 음식이 계속 다시 올라왔다. 집에서 키우던 거위가 된 기분이었다. 할머니는 거위를 적당히 살찌우려고 목구멍 깊숙이 먹이를 밀어 넣곤 했다. 아스트리드는 거위 잡는 것을 도와주고 할머니의 손아귀에서 발버둥 치는 거위들의 모습을 바라봤던 기억을 떠올렸다. 거위들의 필사적인 울음소리가 아직도 들리는 듯했다.

드디어 모든 사람이 식사를 마쳤다. 삼촌은 마지막 남은 맥주를 마시고 크게 트림을 했다.

잠시 후 삼촌의 목소리가 침묵을 갈랐다.

"난 한 명 더 먹여 살릴 생각은 없다."

아스트리드는 얼어붙었다. 무슨 말을 해야 할지 몰랐다.

"이제 막 돌아왔잖아요."

뜻밖에도 숙모가 아스트리드 편을 들었다. 남편의 팔뚝에 손을 올리며 진정시키려 했다.

"당신은 마을 꼴이 어떤지 못 봐서 그런 소릴 하는 거야."

그는 머리로 창문 쪽을 가리키는 시늉을 했다.

"경비대원들이 쫙 깔렸다고. 그놈들이 숲 절반을 쑥대밭으로 만들어놨어. 난 골치 아픈 일에 엮이고 싶지 않아."

"얘가 어딜 가겠어요?" 크리스티안이 끼어들었다. "지난 12년 동안 있었던 곳으로 돌아가겠어요? 그게 어딘진 모르겠지만." 그는 낄낄거렸다. "체르노보그[3]랑 같이 있었을 수도 …."

"그만!" 할머니가 손바닥으로 테이블을 내리쳤다. "내 집에서 그 이름을 함부로 들먹거리다니."

크리스티안이 눈을 내리깔고 잠자코 있는 것으로 보아, 저 인간도 나이든 가장에 대해서는 존중하는 마음을 품고 있다는 것을 아스트리드는 깨달았다.

"새해가 될 때까지는 이 집에서 지내며 집안일을 하고 정신 나간 제 어미를 돌보게 할 거다." 할머니가 결정을 내렸다. "그 후엔 일자리를 찾아야겠지."

할머니는 그 자리에 아스트리드가 없다는 듯이 결정을 내렸다. 아스트리드는 의견을 낼 자격조차 없는 사람이라는 듯이, 그녀가 진짜로 이 집에 살길 원한다고 생각하면서 말이다.

그것은 광기였다. 아스트리드는 일주일도 버티지 못할 것 같았다.

❋

저녁 식사가 끝나고, 아스트리드는 엄마에게 뭐라도 먹이려고 했다. 감자를 포크로 으깨고 고기를 잘게 잘라주었지만, 엄마는 음식이 입에 들어오는 족족 접시에 뱉어냈다. 아이에게 밥을 먹이는 기분이었다. 막스가 어린아이였을 때, 아스트리드는 동생에게 밥을 먹이곤 했다. 동생은 그녀가 가지고 놀 수 있는 살아있는 인형 같았다. 가슴을 찌르는 듯한 통증이 찾아왔다. 엄마는 멀건 눈으로 자기 마음만을 들여다보고 있는 것 같았다. 현실 세계와는 동떨어진 마음속 어딘가에서 엄마 혼자 전쟁을 벌이고 있었다. 아스트리드는 도저히 따라갈 수 없는 곳에서.

"엄마는 모르는 게 최선일지도 몰라…."

엄마가 입에 담았던 음식을 또 한 번 뱉어내자 아스트리드는 고

---

3. Czernobog: 슬라브 신화에서 어둠과 악, 죽음을 담당하는 신. 지하 세계인 '나비'에 살고 있다. 이름의 뜻은 러시아어로 '검은 신'.

요한 방안에서 중얼거렸다.

"신들이 엄마에게 자비를 베푼 것일 수도 있어."

그것은 아스트리드가 스스로를 위로하려고 거짓으로 지어낸 변명일 뿐이었다. 엄마는 많은 일을 겪었다. 남편을 잃었고, 이 집에 살면서 매일 들볶아대는 시어머니를 수년간 견뎠다. 그리고 두 아이를 잃었다. 보통 사람의 마음으로는 감당할 수 없는 고통이었다.

"더 일찍 돌아오지 못해서 미안해, 엄마. 내가 미안해…."

나머지 말은 해봤자 소용이 없었다. 바보 같다고 생각했지만, 마음이 너무 혼란스러워 지금 당장은 누군가가 자신을 꼭 껴안아 준 다음 다 잘 될 거라고 말해주기만을 바랐다. 하지만 그녀의 인생에 그런 존재는 없었다.

우리 애는 의식이 없는데 왜 너는 멀쩡한 거야? 소냐를 깨우라고!

아스트리드는 자신이 소냐보다 현실을 잘 알고 있는 것 같지 않았다.

엄마가 잠자리에 드는 것을 도운 아스트리드는 자려고 자리에 누웠다. 오래전에 쓰던 자신의 방문을 열고 불을 켰다. 식구들이 한동안 이 방을 창고로 써온 게 분명했다. 그녀의 물건이 아닌 것들로 가득 찬 상자들이 방 한가운데 쌓여 있었다. 나머지는 전부 기억 속의 모습 그대로였다. 트윈 침대 두 개, 옷장, 장난감으로 가득 찬 선반, 책상, 그리고 아빠의 낡고 부서진 피아노. 삐걱거리는 문을 닫자, 익숙한 딸각 소리와 함께 문이 제대로 닫혔다.

아스트리드는 주변을 둘러보았다. 문 안쪽에 하얀 분필로 쓴 낙서 자국이 보였다. 처음에는 그녀와 막스가 놀면서 낙서했을 때 생긴 거라고 생각했다. 하지만 그 표시들은 키 작은 어린아이들의 손이 닿기에는 너무 높은 위치에 있었다. 그 낙서들에 어떤 패턴이 있는 것을 발견하고는 아스트리드는 그것들이 오래된 수호의 상징이라는 것을 깨달았다. 엄마가 그 상징들을 그린 게 분명했다.

'이제 잠자리에 듭니다. 악령들은 저희에게 닿을 수 없으므로 저희는 깨어날 것입니다.'

아스트리드는 매일 밤 잠자리에 들기 전 하던 기도의 말을 떠올렸다. 아스트리드는 손가락으로 기호의 선을 하나하나 따라 그리는 시늉을 했다. 아무래도 잘못 그리고 있는 듯했다. 어디서 시작해 어디서 끝내야 하는지 기억나지 않았다. 너무 오래된 일이었다. 아스트리드는 상자 몇 개를 넘어 침대 쪽으로 갔다. 오른쪽은 막스의 침대였다. 정말이지 어린아이의 침대 그대로였다. 어른이라면 다리를 턱까지 끌어올려 누워야 겨우 맞을 정도의 길이였다. 막스가 어디든 항상 데리고 다녔던 곰 인형은 줄무늬 이불 밑에 처박혀 있었다. 아스트리드는 곰 인형을 꼭 껴안았다. 어떻게든 동생을 데려오고 싶은 마음이 간절했다. 하지만 차마 침대로 다가가 그 인형을 집어 들 수 없었다.

대신, 신선한 공기가 방으로 들어오도록 창문을 열었다. 그 즉시 얼음처럼 차가운 돌풍이 불어와 온몸에 소름이 돋았다. 자신의 낡은 침대 가장자리에 앉아 바깥의 절대적인 침묵에 귀를 기울였다. 아스트리드는 그날 처음으로 완전히 혼자 있게 되었다. 마음속으로 밀려드는 모든 것들을 쏟아낼 수 있었다. 하지만 어디서부터 시작해야 할지조차 알 수 없었다. 어서 빨리 해치워버리고 싶었지만 동시에 끔찍한 공포가 밀려들었다. 애써 기억들을 되찾았을 때, 그 기억으로 무엇이 드러날지에 대한 두려움이었다. 동시에 아무것도 기억해내지 못할 수도 있다는 가능성도 아스트리드를 두렵게 했다.

아스트리드는 눈을 감았다. 숨을 깊이 들이마셨다가 내쉬었다. 기억했던 것보다 더 쉬웠다. 심지어 많이 노력할 필요도 없었다. 단지 몇 초 동안 집중하면 머릿속에서 뭔가가 조금씩 떠올랐다. 기억은 물잔 속에서 어른거리는 염료처럼 머릿속을 맴돌았다. 갖가지 색깔이 뒤엉킨 채로 서로 부딪혔다가 튕겨 나갔다. 그녀는 기억 속을 이리저리 헤치며, 다른 모든 기억의 문을 열 중요한 기억 하나를 찾으려 했다.

밤. 나비 날개가 바스락거리는 소리. 막스의 비명. 큰 키에 얼굴과 눈이 없는 형체.

아스트리드의 심장이 두근거리기 시작했다. 아주 약간의 압박감을 느껴서 한번 잘못 움직이기라도 한다면 의식 전체가 산산이 조각날지도 몰랐다. 눈꺼풀 뒤에서 참을 수 없는 고통이 폭발했고, 아스트리드의 다리가 떨리기 시작했다. 그녀는 재빨리 정신을 차렸다. 아스트리드의 눈이 번쩍 뜨였다. 오랫동안 지켜온 약속을 어긴 것이 죄스럽게 느껴졌다. 하지만 그녀를 더욱 괴롭힌 것은 아무 진전도 보지 못했다는 사실이었다. 너무 서둘러 시도한 것일 수도 있었다. **하지만 어쩌면 이것을 하는 방법조차 잊어버렸을지도 모른다**는 생각이 그녀의 머리에 스쳤다. 아니, 그럴 리가 없었다. 시간만 좀 더 주어지면 가능할 거라고, 그녀는 확신했다.

아스트리드는 심호흡하며 쿵쾅대는 심장을 진정시키려고 애썼다. 손톱으로 손바닥을 찔러 누르며 그 고통에 집중했다. 신체 감각으로 인해 정신 감각이 떨어질 때 도움이 되는 방법이었다. 그녀는 마음이 진정되자마자 자리에서 일어섰다. 아스트리드가 창문을 닫자 공기는 견딜만한 정도가 되었다. 그녀는 자신에게 너무 많은 것을 바라고 있었다. 의사는 기억을 되찾고 회복하려면 시간이 걸릴 거라고 말했었다. 하지만 기억을 잃은 게 아니라면? 만약… 아스트리드는 그 의학 용어를 떠올려보려고 했지만, 그것도 머릿속에 담아둘 수 없었다. 만약 그녀의 기억이 영구적으로 손상되어 다시는 돌아오지 않는다면? 아스트리드가 어떻게 알겠는가?

'자연스럽게 해결되도록 내버려 두자. 무리하지 말고.'

아스트리드는 속으로 생각했다. 말하기는 쉬워도 행동에 옮기긴 어려웠다. **하지만 막스는 알 수 없는 곳에 있고, 시간이 얼마 남지 않았을 수도 있었다.** 아스트리드는 도저히 받아들일 수가 없었다. 그 생각을 견딜 수 없을 정도였다. 톰에게 이야기해서 그가 무엇을 기억하고 있는지 알아내야 했다. 아침 일찍 그를 만나러 가기로 마음먹었다. 어떻게든 오늘 밤을 버텨야 한다는 뜻이었다. 아스트리드의 기억은 온전치 않은 상황이었지만 한 가지는 확실히 알고 있었다. 잠들기가 쉽지 않을 거라는 것을 말이다. 한 번도 쉽게 자본 적이 없었다. 어린 시절부터 악몽에 시달렸기 때문이었다.

그녀는 미리 준비해야 했다.

가족이 그녀의 방을 손대지 않고 예전 상태 그대로 두었다면, 방 안에서 필요한 것을 다 찾을 수 있었다. 아스트리드는 발끝으로 살금살금 걸어가 상자들을 밀어내고 옷장을 뒤졌다. 금방이라도 누군가가 문을 부수고 들어와 그녀를 잡아갈지도 모른다고 생각하며 도둑처럼 조심스럽게 행동했다. 아스트리드는 무릎을 꿇고 침대 밑을 더듬었다.

용기를 냈던 아스트리드는 자신의 팔이 점점 더 캄캄한 어둠으로 들어갈수록 멈칫거렸다. 손이 닿지 않는 곳에 무엇이 있는지도 모른 채 더듬거렸지만 먼지 뭉치들만 만져질 뿐이었다. 엎드린 자세로 두 팔을 침대 밑으로 밀어 넣어야 했다. 그렇게 힘없이 누워, 암흑 속에서 무언가가 튀어나와 자신을 알 수 없는 곳으로 끌고 가는 일은 절대 일어나지 않기를 바랐다. 마침내 손가락에 차가운 금속 물체가 만져졌다. 아스트리드는 몸부림쳐 다시 밝은 곳으로 나왔다. 아스트리드가 찾은 것은 부서진 벽난로 부지깽이였다. 그녀가 오랫동안 임시 쇠 지렛대로 사용했던 것이었다.

아스트리드는 뒤로 물러앉아 바닥에 깔린 낡아빠진 깔개를 치웠다. 바닥 마루판 두 장 사이로 그 작은 막대를 밀어 넣어 마루판 한 장을 솜씨 좋게 들어 올렸다.

12년 전

"누나, 뭐 하는 거야?"

"쉿, 조용히 해!" 아스트리드는 동생을 조용히 시켰다.

막스는 다급하게 속삭이는 목소리로 그녀를 다시 불렀다.

"누나!"

남동생이 턱밑까지 이불을 끌어 올린 채로 겁에 질려 내려다보고 있어도 아스트리드는 전혀 개의치 않았다. 어쨌든 누나인 그녀가 동생보다 우세했다. 무엇을 시키더라도 동생은 누나의 말을 따

를 터였다. 심지어 막스는 자기에게 필요 없는 것들도 누나를 따라
하는 것이라면 다 좋아했다. 막스는 절대 비밀을 누설할 아이가 아
니었다. 살아있는 사람에게는.

아스트리드는 마루판을 조용히 파내 들어 올린 다음 한쪽으로 치
웠다. 바닥 밑을 손으로 더듬어 작은 나무 상자를 꺼냈다. 램프 불빛
아래에서, 마치 세상의 모든 보물이 들어있기라도 한 것처럼 경외
심에 찬 눈으로 상자를 바라보았다.

"그게 뭐야?" 막스가 중얼거렸다.

"우리를 도와줄 물건이야." 아스트리드의 대답은 모호했다. "나
믿지?"

막스는 비밀을 지키겠다는 약속으로 눈을 반짝였다. "그럼."

아스트리드는 상자를 열었다. 안에는 귀중한 물건이 몇 개 들어
있었다. 먼저, 짤막한 밀랍 초를 꺼내어 테이블 위의 빈 접시에 놓고
성냥을 그어 불을 붙였다. 이어서 마늘 알뿌리 두 개를 꺼냈다. 하나
를 집어 베개 밑으로 밀어 넣고, 나머지는 막스에게 건넸다.

"냄새는 지독하지만, 너도 해."

막스는 별다른 말 없이 베개를 들어 마늘을 집어넣었다. 다음 차
례는 향 주머니였다. 아스트리드는 주머니의 끈을 풀고, 그 안에 든
내용물을 흩뿌렸다. 처음에는 방문을 따라, 그다음에는 창 아래 틀
을 따라, 구석구석 가지런히 일직선으로 뿌렸다. 막스는 누나가 일
을 마칠 때까지 묵묵히 지켜보았다.

마지막으로 분필 하나를 꺼냈다.

"이리 와서 나 좀 도와줘!"

얼굴에 의심을 잔뜩 드리운 채로 막스는 이불을 벗어 던지고 침

대에서 일어났다.

"최대한 조용히 침대를 미는 거야, 알았지?"

먼저 벽 쪽에 있던 막스의 침대를 방 한가운데로 끌어당겼다. 아스트리드가 침대 한쪽을 온 힘을 다해 잡아당기면 막스가 다른 쪽에서 미는 식이었다. 조용히 옮기려고 애를 썼지만 한 발짝씩 움직일 때마다 온 동네가 다 들을 것 같았다.

"이 정도면 되겠다."

아스트리드는 날카로운 눈길로 이제 벽을 따라 충분한 공간이 생겼다고 판단했다. 계획의 첫 단계가 완성되었다.

"이번엔 내 침대를 밀자."

아스트리드의 침대는 무게가 더 나갔고 공간도 더 많이 차지하고 있었다. 벽에 붙어있는 침대를 움직이기가 쉽지 않았다. 침대 다른 편을 피아노가 막고 있었는데, 피아노를 전혀 움직일 수 없는 상황이라 침대를 움직여볼 공간이 거의 없었다.

"쉿… 기다려!"

둘 다 그 자리에 얼어붙었다. 누군가가 복도를 걸어가는 것 같은 소리가 들렸다. 아스트리드는 막스의 표정을 보았다. 그녀도 겁에 질려 있었지만, 그 모습을 보여줄 수는 없었다. 누나였기 때문이었다. 막스는 그녀에게 의지하고 있었다. 아스트리드는 입술에 손가락을 갖다 대며 조용히 있어야 한다고 지시했다. 그들은 귀를 기울여봤지만, 아무 일도 일어나지 않았다.

"서두르자. 어서 밀어."

하지만 막스는 힘이 너무 약했고, 아스트리드 혼자 힘으로는 침대를 움직일 수 없었다. 침대를 움직이려고 하면서 너무 오랜 시간

소음을 많이 냈다. 그 **망할 낡은 가구**와 한동안 씨름한 끝에 -사실 '**망할**'이 무슨 뜻인지도 모르면서 마음속으로 그렇게 말했다- 그녀는 원하는 목표를 달성하지 못할 거라는 사실을 받아들여야 했다.

"여기면 될 것 같아…. 내 생각엔."

"뭘 하려는 건데?"

"수호의 원을 그리는 거야."

아스트리드는 처음부터 그 생각을 분명히 가지고 있었다는 듯이 말했다.

막스는 곰 인형을 손에 들고 서서 혼란스러운 표정을 지으며 누나를 바라보고 있었다. 아스트리드는 자신이 여섯 살짜리 치고는 보기 드문 정확성을 가지고 있다는 사실을 어렴풋이 알았다. 그녀는 분필로 바닥에 거대한 원을 그리기 시작했다. 그녀는 조심스럽게 분필을 쥐었다. 멈추지 않고 원을 그리면서 1초라도 흔들리지 않도록. 막스는 신기한 듯이 더 잘 보려고 목을 길게 빼고 누나의 뒤에 서 있었다.

그러고 나서 몇 가지 일들이 빠르고 연속적으로 일어났는데, 거의 한꺼번에 벌어진 일처럼 느껴졌다. 무언가가 창문에 쾅 부딪혔다. 남매는 깜짝 놀라 고개를 들었고, 마침 그때 새 한 마리가 날개로 창유리를 타고 떨어지는 것을 보았다. 방심했던 바로 그 1초 동안, 분필은 마룻바닥 사이에 껴서 두 동강이 났다. 그때까지 원 그리기에 몰두해있던 아스트리드는 중심을 잃고 한 발짝 뒤로 물러섰다. 그러고는 바로 그녀의 뒤쪽 침대에 서 있던 막스와 충돌하고 말았다.

"누나!"

아스트리드가 막스에게 달려들었지만 이미 너무 늦었다. 막스는 두 침대 사이로 쓰러졌다. 테이블 위에 놓았던 불붙은 촛불도 함께 떨어졌다. 무시무시하게 쿵 하는 소리가 났다가 곧이어 숨 막히는 침묵이 찾아왔다.

"막스!"

소년의 두 눈이 두개골에서 튀어나올 지경이었다. 분명 넘어진 것 때문에 숨이 차 헐떡이고 있었다. 촛불이 이불 위로 떨어졌고, 몇 초 만에 불이 붙었다. 아스트리드는 비명을 질렀다. 방문이 활짝 열리며 그들의 엄마가 방에 나타났다.

"세상에! **이게 무슨 일이야!**"

처음에는 불길에 향했던 시선이 아들로 향했고, 엄마는 본능적으로 막스에게로 달려갔다. 바닥에서 아들을 들어 올려 그가 호흡을 가다듬을 수 있도록 가슴을 문지르기 시작했다.

"아스트리드, 불길에서 멀리 떨어져!"

그 순간, 할머니가 아무렇지도 않다는 듯한 굳은 표정으로 엄마 뒤에서 나타나더니 움켜쥔 베개를 내리쳐서 불을 껐다. 막스는 숨을 고르며 울음을 터뜨렸다. 눈물이 그의 뺨을 타고 흘러내렸다.

"괜찮아, 막스." 엄마가 그를 달랬다. "이제 괜찮아."

할머니는 간신히 불씨를 잡았다. 재빨리 창문을 열고 눈을 찔러 대는 연기를 내보냈다. 할머니는 아스트리드의 손목을 잡고 그녀를 일으켰다.

"너 대체 무슨 짓을 한 거야?"

아직 충격에서 헤어나오지 못한 아스트리드는 대답할 수 없었다. 막스는 엄마의 품에서 점점 더 격하게 울고 있었다. 엄마는 쉬

소리를 내가며 막스를 달래고 정수리에 입을 맞췄다. 딸에게는 눈길 한번을 주지 않았다.

"여기서 뭘 하고 있던 거냐고?"

이렇게 물으며 할머니는 아플 정도로 아스트리드의 손목을 더 세게 쥐었다.

"이게 다 뭐냐?" 할머니는 촛불과 그 주변에 어지럽게 널린 것들을 가리켰다.

"저, 저는….." 아스트리드는 떨리는 목소리로 더듬거렸다.

"말을 해!" 아스트리드는 할머니가 이렇게 화난 것을 본 적이 없었다.

"제가 하려던 건… 전 단지… 우리를 보호하려고 그랬어요….."

"무엇으로부터 말이냐?"

할머니의 목소리 톤으로 보아 그녀가 이미 답을 알고 있다는 것을 알 수 있었다. 할머니는 단지 손녀가 큰 소리로 그 대답을 말하길 원했던 것이다.

"뭐냐니까!"

"아, 악령들로부터요." 아스트리드는 털어놓았다.

영원한 침묵 같은 것이 이어졌다. 할머니가 뚫어질 듯 쳐다보며 자신을 제자리에 못 박아두고 있어서, 아스트리드는 눈을 깜빡거리기는커녕 움직일 생각도 못 했다. 별안간 할머니가 그녀를 매섭게 잡아당기더니 방에서 끌어냈다. 아스트리드가 상상했던 최악의 악몽이 현실이 되고 있었다. 아스트리드는 당황하기 시작했다. 앞으로 무슨 일이 벌어질지 알고 있었기 때문이었다.

"안돼요! 할머니! 할머니, 그러지 마세요! 제발요!"

하지만 할머니는 자신이 원할 때마다 믿을 수 없을 정도로 강한 힘을 발휘할 수 있는 사람이었다. 할머니는 자신의 팔에 매달린 손녀의 무게나 필사적으로 완강히 버티는 모습 같은 것은 전혀 개의치 않는 듯했다.

"엄마!"

아스트리드는 엄마가 할머니를 말리길 바라며 울부짖었다. 하지만 이번에는 엄마도 할머니를 말리지 않았다.

"내가 이런 허튼짓 그만하라고 했잖니! 내 말을 제대로 못 알아들은 거냐?" 할머니는 복도에서 호통쳤다. "아니지, 넌 내 말을 거역한 거야! 이 어린놈의 거짓말쟁이 같으니라고!"

아스트리드는 잠자코 있는 것이 최선이라는 것을 알고 있었다. 하지만 자신이 확신하는 무언가가 사실이라는 것을 부인할 수는 없었다. 왜 아무도 그녀를 믿지 않는 걸까?

"거짓말하는 게 아니에요! 제가 뭘 봤는지 안다고요! 그, 그게 거기 있었어요!"

"넌 아무것도 못 봤어! 전부 다 지어내고 있는 거야. 관심받고 싶어서."

"아니에요, 할머니, 그건 사실이 아니라고요. 맹세해요!"

할머니는 아스트리드의 잠옷 멱살을 잡고 계단을 끌고 내려갔다. 그 시각 온 식구들이 잠에서 깼고, 아스트리드는 난간 너머로 자신을 비웃고 있는 사촌들의 모습을 보았다.

"어이, 눈에 귀신이 보이는 거야? 귀신들이랑 어떻게 지내는지 한번 보자!"

"안돼요! 할머니, 제발요! 지하실은 안 돼요!"

하지만 할머니는 이미 문을 열어 아스트리드를 안으로 밀어 넣고 있었다. 아스트리드는 첫 번째 계단에서 발이 미끄러지며 엉덩방아를 찧었고 몇 계단 아래로 미끄러졌다. 그녀는 아래로 굴러떨어지지 않으려고 잽싸게 난간을 잡았다. 어깨에서 우지끈하고 갈라지는 듯한 불쾌한 소리가 났다. 일어서서 다시 계단을 뛰어 올라가기도 전에 할머니는 아스트리드가 보는 앞에서 문을 쾅 닫고 잠갔다. 아스트리드는 완전한 어둠 속에 서 있었다.

"할머니! 나가게 해주세요, 제발요! 내보내 주세요!"

"조용!"

겁에 질린 아스트리드는 잠자코 있었다. 조금 전까지도 문을 쾅쾅 두드리던 손은 옆으로 축 늘어졌다. 두근거리는 심장 소리가 머릿속에서까지 울려 퍼졌다.

"말도 안 되는 소리를 그만할 때까지 거기 있어야 할 거다, 내 말 알아들었냐? 그리고 찍소리도 내지 말고 있는 게 좋을 거야."

아스트리드는 배신감을 느꼈다. 엄마는 왜 자신의 편을 들지 않은 걸까? 그녀는 아무 잘못도 하지 않았다. 그리고 할머니는 왜 그녀를 그렇게 싫어하는 걸까? 공포에 질린 아스트리드는 문 아래로 미끄러지듯 무너져 이마를 마룻바닥에 댔다. 돌아보고 싶지 않았다. 어둠 속에 숨어 있는 것이 무엇인지는 몰라도 마주하고 싶지 않았다.

현재

두려움과 흥분으로 가득 찬 아스트리드는 상자를 숨긴 곳에서 꺼냈다. 상자를 열었는데 놀랍게도 그 안이 가득 차 있었다. 뭉툭한 양초, 마늘, 회향 주머니, 그리고 쓰다 남은 분필들이 들어있었다. 자신의 예전 부적들이 아직 그대로 있다는 사실을 믿을 수 없었다. 아스트리드는 망설이지 않고 어린 시절 엄마에게 배운, 오래전부터 습관적으로 해온 행동들을 전부 되풀이하기 시작했다. 문과 창턱을 따라 말린 회향 가루를 뿌리고, 베개 밑에는 마늘을 두고, 그리고 테이블 위에는 불붙인 초를 올려놓았다. 분필이 충분치 않았고, 온 방을 어지럽게 차지하고 있는 상자들 때문에 침대를 옮길 수 없었다. 그녀는 침대 옆 벽에 수호 기호 몇 개를 그리는 것으로 만족해야 했다. 문에 희미하게 남아 있는 오래된 그림들보다는 훨씬 작았지만, 그래도 없는 것보다는 나았다.

갑자기 피로가 몰려왔다. 마치 그녀의 모든 생명 징후가 사라지는 것 같았다. 일분일초 흐를 때마다 상태가 나빠졌다. 아스트리드는 뜨거운 물로 샤워를 하면서 긴장을 풀고 싶었지만, 욕실로 가는 복도에서 기절할 게 분명했다. 그냥 잠을 잘 수밖에 없었다. 아스트리드는 잠들기 전에 옷을 벗으려고 안간힘을 썼다. 단 몇 초 후면 편안한 잠에, 꿈도 꾸지 않는 깊은 잠에 빠져들 것 같았다. 아스트리드는 속옷만 걸친 채로 침대에 쓰러졌다. 감은 두 눈이 바르르 떨렸다. 오래 걸리지 않았다. 수십 초 정도밖에 걸리지 않았다. 뱃속에서 무언가가 뒤틀리는 느낌, 그 자리에서 바로 토할 것 같은 느낌이 들었다. 아스트리드는 침대에서 벌떡 일어났다.

그녀는 오래되고 익숙한 공포를 느끼며 잠들기를 포기했다. 엄마는 한밤중에 자신의 침대로 기어들어 오는 딸을, 잠든 상태로 집 안을 걸어 다니는 딸을 발견하고 몇 번이나 그녀를 다시 재우려고 했을 것이다. 그날 밤 아스트리드가 가장 두려워하는 모든 것들의 실체가 드러났다. 잊을 수 있기를 간절하게 바랐던 바로 그 한 가지였다. 하지만 운명은 그녀의 편이 아니었다. 끈질기게도 공포는 사라지지 않았다. 몇 분간 심호흡을 한 아스트리드는 다시 누울 정도로 긴장이 풀렸다. 하지만 이번에는 벽을 응시하는 그녀의 눈이 감기지 않았다. 오늘 밤은 잠들지 않는 편이 나을 듯했다. 잠 못 드는 몇 시간 동안 무슨 일이 일어났던 건지 기억해낼 수 있다면? 잠드는 것보다 훨씬 나을 것 같았다.

❋

아스트리드가 가장 먼저 느낀 것은 가슴을 짓누르는 엄청난 압력이었다. 누군가가 자신의 전체 몸무게를 실어 그녀의 몸을 누르는 듯했다. 그녀는 비명을 지르고 싶었지만, 목구멍에서는 전혀 소리가 새어 나오지 않았다. 아스트리드는 마비되었다. 몸은 잠들어 있어도 정신은 말똥말똥했다. 팔과 다리 사이로 약한 전류가 흐르는 듯한 찌릿찌릿한 느낌이 들었다. 절단 수술을 받은 사람이 사지가 없다는 사실을 뇌에서 받아들이지 못할 때 느낄 거라고 상상했던 느낌과 다르지 않았다. 열여덟 살 아스트리드는 손가락 하나라도 까딱해 보려고 온 정신을 쏟았다. 근육은 아무 반응이 없었다.

아스트리드는 문에 시선을 고정했다. 눈물이 차오르는 것이 분명히 느껴졌지만 그래도 눈을 깜박일 수 없었다. 촛불이 꺼졌다. 마치 어둠 그 자체가 살아난 것처럼 방에 있는 물건들, 가구와 상자들이 움직이기 시작했다. 그녀는 어둠에 포위되었다. 아스트리드는 혼자가 아니었다. 누군가 방에 그녀와 함께 있었다.

문 옆에 그림자가 나타났다. 사람 키만큼 큰, 좀 더 완벽한 형태의 그림자였다. 그 검은 형체가 그녀가 있는 방향으로 육중한 발걸음을 내딛기 시작했다. 아스트리드는 움직여야 한다는 사실에 집중했다. 탈출해야 했다. 지금 당장! 아니면 도움이라도 요청해야 했다. 하지만 그녀는 아무것도 할 수 없었다. 무슨 일이 닥치더라도 속수무책으로 그냥 누워 있을 수밖에 없었다. 그 형체는 이미 그녀의 침대 발치까지 와 있었다. 기묘하게 윙윙거리는 진동과 소음이 아스트리드를 에워쌌다. 어디서 나는 소리인지 알 수 없었다. 그 형체에는 입이 없었다. 하지만 가까이 다가올수록 아스트리드는 지옥의 소리를 듣고 있는 거라는 생각이 더욱 확고해졌다.

아스트리드는 이토록 공포에 질린 적이 없었다. 지금까지 어떤 사람이나 사물에서도 이런 사악함이 뿜어져 나오는 것을 느껴본 적이 없었다. 눈은 없었지만, 그 형체는 그녀를 관찰하고 있었다. 그녀의 영혼까지 꿰뚫어 볼 수 있었다. 그 형체의 손이 그녀에게 닿았다. 순간 아스트리드는 그것이 자신의 모든 장기를 갈가리 찢고 영혼까지 훔치길 원한다는 사실을 깨달았다. 그녀는 저항하기 시작했다.

손이 더 가까이 다가왔다. 그 손가락 끝이 그녀의 얼굴을 스쳐 지나갔다. 엄지손가락으로 그녀의 눈구멍을 찌르려던 참이었다. 아스트리드의 턱이 덜덜 떨리기 시작했고 이빨은 서로 부딪혔다. 그 후 머리 전체가 흔들리기 시작했다. 무엇인가가 뒤에서 그녀를 붙잡더니 뒤로 잡아당겼다. 다시 자신의 몸을 통제할 수 있게 된 아스트리드는 침대에서 벌떡 일어났다. 방은 텅 비어 있었고, 그 형체는 온데간데없이 사라졌다. 무릎을 턱까지 끌어당겨 앉은 자세로 헉헉대며 숨을 들이마셨다. 한줄기 식은땀이 등을 타고 흘러내렸다. 이번에는 진정하는 데 한참이 걸렸다.

✳

그날 밤은 아스트리드 인생 중 가장 긴, 최악의 밤이었다. 가위눌림 증세가 처음 나타나기 시작한 때처럼, 그녀가 다시 잠들기는 불가능했다. 몇 시간을 침대 구석에서 몸을 웅크린 채 앉아 있었다. 손가락으로 벽에 그려진 기호를 따라 그리며 주문을 계속 되뇌었다.
이제 잠자리에 듭니다. 악령들은 저희에게 닿을 수 없으므로 저희는 깨어날 것입니다.
방을 짓누르는, 귀가 먹먹할 정도의 침묵이 그녀를 공포에 떨게 했다. 그녀는 가끔 몸을 움직여 자신의 무게로 침대를 삐걱거리게 했다. 그 사악한 고요함을 잠깐만이라도 깨기 위해서였다. 그녀의 기다림과 절망을 비웃기라도 하듯, 시간은 완전히 멈춰버린 것 같았다.
아스트리드는 두 팔을 벌려 첫 햇살을 맞이했다. 새로운 날이 밝았다는 생각을 하자 기분이 훨씬 좋아졌다. 공포에서 벗어날 수 있는 귀중한 몇 시간이 생긴 것이었다. 계속 앉아 있었던 터라 온몸이 욱신거렸다. 그녀는 자리에서 일어나 목을 꺾으며 몇 번 기지개를 켰다.

아스트리드는 창문을 열러 갔다. 죽은 나방 몇 마리가 기묘하게 대칭적인 하나의 열로 창틀에 나란히 누워 있는 것을 발견했다. 손을 뻗어 작은 사체들을 만지기 직전에 그녀는 마음을 바꿨다. 그녀는 테이블 램프 스위치를 몇 번 껐다 켰다 했다. 간밤에 불이 나갔기 때문이었다. 아마도 전구 수명이 다한듯했다.

아스트리드는 욕실에서 조용히 몸을 씻고, 숙모가 자신의 옷장에서 골라준 것으로 추정되는 깨끗한 옷을 입었다. 바지는 놀랍게도 잘 맞았고 소매가 늘어난 블라우스는 잘 어울리지 않았다. 하지만 아스트리드는 자신의 차림새 따위는 지금 안중에도 없었다. 어찌 되었건 그녀는 12년 동안이나 떠나있었다. 요즘 유행하는 패션에 대해 어떻게 알 수 있겠는가?

어떤 이유에서인지 그 생각을 하자 그녀는 진정 즐거워졌다. 아스트리드는 거울 속 자신을 보며 빙그레 웃었다. 하지만 거울에 비친 모습을 자세히 들여다보는 순간 얼굴에서 그 미소가 사라졌다. 눈꼬리에 자주색 멍이 들어있었다. 언뜻 보기에 피곤해서 생긴 자국 같았지만, 조심스레 그 부위를 눌러보니 통증이 있었다.

아스트리드는 밤중에 자신의 얼굴에 닿았던 그림자 형체의 손가락을 떠올렸다. 그 순간, 거울에 그 장면이 다시 비쳤다. 눈을 관통해 찌르는 듯한 통증이 느껴졌다. 찰나의 순간 동안, 그녀는 바로 자신 뒤에 있는 그림자를 보았다. 아스트리드는 휙 돌아봤지만 아무도 없었다. 그리고 다시 거울을 돌아보니 그림자는 사라지고 없었다. 서둘러 자신의 물건을 정리한 그녀는 자기 방으로 돌아가는 게 낫겠다고 생각했다.

아스트리드는 다른 식구들이 일어나 집이 북적거리는 소리가 들리기 전까지는 부엌에 갈 엄두를 내지 못했다. 부엌에 들어가자 마자 그녀는 자동으로 "안녕하세요."라고 중얼거리며 인사했지만, 숙모만이 대답해줄 뿐이었다. 아스트리드는 숙모에게 호감을 느끼기 시작했다. 만약 지금 당장 집에 큰불이 난다면, 그녀에게 도움의 손길을 내밀 사람은 숙모뿐이었다. 할머니, 사촌, 삼촌은 자신을 불타는 집에 내버려 둘 뿐만 아니라 자신을 더 빨리 없애려고 가스통 두 개를 집어넣을 거라고 아스트리드는 확신했다.

아스트리드는 테이블에 앉았다. 삼촌은 식구들과 함께 아침을 먹지 않았다. 그녀는 조금 전 자신의 방 창문 너머로 삼촌이 마당을 가로질러 동물들에게 먹이를 주러 가는 모습을 보았다. 할머니가 신문을 읽는 동안 사촌 크리스티안은 오로지 자기 음식에만 몰두했다.

아스트리드는 차를 한 잔 따랐고, 후루룩 차 마시는 소리가 정적을 갈랐다. 아침 식사는 어젯밤 저녁 식사와 매우 비슷했다. 크리스티안과 숙모가 이야기하는 내용만 살짝 달라졌다. 그들은 다가오는 콜레다[4]와 그 전에 준비해야 할 것들에 대해 무뚝뚝하게 이야기를 나눴다. 아스트리드는 말없이 차를 다 마시고 얇게 썬 빵에 버터를 발라 꿀과 함께 먹었다. 그녀는 꽤 허기가 졌지만, 할머니가 자신을 쳐다보고 있는 것을 알아채고는 괜히 긁어 부스럼 내지 말자고 생각하고 마음을 접었다. 그녀가 이 집에 있는 음식을 다 먹어치우려고 한다는 암시를 적극적으로 풍길 필요는 없었다.

아침 식사 후, 아스트리드는 테이블을 치우고 엄마를 챙기러 갔

---

4. Kolida[Koliada]: 크리스마스(12/25)와 예수 공헌 축일(1/6) 사이의 기간을 나타내는 전통 슬라브 명칭. 보다 일반적으로는 슬라브식 크리스마스 의식을 말한다.

다. 그녀는 엄마를 침대에서 일으켜 씻는 것을 도왔다. 오늘 엄마는 눈에 띄게 상태가 나아져서 아스트리드가 하라는 일들을 다 해냈다. 아스트리드가 옷을 입힐 때도 순순히 협조했고, 아침밥도 전혀 뱉어내지 않고 다 먹었다. 하지만 그 외에는 침실 안락의자에 앉아 창밖을 내다봤다. 아스트리드는 적어도 엄마가 뭔가를 바라보고 있기를 바랐다.

"최대한 빨리 다시 올게요." 아스트리드가 엄마에게 속삭였다.

아스트리드는 방을 나와 복도로 향했다. 신발을 신기가 무섭게 할머니가 옆에 나타났다.

"어디를 가는 거냐?"

"밖이요." 그녀는 짧게 대답했다.

"여긴 내 집이다."

"저를 여기에 가둬둘 권리는 없어요. 저는 할머니의 죄수가 아니거든요."

아스트리드는 재빨리 신발 끈을 매고 옷걸이에서 자신의 코트를 낚아챈 다음 밖으로 향했다. 잠시 할머니가 손목을 붙잡고 나가지 못하게 할까 봐 겁이 났지만 할머니는 그러지 않았다. 아스트리드는 할머니가 온몸으로 문을 막아서지 않고 아무 행동도 하지 않았다고 해서 덜 무서웠다고 장담할 수 없었다.

집 밖으로 나가서 아스트리드는 비로소 심호흡했다. 그리고 자신이 깨어있고 살아있다는 사실을 깨달았다. 그 집에서는 이런 느낌을 잊어버리기가 쉬웠다. 오늘 눈은 오지 않았지만, 마을은 여전히 크고 하얀 담요로 덮여 있는 것처럼 보였다. 햇빛이 눈에 반사되어 반짝거리며 앞이 잘 보이지 않았고, 마치 더운 여름날처럼 얼굴을 손으로 가려야 했다.

어디에 있다가 돌아온 건지는 전혀 알 수 없었지만, 다시 돌아온 기분은 정말 이상했다. 아스트리드는 예전의 눈과 지금의 눈으로 바라보며 불안한 마음으로 마을을 걸었다. 몇 가지 사소하게 바뀐 것들이 있었다. 페인트칠을 새로 한 집들도 있었고, 폐허가 된 집들도 있었다. 마을 광장의 나무들은 더 키가 자란 듯 보였으며, 몇 년 전만 해도 산속에서부터 내려온 물이 흐르던 도랑은 이제 거의 말라버린 상태였다. 아스트리드는 지나가는 사람들의 시선을 느낄 수 있었다. 흠칫 놀라며 뒤돌아보는 사람들도 있었고, 내내 대놓고 쳐다보는 사람들도 있었다.

그 애가 돌아왔어. 아스트리드는 사방에서 수군대는 소리를 들었다.

아스트리드는 무의식적으로 톰의 집으로 향했다. 톰이 빵집 바로 옆에 살았던 것을 기억하고 있었다. 그녀가 가게 앞을 지나가자, 빵집 주인은 아스트리드를 제대로 보려고 서두르다가 계산대 너머로 고꾸라질 뻔했다. 이상한 일이었다. 손바닥만 한 마을에서, 나보다 나 자신을 더 빠삭하게 알고 있는 곳에서 사는 게 어떤 건지 순식간에 기억이 되살아났다. 어렸을 때는 이 문제를 심각하게 생각해 본 적이 없었다. 아스트리드는 해틀러 가족이 사는 집의 문을 두드렸다. 마을 사람들의 성가신 시선에서 벗어나도록 빨리 문을 열어주면 좋겠다고 생각했다. 다행스럽게도 발레리아 해틀러는 곧바로 현관에 모습을 드러냈다.

"무슨 일이죠?"

"안녕하세요." 아스트리드의 목소리가 떨렸다.

"저… 톰을 만나러 왔어요. 안에 있나요?"

여자는 불신이 가득한 눈으로 아스트리드를 위아래로 훑어봤다.

"미안하지만, 지금은 때가 좋지 않군요…."

그러고는 여자가 문을 바로 닫으려 하자 아스트리드가 문을 힘주어 잡았다.

"죄송해요, 해틀러 부인. 불편한 상황이란 거 알아요. 하지만 저에요, 아스트리드… 아스트리드 말러요."

그 순간, 여자의 표정이 바뀌었다. 적의의 흔적은 사라지고 놀라움이 자리 잡았다.

"오, 아스트리드, 너구나…. 미안하다. 어제부터 계속 누군가가 집 안으로 들어오려고 해서 그런 거란다. 이웃 사람들에, 경비대원들에, 염탐꾼들까지. 그래서…."

여자는 경멸하는 듯한 느낌으로 손사래를 쳤다. 그 모든 것에 대한 그녀의 생각이 드러나는 몸짓이었다.

"그래, 정말 네가 왔구나! 안으로 들어오렴, 어서."

아스트리드는 좁은 복도로 들어갔다. 그녀는 해틀러 부인이 길 건너편에 서 있던 이웃들을 향해 증오로 가득 찬 눈길을 던지는 것을 똑똑히 보았다. 그 이웃들은 그들이 잘 보인다는 것을, 그들이 아스트리드와 해틀러 부인을 불편하게 만들고 있다는 사실을 모르는 듯했다.

"이 마을 사람들은 전부 다 남 일에 참견하는 것 말고는 아무것도 하는 게 없어."

이윽고 해틀러 부인은 문을 닫고 걸어 잠그며 불만스럽다는 투로 한숨을 내쉬었다.

"어디 얼굴 좀 보자."

여자는 아스트리드의 두 손을 잡고 구석구석 살펴보았다.

"어머, 정말 너구나…. 네 엄마를 똑 닮았어…."

아스트리드의 엄마 상태가 좋지 않다는 것을 막 깨닫기라도 한 듯, 해틀러 부인은 머뭇거리며 아스트리드의 손을 놓았다.

"미안해. 지금 넌 모든 게 당황스럽기만 할 텐데."

아스트리드는 애써 미소를 지어 보였다.

"좀… 정신이 없어요."

해틀러 부인이 웃었다.

"그럴 거야. 뭐라도 줄까? 차? 밖이 추우니까. 아침은 먹었니?"

엄마처럼 걱정해주는 말투에 가슴이 뭉클했다. 아스트리드는 잠깐이나마 안아달라고 하고 싶었다.

"전… 제 걱정은 마세요. 정말이에요."

해틀러 부인은 아스트리드의 마음을 읽을 수 있다는 듯이 그녀를 똑바로 바라보았다. 분명 아스트리드가 거짓말을 하고 있다는 것을 알았지만, 해틀러 부인은 말하지 않았다.

대신 그녀는 이렇게 말했다.

"사과를 넣은 오트밀이랑 차를 가져다줄게. 괜찮지? 너희 둘 다 막대기보다 더 말랐구나. 뭘 좀 먹어야 해."

아스트리드는 망설이며 초조하게 기다렸다. 무례하게 굴고 싶지 않았지만, 지금 이 순간 오트밀은 정말 먹고 싶지 않았기 때문이었다.

"이런, 내 정신 좀 봐."

여자는 당장 처리해야 할 문제에서 자꾸 샛길로 빠지는 자신의 습성을 탓하며 고개를 저었다.

"톰은 자기 방에 있단다. 복도 끝 왼쪽 마지막 문이야."

"고맙습니다."

"있지…." 해틀러 부인은 말을 이어야 할지 자신이 없어 망설였다. "네가 불가능한 걸 기대하고 있는 걸지도 몰라."

톰의 방을 향해 걸어가며, 아스트리드는 부인이 내뱉은 묘한 말을 한 귀로 흘렸다. 아스트리드는 이미 몇 년 전에 이 집에 와본 적이 있다는 사실을 해틀러 부인에게 털어놓을 수 없었다. 어느 날 오후 다른 친구들과 포레스 씨 집 뒷마당에서 놀고 있다가, 톰이 그녀를 몰래 집에 들어오게 했다. 다른 아이들에게는 비밀로 하고, 그들은 카펫 위에 대자로 드러누웠다. 아스트리드는 동화책을 소리 내 읽었다.

아스트리드는 책 읽기를 가장 좋아했다. 여섯 살 아이치고는 글 읽기를 빨리 깨우친 편이었다. 그날 톰은 그녀의 이야기를 주의 깊게 들었다. 더듬거리며 서툴게 읽는 아스트리드를 방해할 때는, 물어볼 게 생기거나 이야기가 어디로 향할지 자신만의 생각을 제안할 때뿐이었다. 톰의 아이디어는 대부분 엉뚱하고 어처구니없어서 아스트리드는 웃음을 터트릴 수밖에 없었다. 웃다가 책 내용을 잊기도 했다. 최고의 결말을 생각하면서 함께 애를 쓰고 있었는데도 말이다. 이 기억은 쌀쌀한 날 마시는 핫초코 한 모금처럼 그녀의 마음을 따뜻하게 만들어주었다.

아스트리드는 초조한 자세로 침실 문을 두드렸다. 톰은 곧바로 "들어오세요"라고 외쳤고, 열여덟 살 아스트리드는 마음이 바뀌기 전에 재빨리 안으로 들어갔다. 한 청년이 창가에 서서 스웨터를 머리에 집어넣어 내리고 있었다. 짙은 색의 머리는 사방으로 헝클어

져 있었고, 막 일어난 듯 얼굴에 눌린 자국이 뚜렷했다. 아스트리
드보다 머리통 두 개는 더 있을 정도로 키가 컸다. 톰이 살짝 혼란
스럽다는 표정을 지었다. 들어올 사람은 엄마일 거라고 예상했던
게 분명했다. 아스트리드가 첫날 밤에 얘기했던 사람은 틀림없이
톰이었다. 꿈을 꿨던 게 아니었다.

　방에 들어온 사람이 아스트리드인 것을 보고 톰은 얼어붙었다.
그건 아스트리드도 마찬가지였다. 아스트리드는 멀뚱멀뚱 그를 쳐
다보기만 했다. 무슨 말을 해야 할지도 알 수 없었다. **'안녕, 나는
네가 유치원에서 마지막으로 얘기했던 아이야. 우리 둘 다 동시
에 사라졌지. 나는 아무것도 기억이 안 나. 너는 뭔가를 기억할지
도 모른다고 생각했어.'** 그래, 이건 별로 좋은 시작은 아닐 듯했다.

　"아스트리드." 톰이 먼저 말을 꺼냈다.

　톰은 아스트리드를 알아보았다. 전적으로 확신하며 그녀의 이름
을 불렀다. 자신 없이 질문하듯 부르는 이름이 아니었다.

　"톰." 그녀도 똑같이 이름을 불렀다.

　톰은 미소를 지으며 한달음에 다가가 아스트리드를 껴안았다.
그리고 거기, 톰이 어린 시절부터 썼던 침실 한가운데서, 아스트리
드는 두려워하지 않고 포옹에 응했다. 그녀는 이게 맞는 일인지,
적절한 행동인지 계속 생각했다. 그런 중에도 그들은 서로를 껴안
으며 이제껏 다른 누구에게서도 받지 못했던 이해와 지지를 나눴
다. 톰과 아스트리드는 그 일을 함께 겪었다. 자신들에게 일어났던
일의 전부를 알지는 못할지라도, 그들은 함께 겪은 공포를 바탕으
로 끈끈한 관계가 되었다.

　"좀 앉아."

아스트리드는 톰의 제안을 받아들였다. 둘은 낡은 양탄자 위에 앉았다. 그녀는 무릎을 끌어안아 턱까지 세운 자세로 방안을 둘러 보았다. 벽에는 아이가 손으로 휘갈겨 그린 그림들로 장식되어 있었고, 모형 기차와 장난감, 동물 인형들이 바닥에 널브러져 있었다. 톰은 둘러보는 아스트리드의 시선을 방해하지 않으며 그녀가 던지는 무언의 질문에 답했다.

"맞아…. 엄마가 모든 걸 예전 그대로 두셨어. 내가 18살이 되었다는 것만 다르고, 방은 여섯 살 때랑 똑같아."

"이상하다."

"그래, 정말 이상하지."

그들은 둘 다 머뭇거리며 미소를 지었다. 둘의 표정에는 다른 어떤 감정보다 고통이 역력히 드러났다.

"네 방도 옛날 그대로니?"

"내 방은 창고로 변해버렸어."

"짜증 나네."

"그냥… 방인데 뭐." 아스트리드는 어깨를 으쓱했다. "상관없어."

"그렇겠네."

문 두드리는 소리가 났고, 해틀러 부인이 방을 살짝 들여다봤다. 그녀는 두 사람에게 줄 아침 식사를 쟁반에 담아왔다. 오트밀 냄새가 공기를 타고 흘러왔다. 아스트리드의 배에서는 꼬르륵 소리가 났다.

"여기다 둘게. 필요한 게 있으면 말해주렴."

톰의 엄마는 그들 옆 바닥에 음식을 내려놓았다. 둘이 함께 있는 광경이 어색한 듯, 그녀는 잠시 그들을 바라보며 서 있었다.

"어떤 기분인지… 너희는 모를 거야…." 여자는 목멘 소리로 속삭였다. "상상조차 하기 힘든 악몽이었어…."

"엄마." 톰이 엄마의 말을 가로막았다.

"이런, 미안하구나. 나는 이제 자리를 비켜줄게. 아직 따뜻할 때 먹으렴!"

해틀러 부인은 문을 닫고 방을 나섰다. 톰은 오트밀 그릇 하나를 집어 아스트리드에게 건넸다.

"조심해. 뜨거우니까."

아스트리드는 고맙게 여기며 차가운 손가락으로 그릇을 감쌌다. 음식에서 맛있는 냄새가 났지만, 숟가락을 들고 먹기 시작할 용기가 나지 않았다. 톰은 한 숟가락 먹고는, 마치 세상에서 가장 맛있는 오트밀을 먹는 것처럼 행동하며 그녀를 뚫어지게 쳐다봤다.

"배가 안 고프네."

"알아." 그는 고개를 끄덕였다.

"나도 별로 배가 고프지 않거든. 그래도 먹어야 해. 한 입이라도 먹어봐."

아스트리드는 오트밀 한 숟가락을 입에 넣고, 잠시 씹다가 삼켰다.

"이제 만족해?"

"조금은."

서로 장난을 치는 대화 속에서 아스트리드는 문득 느꼈다. 정상적으로 사는 시늉이라도 내는 것이 필요하겠다고. 그것은 그들이 평범한 대화를 나눌 수 있다는, 언젠가 둘 다 다시 괜찮아질 거라는 증거이자 확인이었다.

"톰, 나는…"

"아침 식사부터 먼저 끝내도록 해." 톰은 아스트리드의 말을 막았다.

아스트리드는 얼굴을 찌푸렸다. 그의 고압적인 말투가 마음에 들지 않았다.

"네가 무슨 말을 하고 싶은지, 내가 무슨 말을 하고 싶은지, 그리고 우리가 무슨 말을 해야 할지 알고 있어."

톰은 적절한 단어를 골라가며 말했다.

"하지만 지난 24시간 동안 모든 사람이, 우리를 스스로 생각도할 수 없고, 조금만 힘을 줘도 부서질 연약한 물건 취급했던 것도 알고 있지. 너무 지겨워. 너도 그럴 거야. 하지만 이건 사라지지 않을 거야. 우리가 영원히 짊어져야 할 낙인이겠지. 그 사실이 두려워. 난 그냥… 모르겠어, 그냥 평범한 사람처럼 친구와 아침을 먹고 싶을 뿐이야."

아스트리드는 그를 한참 바라봤다.

"그럼 우린… 친구야?"

"무슨 말이야?"

그녀는 어깨를 으쓱했다.

"우리 어렸을 때는 같이 놀았었잖아. 나무를 오르고, 도랑을 파기도 하고. 그런데 12년 동안은 말을 하지도 않았고…."

문득 아스트리드는 자신이 톰을 밀어내고 있다고 느꼈다. 실제로 그걸 바라는 것은 아니었지만.

"넌 우리가 어떤 사람인지도 모르잖아. 우리 성격도 모르고. 그리고 낙인이 무슨 뜻인지 알기나 해? 그건 여섯 살짜리가 쓸 수 있는 단어가 아니야!"

톰은 화가 나서 오트밀에 숟가락을 콱 집어넣었다.

"맞아, 아스트리드. 나도 내가 어떻게 아는지 모르겠어. 그냥 그 말을 알아. 그리고 이것뿐만이 아냐. 하지만 지금 당장 전부 해결 해야 한다고 생각하면 너무 두려워. 너는 어떤지 모르겠지만, 난 무섭다고."

"나도 그래."

"그래. 그럼 먼저 밥부터 먹자, 알았지? 앞으로 5분 안에 우리 대신 누가 미스터리를 파헤칠 것 같지는 않으니까."

아스트리드는 캑캑거리며 웃었다. 톰의 말이 옳았다. 그녀는 천천히 아침을 먹기 시작했다. 둘은 아무 말도 하지 않고 서로를 관찰하며 몇 분 동안 나란히 밥을 먹었다. 아스트리드는 그게 이상하거나 불편하지 않았다. 오히려 그녀가 돌아온 이후로 겪은 일 중 가장 자연스럽게 느껴졌다. 식사를 마치자 톰이 자진해서 이야기를 이어나갔다. 배가 부르니 대화가 훨씬 수월했다.

"기억해내려고 애쓰고 있지만 쉽지 않아. 정말 어려워."

"그럼 너도 아무것도 기억나지 않는 거야?"

톰은 고개를 저었다. 그는 진심으로 미안해하는 것 같았다.

"하나도 생각이 안 나. 우리가 돌아온 바로 그 날 밤… 그리고 어린 시절의 기억들. 그 사이가 텅 비어 있어. 너는?"

"나도 마찬가지야. 누군가가 그 부분을 모조리 뜯어낸 것 같아. 분명 **거기**… 뭔가가 있는 건 알지만, 지금은 그냥 빠져있을 뿐이야. 누군가가 기억들을 빼냈다가 제자리에 다시 놓지 않은 것 같아."

"맞아. 나도 똑같은 기분이야. 의사 말로는 시간이 지나면 기억이 돌아올 거라고, 외상 때문에 기억이 손상된 것일 뿐이라고 하더라고."

"그래. 그럴 수도 있지."

"의사 말을 못 믿는 거야?"

"무슨 말을 믿어야 할지 모르겠어. 내가 어디에 있었는지 나도 모르고 아무도 모르는데, 12년 동안 실종됐다는 사실을 어떻게 받아들일 수가 있겠어? 아니면, 더 심각하게, 내가 알고는 있지만 단지 기억을 못 하는 거면?"

톰은 고개를 끄덕였다.

"우리 엄마는 그냥 모든 걸 잊어버릴 수 있으면 좋겠대."

"고통에 대해 말을 아낄수록 상처가 빨리 낫는대."

아스트리드는 찻잔에 대고 중얼거렸다.

"우리 엄마가 그렇게 말했거든. 내가… 아빠가… 그렇게 됐을 때, 엄마는 그렇게 믿으셨어."

"흠, 내 귀에는 문제가 아예 존재하지 않는다고 여기고 부정하는 것처럼 들리는데."

아스트리드는 입꼬리를 살짝 올리며 옅은 미소를 지었다.

"그래, 그건 용감한 행동이 아니지? 내가 원하는 것도 그게 아냐. 아무 일도 없었던 것처럼 굴고 싶지는 않아."

"그럴 수나 있고? 그건 선택지에 없는 것 같은데."

"톰."

아스트리드는 망설이다가, 그의 온화한 표정을 보고는 말을 이어나갔다.

"무슨 일이 일어났던 건지 알고 싶어…. 우리가 끔찍한 일들을 들춰낼 수도 있고, 그게 유쾌한 일이 되지 않을 거라는 건 알고 있어. 하지만 난 진실을 알아야 해. 무슨 일이 벌어졌던 건지 알아야 겠어. 그래야 막스가 어디 있는지 알아낼 수 있으니까. 그래서 네 도움이 필요해."

톰은 눈썹을 치켜세웠다. 절박함으로 가득 찬 그녀의 말은 분명 그를 놀라게 했다.

"물론이지." 그가 대답했다.

"이 모든 걸 모른 체하고도 내가 괜찮을 거라고 생각하니? 내 가 돌아왔지만… 아무것도 기억하지 못한다는 사실에 만족할 거라 고? 말도 안 되지. 내가 도와줄게. 같이 하자. 우린 찾아낼 수 있을 거야."

아스트리드는 안도의 한숨을 내쉬었다.

"그래, 함께. 우리 셋이서. 소냐는 뭔가를 기억할지도 몰라. 그 애 기억력은 좀 나을지도 모르지."

그녀는 생각을 입 밖으로 말하는 듯 덧붙였다.

실제 전략을 짠다기보다는 가장 단순한 해결책을 바라고 하는 말처럼 들렸다. 그것은 희망 사항이라는 것을 둘은 알고 있었다. 톰과 아스트리드가 아무것도 기억하지 못한다면, 소냐라고 뭔가를 기억할지는 분명치 않았다.

"그럴지도. 어떻게 지내는지 최근에 들은 소식 있어?"

아스트리드는 어제 병원에서 봤던 광경이 떠올라 얼굴을 찌푸 렸다. 소냐가 깨어났다고 해도 포레스 가족이 집으로 찾아와 자신 들의 행동에 대해 사과할지는 의문이었다.

"네가 이미 알고 있는 게 다일 거야."

하지만 톰은 포기하려고 하지 않았다.

"그 애를 만나러 가보자."

"나중에." 그녀는 동의했다.

"하지만 기억을 되찾을 방법을 알아낼 때까지 우리는 아쉬운 대로 다른 사람들이 해주는 말에 만족할 수밖에."

"그게 무슨 말이야?"

"12년 전 그날 있었던 일을 알아내자. 목격자들을 모두 심문하고, 시간순으로 일어난 일을 정리해야 해. 예를 들자면, 미치광이 구스토가 왜 용의자로 지목받았는지도 알아내야겠지."

"그 사람들이 너한테도 구스토에 관해 물어봤니?"

아스트리드는 톰도 사람들이 그를 비웃고 놀리던 것을 기억하는지 궁금했다.

"응, 구스토는 그 일로 재판까지 받았지만 결국 정신병원에 보내졌어. 우리가 다시 나타나기 며칠 전까지도 그를 풀어주지 않았지."

"그가 그 일과 관련이 있다고 믿는단 소리야?"

"내 말은 모든 걸 고려해야 한다는 뜻이야. 경비대가 수사한 내용도 마찬가지로 참고해야 해. 구스토가 한 짓이라는 결론에 도달했다면 분명 단서가 있었을 거야. 그런 단서들은 우리에게도 중요해."

아스트리드는 톰이 수긍하길 기다리며 기대감에 찬 눈으로 그를 바라보았다. 오래지 않아 그는 고개를 끄덕였다.

"좋아."

아스트리드는 안도의 한숨을 내쉬었다.

"우리가 기억을 되찾을 때까지 어떻게 된 건지 알아보자. 하지만 동시에 기억해내는 방법도 찾아내야 해. 그냥 여기 앉아서 기억이 저절로 돌아오길 바랄 순 없어. 그게 몇 년이 걸릴지도 모르니까. 그것보다는 빨리 찾아내야 해."

"그래. 뭐부터 해야 할까?"

"내가 도라랑 얘기해볼게." 아스트리드는 곧바로 대답했다.

그녀는 이러한 행동 계획을 확실히 준비하면서 자신을 다잡았다.

"도라? 우리 친구 도라? 그 애가 무슨 상관이 있어?"

"모르겠어. 하지만 도라는 내가 돌아오고 처음으로 찾은 사람이었어. 이유는 모르지만, 내가 그 애 집 앞으로 찾아간 거지. 그건 분명 무슨 의미가 있을 거야."

막상 말을 내뱉고 나니 너무 순진한 소리 같았다.

"그날 도라는 우리와 함께 유치원에 있었어. 기억나지? 그 애가 뭔가를 봤을 수도 있어. 우리가 목격자들과 연락할 수 있도록 도와줄지도 몰라. 우리랑 다르게 그 애는 여기서 평생을 살았잖아. 마을 사람들 사정을 속속들이 다 알고 있을 거야."

"그럴듯한 생각이네." 톰이 말했다. "하지만 일어서기 전에 차를 마저 다 마시도록 해."

아스트리드는 흥미로우면서도 믿을 수 없다는 표정을 지어 보였다.

"너 음식에 좀 집착하는구나?"

"어떤 면에선 엄마를 닮아서 그런 것 같아." 톰은 인정했다.

아무렇지 않게 스스로 망가지는 말을 했다. 그의 뺨이 붉게 달아올랐다. 아스트리드는 톰이 지켜보는 가운데 머그잔을 입에 갖다대며 그의 말을 들었다.

"할 말이 있어."

아스트리드가 갑자기 말을 꺼냈다. 편안하게 웃었던 흔적들은 모두 사라진 지 오래였다.

"난 나 자신을 위해 이 일을 하려는 게 아니야. 그러니까… 단지 나를 위해서만은 아니라는 거지. 막스 때문에 진실을 밝히려는 거야. 막스를 찾아야 해. 그리고 할 수만 있다면 그 애를 구해야 해."

톰은 조금도 놀라지 않는 듯했다.

"알아, 아스트리드. 내가 도와줄게."

✳

아스트리드와 톰이 외출할 거라고 말하자 발레리아 해틀러는 탐탁지 않아 보였다. 그녀는 걱정스러운 표정으로 집에 있는 편이 나을 거라고 그들을 설득하려 했다.

"적어도 오늘은 집에 있는 게 어떠니? 밖의 상황이 좀 진정될 때까지는 말이다."

그녀가 말한 '밖'은 마을 전체를 의미했을 것이다. 해틀러 부인은 맨 밑까지 블라인드가 내려진 창밖으로 거리를 내다보며 손짓했다. 아스트리드는 톰의 엄마가 생각하는 것만큼 상황이 나쁠 수도 있다고 생각했지만, 아무 말도 하지 않았다.

"그래도 언젠가는 나가야 해요." 톰은 엄마를 진정시키려 했다.

"언젠가는." 엄마도 수긍했다. "그래도 그 언젠가가 바로 다음 날이 될 필요는 없잖아?"

자신을 지키려는 엄마의 말에 톰은 그 무엇보다 큰 위로를 받았다. 톰은 복도로 가서 엄마를 짧게 안아주었다.

"제가 밖에 나갈 때마다 걱정하지 않으셔도 돼요. 돌아올 테니까요."

톰의 엄마는 애써 웃어 보였다. "그럼. 나도… 알고 있지." 그리고 아들의 머리를 매만졌다. "그래서 어딜 가는 거니?"

"바람 좀 쐬러요." 톰은 무의식적으로 거짓말을 했다.

아스트리드는 소심하게 바닥을 응시했다. 자신이 속하고 싶은 곳을 문틈으로 들여다보고 있는 것처럼, 그녀는 소외감을 느꼈다.

"아스트리드." 해틀러 부인은 갑자기 아스트리드에게 관심을 돌렸다. "저기 있잖아…."

그녀는 옷걸이에서 캔버스 가방을 하나 꺼내 들었다.

"기분 상하지 않았으면 좋겠어. 이건 내가 이제 입지 않는 오래된 옷들이야. 옷을 새로 장만하기 전까지 도움이 될 것 같아서 준비했단다. 식구들이 대부분 남자라고 알고 있거든. 그래서…."

깜짝 놀란 아스트리드는 가방을 받아들었다. "정말 친절하시네요…. 감사합니다. 뭐라고 해야 할지…."

톰의 엄마는 아스트리드의 어깨를 가볍게 두드리며 진정시켰다. "별거 아니야. 정말로. 걱정하지 않아도 된단다."

그들은 현관까지 해틀러 부인의 배웅을 받았다. 집을 나와 모퉁이를 돌 때까지 그들을 바라보는 여자의 시선이 느껴졌다. 오늘 아침 해틀러네 집으로 가는 길에, 아스트리드는 어떤 곳을 알아볼 수 있는지, 자신이 없는 동안 어떤 곳이 바뀌었는지 집중해서 관찰했었다. 그녀는 이제야 마을의 전체적인 분위기를 받아들이기 시작했다. 마을은 그때보다 훨씬 작아지고 더 폐쇄적으로 변한 느낌이었다.

"뭐 하나 물어봐도 되니?" 아스트리드가 불쑥 말을 꺼냈다.

안전한 집을 나선 이후로 줄곧 다른 생각을 하는 듯했던 톰은 고개를 끄덕였다.

"뭐든지."

"너희 엄마도 물어봤어? 무슨 일이 일어났는지에… 대해서?"

톰은 고개를 저었다.

"아니, 의사가 엄마한테 내가 아무것도 기억하지 못한다고 말한 게 틀림없어."

아스트리드는 고개를 끄덕이곤 계속 걸었다.

"너는?"

"뭐가?"

"엄마가 물어봤어?"

엄마의 멍한, 무표정한 얼굴이 눈앞에 어른거렸다. 아스트리드는 마음이 무거워졌다. 아스트리드의 엄마 레나 말러는 영영 누구에게도 어떤 질문도 하지 못할 것만 같았다. 어떻게 대답해야 할지 생각하던 도중, 그들은 모퉁이를 돌아 광장에 접어들었다. 한 무리 사람들이 모여 있는 것이 눈에 띄었다. 그들은 정육점 앞에 생선으로 가득 찬 통을 빙 둘러 서 있었다. 모두 이런 광경은 본 적이 없다는 듯이 믿을 수 없다는 표정으로 고개를 젓고 있었다. 톰은 얼른 돌아서서 자리를 뜨길 바랐지만, 아스트리드는 군중 속으로 머뭇거리며 몇 걸음을 옮기더니 이내 호기심에 사로잡혔다. 건장한 체격에 굵은 팔뚝을 지닌 대머리 정육점 주인은 가게 앞에 서서 불만을 터뜨리는 손님들에게 똑똑히 말하고 있었다.

"자, 여러분들, 그만합시다! 어떻게 된 일인지 나는 정말 모른다고 하잖소!"

"그자가 당신한테 죽은 생선을 판 거라고요!"

"콜라다가 코앞인데 어디서 잉어를 구한단 말이오!"

아스트리드는 우글거리는 사람들 틈을 비집고 앞으로 나아갔다. 통 안에는 죽은 물고기 수십 마리가 물에 둥둥 떠 있었고, 미끈거리는 몸뚱이들은 서로 겹쳐져 있었다. 동그란 눈알은 희번덕거렸고 작은 입을 쩍 벌린 모습은 우스꽝스러웠다.

"이렇게 합시다. 오후에 신선한 생선을 가지고 오리다!"

정육점 주인은 시끄럽게 떠들어대는 군중들 사이에서 목소리를 높였다.

"그 고기들도 이것들처럼 죽을 것이오!"

누군가가 소리를 질렀다. 몇몇 사람들이 그 말에 동조했다. 어떤 이들은 짜증을 냈고, 또 어떤 이들은 실망감을 드러냈다.

"방앗간 주인의 암말이 지난밤을 넘기지 못하고 죽었다고 들었어요!"

"모닥불에서 나온 죽은 고양이도 있지 않소? 동물들이 죽어가고 있습니다."

"이 마을이 저주받은 게야." 한 노파가 중얼거렸다. "신들이 우릴 버렸어."

몇몇 다른 사람들도 노파의 한탄에 동참했다. 기도문이 울려 퍼지자 사람들은 간절히 움켜쥔 두 손을 하늘을 향해 들어 올렸다. 아스트리드는 불편감을 느끼기 시작했다. 몇몇 사람이 자신을 향해 고개를 돌리는 걸 본 것 같았기 때문이었다. 톰은 그녀의 소맷단을 잡고 자리를 뜨려고 했다.

"그만 하세요." 정육점 주인은 더는 참지 못하고 군중들에게 경고했다. "부인, 뭐라고 하는지는 알고 하는 소립니까? 도대체 무슨 헛소리를 지껄이는 거요?"

"악마들이 땅 위를 걷고 있어!"

바로 그 순간, 얼음장처럼 차갑고 앙상한 손이 아스트리드의 손을 움켜잡았다. 소스라치게 놀란 아스트리드는 비명을 질렀고, 이어 고대인처럼 생긴 한 여자와 눈이 마주쳤다. 언뜻 보기에는 눈에 띄는 점이 없는, 여느 마을에나 살법한 생김새의 노파였다. 하지만 공포를 불러일으킨 것은 그 눈이었다. 분명 앞이 보이지 않지만, 노파는 확신에 찬 눈빛으로 아스트리드를 꿰뚫어 보았다.

"네 잘못이다." 노파는 낮은 목소리로 말했다. "깨어나라."

아스트리드는 재빨리 노파의 손을 뿌리치고 뒤로 물러섰다. 그리고 톰의 손에 이끌려 군중으로부터 가능한 한 멀리 벗어났다. 몇 번 뒤를 돌아봤지만, 마을 사람 누구도 둘을 신경 쓰지 않았다.

"방금 뭐였어?" 군중과의 거리가 충분히 멀어졌을 때 톰이 물었다. "봤어? 물고기들?"

네 잘못이다. 깨어나라.

"아스트리드, 너 괜찮아?"

"방금 그 할머니 봤어?" 그녀가 불쑥 말을 내뱉었다.

"할머니? 누구 말하는 거야?"

"그냥, 뭔가 본 것 같아서." 아스트리드는 거짓말을 했다.

아스트리드는 무심코 거짓말을 하고, 심지어 부끄러워하지도 않는 자신의 모습에 놀랐다.

로트너 가족이 사는 집은 마을에 인접한 외곽지역에 흩어진 몇 안 되는 집 중 하나였다. 톰의 삼촌이자 도라의 아빠인 로트너 씨는 검은 숲에서 사냥터 관리인으로 일했다. 그래서 숲 가까이에 집을 구했다. 집의 한쪽 면은 큰 나무들이 보호하지만, 언덕 꼭대기에 자리 잡은 관계로 다른 쪽은 자주 불어오는 폭풍과 회오리바람에 시달려야 했다. 그 집은 마을의 다른 집들보다 훨씬 낡아 보였다.

"나를 달가워하실지 모르겠네." 문 앞에 선 톰이 불안한 듯 말했다.

"무슨 소리야?"

한동안, 그는 눈더미 속에서 할 말을 찾으려는 듯이 들판을 바라보았다.

"로트너 이모가… 7년 전 아이를 낳다가 돌아가셨다고 엄마가 말해줬어. 우리는 삼촌과 사이가 좋았던 적이 없었어. 그리고 그 일이 있었으니까…. 날 보고 반가워하시진 않을 거야."

아스트리드는 도라의 엄마에 대한 기억을 흐릿하게 떠올렸다. 유치원으로 데리러 올 때마다 미소 띤 얼굴로 반가운 듯 도라를 안아 올리며 코를 비벼 인사하던 얼굴. 코 키스를 할 때면 도라는 정말 바보 같아 보였다.

아스트리드는 늘 도라의 쾌활한 엄마가 부러웠다. 아스트리드의 엄마는 딸이 옆에 없을 때면 내내 눈물로만 시간을 보냈었다. 아스트리드의 가슴이 찢어질 듯 아팠다. 아픈 몸이지만 그래도 엄마가 아직 살아있어서 다행이라고 생각했다.

톰은 그녀의 마음을 읽기라도 한 듯이 말했다. "그 이후로 정말 많은 것들이 변했네, 이상하지 않아?"

"어떤 것들은 더 좋아졌을지도 모르지." 아스트리드는 단호한 목소리로 말했다.

톰은 눈썹을 추켜세웠다. "그럴지도. 네 말이 맞았으면 좋겠다."

"그 집에 들어가기 싫다고 해도 이해할게." 아스트리드가 말했다.

종종 추잡한 싸움으로 끝나는, 해묵은 가족 간의 불화를 상대하는 게 어떤 것인지 아는 사람이 있다면 그건 바로 아스트리드였다.

"그렇게 말해주니 고마워." 톰은 미소를 지으며 대답했다.

찡그린 얼굴보다는 훨씬 좋아 보였다.

"하지만 우리는 한배를 탔잖아, 기억 안 나? 오트밀 먹으며 약속한 거." 톰은 그 말을 하고 출입문을 지나 집으로 걸어갔다.

아스트리드는 그를 따라갔다.

"약속?" 그 단어에 아스트리드는 웃음을 터뜨렸다. "뭔가 운명적으로 들리네."

톰은 놀란 척하며 그녀를 쳐다보았다. "얼굴이 왜 그래?"

그녀의 얼굴에서 웃음이 사라졌다. "뭐가?"

"아니야." 그가 피식 웃었다. "사라졌네."

아스트리드는 고개를 저으며 톰의 농담을 털어냈다. 짧은 행복은 그들이 문을 두드린 순간 연기처럼 사라졌다. 도라는 마치 그들이 오는 것을 보고 있기라도 한 듯 곧바로 문을 열었다. 두 사람 모두 도라의 충격받은 표정을 보고 나서는, 그녀가 그들을 볼 거라고 꿈에도 예상치 못했음을 충분히 알 수 있었다. 세 사람은 어색하게 선 채로 서로를 바라보았다.

아스트리드가 먼저 입을 열었다.

"한밤중에 널 찾아가서 미안했다고 말하고 싶었어. 나 때문에 네가 곤란해진 게 아니라면 좋겠…"

아스트리드가 말을 끝내기도 전에, 도라는 그녀를 와락 껴안았다. 마지막 만났을 때도 그랬던 것처럼.

"알았어, 그럼… 이제 다 괜찮은 것 같네." 아스트리드는 조심스럽게 도라의 등을 팔로 감싸며 자신 없이 중얼거렸다. 잠시 후 도라는 눈물을 글썽거리며 몸을 떼고 뒤로 물러섰다.

"이럴 수가." 도라가 중얼거렸다. "아스트리드, 정말 너구나! 그리고 톰!"

톰 역시 도라로부터 다소 짧지만 어색한 포옹을 받았다. "믿어지지 않아…. 얼른 들어와."

집으로 들어온 그들을 도라는 작은 부엌으로 안내했다. 도라가 한참 쿠키를 굽는 도중에 그들이 찾아온 것처럼 보였다. 남자아이 두 명이 의자에 무릎을 꿇고 앉아 테이블에서 쿠키에 잼을 바르고 있었다. 아이들은 잼을 바르다 말고 똑같은 금발 머리를 동시에 들어 올렸다. 뺨에 묻은 자국으로 봐서는, 장식을 끝내 탁자 위에 올려놓은 쿠키보다 이미 더 많은 쿠키를 먹어치운 듯했다.

"안녕하세요." 그중 한 아이가 대담하게 말을 꺼냈다.

톰과 아스트리드는 손을 흔들며 어색하게 인사했다.

"누구야?" 다른 쌍둥이가 도라에게 물었다.

아스트리드는 톰이 생전 처음 보는 사촌들을 보고 긴장하는 것을 눈치챘다.

"그건…. 이분들은 내 손님이야." 도라가 신경질적으로 설명했다. "잠시 쉬면서 나가서 놀다 올래? 나중에 끝내자, 알겠지?"

아이들은 심드렁하게 알겠다고 중얼거리며 의자에서 내려왔다.

"남은 잼은 가져가도 돼?" 쌍둥이 중 한 명이 도라에게 넌지시 물었다.

"다 먹지 않는 게 좋을 거야." 도라는 잼 병을 건네며 동생에게 주의시켰다.

아이는 계획한 대로 되었다는 듯한 표정을 지었다.

"그리고 할아버지는 방해하지 마. 점심 전까지 낮잠 자는 걸 좋아하시니까. 그리고 정오 전까지는 집 안에 있도록 해. 왜냐하면…."

"그래, 폴루드니차[5]가 밖에 숨어 있어, 우리도 알아."

쌍둥이 중 한 명이 넌더리 난다는 듯 도라 대신 말을 마쳤다. 도라는 동생들을 부엌에서 몰아냈다. 그러면서 그들의 뒤통수에 대고 해야 할 일과 해서는 안 될 일을 몇 가지 더 외쳤다. 자리로 돌아왔을 때, 엄마 같은 권위적인 말투는 그녀에게서 사라지고 없었다.

"정신없게 해서 미안해." 도라가 불쑥 말했다. "뭐 좀 줄까? 커피? 차?"

"차 마실게." 톰이 답했다.

"난 커피." 아스트리드가 동시에 말했다.

도라가 끄덕였다. "빈 곳 아무 데나 앉아."

도라가 부엌에서 분주히 움직이는 동안, 아스트리드와 톰은 코트를 벗고 테이블에 앉았다. 도라는 친구들이 주위를 둘러볼 수 있도록 등을 돌린 채 움직이고 있었다. 잠시 후, 도라는 김이 모락모락 나는 컵들을 두 사람 앞에 놓았다. 어색한 분위기 속에서 모두 잔을 손에 쥐고 뜨거운 액체를 후후 분 다음 홀짝거리며 마셨다.

---

5. Poludnitsa: 동유럽 전설에 등장하는 '정오의 악마', 일사병의 화신. 한낮에 돌아다니는 사람과 마주쳐 그 사람이 자신의 질문에 대답을 못 하거나 화제를 바꾸려고 하면 공격하거나 죽인다고 전해진다.

아스트리드는 대번에 얼굴을 찡그렸다. 톰이 의아한 듯 눈썹을 치켜세웠다.

"난 커피를 마셔본 적이 없거든." 아스트리드가 해명했다.

"그럼 왜 달라고 한 거야?"

"바로 그 이유 때문이었는데, 내가 상상했던 맛이랑은 다르다." 아스트리드는 한 모금 더 마셨다. "꽤 괜찮네. 익숙해질 수 있겠어."

도라는 마치 두 사람이 하늘에서 떨어진 것처럼 관찰하고 있었다.

"무슨 말부터 해야 할지 모르겠네." 아스트리드가 털어놓았다. "사실 도와줘서 고맙다는 인사를 하러 온 게 큰 이유야."

"당연한 일을 한 거야." 도라는 아스트리드를 안심시켰다.

"처음에 믿지 못해서 미안해. 난… 난 정말 충격을 받았어. 네가 이해해줬으면 좋겠어… 그 사람들은 우리한테 너희들이 죽었다고, 다시는 돌아오지 않을 거라고 말했거든." 그 말을 하자마자 도라는 초조한 듯 아랫입술을 깨물었다. 마치 못된 말을 내뱉고는 다시 주워 담고 싶어 하는 눈치였다. "미안해, 이런 말 듣기가 쉽지 않을 텐데."

"좀 이상하긴 하지." 톰이 대수롭지 않다는 가벼운 말투로 도라를 안심시켰다. "그래도 그 말에 익숙해져야 할 듯해."

"도라, 우리는…." 아스트리드는 불안한 눈빛으로 톰을 쳐다봤다.

톰은 아스트리드가 눈치채지 못할 정도로 살짝 고개를 끄덕이며 격려했다.

"도와달라는 말을 하려고 왔어. 우리 둘 다 무슨 일이 있었는지 기억하지 못하거든. 의사 말로는 일시적인 기억 상실일 수도 있고, 영영 기억을 되찾지 못할 수도 있대. 그 후에 일어난 일에 대해서 너와 이야기하고 싶었어."

도라의 표정이 읽을 수 없게 변했다. 그녀는 신경을 곤두세우며 아스트리드를 뚫어지게 쳐다봤다. 아무 말도 하지 않는 그 순간이 영원히 이어질 것만 같았다.

"아무것도 기억이 안 난다고?" 이윽고 도라는 읊조렸다. "전혀?"

아스트리드와 톰은 재빨리 시선을 교환했다. 아스트리드와 마찬가지로 톰도 도라의 행동이 전혀 이해되지 않는 게 분명했다.

"아무것도." 아스트리드가 못 박았다. "지난 12년 동안의 기억이 하나도 없어."

도라는 머리를 두 손으로 감쌌다.

"맙소사, 내가 어떻게 이렇게 멍청할 수 있었지… 당연히…."

"무슨 일이야?"

아스트리드는 머뭇거리며 그녀를 향해 손을 뻗으려다 마음을 접었다. 도라의 개인적인 공간을 침범하고 싶지는 않았다.

"도라?"

아스트리드가 한 말을 전혀 듣지 못한 듯 도라는 고개를 들었다.

"유치원에서 일어난 일도 생각이 안 난다는 거야? 아무것도…."

도라의 목소리에 무언가가 있음을 느끼고 아스트리드는 멈칫했다. 은밀하고 애매한 어조. 뭔가 이상해 보였다. 그 이유를 알아내는 데는 오래 걸리지 않았다.

"너 뭔가를 봤구나." 깨달은 순간 아스트리드는 화들짝 놀라 속삭였다. "넌 뭔가를 기억하는 거야!"

도라는 의자에서 벌떡 일어났다. "아니야." 그녀는 부정하며 고개를 저었다. "그건 사실이 아니야."

"맞아, 사실이야." 아스트리드는 주장을 굽히지 않았다.

1분 1초가 지날 때마다 그녀의 확신은 점점 더 커졌다. 도라의 얼굴이 창밖의 눈과 어우러질 정도로 창백해졌다.

"너도 그날 유치원에 있었잖아. 네 침대는 내 침대와 톰의 침대 사이에 있었고, 도라, 넌 뭔가를 알고 있어. 우리한테 말해줘야 해."

"아니야." 도라는 더 완강히 부인했다. "난 아무것도 못 봤어."

"넌 지금 거짓말하는 거야."

"아스트리드." 톰이 끼어들었다.

"네가 어떻게 그럴 수 있어!" 도라는 자신을 두둔했다. "어떻게 나한테 거짓말을 한다고 할 수 있냐고! 다신 그런 말 하지 마. 절대로! 난 지어내서 말하지 않을 거야. 난 미치지 않았다고!"

도라의 말을 듣고, 아스트리드는 도라가 이렇게 자신을 방어해야 했던 게 이번이 처음이 아니었을 것 같다는 생각을 했다. 도라는 눈물을 머금은 채로 분노로 몸을 떨었다. 아스트리드는 친구가 가여웠지만, 자신이 해야 할 일을 잘 알고 있었다. 친구의 가장 아픈 곳을 건드려야 했다. 진짜로 무슨 일이 있었던 건지 이야기하도록 만들어야 했다.

"너 정말 미친 것 같아."

"아스트리드, 그만해." 톰이 그녀를 제지했다.

도라의 눈이 분노로 번뜩였다. "절대로, 다시는, 나한테 미쳤다고 하지 마. 난 나더러 정상이 아니라고 말하는 사람들 사이에서 평생을 살았어. 그게 다 네 잘못이라고!"

도라가 목소리를 돌연 한 옥타브 높였다.

"그건 불가능해, 도라."

그녀는 분명 어린 시절에 들었던 누군가의 훈계하는 목소리를 흉내 내고 있었다.

"넌 분명 무언가를 상상해온 거야. 유령은 존재하지 않아. 네가 지어낸 얘기일 뿐이지. 난 내가 뭘 봤는지 알아!"

아스트리드는 자신이 원했던 것을 얻었을 수도 있지만, 어떻게 받아들여야 할지 알 수 없었다. 도라는 무슨 얘기를 하고 있었던 걸까? 조금 전까지 미소짓는 얼굴로 친구들에게 차를 끓여주던 도라의 흔적은 온데간데없이 사라졌다.

"그게 어떤 건지 너희는 몰라." 도라의 시선은 톰을 향했다가 다시 아스트리드에게로 돌아갔다. "너희는 내가 무슨 일을 겪었는지 꿈에도 알 수 없을 거야."

"우리는 너보다 나았을 거라고 생각해?" 아스트리드는 믿을 수 없다는 표정으로 물었다. "우리는 12년 동안 실종상태였어! 인생에서 12년이 사라진 거라고, 도라. 그게 어떤 건지 알아? 아무것도 기억하지 못하는 게? 차라리 우리와 함께 사라질 걸 그랬어?"

"그래!" 도라는 망설임 없이 대답했다. "여기 있느니 차라리 사라지는 게 나았을 뻔했어!"

긴장된 침묵이 방을 뒤덮었다. 아스트리드와 도라는 둘 다 경주를 마친 말처럼 숨을 헐떡이고 있었다. 누가 다른 말을 꺼내기도 전에 문이 확 열리더니 도라의 아빠가 나타났다. 그는 흥분한 딸을 쳐다보다가 아스트리드와 톰 쪽으로 시선을 옮겼다. 남자는 조카의 모습을 보고 눈을 의심했다. 마치 자신이 보고 있는 게 사실이 아니라고 믿고 싶은 것처럼.

"아빠!" 실의에 빠진 도라가 외쳤다.

"조용히 해, 도라." 아빠의 날카로운 목소리에 도라는 입을 닫았다.

그는 아스트리드와 톰을 가리켰다. "너희 둘. 내 집에서 나가라. 당장."

"아빠⋯."

남자의 얼굴이 분노로 일그러지고 있었다. "조용히 하라고 말했을 텐데."

아스트리드와 톰은 서둘러 의자에서 일어나 자신의 물건을 챙겼다. 둘 다 로트너 씨의 눈을 똑바로 볼 수 없었다. 서둘러 복도로 나가니 쌍둥이들이 계단에 앉아 이상하다는 듯이 그들을 지켜보고 있었다. 두 아이 모두 겁에 질려 서로를 밀치고 있었다. 아스트리드는 아이들에게 격려의 미소를 지어 보였다. 아스트리드와 톰이 현관문을 닫고 나간 순간, 고함치는 소리가 들렸다.

"넌 도대체 얼마나 멍청한 거냐? 이런 식으로 집안에 불운을 불러들이다니! 제정신이야?"

무언가 둔탁하게 때리는 소리가 들렸다. 아스트리드는 어깨너머로 보려고 머뭇거렸지만, 톰이 그녀의 손을 잡고 가던 길로 다시 이끌었다.

둘은 눈 내린 외딴 길을 서둘러 내려갔다. 들판 한가운데에 도착해서야 서로 말을 할 수 있었다.

"그래, 아까는 일이 잘 풀리지 않았어." 톰이 단호히 말했다.

아스트리드는 한숨을 쉬었다. "내가 망쳤어. 그렇게 세게 밀고 나가는 게 아니었는데."

"그럴지도."

"진짜 도움이 안 되는구나."

톰이 다시 말했다. "그럴지도 모르지만 뭔가 배우긴 했어."

"그래?"

"도라가 그때 무언가를 봤다는 사실을 알게 됐잖아. 도라가 우리를 믿게끔 만들 방법을 찾아야 해. 가능하다면 다음번엔 덜 폭력적인 방법으로 말이야." 톰이 옆에 있는 아스트리드에게 슬쩍 미소를 지어 보이며 말했다.

"알겠어." 아스트리드가 맞장구쳤다. "다음번엔 내가 입 다물고 있을 테니 네가 말해."

❋

이후 몇 시간 동안, 마을에는 그들이 마주치지 않은 사람이 단 한 명도 없었다. 마을을 거닐며 사람들을 지나칠 동안 적어도 그들만은 그런 느낌을 받았다. 톰은 예전 장소들 주변을 돌아보면 머릿속이 정리되고 도움을 얻을 수 있을 거라고 여겼다. 하지만 그들이 지나갈 때마다 사람들이 고개를 돌려 쳐다봤다. 그러자 그것이 좋은 생각이 아니었을지도 모른다는 생각이 들었다.

"우릴 쳐다보는 것 말고는 할 일이 없나 보네, 그렇지?" 톰이 속삭이듯 말했다.

아스트리드는 뚱한 표정으로 한숨을 쉬었다. "정작 말을 거는 사람이 한 명도 없는데 어떻게 뭔가를 알아낼 수 있겠어?"

"글쎄. 고문이라도 해볼까?"

"톰…."

"안녕하세요."

그들은 아이들과 함께 인도를 걸어가고 있는 한 여자에게 인사를 건넸다. 그들이 사는 이런 작은 마을에서는 밖에서 이웃을 만나면 인사를 건네는 게 풍습이었다. 하지만 그 여자는 아스트리드와 톰을 본 순간 두 아이를 붙잡고 뒤도 안 돌아보고 서둘러 길을 건너갔다.

"사람을 아주 편안하게 해주시네요." 톰은 여자가 들을 수 있을 정도로 큰 소리로 투덜거렸다.

"괜히 사람들 자극하지 마." 아스트리드가 조용히 쏘아붙였다.

"그래, 말은 네가 하는 거였지."

아스트리드와 톰은 거리에 어색하게 서 있었다. 불현듯 자신들이 어디로 가고 있는지 도통 알 수가 없었다.

도라의 집에 갔던 기억이 떠오르자 아스트리드는 얼굴을 찌푸렸다. 그냥 잠자코 있었더라면, 도라가 맘 편히 이야기하게 만들수 있었을 텐데. 이제 그 애는 아무 말도 하지 않을 수도 있다.

"다른 방법을 찾아야 해." 아스트리드가 제안했다.

"적어도 그날 일어난 모든 일을 다시 정리할 필요는 있어. 혹시 너희 엄마가 도와주실 것 같니?"

"우리 엄마는 우리가 뭘 하고 있는지 알면 엄청 화내실 거야. 시도는 해볼 수 있겠지만, 그만두라는 소리를 들을 마음의 준비는 해야 해."

"그럼 너희…"

아스트리드는 갑자기 하던 말을 끝내기가 두려워 멈칫했다. 어떤 대답을 기대해야 할지 몰랐지만, 톰의 행동과 자신이 알아챈 몇 가지 힌트로 판단했을 때, 도저히 긍정적인 대답이 돌아올 것 같지는 않았다.

"우리 아빠?" 톰이 대신 말을 끝냈다. "아빠는 도와주시지 않을 거야. 그 일이 있고 얼마 안 있어 엄마를 떠나셨거든."

톰의 목소리에서 쓸쓸함은 전혀 느껴지지 않았지만, 그래도 아스트리드는 자신이 도를 넘고 있다는 생각이 들었다.

"미안해, 그런 뜻으로 한 말은…."

"네가 몰랐던 게 당연하지. 12년은 정말 긴 시간이야. 많은 게 변했어."

"그런 것 같다."

"그러는 너는? 예전과 다… 똑같아?"

아스트리드는 결국 해틀러 부인이 자신의 엄마에 관한 이야기를 톰에게 했던 게 아닐까 생각했다. 아니면 오래전 자신이 한 말을 톰이 기억하고 있었던 것일까?

"어떤 불행은… 변하지 않는 것도 있으니까." 그녀는 결국 털어놓았다.

그것은 관대한 거짓말이었다. 아스트리드 자신도 그렇게 믿고 싶었다. 그렇다고 해서 자신의 삶이 이전보다 나아졌다고 말할 수는 없었다. 그때는 남동생 막스가 있었다. 동생이 없는 지금은 침입자가 된 기분이었다. 짓밟힐 일밖에 없는, 작고 역겨운 바퀴벌레 같은 존재.

"그건 안됐네."

아스트리드는 더는 곱씹고 싶지 않았다. "가자. 넌 어떤지 모르겠지만, 난 얼어 죽을 것 같아."

둘은 마을 중심지로 되돌아갔다. 톰의 집 앞에 도착하자, 밖에서 그들을 기다리고 있는 경비대원의 모습이 눈에 띄었다. 대원은 울타리에 기대어 엄숙한 눈빛으로 주변을 살폈다. 그들이 지나칠 때 대원은 그들을 알아보지 못한 듯했다. 아스트리드의 뱃속이 요동쳤다. 무슨 일이 일어났을지에 대한 수십 가지 시나리오를 떠올렸다. 어느 하나도 그녀의 마음에 드는 것이 없었다.

"저들이 새로운 단서를 찾은 걸 수도 있어." 톰은 생각나는 대로 말했다.

아스트리드는 톰의 희망을 꺾고 싶지 않아서 말없이 그를 따라 집으로 들어갔다. 그들은 안으로 들어가 코트와 신발을 벗었다. 바로 그 순간, 무슨 이유에서인지, 아스트리드는 두 사람이 사회 부적응자처럼 보인다는 사실을 깨달았다. 그녀가 입고 있는 것들은 모두 빌린 것들이었다. 톰은 아빠가 떠나며 놓고 간 낡은 부츠를 벗고 있던 참이었다. 세상은 그들이 돌아올 거라 예상하지 못했던 것 같았다. 마치 톰과 아스트리드는 여기 있어서는 안 되는 사람인 듯했다.

"엄마, 저 왔어요." 톰은 복도에서 자신들이 도착했음을 큰소리로 알렸다.

"우리 거실에 있단다." 좀 떨어진 데서 대답하는 소리가 들렸다.

톰이 먼저 들어가고, 아스트리드는 그림자처럼 그의 등에 바짝 붙어있었다. 거실로 가보니 정말 그들이 오기만을 기다리고 있었던 것 같은 사람들이 있었다. 톰의 엄마는 등을 대쪽같이 곧게 편 채로 안락의자에 앉아 있었다. 맞은편에는 어제 아스트리드와 톰을 심문하던 경비대원들이 있었다. 해틀러 부인은 자신의 집에 민병대가 들어와 있다는 사실이 몹시 언짢은 듯했다. 통통한 남자는 오늘 편안한 옷을 입고 있어서 더 친근하게 느껴졌다. 그의 동료 대원은 여전히 냉담하고 읽기 힘든 표정을 짓고 있었다. 톰과 아스트리드가 앉았다.

"너희 집에 다녀왔단다, 아스트리드." 딱딱한 표정의 경비대원이 곧장 본론으로 들어갔다.

"가족들과도 얘기하고…"

"왜죠?" 아스트리드가 남자의 말을 끊었다.

그녀의 공격적 어조에 대원은 허를 찔렸다.

"가족들과는 상관없는 문제에요."

"네 문제만이 아니잖니. 막스도 실종되었으니까." 남자가 지적했다.

"우리는 막스의, 아니 네 가족에게 진행 중인 조사 상황을 알려줄 의무가 있어. 그 애는 아직 미성년자니까."

아스트리드의 심장이 뛰기 시작했다. "막스를 찾았나요?"

"아직. 순찰대가 마을 전체와 인근 지역을 샅샅이 수색했지만, 검은 숲에서는 발자국을 찾지 못했다. 너희들이 처음 나타났던 곳 근처에서 세 쌍의 발자국을 발견했지. 한 쌍은 들판에서 로트너 씨 댁까지 이어지는 아스트리드, 네 발자국이었어. 남자 발자국만이 뒷마당까지 이어졌더군." 경비대원은 톰에게 눈을 돌렸다.

"마지막 한 쌍은 소냐 포레스의 발자국이었는데, 의식을 잃은 그 애를 발견한 곳에서 끊겼어. 문제는 모든 발자국의 시작점을 전혀 찾을 수가 없고, 네 번째 발자국도 없다는 점이야." 지금까지 침묵을 지키던 톰의 엄마가 입을 열었다.

"아니, 시작점이 없다니, 그게 무슨 말이죠? 무슨 뜻으로 하는 말이에요?"

"알 수 없는 곳에서 난데없이 발자국들이 생겨난 것 같다는 말입니다. 그날 밤 강풍이 불어서 지나간 흔적이 눈으로 덮여 없어졌거나, 아니면 그런 식으로 사라지지 않았나….."

시작점이 없는 발자국들.

아스트리드의 기억으로는 숲에서 바람이 불지 않았다. 오히려 몹시 잔잔하고 맑은 밤이었다.

"우리의 발자국을 되짚어 봐도 막스의 발자국을 찾을 수 없다, 그 말씀이신가요?" 아스트리드는 재차 확인했다.

"우린 숲속과 그 부근까지 꽤 철저히 수색했단다, 아스트리드." 경비대원은 그녀의 눈을 바라봤다.

"우리는 너희들이 어디서 왔든 막스가 함께 있지 않았을 가능성도 고려해야 해." 아스트리드는 그 말을 믿지 않았다. 그럴 리가 없었다. 그녀가 답을 하기도 전에 톰이 말을 꺼냈다.

"막스는 분명 우리와 함께 있었어요." 그가 말했다. "제가 어떻게… 어떻게 아는지는 몰라요. 증명할 방법은 없지만 전 분명 확신해요. 그 애도 거기 있었다는 걸요."

톰은 격려하는 눈길로 아스트리드를 바라봤다. 그 눈빛에 그녀의 가슴이 따뜻해졌다.

"이제 어떻게 하실 건가요?" 아스트리드가 경비대원에게 물었다. "막스를 찾기 위한 다음 단계는 뭐죠?"

"참 기이한 상황이 마을에 벌어진 거라. 아무도 이런 일을 다뤄 본 적이 없단다."

"제 동생을 구하기 위해 뭘 하고 계시는지 알고 싶어요."

아스트리드와 경비대원 모두 인내심이 바닥난 것 같았다.

"12년 전에도 어디서 막스를 찾아야 할지 몰랐었는데, 지금도 어디서부터 시작해야 할지 모르겠군…."

"아무것도 안 하고 있다는 소리네요."

"아스트리드 말러." 키가 큰 경비대원이 경고 조로 소리쳤다. "민병대에게 언어 공격을 하면…"

하지만 그의 동료가 손을 번쩍 치켜들며 그를 제지했다.

"아스트리드, 네가 동생 때문에 걱정하고 있다는 걸 잘 안다. 그래도 우리가 최선을 다하고 있다고 믿어줘야 해."

아스트리드는 받아들일 수 없어서 팔짱을 끼고 앉아 말없이 항의의 뜻을 보였다.

"한 가지 더 얘기하고 싶은 게 있다." 경비대원이 말을 이었다. "하지만 이건 아스트리드 너랑만 관련이 있는 일인데."

"저와 관련된 문제는 톰과도 관련이 있어요. 톰 앞에서 편히 말씀하셔도 돼요."

경비대원이 시선을 옮겨 하틀러 부인을 바라봤지만, 그녀가 이의를 제기하지 않자, 그는 뜻을 굽혔다. 이어서 그는 상의 가슴주머니에서 사진 한 장을 꺼내, 커피 테이블 너머로 몸을 구부려 아스트리드에게 건넸다. 시간이 흘러 누렇게 변하고 모서리가 꽤 닳은 사진이었다.

"이 사진 알아보겠니? 언제 어디서 찍은 사진인지?"

아스트리드는 깜짝 놀라 그 사진을 바라봤다. 사진 속 자그마한 여자아이는 바로 자신이었다. 장난감을 배경으로 포즈를 취하는 아이들을 전문 사진작가가 정식으로 찍은 사진인 것처럼 보였다. 그녀는 이런 사진을 찍었던 기억이 없었다. 가족은 돈이 부족했고, 엄마는 특히 이런 일에는 돈을 쓰지 않고 아꼈기 때문이었다. 그렇긴 하지만, 아스트리드는 어쨌든 그 일이 일어났다는 반박할 수 없는 증거를 손에 들고 있었다.

"한 번도 본 적 없는 사진이에요."

"그래도 아스트리드 너 맞지?"

"네, 저 맞아요. 하지만 전 이런 사진이 있는지도 몰랐어요. 어디서 찾으신 거죠?"

"이 사진은 어떠냐?"

대원은 아스트리드에게 다른 사진 하나를 건넸다. 첫 번째 것보다 더 때가 탄 사진이었다. 흐릿하고 구도가 별로인, 분명 아마추어 사진작가가 사진 속 사람들 모르게 찍은 것 같은 일반 스냅 사진이었다.

"저네요."

아스트리드의 어깨너머로 톰이 바라보며 숨을 내뱉었다.

그 사진에는 모두가 담겨 있었다. 아스트리드, 톰, 막스, 소냐 그리고 도라까지 다섯 친구는 한때 뗄 수 없는 사이였다. 그들은 밖에서 놀고 있었다. 오래된 채석장 근처 어딘가라고 아스트리드는 확신했다. 여름 방학이면 친구들과 그곳에서 시간을 보내곤 했다.

"이 사진은 어디서 났죠?" 아스트리드가 다시 물었다.

좋지 않은 예감이 들기 시작했다.

"린하트의 오두막에서 이 사진들을 발견했단다." 경비대원이 설명했다. "미치광이 구스토가 가지고 있던 것 같아."

가장 먼저 반응한 사람은 발레리아 해틀러였다. "이럴 수가, 그럼 그게 사실…."

"정말 그가 범인이라고 생각하는 건가요?" 톰이 끼어들었다. "우리를 유괴한 사람이라고요?"

"과거에도 그에게 불리한 증언을 한 목격자가 몇 명 있었어." 경비대원이 기억을 상기시켰다.

"너희 셋이 나타나기 불과 며칠 전에 풀려났다는 점을 고려하면… 그를 주요 용의자로 보는 것도 무리는 아니지."

"그 사람을 심문해야 해요!" 톰의 엄마가 날카로운 목소리로 말했다. "도대체 뭘 기다리고 있는 거죠?"

"미치광이 구스토는 코로춘 이후 행방불명 상태입니다. 온갖 수단을 써서 마을을 뒤져봤지만, 모닥불 옆에서 벌어진 난투극 이후로 그를 본 사람은 아무도 없었죠. 예정된 진료 예약 날에도 나타나지 않았다는군요."

"변한 게 없군요. 전혀요!" 톰의 엄마가 갑자기 분노에 찬 목소리로 분통을 터뜨렸다.

"발레리아…." 경비대원이 엄마를 타일렀다.

"12년 전에 당신들이 망쳐놓은 거라고, 왜 끝까지 인정을 안 하는 건데!"

"엄마!"

"온 마을 사람들이 다 알고 있어. 경찰에 신고했어야 했는데, 원로들은 당신들한테 수사를 맡겼지! 내 아들은 그때쯤 이미 사라지고 난 후였어! 정신 이상자의 손아귀 속으로, 뻔한 거라고!"

톰의 엄마는 불쑥 의자에서 일어나더니 경비대원들을 향해 비

145

난 조로 고래고래 고함을 질렀다. 둘 중 키가 큰 경비대원이 거친 목소리로 말조심하라며 자신을 변호하려 했지만, 그에게 쏟아지는 말들을 막을 수는 없었다. 톰이 두 사람 사이에 끼어들었다. 톰은 엄마가 흥분해서 남자에게 달려들까 봐 두려워하는 듯했다.

아스트리드는 그들의 말을 흘려듣고 있었다. 사진 속 막스의 얼굴에 시선을 고정한 채, 여전히 사진들을 열심히 들여다보고 있었다. 희한하게도, 어제 일어난 것 같이 몹시 선명하고 명쾌한 기억이 불현듯 떠올랐다.

그녀는 도라가 키가 큰 풀밭에서 옆 구르기를 하는 모습을 보았다. 톰은 맨손으로 수로를 깊게 파고 나중에 강에서 가져온 물을 채워서 장난감 배를 가지고 놀 작은 폭포 시스템을 만들고 있었다. 언제나처럼 창백하고 지쳐있는 소냐는 주근깨 가득한 얼굴에 햇볕을 쬐고 있었다. 그리고 막스는 행복한 미소를 짓고 있었다. 누나가 자신의 다 큰 친구들과 어딜 가든 데리고 다닐 때마다 그랬던 것처럼. 그는 어른이 된 기분이었다.

누나, 이거 봐! 톰 형이 나한테 만들어준 배야!

"아스트리드?" 경비대원이 부르는 소리에 그녀는 다시 현재로 돌아왔다.

"12년 전, 한 남자가 너희들을 납치했다는 혐의로 기소되어 주어진 형을 살았어. 너희들 실종 사건에 다른 사람이 연루되었다는 새로운 단서도 전혀 없지. 너희들 중 뭔가를 기억하는 사람이 아무도 없는 상황에선 더욱 그래. 만일 우리가 구스타프 린하르트를 찾지 못하거나, 너희들 중 아무도 기억을 찾지 못하면, 새로운 무언가를 찾아낼 확률은 없어."

"포기하겠단 말이네요, 그럼." 아스트리드가 말했다.

의도했던 것보다 더 공격적으로 들리는 말이었다.

"당신은 막스를 도와줄 생각이 없어요."

침묵이 온 방을 뒤덮었다. 이것이 원로들이 사건을 마무리하는 방식임을 아스트리드는 깨달았다. 그들은 그들의 의무를, 해야 한다고 여겨지는 일을 했을 뿐이다. 하지만 실종된 네 명의 아이들은 그 당시에도 지금도 성가신 존재였다. 사람들은 마을 광장에 기념비를 세우고 모든 사건을 잊으려고 애썼다.

분명 성공적이었다.

제 4 장

세 번째 밤

경비대원이 떠난 후, 발레리아 해틀러는 다시는 톰과 아스트리드를 자신의 눈 밖에 나지 않도록 결심한 듯했다. 발레리아는 중요한 연말 축제인 코레다 준비에 두 사람을 모두 참여시켰다. 단 한 순간도 둘만 있는 시간이 없도록 했다. 아스트리드는 톰의 엄마가 자신들의 계획을 알아차리고, 그녀의 생각을 이런 식으로 표현한다고 생각했다. 톰의 말이 옳았다. 발레리아에게서 큰 도움을 기대하기는 어려워 보였다. 12년 전 사건에 관한 대화를 유도하려고 할 때마다, 그녀는 그들의 말을 무시했다. 아스트리드는 혹시 자신 때문에 발레리아가 말하기를 꺼리는 건 아닐까 생각했다. 그래서 저녁 식사 시간이 가까워지자 그녀에게 작별 인사를 건넸다. 자신이 떠난 후 톰이 엄마에게 이야기하도록 재촉하길 바라면서.

밖은 어두워지고 있었다. 톰의 집에서 그녀의 집까지는 걸어서 몇 분 거리밖에 되지 않았다. 지평선 넘어 저물어가는 마지막 햇살을 따라 아스트리드의 용기도 사그라지는 것 같았다. 어린 시절, 아스트리드는 여느 아이들처럼 괴물이 있다고 믿었다. 어른들은 존재하지 않는다고 말했지만, 그녀는 어른들의 말이 틀렸다고 확신했다. 자신이 꾼 악몽이 실제로 일어났기 때문이었다. 어둠은 그 괴물들의 영역이었고, 아스트리드는 그들로부터 어떻게 자신을 보호해야 할지 알 수 없었다.

집에서 그녀를 기다리는 것은 따뜻한 환영이 아니었다. 하지만 실내에 들어서자 두려움은 어느 정도 사라졌다. 뜻밖에도, 할머니와 가족들의 핍박을 견디는 게 두려움을 마주하는 것보다 더 쉽게 느껴졌다.

예상대로 할머니와 숙모는 부엌에 있었다. 그날 아침에 아스트리드가 집을 나선 이후로 집안의 시간이 멈춘 듯했다. 정해놓은 삶과 틀에 박힌 일상의 규제 속에 감금된 채로, 그들은 다른 어떤 일도 하지 않았다.

아스트리드는 말없이 숙모가 있는 부엌 조리대로 가서 대신 고기를 썰기 시작했다.

"온종일 어디 있다 온 거냐?" 할머니가 갑자기 말을 걸었다.

"밖에요."

"그 해틀러 놈이랑 있다 왔겠네." 할머니는 악의에 찬 목소리로 말을 채웠다.

아스트리드는 할머니가 알고 있었다는 게 놀랍지 않았다. 할머니는 뭔가를 놓치는 법이 없었다. 집 밖으로 거의 나가지 않는데도 온갖 소식이 다 전해졌다. 부르기만 하면 달려오는 비밀 스파이라도 있는 것처럼, 할머니는 마을 사건들을 속속들이 알고 있었다.

"알면서 왜 물으세요?"

"입조심 해."

칼을 쥔 아스트리드의 손이 분노로 떨렸다.

"누구랑 얘기하든 그건 제 자유예요."

"그놈 식구들은…"

"그 애 가족을 어떻게 생각하시든 전 상관없다고요."

할머니는 차가운 눈빛을 던졌다. "상관이 있지."

아스트리드는 더는 대꾸하지 않고 다시 하던 일로 돌아갔다. 한참 동안 그들은 부엌에서 한마디도 하지 않고 있었다. 그 먹먹한 침묵이 처음으로 깨진 것은 크리스티안이 도착했을 때였다. 그는 뒷문을 통해 곧장 부엌으로 들어온 뒤, 인사 한마디를 하지 않고 식료품 창고로 직행했다.

"저녁 먹을 시간이 다 됐는데." 숙모가 말했다.

"그런데요?" 크리스티안이 거만한 목소리로 쏘아붙였다.

그가 식료품 창고의 물건들을 뒤적거리는 소리가 들렸다. 그는 베이컨 한 덩이를 가지고 돌아와 냄새를 맡았다.

"죽은 물고기 얘기 들었어요?" 숙모가 고개를 끄덕였다.

"아마 정육점 주인이 사람들 돈을 뜯어먹으려고 사기를 친 걸 거야. 당해도 싸지."

크리스티안은 어깨를 으쓱하더니 베이컨을 한 입 베어 물었다.

"목재 공장에서 일하는 사람들 말로는 로트너 씨가 숲에서 죽은 사슴 세 마리를 발견했다고 하던데. 그 죽은 사슴들이 어떤 전염병을 퍼뜨리고 있는 거 아닌가?"

"말도 안 되는 소리." 숙모가 한숨을 내쉬었다. "부정 타는 소리 하지 마라."

"부정 타는 소리 안 했어요." 크리스티안은 아스트리드 옆을 스쳐 지나치며 대꾸했다. 그리고는 그녀의 귀에 대고 속삭였다. "난 안 했는데, 네가 한 거 아냐?"

아스트리드의 몸이 굳었다. 아무도 그 말을 듣지 못한 듯했다. 하지만 바닥을 향해 떨궜던 고개를 겨우 들어 올리자 자신을 응시하는 할머니의 시선이 느껴졌다. 그녀는 자신의 가족이 다른 가족처럼 되는 상상을 하곤 했다. 보통의 평범한 가족이 되는 상상. 하지만 어떤 소원은 애초에 이뤄지지 않을 운명인 것도 있었다.

✳

아빠를 달랠 수 있는 유일한 사람이었던 엄마가 돌아가시고 난후, 도라는 아빠가 화를 내는 모습을 수도 없이 봐왔다. 엄마의 목소리는 유난히 사람을 진정시키는 구석이 있었다. 엄마라는 존재는 아빠의 걷잡을 수 없는 분노 발작을 누그러뜨릴 수 있는 유일한 치료제였다. 엄마가 돌아가신 이후로는 아빠를 진정시킬 방법이 아무것도 없었다. 도라는 종종 자신에게도 그 마법 같은 능력이 있었으면 좋겠다고 생각했다. 특히 말썽을 피운 쌍둥이 동생들이 두들겨맞지 않게 해야 할 때는 더 그랬다. 하지만 아빠가 자신을 죽일 것 같다고 거의 확신하게 된 것은 이번이 처음이었다.

아스트리드와 톰이 나가고 현관문이 닫히자마자, 아빠는 도라에게 소리 지르기 시작했다. 그는 테이블 위로 연신 주먹을 내리쳤고, 장식용으로 놓아둔 유리그릇은 바닥에 떨어져 산산조각이 나버렸다. 아빠는 도라가 자신의 말을 거역해 가족을 실망하게 하고 집안 망신을 시켰다며 딸을 질책했다.

"내가 말했지, 그 말러 계집애를 다시는 내 눈에 띄지 않게 하라고! 그런데 네가 무슨 짓을 한 줄 알아? 내가 집을 나가자마자 그 계집애랑 해틀러 놈까지 불러들였어!"

도라는 굳게 입을 다물었다. 도라가 깨달은 사실 중 하나는 모든 일은 타이밍이 중요하다는 것이었다. 언제 아무 말도 하지 말아야 하는지, 그녀는 알고 있었다.

"우리 집안에 불운을 끌어들이고 싶은 거냐? 동네 사람들이 뭐라고 수군대는지 몰라?"

도라는 고개를 저었다. 그는 자신의 딸이 정말 그렇게 명청한 건지 의아하다는 듯이 얼굴을 찌푸렸다.

"그 애들은 동짓날에 다시 나타났어. 악령의 힘이 가장 강해지고 우리 인간 세계와의 경계가 가장 희미해지는 동짓날 밤에. 도라, 그 애들은 불행의 전조다. 숲과 마을에서 동물들이 죽고 있는데 그 이유를 아무도 몰라."

도라가 언성을 높였다. "아빠 혹시… 그렇게 생각하는 거예요? 그 애들이 저주…"

아빠가 도라를 향해 달려들었다. 도라는 아빠가 자신을 때리는 줄 알고 움찔했지만, 그는 도라의 입을 막기만 했다. "입 밖에 내지 마! 넌 그 애들이랑 같이 있을 일 없을 거다. 알겠냐?"

겁에 질린 도라는 고개를 끄덕였다.

"그놈들이랑 말을 섞어서도 안 되고, 만나서도 안 돼. 그러다 내 눈에 걸렸다가는…"

도라는 마지못해 아빠의 말에 따르겠다고 했다. 아빠와 도라 사이에 팽팽한 긴장감이 계속되었다. 그리고 그들은 그날 내내 그 문제를 다시 언급하지 않았다.

밤이 되자 도라는 동생들을 잠자리에 들게 했다. 얼마 후면 콜레다라는 사실에 동생들이 내내 흥분해 있었다. 그래서 잠들기까지 평소보다 시간이 조금 더 오래 걸렸다. 마침내 나란히 놓인 침대에서 잠잠해진 숨소리만 들려왔을 때 이미 시간은 거의 자정에 가까웠다.

도라는 그제야 침대에 누웠다. 하루 중 처음으로 혼자 있게 되자, 무슨 일이 있었던 건지 제대로 생각해 볼 수 있었다. 그녀는 화가 났다. 자신을 자극했던 아스트리드나 아빠에게 화가 난 게 아니었다. 분노의 대상은 도라 자신이었다. 너무 큰 기대를 한 게 후회스러웠다.

친구들이 돌아왔으니 자신의 궁금증이 모두 해결될 거라고 도라는 기대했다. 그리고 무엇보다, 그날 자신이 본 게 무엇인지 확인할 수 있을 거라고 기대했다. 그때 당시 자신은 거짓말을 하지 않았음을 모든 마을 사람들이 알게 되기를 간절히 바랐다. 그들이 보는 앞에 진실을 던져주고, 난생처음 자신의 이야기에 귀 기울이지 않을 수 없도록 만들고 싶었다. 꾸며낸 이야기가 아니라는 것을, 그녀가 미치지 않았다는 것을 마을 사람들이 인정하길 바랐다.

잠깐이었지만 도라는 그 희망에 간절히 매달렸었다. 오늘 그 희망이 완전히 물거품이 되자 그녀로서는 정말이지 받아들이기 어려웠다. 아스트리드도 톰도 아무것도 기억하지 못했다. 이 모든 혼돈 속에서 도라는 여전히 혼자였다.

도라는 침대에 누워 목까지 이불을 끌어 올렸다. 동이 트기 전까지 눈을 뜨지 않겠다고 굳게 다짐하고 두 눈을 꼭 감았다. 한때 유혹을 못 이기고 아주 살짝 눈을 뜬 적도 있었다.

그리고는 친구들이 사라지는 장면을 목격했었다.

❋

아스트리드는 언제 어떻게 깜빡 졸았는지 기억나지 않지만, 불현 듯 지금 잠을 자고 있다는 확신이 들었다. 너무나도 익숙하면서도 무서운 느낌이라 착각했을 리가 없었다. 앞으로 불가피하게 닥칠 일에 대비할 수 있는 시간이 별로, 아니 거의 없다는 것을 깨달았다. 자신을 보호할 방법도 없었다. 하지만 이런 일은 정확히 어떻게 대비해야 했을까? 평생 불가능했던 일이라, 그녀의 마음속 깊은 곳에 선 이것이 애초에 가능한 일인지 의구심이 일었다.

뻣뻣한 아스트리드의 몸이 시간이 지나면서 마치 얼어붙은 듯 굳어갔다. 양팔은 몸에 딱 붙고 다리는 매트리스에 뿌리를 내린 듯 움직일 수 없었지만, 놀랍게도 정신은 말짱했다. 벌어진 입술 사이로 소리 없는 울부짖음이 새어 나왔다. 그녀는 자신이 꼼짝도 할 수 없다는 사실을 알고 있었다. 움직이는 능력을 잃은 것은 아니지만, 할 수 있는 게 아무것도 없었다. 아스트리드는 도움을 요청하려 했지만, 목소리가 목구멍 깊숙한 곳에서 갇혀서 전혀 나오지 않았다.

그녀는 곁눈질로 그것을 발견했다. 이 세계에 속하지 않는 존재였다. 막스가 쓰는 침대 위쪽 구석에 부자연스러운 자세로 웅크린 채 매달려있는 모습이었다. 그것은 눈이 없는데도 아스트리드를 지켜보고 있었다. 그것은 아스트리드를 알고, 아스트리드만을 기다리고 있었다.

그 형체는 손과 발을 차례로 앞으로 움직이며 아스트리드가 있는 쪽으로 움직이기 시작했다. 마치 거미처럼 그녀를 향해 조금씩 기어갔다. 다시 한번 소리 지르려 했지만, 여전히 목구멍에 걸려 나오지 않았다. 이곳을 벗어나 멀리, 멀리 도망치고 싶었다. 하지만 아스트리드의 몸은 꿈쩍도 하지 못 했다.

그 형체는 이제 그녀에게 가장 가까이 다가와 바로 위를 맴돌고 있었다. 아스트리드는 그 괴이함을 끔찍할 정도로 자세히 볼 수 있었다. 그것은 보이지 않는 실에 매달려있는 것처럼 몸을 그녀 쪽으로 낮추기 시작했다. 교활하리만큼 천천히, 은밀하게.

이제 그것은 아스트리드의 얼굴에 닿을 정도로 가까워졌다. 그것은 죽음의 키스를 위해 검은 입을 열었다. 목구멍으로 연기 같은 물질이 새어 들어오는 것을 느꼈지만 그녀는 저항할 수 없었다. 그 연기 때문에 숨이 막히기 시작했다. 공포에 사로잡힌 아스트리드는 자신이 질식하고 있다는 것을 깨달았다. 그것은 아스트리드를 질식시켜서 그녀의 전부를 빨아들일 작정이었다.

무엇인가가 그녀의 목구멍을 간지럽히고 있었다. 마치 날갯짓을 하는 나비들이 대낮의 빛을 찾아 필사적으로 빠져나오려는 느낌이었다. 아스트리드가 '바로 이거구나, 이제 끝이다, 곧 죽겠구나'라고 확신한 순간, 불현듯 압박감이 사드라들었다.

그 형체는 사라졌다. 아마 그녀의 몸과 하나가 된 것 같았지만, 아스트리드는 알 수 없었다. 그녀는 호흡을 되찾았다. 침대에서 벌떡 몸을 일으키자 곧바로 정신없이 기침이 나왔다. 질식할 것 같은 느낌이 계속되었다. 아스트리드는 무언가가 빠져나오려고 목을 긁어내리는 듯한 느낌을 받았다. 기침이 너무 심해서 구역질이 나기 시작했다.

아스트리드는 자신의 무릎 위에 토하고는 손등으로 입을 닦았다. 그녀 앞에 나방 한 마리가 놓여 있었다. 회색빛의 끈적끈적한 나방. 나방은 죽어가며 마지막 힘을 다해 날개를 떨고 있었다.

✽

"아들, 일어나봐. 톰!"

톰은 당황해서 눈을 부릅떴다. 어디에 있는지, 무슨 일이 일어나고 있는 건지 파악하는데 시간이 좀 걸렸다.

"악몽에 시달린 모양이네." 그렇다. 그는 정말 꿈을 꾸고 있었다. 하지만 무슨 꿈이었는지는 기억나지 않았다. 언제 깨어난 거지? 아니면 아직도 꿈을 꾸고 있는 건가?

"아가, 괜찮니?" 엄마는 몸을 구부려 톰을 내려다보고 있었다. 너무 심하게 인상을 찌푸려서 이마에 주름이 깊게 잡혔다.

그는 마른침을 삼켰다. "아가라고 부르지 마세요. 18살이라고요."

그녀는 아들의 머리를 매만지며 웃었다. "내 눈엔 아직도 꼬맹이 아들인걸. 그럼, 즐거운 콜레다를 위해 이렇게 불러줄게. 다 큰 어른 씨."

눈을 반쯤 뜬 톰이 얼굴을 찌푸렸다. "그래도 마찬가지예요. 좀 더 자면 안 돼요?"

"알겠어, 하지만 조금만이야. 너무 꾸물거리지 말고." 톰은 엄마가 방에서 나가며 문을 닫는 소리를 들었다. 그제야 완전히 눈을 떴다. 눈이 따갑고 화끈거렸다. 거울을 보지 않아도 눈이 충혈된 것을 알 수 있었다.

돌아온 이후로 톰은 거의 잠을 자지 못했다. 기억하지는 못해도 자신이 겪은 일들과 그에 따른 충격 때문인 것 같았다. 3일 밤 연속으로 똑같은 상황이 펼쳐졌다. 침대에 누워 몇 시간 동안 뒤척이다가 이른 새벽이 되어서야 편치 않게 잠이 들었다. 하지만 기껏해야 몇 시간밖에 눈을 붙이지 못했다. 톰은 제대로 쉬지 못했지만 그렇다고 피곤함을 느끼지는 않았다. 아직은.

제일 먼저 아스트리드가 떠올랐다. 그녀가 무슨 기분을 느꼈을지에 대해 생각했다. 함께 이야기할 수 있는 것들이 많았고, 더 이야기하고 싶은 것들도 있었지만, 그게 무엇인지 알 수 없었다. 하지만 어떤 것들에 대해서는 말할 수 없다는 사실도 톰은 분명 알고 있었다. 그들의 진짜 감정 같은 것들 말이다. 톰은 이용당한 기분이 들었다. 누군가가 그의 인생, 기억, 그리고 정체성을 훔쳐갔다. 톰은 이것을 어떻게 받아들여야 할지 몰랐다.

톰은 마침내 침대에서 일어났다. 부엌에서 아침을 먹고 엄마와 함께 나무를 꾸미기로 약속했다. 그리 크지 않은 나무라 거실 구석에 있는 낮은 커피 테이블 위에 놓았다. 나무 장식은 대부분 자연에서 얻은 재료들로 만든 것이라 소박하게나마 축제 분위기를 느끼게 했다.

"그 별 좀 건네줄래?"

톰은 상자에서 짚으로 만든 장식을 꺼내 엄마에게 건넸다. 사실상 그녀 혼자서 장식품을 나무에 걸고 있었다. 톰은 그저 옆에서 거들 뿐이었다.

"엄마, 말하고 싶은 게 있어요."

엄마는 나무를 장식하는 일에 몹시 집중하는 척했다. "말해 보렴, 아가."

"우리가 사라진 날 무슨 일이 있었는지 말해주세요." 그는 단도직입적으로 물었다.

톰의 말을 듣고도 엄마는 놀라지 않았다. 지금까지 꽤 오랫동안 그 질문을 들으리라고 예상했음을 알 수 있었다.

"왜?"

"왜라뇨?" 톰은 믿을 수 없다는 듯이 되물었다.

"그래, 톰, 왜 묻는 건데?" 그녀가 응수했다.

"지난 일을 파헤치고 다녀서 뭘 얻겠다고?"

그는 밀짚으로 만든 당나귀 장식품을 있는 힘껏 쥐었다. 우지끈 소리가 났다. **"무슨 일이 있었는지 알아야 하니까요. 기억해야 하니까요."**

"그 진실이 널 다치게 하면 어쩌려고 그래? 그 기억을 밀어낸 이유를 네 마음이 이미 잘 알고 있는 걸 수도 있어. 만약 상상조차 할 수 없는 고통을 겪은 거라면? 네가 무슨 위험을 무릅쓰려는 건지 제대로 알고 있니?"

톰은 주저하지 않고 대답했다. "알고 있어요, 엄마. 잃을 건 아무것도 없다는 걸요. 전 제가 누군지 모르니까요. 무슨 일이 일어났는지 기억해내야 나라는 사람도 찾을 수 있다고요."

발레리아의 얼굴이 고통으로 일그러졌다.

"너는 톰 해틀러야." 그녀가 속삭였다. "내 아들이라고. 다른 건 중요하지 않아." 그녀는 두 손으로 아들의 어깨를 잡았다.

"엄마가 날 보호하려고 그러는 거 알아요." 그가 말했다. "하지만 그렇다고 해서 일어난 일이 바뀌지는 않잖아요. 무슨 일이 일어났어요. 그 일에 관해 이야기하지 않는다고 해서 되돌릴 수도 없고, 사라지지도 않아요."

그녀는 톰이 절대 포기하지 않을 거라는 사실을 결국 받아들였다. 톰의 어깨를 잡고 있던 엄마의 두 팔이 툭 떨어졌다.

"알겠다, 그럼." 그녀가 부드러운 목소리로 말했다. 그리고는 소파 가장자리에 걸터앉은 채로 말을 이어나갔다. "고난 주일 바로 다음 월요일이었다. 아침에 레나 말러가 너를 유치원에 데려다주기로 했어. 난 아침 첫 기차를 타고 시내로 가야 했는데, 그렇게 이른 시간에는 유치원이 문을 열지 않거든."

"왜 아빠가 데려다주지 않은 거죠?"

"아빠는 일이 너무 많았단다." 그녀는 눈길을 돌렸다. "보통 아침에 집에 없었던 거 알잖니. 레나가 너를 종종 데려다줬어. 그 집 아이들을 데리고 유치원 가는 길에 우리 집을 지나쳤거든. 레나가 널 아침 7시에 유치원에 내려놓고 선생님께 맡겼지. 난…"

그녀는 말을 더듬거렸다.

"난 정오에 시내에서 돌아오기로 되어 있었단다. 점심시간이 끝나면 너를 데리러 가고 싶었어. 그러면 거기서 낮잠을 자지 않아도 되고. 네가 며칠 동안 감기로 고생했는데 집으로 데리고 가면 좀 편하게 있을 테니까. 그런데… 어, 톰…"

발레리아는 갑자기 눈물을 터뜨렸다. 톰이 휴지를 한 장 뜯어 건넸다. 엄마가 호흡을 되찾는 데는 시간이 좀 걸렸다.

"그런데 여, 역에 늦게 도착하는 바람에 그 망할 기차를 놓쳤어. 그래서 오후에 다음 기차가 올 때까지 기, 기다려야 했지." 엄마가 고백했다.

그녀의 뺨을 타고 눈물이 한 방울 흘러내렸다. "미안해, 정말이지 너무 미, 미안해. 그 오랜 시간 동안 나, 나는 나를 탓해왔어. 그 기차를 탔었더라면, 널 집으로 데려갈 수 있었고, 이 모든 일이 일어나지 않았을 텐데. 내가 얼마나 마음이 아픈지 알아주면 좋겠구나…."

톰은 소파로 걸어가서 엄마 옆에 앉았다. 어느 정도 시간이 흐르고 나서야, 그는 마음을 털어놓을 수 있었다. 자신이 하려고 하는 말이 정말 진심인지 잠시 확인할 시간이 필요했다.

"엄마 잘못이 아니에요." 톰이 엄마를 안심시켰다. "그냥 일어난 일이에요."

"하지만 내가 만약…"

"만약에 **뭐요?** 그건 알 도리가 없어요. 엄마 자신에게 화를 내긴 쉽죠, 너무 쉬운 일이에요. 하지만 엄마가 잘못한 게 없잖아요. 전 그날도 다른 날처럼 유치원에 있었을 뿐인걸요."

발레리아의 울음소리가 숨죽여 흐느끼는 소리로 바뀌었다. 철저히 지켜온 비밀을 털어놓는 순간 그녀의 속이 완전히 무너져내린 것 같았다.

"그다음에는 무슨 일이 벌어졌어요? 우리가 유치원에 있을 땐요?"

"아침 식사를 하고… 선생님은 아이들을 전부 데리고 산책하러 숲으로 갔어. 그 산책을 다녀오고 점심을 먹은 다음 낮잠 시간이 되었지. 아이들이 많지 않아서 모두 다 같은 교실에서 잤어. 선생님이 이야기를 하나 들려주셨어. 그리고 거의 2시가 다 되어서 선생님은 화장실에 가려고 교실을 나섰지. 몇 분 동안 교실엔 잠든 아이들밖에 없었던 거야. 선생님이 돌아와 보니… 아이들 넷이 사라졌대."

엄마가 그날의 일들을 말하자, 톰은 교실이 어떻게 생겼었는지 떠올려보려고 했다. 그 유치원에서 3년이란 시간을 보냈어도 안개가 낀 듯 기억이 흐릿했다. 몇 가지 장난감, 특히 자신이 제일 좋아했던 것들이 떠올랐다. 아스트리드, 소냐, 막스, 도라와 함께 점심시간에 앉았던 둥근 테이블도 기억이 났다. 하지만 유치원 교실에 관해서는 생각나는 것이 많지 않았다.

"처음엔 너희들이 선생님 몰래 도망갔다고 생각하셨대." 엄마는 말을 이었다. "그러다가 조리사에게 도움을 요청해 나머지 아이들을 지켜보게 해놓곤, 유치원 건물 안과 정원 주변에서 너희들을 찾아다니셨지. 주민 몇 명이 선생님 모습을 발견하고 같이 수색에 나섰단다. 머지않아 온 마을 사람들이 너희들을 찾아다녔어. 난 오후 4시쯤 기차를 타고 도착했는데, 그땐 모두가 알고 있었어. 역에서 유치원으로 달려가기도 전에, 너희들이 사라졌다는 소식이 벌써…."

"어제 경비대원들한테 경찰에 연락할 걸 그랬다고 하셨죠."

엄마가 끄덕였다. "그랬지."

"왜 연락하지 않으신 거예요?"

발레리아는 당황해 온몸이 굳어졌다.

"미안하다, 아가. 난 걱정이 태산 같아서 주변 상황이 어떻게 돌아가고 있는지 몰랐어. 나보다는 네 아빠가 상황에 대처하고 있었지. 마을 사람들은 경비대원이 문제를 해결할 수 있을 거라고 생각했어. 모든 사람이 너희들을 찾으러 나섰단다. 온갖 방법을 써서 샅샅이 뒤졌지. 그렇게 며칠을 노력했지만 아무 소식도 없었어. 결국, 구스토를 체포해서 직접 경찰에 넘기게 된 거야."

톰의 심장이 요동치기 시작했다. "그들이 이유를 말하던가요? 증거가 뭐였는데요?"

"내가 아는 바로는, 그날 유치원 근처에서 그 사람을 봤다고…. 그리고 누군가 그에게 불리한 증언을 했다는 것 같았어." 발레리아는 어깨를 으쓱했다.

"듣자 하니 심문을 받다가 자백을 했다는구나. 구스토의 집에서 발견했다는 사진들을 너도 봤잖니…." 엄마는 톰의 무릎을 손바닥으로 짚었다.

"톰…. 그 사람이 제일 유력한 용의자였어…. 그 인간이 널 어딘가에 잡아놓고 무슨 짓을 했을지…. 미안해."

엄마의 말에 톰은 말문이 막혔다. 머릿속에 드는 생각이라고는 아스트리드에게 이 모든 것을 말해야 한다는 것뿐이었다.

❁

불쾌했던 그 경험 이후, 아스트리드는 뜬눈으로 밤을 새우다시피 했다. 새벽녘이 되자 그녀는 피로감이 밀려오는 것을 느꼈다. 하지만 적어도 앞으로 무엇을 할지 생각할 시간은 충분했다. 어릴 적 구슬을 보관하려고 썼던 유리병에 그녀가 토해낸 나방을 가두었다. 공기가 들어갈 수 있도록 금속 뚜껑에 구멍 몇 개를 뚫고는, 침대 옆 테이블 위에 놓았다. 이따금 아스트리드는 그 야행성 생물이 유리병이라는 감옥에 갇혀 탈출구를 찾으려고 부질없이 이리저리 벽에 부딪히는 모습을 바라보았다.

왜 저 애는 의식이 없는데 넌 어째서 돌아온 거야? 저 애를 깨워!

아침에 아스트리드의 숙모는 그녀에게 저녁 잔치 준비를 하라고 시켰다. 저장창고와 부엌을 왔다 갔다 하면서 스토브에 올려진 음식들을 지켜봤다. 산더미 같이 쌓인 감자의 껍질을 벗기면서 냄비에서 끓고 있는 버섯을 잘 감시했다. 오후가 되어서야 부엌일에서 벗어나 잠깐 혼자만의 시간 가질 수 있었다.

그녀는 꼬치꼬치 캐묻는 질문을 피하려고 가능한 한 조용히 집을 빠져나갔다. 자신의 계획을 톰에게 털어놨어야 했을지도 모른다는 생각이 잠깐 들기도 했지만, 끈질기게 물고 늘어지는 그 생각을 재빨리 머릿속에서 털어버렸다. 만약 이 계획으로 다른 결과가 나타난다면, 그때 톰에게 말하리라 다짐했다.

그녀의 말이 맞다면.

이게 통한다면.

아니, 그녀는 너무 앞서가서는 안 됐다.

병원에 도착하는 데는 족히 30분이 걸렸다. 길을 잘못 들어서서 한 바퀴 돌아야 했지만 이내 실수를 깨닫고 다시 온 길을 따라갔다. 자신의 잠재의식이 다른 것들은 밀어내면서도 길은 본능적으로 기억한다는 것이 무섭게 느껴졌다. 의사의 집 주변에는 다른 건물이 없었다. 2층 건물이었는데, 1층은 환자를 입원시키고 치료하는 데 썼다. 의사는 가족과 함께 2층에서 살았다. 아스트리드는 문이 열릴 때까지 몇 번이고 문을 두드렸다.

치료를 받으러 온 게 아니라 다른 이유로 이 축젯날에 찾아온 거라 말하자 그 의사는 언짢아했다.

"제발요, 잠깐만 만나면 돼요."

"들여보내 줄 수가 없다. 그건 규정 위반이야." 그는 단호하게 거절했다.

"그 애는 지금 회복 중이라 휴식을 취해야 해."

"제발요, 아주 잠깐이면 되요." 아스트리드가 애원했다. "딱 5분만, 만나게 해주세요⋯."

아스트리드는 자신의 목소리가 그렇게 갈라질 줄 몰랐다. 감정이 원하는 대로 감춰지지 않는 게 분명했다.

"좋다. 하지만 몇 분 만이야. 우리 아이들한테 전통대로 납 붓기[6]를 하자고 약속했단 말이다. 올해는 어떤 납 모양이 나와서 미래에 대해 무슨 말을 해줄지 엄청 기대하고 있다고. 그러니 빨리 끝내."

"정말 고맙습니다. 진짜로요. 고맙습니다."

"3층으로 가서 왼쪽이다."

의사가 마음을 바꾸기 전에, 아스트리드는 곧장 그가 말한 대로 서둘러 복도를 따라갔다. 최대한 조용히 달렸다. 의사의 가족들이 대화하는 소리가 꼭대기 층에서 먹먹히 들려왔다. 누군가는 라디오 연극을 듣고 있고, 다른 곳에서는 아이들이 발 구르는 소리가 울려댔다. 오른쪽 문을 비집고 들어가니 어스름한 불빛이 켜진 비좁은 방이었다.

소냐는 창백한 얼굴로 침대 위에 누워 있었고, 배게 위로는 금발 머리가 어지럽게 널브러져 있었다. 의사는 소냐의 안색이 좋지 않다고 생각했을 수도 있지만, 아스트리드의 기억 속 소냐의 얼굴은 항상 창백했다. 밖을 나갈 때마다 피부가 심하게 붉어지기 때문에

---

6. 주로 유럽의 몇몇 국가에서 새해 전야에 행해지는 관습으로, 납이나 주석을 녹여서 물에 부어 그 형태를 보고 앞으로의 운세나 미래를 점치는 행위

햇빛 받기를 꺼렸었다. 소냐는 아름다운 여인이 되어 있었다. 방금 잠이 든 것처럼 평화롭게 누워 있는 모습이었다.

아스트리드는 자신이 무엇을 하고 있는지, 자신의 불확실한 계획이 말이 되는지 정확히 알지 못했다. 그저 유리병에 갇힌 나방을 바라보며 떠오른 생각으로 이론에 불과했기 때문이었다.

어깨를 수그려 가방을 내린 다음 필요한 것들을 전부 꺼냈다. 식료품 저장창고에서 가져온 약초 다발을 꺼내 재빨리 끈으로 묶었다. 필요한 것들을 다 구하지는 못해서, 가지고 있던 쥐오줌풀, 타임, 시클라멘으로 작업을 해야 했다. 그녀는 조심스럽게 소냐의 베개 모서리를 들어 올려 그 아래에 마늘 한 쪽과 함께 약초 다발을 넣었다. 그리고는 창문 쪽으로 걸어가 커튼을 열고 창턱을 따라 말린 회향 가루를 뿌렸다. 그리고 아스트리드는 연필을 꺼내 악몽과 악령으로부터 보호해주는 작은 기호들을 소냐 머리 뒷벽에 그렸다. 최대한 낮은 위치에 조심스럽게 그림을 그렸다. 그림들이 소냐의 부모님 눈에 띄면, 자신이 한 짓이 들통날 것이기 때문이었다. 마지막으로 쓰다 남은 양초 토막을 꺼냈다. 자신의 양초를 바쳐서라도 해봄 직한 일이었다. 성냥을 그어 재빨리 촛불을 켜니 방 전체에 숯과 유향 냄새가 퍼졌다.

아스트리드는 벽에 그려진 기호들을 손가락으로 따라 그리면서 소냐의 머리맡에서 촛불을 들고 있었다.

"이제 잠자리에 듭니다. 악령들은 저희에게 닿을 수 없으므로 저희는 깨어날 것입니다."

그녀는 기도문을 두 번 반복해 말하고는 촛불을 불어 껐다. 여전히 소냐는 죽은 듯이 침대에 누워 있었다. 아스트리드가 조심스럽게 소녀의 손을 잡았다.

"돌아와." 그녀가 속삭였다. "우린 네가 필요해."

돌아오는 것은 침묵뿐이었다.

＊

콜레다 날, 마을은 유별나게 활기찼다. 날이 어두워지고 저녁 먹을 시간이 되기 전에, 생기발랄한 색깔의 옷을 입은 아이들은 이웃들로부터 과일이나 사탕을 받기 위해 뛰어다니며 축가를 불렀다. 의사의 집에서 돌아오는 길에 아스트리드는 이런 유쾌한 무리를 여럿 마주쳤다.

할머니와 다시 만나야 할 시간이 가까워질수록 두려움과 긴장감에 속이 뒤틀리는 느낌이었다. 집에 들어가자 그 느낌은 무거운 돌덩어리처럼 그녀를 짓눌렀다. 하지만 아스트리드의 예상과는 달랐다. 할머니는 복도에 서서 그녀를 꾸짖으려고 기다리고 있지도 않았고 부엌에도 없었다. 집은 실제로 텅 빈듯했다. 불안한 마음에 주위를 둘러보았다. 갓 구운 바노츠카[7]가 테이블 위에 놓여있었고, 오븐에서는 동그랗게 말린 와인소시지가 지글거리며 구워지고 있었다. 숙모가 잠시 자리를 비운 게 분명했다. 아스트리드는 침대에 누워 낮잠을 자는 엄마를 확인하러 갔다. 숙모가 달걀 바구니를 들고 나타나자 아스트리드는 바로 부엌으로 돌아왔다.

"왔구나." 숙모는 조금도 걱정하는 기색 없는 목소리로 말했다.

"저… 아무 말도 안 하고 나갔다가 와서 죄송해요."

---

7. vánočka: 땋은 모양의 달콤한 체코식 빵

아스트리드는 얼굴이 화끈거리는 것이 느껴졌다.

숙모는 잠자코 아스트리드를 바라봤다.

"그게 다니?" 그녀가 말했다.

"그게…."

"행주 들고 와서 그릇 닦는 거나 도와라." 숙모가 말했다. "상을 차리자꾸나."

아스트리드는 숙모가 맨 위 선반에서 건네준 유리그릇들을 행주로 닦기 시작했다. 유리그릇들이 반짝반짝 윤이 날 때까지 닦고 나자, 이제 은 식기를 닦기 시작했다. 숙모가 음식을 마무리하는 동안, 아스트리드는 조용히 식기들을 닦았다.

"할머니에게는 양봉가한테 가서 꿀을 받아오라고 시켰다고 말했다." 숙모가 지나가는 말처럼 말했다.

아스트리드는 긴장했다. "뭐라고 말해야 할지…."

숙모는 미간을 찌푸렸다.

"널 애처롭게 생각해서 그런 게 아니야." 그녀가 쏘아붙였다. "하루라도 집안이 평화롭고 조용했으면 해서 그런 거지."

그 순간 숙모에게 느끼려던 호의의 흔적이 순식간에 사라졌다.

"넌 네 엄마랑 정말 똑같구나." 숙모가 덧붙였다.

그 말을 듣고 아스트리드는 따귀를 한 대 맞은 듯한 충격을 받았다. 어떤 의미에서도 좋은 뜻으로 한 말이라고 받아들일 수 없었다.

그들은 함께 저녁 준비를 마치고 콜레다 행사를 위한 상을 차렸다. 음식은 식지 않도록 한동안 따로 보관했다. 밖이 어두워지기 시작하고, 축가를 부르던 아이들은 이미 집으로 돌아갔다. 이제는 주로 아이들이 무서워하는 존재인 페르히타[8]가 나올 시간이기 때문이었다. 축가를 부르는 동안 뒤처지는 아이에게 어른들은 겁을 주곤 했다. 페르히타가 돌아다니다가 꾸물대며 말을 안 듣는 아이를 만나 벌 줄 거라는 식이었다. 전설에 따르면, 페르히타가 집마다 문을 두드리면서 아이들이 금식을 잘 지키고 있는지 확인한다고 했다. 잘 지키지 못하면 페르히타가 큰 칼로 아이들의 배를 갈라 그 안을 린트 천과 톱밥으로 가득 채우는 벌을 받게 된다고 했다.

아스트리드는 어릴 적 축가를 부르다 집에 늦게 돌아왔던 일이 떠올랐다. 밖은 이미 어두웠는데 크리스티안이 갑자기 그녀의 눈 앞에서 문을 닫더니 잠가버렸다. 아스트리드는 밖에서 울면서 서 있었고, 크리스티안은 현관문 너머로 이렇게 소리쳤다. '페르히타가 너의 배를 갈라 내장을 개들에게 던져줄 거다.' 엄마가 문을 열어 안으로 들어가기 전까지, 울음을 멈추지 못한 아스트리드는 병적으로 흥분한 상태가 되어 숨을 헐떡거렸다. 엄마는 아스트리드에게 페르히타가 진짜 존재하는 게 아니라고 한참 설득했다. 상자 모양 마스크를 써서 이상하고 무서운 얼굴의 노파로 변장한 것일 뿐이라고, 어른들이 아이들을 겁줘서 말을 잘 듣게 하려고 그저 재미로 만든 것일 뿐이라고 말했다.

아스트리드는 엄마의 말을 믿지 않았다.

6시가 되자마자 가족들은 저녁 식사를 하기 위해 모두 모였다. 숙모는 아스트리드에게 그녀가 예전에 입었던 전통적 나들이 차림새를 하라고 했다. 모직 타탄 스커트와 가장자리에 허름한 자수가 박힌 셔츠를 입고, 그 위에 빨간 조끼를 걸치는 것이었다. 아스트

---

8. perchta: 크리스마스 마녀 "프라우 페르히타"는 크리스마스 시즌에 찾아온다. 착한 아이들에게는 온화하지만 나쁜 아이들에게는 악몽을 보여주고, 내장을 절개하고, 돌을 채워 우물에 담그는 벌을 가차 없이 내린다는 것이다. 독일의 바이에른 주나 오스트리아의 알프스 지역에서 지금도 여전히 전해져 내려오는 전설이다.

리드는 결혼하지 않은 젊은 여자라 머리를 땋아 리본으로 묶어야 했지만, 숙모는 그녀의 모습을 탐탁지 않게 여겼기 때문에 그 정도 면 충분하다고 판단했다. 숙모는 제일 좋은 옷으로 차려입고 머리 에 스카프를 둘렀다. 스카프를 두르는 즉시 10살 이상은 더 나이가 들어 보이지만, 결혼한 여자는 그게 관습이었다. 아스트리드와 숙 모는 엄마의 옷을 갈아입히기 위해 고군분투했다. 이상하게도, 콜 레다가 진행되는 몇 시간 동안은 모든 갈등을 제쳐두고 잠시나마 정상적인 가족인 것처럼 굴 수 있었다. 모든 식구가 저녁 식사를 위해 제일 좋은 옷을 골라 입었다. 아스트리드는 이미 자신을 무시 하고 있는 할머니와 자신에게서 눈을 떼지 않는 크리스티안의 눈 을 피하려고 노력했다. 그들은 식사를 시작하기 전에 가족의 안녕 을 위해 기도했다. 아스트리드는 아빠를 생각했다. 아빠에 대한 기 억은 점점 희미해지고 있었다. 또한, 어디에 있을지 모르는 막스를 생각했다. 아스트리드는 전에 없이 두 사람 모두가 그리웠다.

그 만찬은 여러 연례행사 중 하나로 미리 정해진 규칙들이 있 다. 전통에 따르면, 9개의 요리를 준비해서 내놔야 하는데, 그중 하 나인 렌틸콩으로 만든 요리는 집안에 부를 가져다준다고 여겨졌 다. 건강을 지키기 위해 마늘과 꿀을 듬뿍 바른 웨이퍼를 먹는 게 또 다른 관습이었다. 오래된 빵 한 조각을 찾는 사람에게는 행운이 따를 거라고 믿었다. 남은 음식은 땅에 묻혀 내년 토양이 비옥해지 도록 했다. 테이블을 덮는 방수포 또한 마법의 힘을 지니고 있다고 믿어 대대로 전해졌다. 농부들은 그 식탁보를 봄에 밀 심는 데 사 용했다. 우박으로부터 보호하기 위함이었다. 악령을 쫓기 위해 테 이블 주위에 사슬을 감았다. 저녁 식사 도중에는 모두가 식사를 마칠 때까지 테이블에서 일어날 수 없었다. 그렇게 하지 않으면 나쁜 운을 가져올 뿐만 아니라, 먼저 일어나는 사람이 1년 안에 죽을 거라고 믿었다. 아스트리드는 이런 규칙과 관습은 잊은 지 오래였다. 아니면 어릴 적에도 크게 관심을 두지 않았을 수도 있다. 그녀는 그 말들을 한 귀로 듣고 흘렸지만, 오늘 밤에는 불필요하게 다른 사람을 자극하고 싶지 않았다. 저녁 만찬은 이모에게 큰 의미가 있었고, 더는 갈등상황을 만들고 싶지 않았기 때문이었다. 그녀는 오늘 밤 이후로 상황이 바뀔 거라는 희망을 품지 않았다.

다른 집에선 남자들이 가장 역할을 하는 경향이 있었지만, 아스트리드가 기억하는 한 이 집에서 최후의 결정권은 항상 할머니에게 있었다. 원로들의 방식으로 기도를 이끈 사람은 할머니였다. 먼저 식사를 시작한 사람도 할머니였고, 나머지 사람들은 그녀가 식사를 다 마칠 때까지 기다려야 했다. 아스트리드는 많이 먹지 않았고, 엄마에게도 제대로 음식을 먹이지 못했다. 다른 사람들이 마침내 식사를 마치고 테이블에서 일어나자 그녀는 안도감을 느꼈다. 밖에 나가서 톰과 이야기할 수 있는 시간이 오기를 손꼽아 기다리고 있었다.

모두가 장식된 나무가 있는 거실로 이동했다. 아스트리드는 선물을 받을 거라고 기대하지 않았다. 다른 사람에게 줄 선물을 준비하지도 않았지만, 조금 더 그 자리에 머무는 것이 예의인 것 같았다. 그녀는 엄마가 안락의자에 앉는 것을 도와줬다. 엄마는 오늘 가끔 눈을 마주칠 정도로 상태가 조금 나아 보였다. 아스트리드는 엄마의 곁에 서서 다른 사람들이 선물을 열 때까지 참을성 있게 기다렸다. 크리스티안이 말을 걸 때까지 그녀는 나머지 식구들이 하는 일에는 별 관심이 없었다.

"사촌아, 이건 네 거야. 받아!"

화들짝 놀란 아스트리드는 가까스로 팔을 들어 작고 가벼운 꾸러미를 받아냈다. 무슨 장난인가 싶어 크리스티안을 의심스럽게 쳐다봤다. 사촌은 미소를 지으며 기대에 찬 눈빛으로 그녀를 바라봤다. 별로 좋은 생각이 아닌 것을 알고 있었지만, 선택의 여지가 없었다. 떨리는 손으로 갈색 포장지를 찢었다. 그 안에서 나온 것은 죽은 뻐꾸기의 작은 몸이었다. 포장지에는 피가 몇 방울 묻어있었다.

아스트리드는 크리스티안의 눈을 노려봤다.

"마녀." 그는 아무도 듣지 못하도록 경멸에 가득 차 속삭였다.

아스트리드의 목구멍에서 증오가 차올랐다. 그녀는 죽은 새와 나머지를 다시 싸서 다른 사람이 막을 새도 없이 방을 나섰다.

❋

식사를 마치고 선물 개봉까지 마친 가족들은 집 밖으로 나와 인사를 나누었다. 서로에게 좋은 일이 있기를 바란다며 덕담을 주고받았다. 8시를 알리는 종소리가 울리자, 마을 광장에 있는 큰 나무 주변에 모여 축가를 부르기 시작했다. 아스트리드는 재빨리 코트를 챙겨 집 밖의 어둠 속으로 사라졌다. 나무쪽으로 걸어가는 그녀의 머리에는 뒤뜰에 쌓인 눈 밑에 묻은 뻐꾸기 생각이 계속 맴돌았다.

마녀.

선물을 주고받는 가족, 연인, 큰 무리의 사람들을 지나쳤다. 떠들썩한 축제 분위기가 불편해지기 시작했다. 모두 거짓인 것 같고, 가식적으로 느껴졌다. 물론 사람들이 그런 표정을 지을 수는 있었지만, 그녀를 속일 수는 없었다. 충분히 서로의 등에 칼을 꽂을 수 있는 사람들인 것을 아스트리드는 잘 알고 있었다. 이제 나무 주위에는 족히 100명이 넘는 사람들이 모였다. 그녀는 인파 속을 걸어 다니며 목을 내밀어 둘러보았지만, 톰은 어디에도 보이지 않았다.

"실례합니다."

그녀는 돌아다니다가 어설프게 한 음악가들 무리 사이에 끼게 되었다. 아스트리드는 갑자기 누군가의 시선을 느꼈다. 익숙하고 친절한 얼굴을 보기를 무의식적으로 기대하며 돌아섰다. 하지만 어제 정육점 앞에서 그녀에게 말을 걸었던 맹인 노파가 인파 속에 서 있었다. 노파의 보이지 않는 눈은 아스트리드를 향해 고정되어 있었다.

아스트리드는 아무 생각 없이 곧장 노파에게로 직진했다. 그 여가가 한 말이 무슨 뜻인지 알아내야 했다. 다른 사람들을 밀치고 지나가며 노파를 시야에서 놓치지 않으려고 했다. 행인들을 마치 헝겊 인형인 양 밀쳐내고 마침내 노파 앞 몇 걸음 떨어진 곳에 도착했다. 숨을 깊게 들이마시고 말을 하려는 찰나, 노파가 먼저 말을 꺼냈다.

"네가 어디에서 왔는지 안다."

제 5 장

네 번째 밤

아스트리드는 심장이 터질 듯 쿵쾅거렸지만, 이성을 잃지 않으려고 애썼다.

"네 잘못이다. 깨어나라. 어제 하신 이 말은 무슨 뜻이죠?"

노파는 이가 없는 잇몸을 드러내며 활짝 웃었다.

"의미가 없는데 다른 의미를 찾아봐야 무슨 소용이야. 모르겠냐? 네가 돌아오면서 악마들을 끌고 온 거야. 페룬[9]이여, 우리를 구해주소서!"

아스트리드는 노파의 말이 잘 이해가 되지 않았다.

"그게 어떻게 제 잘못이라는 거죠?"

"빛에 나방이 이끌리듯 네가 악마들을 끌어당기는 거지."

"나방은 어둠에서 나와요."

"빛은 어둠 속에서 제일 잘 보이는 법이지. 잊지 마라."

"무슨 뜻이에요?"

어떤 말들은 수수께끼 같았다. 노파는 고개를 저었다.

---

9. Perun: 슬라브 신화에 등장하는 가장 강력한 신 중 하나로, 번개, 천둥, 전쟁, 그리고 폭풍을 관장하는 신으로 여겨진다.

"대답을 들어야겠다면, 넌 아직 진실을 받아들일 준비가 되지 않았어."

아스트리드는 노파가 던진 미끼를 물었다.

"무슨 진실이요? 무슨 얘기를 하시는 거예요? 전 하나도 기억나지 않는데요."

"보이는 걸 믿어라." 노파가 충고했다. "너를 배신하지 않는다."

아스트리드가 다른 질문을 하려던 순간 뒤에서 누군가 외치는 소리가 들렸다.

"아스트리드!"

그 순간 아스트리드는 뒤를 돌아봤다. 톰이 사람들을 뚫고 그녀 쪽으로 오고 있었다. 다시 뒤돌아 노파를 찾았지만 사라지고 난 이후였다. 사방을 둘러보았지만, 노파는 마치 땅에 집어 먹힌 듯이 자취를 감췄다. 아스트리드는 노파가 실제 존재하는 인물인지도 의심스러워지기 시작했다. 자신이 미쳐가고 있는 건 아닌지, 어딘가에 머리를 세게 부딪혀서 기억뿐만 아니라 정신도 잃어버린 건 아닌지 걱정되기 시작했다.

보이는 걸 믿어라. 네 눈은 널 배신하지 않는다.

"아스트리드?"

"그 여자 봤어?" 아스트리드는 다짜고짜 인사도 하지 않고 물었다.

"누구?"

"어제 정육점 앞에 있던… 그…. 방금 전까지 바로 여기에 서 있었는데…."

톰도 덩달아 두리번거렸다.

"안 보이는데. 누구 말하는 거야? 너 괜찮아, 아스트리드?"

겁에 질려 불안해하며 온몸을 벌벌 떨고 있으니, 톰이 어떻게 생각할지 걱정스러웠다.

"응… 괜찮아. 미안. 잠을 제대로 못 잤거든."

톰은 그녀의 팔을 꼭 쥐며 위로했다. "나만큼 네 마음 이해하는 사람도 없을 거야. 심호흡을 몇 번 해봐, 알았지?"

마음 한편에서는 톰에게 얼굴을 찌푸리며 네가 뭘 알겠냐고 냉소적으로 말하고 싶었다. 하지만 애써 미소를 지어 보이며 그의 말을 믿으려고 노력했다. 사람들의 대화 소리, 울고 떠드는 아이들의 소리, 연주 연습을 하는 밴드의 조율되지 않은 멜로디. 한순간 시간이 멈춘 듯 그 모든 소음이 사라지고 아스트리드와 톰 둘만 남았다. 숨을 들이마시고 내쉬었다.

"좀 나아졌어?" 잠시 후 톰이 조심스러운 말투로 아스트리드에게 물었다.

"난 이곳이 정말 싫어. 이 동네, 마을 사람들 전부 다 말이야." 그녀는 대답 대신 불쑥 이렇게 말했다.

"그래, 그 자세 좋다."

둘은 축제나 잔치 놀이에 참여하지 않았다. 지난 며칠, 사람들의 관심에 질려서 그저 배경처럼 있는 듯 없는 듯 지내려고 했다. 톰은 사람들 틈을 비집고 지나가다가, 말해도 되겠다 싶을 때 엄마와 나눴던 대화 일부를 아스트리드에게 전했다. 어떤 이유에선지, 그들은 자신들의 말을 듣는 사람이 적을수록 좋다고 여기게 되었다. 아스트리드는 잠자코 그의 말을 들을 뿐, 자신의 머릿속에 떠오르는 생각을 말하지는 않았다. 오래전, 아이들은 점심을 먹고 낮잠을 자던 도중 사라졌다. 온 마을 사람들이 그들을 찾아 나섰지만, 경찰에 신고한 사람은 아무도 없었다. 왜일까?

"아스트리드?"

자신을 부르는 톰의 목소리에 아스트리드는 정신을 차렸다. 그녀는 누군가가 자신을 뚫어질 듯 쳐다보고 있는 것이 곁눈질로 보였다. 여자는 마지막 순간 고개를 돌려 시선을 피하려 했던 것 같았지만 이미 둘의 눈이 마주쳤다. 아스트리드는 마주 보며 여자가 시선을 돌리지 못하게 했다. 거의 동시에 그들은 서로를 알아보며 정중하게 머리 숙여 인사했다. 톰과 아스트리드를 향해 걸어온 사람은 다름 아닌 프랑크 선생님이었다.

"그렇게 쳐다볼 생각은 아니었어." 여자가 사과했다. "여기 사람들은 누구도 다른 이야기를 안 해주니까…. 정말 네가 맞는지, 내 눈으로 직접 확인해야 했단다."

선생님의 얼굴에는 근심이 서려 있었다. 아스트리드는 오래전 아이들이 탈의실에서 옷을 갈아입는 동안 엄마들끼리 나누던 대화를 우연히 듣고, 집에 와서 마음이 편치 않았던 기억을 떠올렸다. 선생님의 남편은 석탄 광산에서 일했지만, 몇 해 전 광산 사고로 한쪽 다리를 잃었다. 몸에 장애가 남아 일을 할 수는 없었지만, 술집에는 계속 드나들었다. 매일 밤 목발을 짚고 비틀거리며 집으로 돌아가고, 부인이 술집에 못 가게 하기라도 하면 손찌검을 한다는 소문이 있었다. 아스트리드는 12년이 지난 지금쯤이면 선생님의 남편이 술을 퍼마시다 죽었을지도 모른다고 생각했다. 하지만 선생님의 표정에서 느껴지는 무언가는 아스트리드에게 말하고 있는 듯했다. 아니, 남편은 죽지 않고 버젓이 살아있다고, 남편의 존재만으로 여전히 숨 막힌다고 말이다.

톰은 예전 선생님을 알아보기까지 조금 더 오래 걸렸다. 선생님의 얼굴은 믿을 수 없을 정도로 노화되었지만, 표정은 익숙한 예전 모습 그대로였다. 톰과 아스트리드는 여자에게로 다가갔다. 여자는 예전 그 엄격한 표정으로, 기대에 부풀어 그들을 바라보고 있었다. 그들이 생생히 기억하는 표정이었다.

"안녕하세요. 프랑크 선생님." 톰이 인사했다.

"뭘 예의를 차리고 그러니. 이젠 너희 선생님도 아닌데. 유치원에서 마지막으로 아이들을 가르친 게 한참 전 일이야."

톰은 그 말에 어떻게 반응해야 할지 몰랐다.

아스트리드는 인사치레를 건너뛰어도 되겠다고 판단했다.

"무슨 일이 있었던 건지 얘기할 수 있을까요?"

프랑크 선생님의 시선이 톰에게서 아스트리드로 옮겨갔다.

"내가 아는 건 그때 경비대원에게 다 말했단다."

"그래도 여쭤보고 싶었어요." 아스트리드는 밀어붙였다. "선생님의 시각에서도 이야기를 듣고 싶어서요."

"아스트리드, 난 이제 젊지 않고, 정신도 예전 같지 않단다."

아스트리드는 물러서지 않았다.

"이 마을에서는 벌어진 모든 일이 그저 잊히길 바란다는 걸 잘 알고 있어요. 우리에게도 그렇게 간단한 일이면 좋겠지만 그렇지가 않잖아요. 선생님께서는 설명해주셔야 해요."

"좋아." 선생님은 결국 입을 열었다. "하지만 여기선 곤란해." 여기서 얘기해서 좋을 것이 없다는 듯한 몸짓을 했다.

아스트리드는 그 말에 동의하며 끄덕였다. "그럼 어디서요?"

"10분 후에 오래된 방앗간 뒤에서 보자. 아무도 못 보게 빙 둘러서 오렴."

말을 남기고 여자는 사람들 무리 속으로 사라졌다.

아스트리드와 톰은 내내 그들을 따라다녔던 호기심 어린 시선을 떨쳐버리기 위해 잠시 그 자리에 머물렀다. 그리고는 선생님과는 반대 방향으로 발걸음을 옮겼다. 방앗간으로 가는 길에, 아스트리드는 톰에게 병원에 있는 소녀를 찾아갔었다고 말했다. 거기서 자신이 한 행동들에 대해서는 말하지 않고, 단지 그녀의 상태가 나아지지 않았다고만 했다.

이제는 실제로 쓰이지도 않고 건물은 반쯤 남아 폐허 같은 곳이지만, 아스트리드가 기억하는 한 예전부터 오래된 방앗간이라고 불렸다. 밀을 가는 데 썼던 원래의 물레방아는 수십 년 전에 부서졌다. 새로 건물을 지어 한동안 창고로 썼지만, 대부분은 버려진 채로 방치되었다. 어린 시절, 부모님들은 그곳에서 놀지 말라고 했지만 아이들은 그 방앗간에서 놀았다. 구석구석 비밀스러운 장소들이 많아서 갖가지 장난과 게임을 즐길 수 있었기 때문이었다.

그들은 어둠 속에 서서 약속 시각보다 몇 분 더 기다렸다. 선생님이 진짜로 올지 안 올지 의심할 생각은 아무도 하지 않았다. 바람의 방향이 바뀌면서 마을 광장에서 노랫소리가 들려왔다. 바로 그 순간, 둘은 같은 생각을 하고 있음을 무의식중에 깨달았다.

"집에서 콜레다는 어떻게 보냈어?" 톰은 그들이 온 방향을 응시하며 조용히 물었다.

아스트리드는 웃음과 콧방귀가 섞인 소리를 내뱉었다. 현재 그녀의 마음속에 있는 모든 생각을 적절히 표현한 것이었다.

"그래, 나도 마찬가지야." 톰이 아주 잠깐 킬킬대며 맞장구를 쳤다.

아스트리드는 곁눈질로 톰을 흘끗 쳐다보았다. 칠흑같이 어두웠지만, 그의 얼굴이 자세히 다 들여다보였다. 그의 얼굴에는 수염이 자라기 시작했다. 이제 거의 성인이 되었지만, 소년 시절 장난기로 반짝였던 눈빛만은 그대로였다. 아스트리드는 그런 생각을 하며 조금 당황스러운 느낌이 들어서 놀랐다.

바로 그때, 둘은 어둠 속에서 움직임을 감지하고 강 쪽을 바라보았다. 선생님은 크고 두꺼운 코트를 입고 나무들 사이에서 나타났다. 선생님은 무슨 말을 해야 할지 몰라 잠시 주춤거리다 톰과 아스트리드 쪽으로 다가갔다.

"나도 그 일이 자랑스럽지는 않아." 선생님은 마침내 인정했다. "그래도 그 당시 경비대원에게 자초지종을 다 말했지. 너희들에게도 말해줄게. 그날도 가볍게 산책을 하며 하루를 시작했어. 아이들은 몸을 좀 움직여야 피곤해서 나중에 낮잠을 잘 자거든. 점심을 먹고 난 뒤에 아이들을 전부 침대에 눕히고 이야기책을 읽어 주었어. 모두가 잠들 때까지 기다렸지. 그리고는 담배 한 대를 피우려고 뒤로 몰래 나갔어. 그러면 안 된다는 거 나도 알아. 낮잠 시간에 아이들을 지켜보지 않고 교실을 나가면 안 됐다는 걸. 분명 규칙 위반이긴 했지만, 그 정도 크기의 교실은 두 명의 교사가 담당하는 것도 규칙이었다. 동료 교사는 장기 병가 중이었고, 원장 선생님은 대체할 사람을 찾지 못했어. 그맘때 나도 정말 지쳐있었어. 너희들도 지긋지긋했다. 낮에는 화장실 한번을 갈 수 없을 정도였으니까. 그래서 생각했어. 날마다 온종일 혼자서 아이들을 봐야 하니까, 나 없이도 몇 분 정도는 괜찮을 거라고 말이야."

아스트리드와 톰은 선생님의 고백에 아무 반응도 하지 않았다.

"내가 두 번째 담배에 불을 붙이려는 순간, 놀이터 울타리 뒤에서 뭔가가 움직이는 게 느껴졌어. 사람 같은 어떤 형체가 수풀에서 비틀거리며 나왔지. 구스타프였어. 이 동네 잡역부 말이야."

선생님은 설명했다.

"사람들은 미치광이 구스토라고 불러. 무슨 뜻인지는 너희도 알다시피… 머리가 좀 이상한 사람이었지. 학교도 안 다니고, 걷는 모습도 좌우로 흔들거리는 게 희한하더라고. 난 그에게 나가라고 소리쳤어. 그는 내 말을 들었어. 그런 다음 난 주방에 들러 조리사와 함께 간단히 커피를 마셨지. 조리사는 늘 무언가에 대해 불평을 늘어놓으면서 말이 정말 많은 여자였어. 월급이 쥐꼬리만 하다는 둥, 원장이 역겨운 식재료로 급식을 준비하라고 강요한다는 둥. 마을에서 떠도는 소문들도 떠들어댔지. 누가 누구랑 재산 문제로 싸우고 있는지, 어느 집안이 봄에 결혼식을 치르려고 준비하고 있는지. 커피를 다 마시고 보니 정확히 2시였어. 난 아이들을 깨우러 다시 교실로 돌아갔어."

선생님의 목소리는 과거로 돌아간 듯 떨리기 시작했다.

"내가 한 시간 전 교실을 나설 때는 분명 13명의 아이가 자고 있었어. 그런데 돌아와 보니 침대 네 개가 비어 있는 거야. 온몸에 피가 싸늘하게 식는 느낌이었어."

마지막 말을 내뱉은 선생님의 목소리에 쉽사리 알아채기 힘든 조심스러움이 스며들기 시작했다. 마치 정보를 전달하는 방법을 신중하게 선택하는 것처럼. 의미심장한 침묵이 이어졌다.

"모르겠구나…. 내가 계속 말해도 될지…."

톰은 곁눈질로 아스트리드를 쳐다봤지만, 그녀는 아무 말도 하지 않았다. 톰이 나서서 대답했다.

"말씀해주신다면 저희에게 도움이 될 거예요."

선생님은 고개를 끄덕였다.

"처음에는 너희들이 어딘가에 숨어 있는 줄 알았어…. 부피가 큰 장난감과 침대를 보관하는 작은 방을 뒤져봤지. 그리고 복도로 나가서 조리사에게 우리 반을 잠깐 봐달라 부탁했어. 유치원의 다른 교실들, 화장실, 빈 교실, 사물함을 뒤졌어. 마당에도 뛰쳐나갔지만 아무 흔적도 없었지. 온 유치원을 뛰어다니면서 너희들 이름을 외치고 있는데, 어떤 사람이 다가오더니 무슨 일이 있느냐고 묻는 거야…. 그리고 얼마 안 있어 마을 전체가 너희들을 찾아 나섰어."

"교실 문은 잠겨 있었어요." 깊은 생각에 잠겨 있던 아스트리드가 말을 끊었다.

선생님의 얼굴에 죄책감에 찬 표정이 드리웠다.

"그래, 난… 겨우 한 시간 나갔다 왔을 뿐이야. 일손이 부족해서 아이들을 지켜볼 사람이 없으면 늘 이런 식으로 해왔거든…. 매일 10시간을 연속으로 혼자서 반 전체를 돌보는 게 어떤 건지 아니? 가끔은 잠시라도 숨돌릴 틈이 필요했어…."

자신의 말이 얼마나 무의미하게 들릴지 깨닫고 여자는 말을 멈췄다.

"그리고 열쇠를 가진 사람은 선생님뿐이었고요?"

아스트리드는 자신이 무슨 생각을 하는지도 모른 채 말을 이어 나갔다.

"그래."

"다른 누군가가 교실 안에 들어갔을 가능성은 없나요? 어딘가에 열쇠 복사본을 두시진 않았나요?"

선생님은 고개를 저었다.

"내가 하나 가지고 있었고, 원장 선생님도 하나 가지고 계셨지만, 그날은 마을에 안 계셨어. 동료 선생님 중 한 명도 열쇠 하나를 가지고 있는데, 아마 너희도 기억할걸?"

"짧은 머리를 하셨던 분이요?" 톰이 회상했다. "저희를 돌봐주시던."

아스트리드와 마찬가지로 톰도 그 선생님을 훨씬 더 좋아했다는 것을 기억해낸 듯했다. 그 선생님은 아이들에게 언성을 높인 적이 없었다.

"보통 좀 더 어린아이들을 돌봤지." 프랑크 선생님이 덧붙였다. "하지만 그 당시 독감이 한창 돌고 있어서, 아파서 유치원에 못 나오는 아이들이 많았단다. 그 선생님도 마찬가지였고. 그래서 두 반을 한 반으로 합쳤고, 결과적으로 나 혼자 너희들을 돌봐야 했지."

"창문들은 잠겨 있었고요?" 아스트리드는 질문을 이어나갔다.

"전부 다 잠갔어." 선생님이 언짢다는 듯이 딱 잘라 말했다. "창문을 잠그지 않고 교실을 나서는 일은 결코 없었어…."

아스트리드는 숨을 몰아쉬며 여자에게 쏘아붙이려 입을 열었지만, 톰이 한발 앞섰다.

"선생님은 교실 밖으로 나가면서 우릴 거기 가둬둔 거네요, 그래서…."

여자의 턱이 파르르 떨렸다. "오늘까지도 그날 일을 후회하며 살아왔다."

톰은 뭔가 더 할 말이 있는 듯 얼굴을 찌푸렸지만, 아스트리드는 그를 가로막았다. 무슨 일이 일어났는지도 정확히 모르는 상황에서 이제 와 누군가를 비난하거나 책임을 묻는다는 게 무의미해 보였기 때문이었다.

"그날 오후 유치원 근처에서 구스토를 봤다고 하셨죠."

"그 사람은 주변을 배회하고 있었어. 자주 그러고 돌아다녔지."

"그리고 오후에, 선생님께서 저희를 찾으러 나가셨을 때 그를 다시 못 보셨나요?"

"못 봤어." 선생님은 고개를 가로저었다. "그때 경비대원이 했던 것과 똑같은 질문을 하는구나. 그들도 같은 것을 알고 싶어했지."

"우리가 낮잠을 자는 동안 밖에서 구스토를 봤다고 경비대원에게 말했나요?" 톰이 질문 공세에 합세했다.

"당연히 말했어." 마치 자신은 옳은 일을 했다고 피력하려는 듯이 여자는 힘주어 말했다. "하지만 나만 말한 게 아니었어. 내 기억이 정확하다면, 심문 중에 그의 이름을 언급한 사람이 여럿 있었지."

"누구요?" 아스트리드는 그 정보를 놓칠세라 달려들었다.

"그건 나도 몰라…. 12년이나 지났잖니. 다른 사람들한테도 물어봐야 할 거다."

불현듯 아스트리드의 머릿속에 무언가가 떠올랐다. "도라 로트너 기억하세요?"

"물론 기억하지."

"도라가 뭔가를 봤대요." 아스트리드는 여자에게서 반응을 끌어내려고 했다. "그날의 일과 관련이 있는… 무언가를요."

선생님은 고개를 저었다. "도라는 그 일과 상관이 없어. 그냥 자기가 뭘 봤다고 상상하는 걸 거야."

톰이 끼어들었다. "구스토 말고 의심이 가는 다른 사람은 없었나요?"

선생님은 애매하다는 식으로 손짓하며 말했다.

"기억에 남은 사람은 없어…. 하지만 내가 그 문제를 어떻게 생각하는지 묻는다면, 그건… 구스토가 한 짓이 아니야."

이번에는 선생님이 아스트리드의 허를 찔렀다. 아스트리드는 이런 대답을 들을 거라고 전혀 예상하지 못했었다.

"무슨 말씀이죠?"

"내가 쫓아내니까 그 사람은 공원을 지나 슬그머니 빠져나가더라고. 분명 정문으로는 들어올 수 없었으니까 건물을 한 바퀴 돌아서 올 수도 없었을 거야. 그럼 뒷문밖에 들어올 곳이 없는데, 그렇게 되면 내가 기다리는 경사로 옆을 지나갈 수밖에 없었어."

"그럼 선생님께서 조리사와 함께 주방에 있었을 때는요?" 톰이 끈질기게 물고 늘어졌다.

"난 복도로 통하는 문을 활짝 열어놓고 있었어. 그리고 내내 그쪽을 바라보고 있었지. 내 눈앞을 지나치지 않고선 들어갈 수 없는 상황이었어."

"하지만 불가능한 건 아니잖아요." 톰이 우물쭈물하며 말했다.

여자가 눈썹을 치켜세웠다. "그럴지도 모르지." 그녀는 인정했다. 그리고 덧붙였다. "그렇다면 대답해보렴. 어떻게 그 사람이 4명의 아이를 안고 아무도 모르게 도망칠 수 있었을까?"

그 질문에 대답할 수 있는 사람은 12년 전에도, 오늘도 아무도 없었다. 하지만 아스트리드에게는 그녀를 끈질기게 괴롭히는 의문점이 하나 더 있었다.

"어떻게 저를 잠들게 하셨어요?" 그녀가 물었다. "저는 유치원에서 자는 게 거의 불가능했고, 선생님도 그 사실을 잘 아셨잖아요."

아스트리드는 거의 매일 낮잠 시간에 침대에 누워 다른 아이들이 일어날 때까지 시간만 세고 있었다. 그래서 이 문제로 매일같이 선생님에게서 꾸짖음을 당했다. 오후에 엄마가 데리러 오면, 선생님은 낮잠 문제를 꼭 거론하며 부모가 아이를 잘못 키운 탓이라고 비난했다.

'애가 오늘도 낮잠을 안 잤어요, 말러 부인. 저희로서는 언제까지 참고 기다릴 수는 없는 노릇입니다. 점심을 먹고 나서 바로 아이를 집으로 데려가시는 게 낫겠어요.'

이제 나이가 든 선생님은 인상을 썼다. 처음으로 자신의 잘못을 뉘우치는 듯한 표정이었다. "너희가 마실 차에 양귀비 우린 물을 좀 탔어. 그러면 잠시라도 조용히 있을 테니까."

아스트리드는 더 이상 할 말이 없었다.

※

선생님이 떠나고, 아스트리드와 톰은 잠시 차분하게 자신들이 들은 내용을 곱씹어보았다. 아스트리드는 구스토가 무죄임을 더욱 확신하게 되었다. 누군가가 구스토를 이용해 그를 없애려고 한 것이 분명했다. 실제로 아이들을 납치한 사람이 한 짓일 수도 있었다. 아니면 마을 전체가 동네 미치광이를 대신 범인으로 몰아세운 것일까? 아스트리드는 이제 어떤 이야기를 들어도 놀라지 않을 듯했다.

"너, 떨고 있네. 추운가 봐." 톰의 말에 아스트리드는 현실로 돌아왔다. "그만 가는 게 좋겠어."

집에 가는 것은 날이 저물어간다는 뜻이고, 또 한 번의 두려운 밤이 기다리고 있다는 뜻이었다. 아스트리드는 잠드는 것이 얼마나 무서운지, 눈을 감는다는 생각만으로 얼마나 고통스러운지 친구에게 털어놓고 싶었다. 톰은 같이 있어 주겠다고, 그러면 혼자 잠들지 않아도 될 거라고 제안할지도 모른다. 이런 생각이 떠오르자 아스트리드는 당혹스러움을 느꼈다. 그 생각은 입 밖에 내지 않았다.

"그래, 가자." 그녀가 동의했다.

그들은 마을 광장을 향해 나 있는 좁은 샛길을 따라 함께 내려갔다. 사람들이 여기저기서 차츰 나타나기 시작했다. 아무래도 집으로 돌아가는 길인 듯했다. 어른들은 서로 이야기를 나누고, 아이들은 각자 받은 선물에 대해 신이 나서 떠들어대고 있었다.

"엄마, 이거 봐요!" 어떤 여자아이가 제 엄마의 코앞에서 인형 하나를 보여주며 소리쳤다.

"정말 예쁘구나." 아이 엄마는 아이의 머리를 쓰다듬으며 미소 지었다.

"정말 최고예요!"

아이의 아빠가 팔로 아이를 들어 올렸다. "그럼, 예쁘고말고."

어린 남자아이 두 명도 부모님 옆에서 걸어가고 있었다. 추운 날씨에 볼이 빨갛게 튼 아이들의 코트에는 눈싸움의 흔적이 남아 있었다. 가족들은 언뜻 보기에도 아늑해 보이는 집을 향해 걸어가고 있었다.

갑자기 톰이 제자리에서 꼼짝도 하지 않자, 아스트리드는 의아해하며 멈춰 섰다.

"왜 그래?"

톰의 얼굴이 딱딱하게 굳어있었다. 아스트리드는 전혀 감이 잡히지 않았다.

"톰?"

톰은 아스트리드 쪽을 보지도 않고 대답했다. "방금 저 남자 우리 아빠였어."

그제야 아스트리드는 상황 파악을 할 수 있었다. 무슨 말을 해야 할지 몰라, 그저 묵묵히 톰의 곁에서 그가 다시 말할 힘을 모을 때까지 기다렸다. 그 순간, 그의 마음속을 들여다볼 수 있다면 더는 바랄 것이 없겠다고 아스트리드는 생각했다.

"아빠한테 말 걸어보고 싶니?" 아스트리드가 조심스럽게 물었다.

"아니." 톰은 단호히 거절한 후 고개를 푹 떨군 채 걸음을 옮겼다. "아빠한테 난 아무 의미 없는걸."

"그건 알 수 없는 거야."

"나랑 눈이 마주쳤어, 아스트리드. 아빠는 날 알아봤지만, 아무 말도 하지 않은 거라고. 걱정해주는 건 고맙지만… 이건 그렇게 쉽게 고칠 수 있는 문제가 아니야."

"아빠도 당황하신 건 아닐까?"

"아빠도 알아. 내가 돌아왔다는 걸. 며칠 전부터 알고 있었어. 그냥 내가 보기 싫은 거야."

톰의 목소리에서 쓸쓸함이 확연히 느껴졌다. 아스트리드는 침묵을 지키는 게 좋을 것 같다는 생각이 들었다. 그래서 집으로 걸어

가는 동안 아무 말도 하지 않았다. 톰의 아버지에 대해서도, 자신이 어떻게 생각하는지도. 이미 무거운 그의 마음을 더 무겁게 하고 싶지 않았다. 둘은 아스트리드의 집에 먼저 도착했다. 꼭대기 층 창문을 통해 빛이 새어 나오고 있었다. 가족이 이미 다 잠들어서, 오늘은 더 이상 사람을 상대할 일이 없으면 좋을 것 같았다. 둘은 현관으로 통하는 오솔길에 잠시 멈춰섰다. 아스트리드는 자꾸 참견한다고 생각할까 봐 톰에게 기분이 어떠냐고 물어보기가 망설여졌다. 톰이 먼저 말을 꺼냈다.

"너 오늘 예쁘네." 그가 말했다.

아스트리드는 자신이 입고 있는 전통 드레스를 내려다보았다. 거울로 보았을 때는 예쁠 것 같다는 생각이 전혀 들지 않았었다. 드레스는 불편했지만, 톰의 말을 들으니 조금 전보다 기분이 훨씬 좋아졌다.

"잘 자, 아스트리드." 톰이 말했다.

"안녕."

아스트리드는 톰이 어둠 속으로 사라질 때까지 지켜보다 현관문 쪽으로 돌아섰다. 아스트리드는 욕실에서 밤마다 하는 세정 의식을 재빨리 치르고, 잠옷으로 갈아입은 다음, 자신의 방으로 들어갔다. 아스트리드는 자신을 보호해주는 양초를 소냐의 방에 두고 왔다. 하지만 소냐의 방에서 의식을 치르려는 자신의 미약한 시도가 성공한다면… 후회는 없었다. 그녀가 위험에 빠지는 대가를 치르더라도. 다른 예방책들이 그녀를 지켜줄 거라 믿었다. 악몽을 쫓아줄 말린 약초 섞은 것, 악마로부터 보호해줄 베개 밑의 마늘, 그리고 벽에 그린 수호 기호들이 있었다.

원로들은 그 기호들에 마법적인 능력이 있다고 말했다. 따라서 부모들은 그 기호를 아이들 피부에 문신으로 새기고, 인두로 지지거나, 칼로 긋는 의식을 치르게 했다. 천연 재료로 만들어진 특별한 잉크 혼합물을 써서 팔에 표시하는 것이 전통적인 방식이었다. 하지만 아스트리드의 엄마는 아이들에게 고통을 안겨주는 의식을 치르길 거부했다. 그 기호들을 벽이나 문에 그리는 것으로 충분할 거라 주장했다. 엄마가 내린 결정으로 벌어졌던 논쟁이 지금까지도 생생히 떠올랐다. 할머니는 엄마를 이교도라고 낙인찍었고, 신들이 노할 거라고 소리치며 비난했다. 아스트리드의 아빠는 엄마에게 마음을 바꾸라고 말하며 할머니 편을 들었다. 하지만 엄마는 고집스럽게 자신의 의견을 고수했다. **'난 누구도 내 아이들의 살갗을 뚫고 독을 집어넣도록 내버려 두지 않을 거야.'** 아스트리드의 아빠는 엄마와 다투는 도중에 엄마 품에서 울부짖는 막스를 뺏어 들고 직접 의식을 진행했다. 아스트리드는 엄마 등 뒤에 숨어서 나가지 않았다. 그녀의 손에는 아무 자국도 남지 않았다. 엄마와 아빠는 몇 주 동안 서로 말을 하지 않았다. 아빠는 아스트리드가 무방비상태인 게 엄마의 잘못이라고 생각했다. 어둠의 힘 앞에서 속수무책으로 공격당할 거라고.

아빠의 말이 옳다면, 왜 막스는 보호받지 못한 거지?

아스트리드는 알 수 없었다.

그녀는 창턱을 따라 말린 약초와 회향 가루를 뿌렸다. 나방을 담은 병으로 시선이 향했다. 나방은 병 바닥에 앉아 매혹적으로 아름다운 날개를 뽐내고 있었다. 섬뜩하면서도 숭고한 아름다움을 지닌 나방이었다. 아스트리드는 유리병을 가볍게 몇 번 두드렸지만,

나방은 꿈쩍도 하지 않았다. 그녀는 자신의 눈높이에서 무언가 창문에 부딪히는 소리를 듣고 고개를 들었다. 흰색 사각형 모양의 찌그러진 페르히타 얼굴이 창문에 붙어있었다. 아스트리드는 겁에 질려 뛰어오를 듯이 뒤로 물러섰다. 가면을 쓴 사람은 기이한 웃음소리를 내더니 어둠 속으로 사라졌다.

최대한 창문에서 멀리 물러나 이불을 걷었다. 아직도 심장이 미친 듯이 뛰고 있었다. 침대 시트 위에는 몇 시간 전 뒷마당에 묻었던, 몸을 동그랗게 만 뻐꾸기 사체가 놓여 있었다. 아스트리드는 돌연 분노에 사로잡혔다. 당할 만큼 당했고, 더는 참을 수 없었다. 그녀는 결연히 방을 나와 복도를 내달린 다음 계단을 올라갔다. 집 안사람들의 주의를 끌지 않도록 가벼운 걸음걸이를 유지했다. 노크도 하지 않고 계단 맞은편에 있는 첫 번째 방문을 열어젖히고는 크리스티안의 방으로 돌진했다.

크리스티안은 사각팬티만 입고 침대 위에 널브러져 있었다. 한 손은 머리 뒤에 고이고, 다른 한 손으로는 반쯤 벗은 여자가 표지 모델인 잡지를 얼굴 앞에 들고 있었다. 잡지에서 시선을 떼더니 태연한 눈빛으로 아스트리드를 쳐다봤다.

"넌 노크할 줄도 모르냐?"

"넌 네가 재밌다고 생각하나 보지?" 아스트리드는 분노에 차 씩씩거렸다.

연극을 하듯 한숨을 내쉬며, 크리스티안은 잡지를 한쪽으로 치우더니 몸을 일으켜 앉았다.

"지금처럼 특정한 순간을 말하는 거야? 아니면 일반적으로?"

그의 유머 시도에 아스트리드의 피가 들끓었다.

"넌 정말 재수 없는 놈이야, 알아? 내가 여기 있는 게 싫다는 걸 계속 보여줄 필요는 없잖아. 정확히 뭘 보여주려고 하는 거야?"

"잠깐만." 크리스티안이 화를 냈다. 장난치던 모습은 온데간데 없었다. "도대체 무슨 소리를 하는 거야?"

"네가 죽은 새를 내 침대 위에 뒀잖아! 시치미 뗄 생각하지 마."

"너 정말 상황 파악이 안 되는구나?"

크리스티안은 침대에서 일어나 그녀 앞에 섰다. 아스트리드는 순간적으로 그가 얼마나 키가 크고 건장한지 깨달았다. 쉽게 제압당할 것 같았다.

"잘 포장해서 너한테 선물로 준 거야. 그게 다라고."

아스트리드는 잠시 생각했다. 둘만 있을 때는 그가 거짓말을 할 이유가 없었다. 뭐하러 일부러 꾸며내겠는가? 하지만 그렇다면 그 죽은 새는 어떻게 침대까지 들어왔단 말인가? 갑작스럽게 불안감이 엄습했다. 아스트리드는 전술을 바꾸기로 했다.

"내 방 근처에도 오지 마."

크리스티안이 눈을 치켜떴다. "내 방에 들이닥친 건 너야." 그의 눈빛이 위협적으로 번뜩였다. "그런데 네가 와줘서 다행이네. 잠시라도 얘기를 나눌 수 있으니까."

그는 순식간에 아스트리드 앞까지 다가왔다. 아스트리드는 너무 당황해 반응할 새도 없었다. 그는 온몸을 써서 그녀를 벽에다가 밀어붙였다.

"이거 놔!"

크리스티안은 육중한 팔뚝으로 아스트리드의 가슴을 압박하며, 숨이 막힐 때까지 검지로 목의 움푹 들어간 곳을 눌렀다. 그녀는 있는 힘껏 저항했지만, 그는 비교도 안 되게 힘이 셌다.

"네가 어디 있다가 온 건인지는 모르겠지만, 그냥 거기 있었어야 했어."

그는 아스트리드의 귓가에 속삭였다.

"어린 **마녀** 같으니라고. 모르고 있었다면 이제라도 빨리 상황 파악하고 이 집에서 나가는 게 좋을 거야."

크리스티안은 그제야 아스트리드를 놓아주었다. 아스트리드는 멍든 가슴을 문지르며 숨을 몰아쉬었다. 그는 혐오감을 숨기지 않은 채 탐욕스러운 눈빛으로 그녀를 바라보고 있었다. 마치 길가에 쓰러져 있는 시체를 보는 눈빛이었다. 아스트리드는 이번에는 시끄러운 소리가 나거나 말거나 개의치 않고 방에서 뛰쳐나왔다. 자신의 방으로 달아나 문을 잠그고서야 깊게 숨을 들이마실 수 있었다.

어린 마녀 같으니라고.

아이들의 목소리가 갑자기 들리는 듯했다. 자신을 향해 소리쳐 대는 목소리, 흐릿한 이미지들이 스쳐 지나갔다. 오랫동안 잊힌 기억들. 아스트리드는 죽은 새에게서 최대한 멀리 떨어진 막스의 침대 한구석에서 무릎을 구부려 턱 쪽으로 끌어당기며 몸을 웅크렸다. 몸을 덜덜 떨고 눈물을 흘리면서도, 오늘 밤은 기필코 잠들지 않으리라고 단단히 마음을 먹었다.

많은 생각이 머릿속을 스쳐 지나갔다. 잠들지 말아야 할 여러 이유가 있었지만, 이른 새벽이 되자 그녀는 끝내 자신과의 약속을 지키지 못했다. 침대 구석에 몸을 웅크리고 턱을 무릎에 올린 자세로, 아스트리드는 자신도 모르게 잠깐 졸았다. 찰나의 시간이 흘렀을 뿐이었는데, 그녀는 악몽 속에 있는 것처럼 느껴졌다.

아스트리드의 몸은 괴이한 자세로 얼어붙었다. 겁에 질려 깜빡일 수조차 없이 부릅뜬 눈으로, 자신의 침대 앞을 똑바로 응시하고 있었다. 맞은편 구석에서는 다섯 존재가 바닥 위를 맴돌고 있었다. 시체처럼 창백한 얼굴들이 그녀를 바라보고 있었다. 근육이 모두 사라진 듯 피부 껍질만이 맨 두개골을 덮고 있어서 뾰족한 뼈가 돌출되어 보였다. 몸통 대신 기다란 먹빛 천이 물결치는 연기처럼 흘러내려 바닥에 닿아 있었다. 원래 팔다리가 있는 자리에서는 덩굴처럼 꼬아진 긴 그루터기들이 튀어나와 있었다.

어떤 이유에서인지는 몰라도, 그녀는 이 존재들이 매일 밤 자신을 찾아오는 게 분명하다는 확신이 들었다. 오늘 밤 아스트리드는 그것들의 모습을 똑똑히 보게 된 것이었다. 공포스러웠다. 날개가 바스락거리는 소리로 방안이 가득 찼다. 나방은 유리병 속에서 벽에 날개를 부딪쳐가며 미친 듯이 날아다녔다. 하지만 아스트리드는 그 소리가 원래 음량과 강도보다 훨씬 더 세졌음을 느꼈다. 불쾌한 소음에 쉴 새 없이 속삭이는 소리까지 더해졌다. 누군가가 같은 말을 계속해서 되뇌고 있는 것처럼, 이해할 수 없는 내용들이 들렸다. 아스트리드는 그들이 말하고 있다는 것을 깨달았다. 그들이 그녀에게 말하고 있었지만, 여전히 입은 봉인되어 있었다.

그 형체들은 천천히 공중으로 떠올라 그녀를 향해 발톱을 내밀며 가까이 다가왔다. 검은 팔다리가 발목을 휘감으며 아스트리드를 저항할 수 없게 만들었다. 그녀는 맞설 방법이 없었다. 겁에 질린 입에서는 인간의 비명이 아닌 듯한 꽉 막힌 울음소리만 나올 뿐이었다. 가지들이 발목에서부터 타고 올라가 허벅지와 등을 감싼 다음 가슴 주위를 조이자 그녀는 숨이 멎었다. 다섯 개의 하얀 두개골이 아스트리드의 몸에 닿을 정도로 가까이에 있었다.

이게 끝이라고 생각했다. 그녀는 그들에게 당했고, 여기서 죽음을 맞이할 터였다. 바로 그 순간, 새벽의 첫 햇살 한줄기가 방을 비췄다. 날이 밝아오고 있었다. 누군가 얼음장처럼 차가운 물을 퍼부은 것처럼, 그 존재들은 한순간 사라졌고 아스트리드는 잠에서 벌떡 깨어났다. 심장이 격렬하게 뛰고 있었다. 떨리는 손가락으로 잠옷 바지를 걷어 올리니 뚜렷한 흉터와 멍 자국이 보였다. 이것은 스스로 낼 수 없는 상처였다. 그런 일이 어떻게 일어났는지 알 수 없었지만, 악몽은 현실이었다. 매우 분명한 현실.

❀

아빠는 아직 숲에서 사냥을 마치고 돌아오지 않았지만, 겨울철에는 으레 있는 일이었다. 야생동물들이 제대로 먹이를 먹고 험한 날씨를 버틸 수 있는 환경이 갖춰져 있는지 확인해야 했다. 때로 숲에서 밤낮으로 지내며 먹이 선반들 전체에 건초와 사료가 제대로 공급되고 있는지 점검해야 할 때도 있었다. 도라가 어렸을 때 아빠는 이따금 그녀를 숲으로 데려가 동물들 돌보는 일을 돕게 했다. 하지만 엄마가 돌아가신 후, 아빠는 도라에게 얼른 커서 자신이 집에 없는 동안 집안을 돌봐야 한다고 말했다. 그러니 더는 숲을 돌아다닐 시간이 없었다. 겨우 숲에 가는 상상을 하거나, 드물게 여유 시간이 생겼을 때만 숲을 찾았다.

그날 아침, 도라는 일찍 일어나 할아버지와 쌍둥이들을 챙긴 다음 점심 준비에 나섰다. 그녀는 마당에서 닭을 한 마리 잡았다. 그리 어려운 일은 아니었다. 매일 먹이를 주고 잠자리를 정돈해주면서 닭들과 신뢰 관계가 두터웠기 때문이었다. 두 손으로 닭을 잡은 다음, 오른손으로 재빨리 닭 모가지를 잡고 왼손으로 목을 베었다. 닭의 동맥을 내리치니 뜨끈한 피가 하얀 눈 위로 쏟아져 내렸다. 도라의 발에도 피가 튀었다. 얼마 지나지 않아 발버둥이 잠잠해지고 피가 다 빠져나갔다. 그녀는 죽은 닭을 잠깐 찬물에 담갔다가, 바로 빼서 뜨거운 물에 집어넣었다. 그렇게 하면 털을 더 쉽게 제거할 수 있었다. 도라는 아직 따뜻한 온기가 남아 있는 닭을 뒷마당의 작업대에 던져놓고 능숙한 손놀림으로 털을 뽑기 시작했다. 닭 털을 뽑는 행위와 물에 데친 닭에게서 나는 냄새는 역겨웠다. 도라가 처음으로 닭을 잡았을 때 구토를 했는데도 아빠는 계속하라고 강요했다. 최근에는 거의 기계적으로 그 일을 했다. 머리부터 발끝까지 남아 있는 털을 모조리 뽑았다. 한 손으로는 피부를 잡아당기고 다른 손으로는 뽑는 식이었다.

일을 겨우 반 정도 마쳤을 때, 누군가 집 모퉁이를 돌아 모습을 드러냈다. 아스트리드가 몇 걸음 떨어진 곳에서 머뭇거리는 자세로 서 있었다. 도라는 깜짝 놀라 멈칫했다. 말다툼한 이후로 이렇게 금방 친구를 만날 거라고는 예상하지 못했다. 아스트리드는 이

틀 전보다 훨씬 지쳐 보였다.

"넌 항상 비위가 강했어." 깃털로 뒤덮인 도라의 피 묻은 손을 보고 아스트리드가 말했다.

도라는 몸을 숙이며 계속 일을 했다. "다른 선택지가 없었으니까."

아스트리드는 주저하는 듯 도라 쪽으로 한 걸음 다가가 말했다. "사과하고 싶어. 너한테 소리치고 그런 말을 할 권리가 없었는데…. 내가 나빴어."

도라는 잠시 망설이다 대답했다. "넌 네가 하려고 했던 일을 성공시킨거잖아? 네가 항상 잘하던 거지."

"그럴지도."

도라는 눈이 쿡쿡 쑤시는 느낌이 들었다. 눈물이 나온다는 것을 인정하기보다는 차라리 데친 닭 가죽과 깃털에서 나는 악취 때문에 그런 것으로 생각하고 싶었다. 아스트리드는 가만히 서서 도라를 지켜보고 있었다. 하지만 도라는 고개를 들어 뭘 원하는 거냐고 친구에게 묻지 않았다. 자신의 행동이 얼마나 비이성적인지는 신경 쓰지 않았다. 어린 시절 내내 아스트리드는 최고의 자리에 있었다. 아이들 무리에서 리더 역할을 했고, 모두가 그녀 말을 따랐다. 불현듯, 도라는 더 이상 밀려나고 싶지 않아졌다.

그 순간 도라는 아스트리드에게서 정말 충격적인 말을 들었다.

"도라, 난 널 믿어. 이성적으로는 설명할 수 없는 걸 네가 봤다는 사실을 알고 있어. 아무도 이해하지 못하는…. 무언가를 본 거지. 사람들이 그건 실제로 있을 수 없는 일이라고 말하는 것 자체가 너에겐 악몽이었을 거야."

도라가 고개를 치켜들었다. 아스트리드가 무슨 게임을 하는 것 같지는 않았다.

"주위 사람들이 다 네가 거짓말을 한다고 생각하는 게 어떤 기분인지 알아." 아스트리드는 확고한 목소리로 말했다. "아무도 널 믿어주지 않는다는 건 불공평해."

"어떻게…" 도라가 중얼거렸다. "네가 그걸 어떻게 알아?"

"네가 본 걸 나한테 알려줘. 그 얘길 들어야겠어."

누군가 진심을 담아 그런 말을 한 것은 처음이었다. 의심하지도 않고, 몰래 속여서 궁지에 몰아넣어 손가락질하거나 거짓말쟁이라고 부르지도 않았다.

아스트리드는 도라를 믿었다.

도라는 망설였다. 이 순간이 찾아오리라고 수없이 상상해왔고 마침내 그런 순간이 왔는데도 알 수 없는 두려움이 생겨났다. 오랜 세월 그 일을 침묵으로 지켜왔는데, 공개적으로 말하고 나면 과거의 상처가 다시 떠오를 것이기 때문이었다.

✿

12년 전

도라는 이제 자신은 낮잠을 잘 나이는 아니라고 생각했다. 엄마는 주말이면 점심을 먹고 낮잠을 자는 대신 놀 수 있도록 허락해주었다. 그러면 보통 저녁에 더 피곤해진다는 것을 알았지만, 장난감들을 가지고 마음껏 놀 수 있는 시간이 더 생기니 감수할 만한 가치가 있었다. 하지만 유치원에서는 낮잠을 꼭 자야 했다. 내년이면 학교에 가야 하고, 학교에서는 낮잠 자는 시간이 없는데도 반드시 그래야 했다. 도라만 낮잠 자기 싫어했던 게 아니었다. 점심을 먹고 난 다음 낮잠을 자길 원했던 반 친구들은 아무도 없었다.

그날 선생님은 점심 전까지 산책을 시켰다. 날씨는 쌀쌀했지만, 도라는 언제나 유치원 안보다 밖에서 노는 게 더 재밌었다. 점심으로는 으깬 완두콩과 소시지, 오래되어 딱딱한 빵이 나왔다. 최악의 음식은 아니었지만, 아이들은 대체로 먹기 싫어해서 점심시간 내내 음식을 깨작거리기만 했다. 선생님은 아이들이 밥을 다 먹고 접시를 비울 때까지 지켜보며 기다렸다. 점심을 먹고, 모두가 약초로 만든 차 한잔을 마셔야 했다. 도라에게는 음식보다 그 차가 더 골칫거리였다. 차 맛이 싫었던 게 아니었다. 도라는 아빠에게서 음식은 어떤 것도 마다하면 안 된다고 배웠다. 하지만 차를 너무 많이 마시면 중간에 소변이 마려워서 잠이 안 왔다. 선생님은 낮잠 시간 동안 일어나지 못하게 했다. 그래서 선생님이 한눈파는 틈을 타, 도라는 벽 옆에 놓인 화분에 차를 반쯤 부었다. 점심을 먹고, 선생님은 아이들에게 잠옷으로 갈아입으라고 말했다.

아이들이 점심을 먹는 동안, 선생님은 교실에 간이침대를 폈다. 도라는 반사적으로 친구들이 항상 모여 자는 구석으로 향했다. 소냐, 그 옆에 톰, 도라가 가운데, 그 오른편에는 아스트리드, 그리고 막스는 벽 바로 옆자리였다. 소냐는 이불과 베개를 편 다음 침대보의 주름진 부분을 매만졌다. 그것은 소냐의 안 좋은 습관이었다. 선생님은 소냐가 자신이 어지른 것을 스스로 잘 치우고 물건 정리를 잘한다며 입이 마르게 칭찬했다. '얘들아, 여기 소냐 좀 봐라. 얼마나 멋지게 옷을 잘 개어놓았는지!' 하지만 도라는 알았다. 옷을 잘 개보았자 현실에서는 좋을 게 하나도 없다는 것을. 소냐가 그렇게 꼼꼼하게 된 것은 그녀의 부모님 역할이 컸는데, 그들은 옷을 잘 개어놓거나 슬리퍼를 제자리에 두는 것만으로는 만족하지 않았다. 도라가 봤을 때는 잘 정리된 것들도 소냐 엄마의 기준에는 못 미쳐 소냐는 주기적으로 매를 맞았다.

톰은 정반대였다. 옷이란 옷은 전부 바닥에 내동댕이치고, 잠옷을 뒤집어 입고 침대에 드러눕기 일쑤였다. 톰은 소위 어른들이 '문제아'라고 부르는 그런 아이였다. 그 말이 정확히 무슨 뜻인지는 몰랐지만, 행실이 나쁘다는 뜻일 거라고 생각했다. 선생님을 깨나 고생시키는 아이여서, 다른 아이들이 노는 동안 잠시 구석에서 무릎 꿇고 있는 벌을 받기도 했다. 이따금 아스트리드도 반대편 구석에서 무릎 꿇는 벌을 받았다. 함께 저지른 일로 혼자만 혼나게 된 상황에서도, 도라는 톰이 혼자 벌서지 않게 하려고 같이 무릎을 꿇었다.

그날 막스는 아침부터 짜증을 내며 코를 훌쩍였다. 아스트리드는 잠옷 윗도리를 입혀주며 부드러운 목소리로 그를 달래고 있었다. 검고 덥수룩한 머리가 그의 눈을 덮었다.

"이쪽 팔 넣자. 이번엔 여기에 다른 팔을 집어넣고. 잘했어."

아스트리드는 막스의 코를 가볍게 톡 쳐서 그를 웃게 했다. 침대로 기어 올라간 막스는 아스트리드가 이불을 목까지 올려 덮어주는 동안 고분고분하게 양팔을 들어 올리고 있었다. 막스는 옷을 갈아입기 시작했다. 선생님은 그녀 옆을 지나가며 어서 정신 차리고 자리에 누우라고 신경질적으로 재촉했다. 아스트리드는 그 말에 개의치 않고 자신만의 속도로 잘 준비를 한 다음, 맨 마지막으로

자리에 누웠다.

아스트리드는 오른쪽으로 돌아누워 도라와 눈을 맞췄다. 둘은 이렇게 서로의 마음만으로 대화할 수 있다고 생각하길 좋아했다. 바보 같은 게임일 뿐이었지만 재미있었다. 서로 우스꽝스러운 표정으로 지어 보이거나 이야기책을 읽어 줄 때 선생님의 새침 떠는 표정을 흉내 내곤 했다. 낄낄거리는 소리가 새어나가 선생님의 주의를 끌지 않도록 손으로 입을 가리고 웃었다.

하지만 최근 들어 아스트리드는 뭔가 달라졌다. 도라에게 바보스러운 표정을 짓지도 않았다. 침대보에서 보풀 조각을 떼어내 던지는 장난도 치지 않았다. 그저 누워서 앞을 바라볼 뿐이었다. 도라가 잠이 들고 한 시간 후에 일어나서 봤을 때도 똑같은 자세였다. 마음은 완전히 다른 곳에 있는 듯한 표정으로, 자신의 이면에 있는 무언가를 똑바로 응시하고 있었다. 오늘도 마찬가지였다. 그녀는 마치 도라가 투명인간인 것처럼 바라보고 있었다. 도라는 자신의 친구가 무슨 생각을 하는지 알고 싶었다.

선생님은 아이들에게 단조로운 목소리로 〈빨간 망토〉 동화를 읽어 주고 있었다. 들떠서 수군대던 목소리가 서서히 잦아들었다. 여전히 여기저기서 조용히 떠드는 소리가 들렸지만, 아이들은 하나둘씩 잠에 빠져들었다. 도라도 눈꺼풀이 무겁게 느껴졌다. 빨간 망토가 늑대의 덫에 막 빠지려는 참에 도라는 지친 듯 하품을 하며 눈을 감았다. 마지막으로 본 것은 아스트리드의 얼굴이었다. 도라는 빨간 망토처럼 차려입고 숲을 헤매는 상상을 하며 잠이 들었다.

눈을 감는 순간, 무언가가 그녀에게 다시 눈을 뜨라고 재촉하는 것 같았다. 혼란스럽고 어리둥절했다. 그렇게 오래 잔 것 같지도 않았는데 말이다. 제대로 쉰 것 같지도 않았다. 이불 밑은 포근하고 따뜻해서 일어나고 싶은 마음이 전혀 들지 않았다. 몇 번 눈을 깜빡이며 주위를 살펴봤다. 한참 후에야 도라는 자신이 지금 무엇을 보고 있는지 알게 되었다.

도라는 잠결에 다른 쪽으로 돌아누웠을 것이다. 눈을 떠보니 톰과 소냐의 침대가 비어 있었다. 이상한 일이었다. 자신이 너무 오래 자는 바람에 나머지 아이들은 벌써 간식을 먹으러 나간 것일까? 다시 반대로 돌아누웠을 때, 그녀는 공포에 몸이 얼어붙었다. 키가 크고 검은 형체들이 아스트리드와 막스의 침대에 기대어 그들의 몸을 감싸고 있었다. 도라는 굳어버린 채 아무 소리도 내지 못했다. 그 형체들은 기다란 팔을 아스트리드와 막스를 향해 뻗은 다음, 마치 한입 크기의 작은 크래커를 먹는 것처럼 벌린 입속으로 그들을 집어넣고 있었다.

도라는 소리내서 도움을 청해야 한다는 것을 알고 있었다. 하지만 어찌 된 일인지 목구멍이 막혀 목소리가 나지 않았다. 그 순간 그녀의 떨리는 숨소리를 듣기라도 한 듯, 그 형체 중 하나가 고개를 돌렸다. 도라는 곧장 눈을 감았다. 목까지 이불을 끌어 올려 단단히 움켜쥐었다. 절박한 마음으로 모든 신에게 기도했다. 귀신들이 그녀를 알아채지 않고 그냥 가버리길 기도했다.

도라는 선생님이 반 아이들에게 일어나라고 외칠 때까지 누워서 자는 척을 했다. 선생님이 아스트리드, 막스, 톰, 소냐의 이름을 부르며 사방을 찾아다니기 시작한 후에도 도라는 계속 자는 척을 했다. 일어나 앉자, 따뜻한 물웅덩이에 둘러싸여 있었다. 겁에 질려 오줌을 싼 것이다. 도라는 양쪽 침대가 비어 있는 것을 보았다.

선생님이 도라의 어깨를 흔들며 다른 아이들이 어디로 사라졌 냐고 물었을 때, 그녀는 커다란 악당 늑대가 아이들을 집어삼켰다 고 말했다.

※

현재

지난 며칠 동안 일어난 사건들에 대해 아스트리드는 여러 버전 의 이야기를 들었지만, 그중에서도 도라의 이야기가 가장 인상적 이었다. 겁에 질린 어린아이의 눈으로 보았던 이야기였기 때문이 었거나, 그 기억을 떠올리기만 해도 몸을 떨었던 모습이 역력했기 때문일지도 몰랐다.

"내 얘기가 어떻게 들릴지 알아." 도라가 속삭였다.

아스트리드는 고개를 저었다. "아냐… 난… 널 믿지 못해서가 아니야."

정말이었다. 아스트리드는 도라의 말을 전부 믿었다. 하지만 그 렇다 해도 현실을 받아들일 수 있다는 뜻은 아니었다. 도라의 악몽 은 어떻게 현실이 된 것일까? 다른 사람들도 그 존재들을 볼 수 있 는 걸까?

"그게 진짜 늑대가 아니라는 건 나도 분명히 알고 있어." 도라가 불쑥 말을 꺼냈다. 부끄러움이 목구멍에서부터 차올랐다. "그건… 그냥 그 동화가 생각났던 거야. 모르겠어. 난 너무 어렸는데, 내 잘 못인 것처럼 모두 나한테 소리를 질러댔지…."

"그럼… 그럼 뭐였는데?" 아스트리드는 별안간 머리가 뻐근해지는 두통이 찾아와 당황했다. 그렇지만 애써 외면하며 도라에게 대답을 재촉했다. "설명해줘."

도라의 목소리가 가늘게 떨렸다. "크고, 검은색이었어…. 내 위에서 떠다녔던 것 같아. 코가 크고 길었던가… 모르겠다, 아마 새의 부리처럼 생겼던 것 같기도 해. 그리고 둘이었어. 아니, 하나였을지도 몰라. 어떤 소리가 났는데… 귀를 멍하게 만드는 소리였어. 마치…."

"마치 날개가 바스락거리는 것처럼." 아스트리드가 도라 대신 말했다.

"맞아!" 도라가 맞장구를 쳤다. "날개 바스락거리는 소리! 너… 기억나는 거야?"

아스트리드가 관자놀이를 문질렀다. 검은 점들이 눈앞에서 떠다니고 있었다.

"모르겠어, 그럴지도…."

"너 얼굴이 너무 창백하다. 어디 몸이 안 좋니?"

도라는 아스트리드의 두 손을 잡고 외양간 옆에 놓인 낡은 의자에 앉혔다. 아스트리드가 기억하는 한, 도라의 할아버지는 여름이면 이 의자에 앉아 동물들을 지켜보곤 했다. 아스트리드는 눈을 꼭 감고 의자에 앉았다. 도라가 말한 것을 상상해보려 했지만, 영 내키지 않았다.

"그다음에 무슨 일이 일어났어?"

"아스트리드, 너 몰골이 말이 아니야…."

"그냥 계속해." 도라는 아스트리드의 뜻을 존중했다.

"선생님이 어디서도 널 못 찾고 유치원으로 돌아와서는 우리에게 질문을 쏟아붓기 시작했어. 난 내가 본 걸 선생님께 말했지. 하지만 선생님은 그건 그냥 상상일 뿐이라고, 내가 꿈을 꾼 거라고만 하셨어. 내 마음속에서 뒤섞인 거라고 말이야. 엄마가 유치원으로 와서 날 데리고 집으로 갔어. 그리고 저녁이 되어 해틀러 이모가 찾아왔지. 이모는 흐느껴 울면서, 그날 유치원에서 무슨 일이 있었던 거냐고 계속 물었어. 내가 왜 그런 말을 했는지 모르지만, 모든 걸 되돌릴 수만 있다면 좋겠어."

아스트리드는 직감했다. 도라가 이후 무슨 일이 벌어졌는지 알고 있음을.

"내가 본 걸 이모한테 말했어. 자세히 설명했지. 엄마와 아빠는 나를 미친 사람 보듯이 쳐다봤어. 이모는 내 말을 완전히 믿고 매달렸어. 나한테 몇 번이고 무슨 일이 일어났는지 자세히 말해달라고 하더라고…. 난 너무 무서웠어. 밖은 어두워지는데, 그것들이 날 잡으러 올까 봐 두려웠어. 게다가 똑같은 말을 계속 반복해야 하니까 결국… 또 한 번 오줌을 싸면서 울기 시작했지. 그러자 아빠가 이모한테 당장 입 닥치라고 소리를 질렀어. 이모가 안 그래도 충격받은 나를 못살게 군다면서. 이모와 아빠가 엄마를 사이에 두고 말다툼을 하기 시작했어. 그러다 모두 동시에 소리를 질러댔지. 아빠는 이모를 내쫓으면서 그런 터무니없는 말을 믿는다면 다시는 집에 발을 들이지 못할 거라고 했어. 그런 다음 아빠는 나를 잡아다가 지팡이로 때렸어. 며칠을 앉지 못할 정도로 세게 맞았지. 내가 계속 떠들고 다니면, 죽도록 두들겨 패서 다시는 그런 헛소리를 못하게 만들 거라고도 했어."

아스트리드는 눈을 뜨고 떨리는 손으로 친구의 손을 꼭 쥐었다. 하지만 도라는 말을 멈추지 않았다. 너무 오랫동안 자신을 괴롭혀 온 억울함을 이제는 배출하려는 것 같았다.

"그때 경비대원들이 집으로 찾아왔어. 첫째 날이었는지 아닌지는 기억이 안 나지만… 아마 그 후였을 거야. 그들은 내가 본 것에 관해서 물었지. 아스트리드… 정말 미안해, 진심이야. 하지만 아빠가 계속 내 옆에 앉아 있어서 난 아무 말도 할 수 없었어. 아빠가 나를 또 때릴까 봐, 죽일까 봐 너무 무서웠거든. 그리고… 유치원에서 다른 아이들이 날 어떻게 대했는지 네가 봤더라면 이해했을지도 몰라. 오줌싸개라고, 유령을 믿는 애라고 놀려댔어. 그래서… 경비대원들한테 차마 아무 말도 할 수가 없었던 거야."

도라는 깃털이 뒤덮인 피투성이 손으로 뺨에 흘러내리는 눈물을 닦았다.

"정말, 정말 미안해…. 내가 진짜로 본 걸 그 사람들한테 말했더라면…."

"그렇다 해도 우릴 찾지는 못했을 거야. 사과할 필요 없어. 너도 겁에 질린 어린아이였을 뿐인데."

"마을 사람들이 모두 날 경멸했어. 부모님 앞에서도 날 욕했지. 나더러 제정신이 아닌 것 같다고 하면서 말이야. 사람들은 날 '미친 도라'라고 불렀어. 밤에 잠을 잘 수가 없었어. 밤마다 악몽을 꾸고 비명을 지르면서 깨어나곤 했어. 그렇게 잠 못 드는 밤이면 매를 맞았지.

그리고 몇 주가 흘러 어느 토요일에, 엄마는 아빠 몰래 나를 내보냈어. 해틀러네 가게에 가서 달걀과 채소를 사 오라고 하셨지.

난 일부러 뒤로 돌아 들판을 가로질러 먼 길을 돌아갔어. 누군가의 눈에 띄어서 술집에 있는 아빠 귀에 그 소식이 들어가면 안 되니까. 아빠가 엄마한테 화내는 꼴은 보고 싶지 않았거든.

돌아오는 길에, 묘지 뒤에서 좀 나이를 먹은 남자아이들 한 무리를 마주쳤어. 이미 초등학교에 다니고 있는 아이들이었지. 난 그 애들을 피하고 싶어서 못 본 척했지만 날 부르더라고. 자기들이 있는 곳으로 와보라면서. 거기서 뭔가를 찾았는데 내가 꼭 봐야 하는 거라고. 나보고 넌 분명 겁쟁이는 아닐 거라고 했어.

그냥 피해서 갔어야 했어. 그 남자아이들이 그냥 날 놀리는 거란 걸 알았지만, 그쯤 되니 참을 수 없을 정도로 억울하더라고. 모두가 날 거짓말쟁이 울보라고 생각하니까, 난 겁쟁이가 아니란 걸 증명해야 했어. 특히 나 자신에게 말이야.

그래서 그 무리에게 다가갔어. 어수선하게 모여서 땅 위의 뭔가를 쳐다보면서 서 있더라고. 실수였다는 걸 깨달았을 땐 너무 늦었어. 땅 위를 보고 있는 줄 알았는데 사실 그 속을, 흙을 덮지 않은 무덤을 보고 있었던 거였어. 그 애들이 찾았다는 걸 보려고 몸을 숙이는 순간 한 아이가 나를 밀었고, 난… 땅속으로 떨어졌어.

머리를 부딪치면서 등으로 떨어졌어. 숨을 제대로 쉴 수가 없었지. 잠시 후 정신을 차렸어. 올려다보니… 그 애들은 내 위에 서서 날 비웃고 있었어. '미친 도라, 그 아래에서는 귀신이라도 보이니? 날이 어두워지면 널 찾아와서 잡아갈지도 몰라.' 다리가 미친 듯이 아파서 일어설 수가 없었어. 부러졌기 때문에 그렇게 아픈 거였어.

그래서 난 그냥 누워 있었어. 그 애들은 계속 낄낄거리면서 흙과 돌을 퍼내 나한테 던졌지. 그리고 그중 한 명은… 한 명은 바지를 내리더니 나한테 오줌을 싸더라."

"도라…" 아스트리드는 무슨 말을 해야 할지 몰랐다.

"거기서 꺼내달라고 애원했지만, 그 애들은 날 구해주지는 않고 구덩이를 나무판자로 덮어놓고는 그냥 가버렸어. 날은 얼어 죽을 듯이 춥고 사방은 온통 깜깜한 데다가 입안엔 흙이 가득했지. 겁이 났어. 살려달라고 하면 그들이 다시 돌아와서 더한 짓을 할까 봐.

나는 다음 날 아침이 되어서야 발견됐어. 사람들이 내 이름을 부르며 돌아다니는 소리가 들렸지만, 대답할 용기가 나지 않았어. 마치 누군가가 내 목소리를 훔쳐간 것처럼 말이야. 다음날 묘지 관리인이 나무판자를 들어 올려서 내가 발견된 거야. 난 저체온증으로 고생했지. 다리가 부러지고 폐렴에 걸리는 바람에 몇 주간 침대에서 보내야 했어. 누가 나한테 이런 짓을 했는지, 온 마을 사람들은 다 알고 있었어. 하지만 아무 일도 없었던 것처럼 굴었어. 내가 한 말 때문에 난 이런 짓을 당해도 싸다고 생각하는 것처럼 말이야.

그래서 난 입을 닫았던 거야. 완전히, 오랜 시간을 말이야. 사람들은 이제 내가 영영 미쳐버렸다고 생각했지만, 적어도 날 내버려 두게 되었어."

아스트리드는 머리카락이 곤두설 정도로 소름 끼치는 도라의 이야기를 빠짐없이 들었다. 며칠 전 다툴 때 도라가 뱉었던 모든 말이 이젠 완전히 이해가 되었다. **'여기 있느니 차라리 사라지는 게 나았으니까!'**

"네가 무슨 일을 겪었는지 난 상상조차 안 된다. 정말 미안해." 아스트리드는 결국 미안하다고 했지만, 그저 공허한 말일 뿐이라는 느낌을 지울 수 없었다.

도라는 반응하지 않았다. 그저 생각에 잠겨 숲속을 바라볼 뿐이었다.

"그러니까, 나도… 너희가 어떤 일을 겪었는지 상상할 수 없어."

"가장 끔찍한 건 내 맘 한구석에는 기억해내고 싶지 않은 마음도 있다는 거야." 아스트리드는 솔직히 말했다. "하지만 막스를 위해서는 기억해야 하겠지."

아스트리드가 한 말에 도라는 그녀를 힐끗 쳐다보았다.

"무슨 뜻이야?"

"내가 우리한테 벌어진 일을 기억해낸다면, 그럼… 난 막스를 찾고 싶어. 그 애가 어디에 있든지."

"내가 뭘 도와줄 수 있을까?"

돕고 싶다는 도라의 말은 진심이었다. 마치 당연한 일이라는 듯 무의식적으로 말했다. 그 말을 듣고 아스트리드는 울컥했다.

"진심으로 하는 말이야." 도라가 아스트리드를 안심시켰다. "그 애가 어디에 있든지, 막스를 찾는 걸 도와줄게. 반대로 내 형제 중 한 명이 그랬다면… 너도 날 위해 똑같이 했을 테니까."

"분명… 이상하게 들리겠지만, 내 말을 무시하지 않고 들어줄 사람은 너뿐일지도 몰라. 네가 방금 그 말을 한 이후로는 더욱더." 아스트리드는 떨리는 숨을 들이쉬었다. "네가 본건… 내 악몽이었어. 난 어렸을 때부터 가위에 눌렸지. 그리고 그… 존재들이… 내 눈에 보이는 거야. 유감스럽지만, 그것들은 내 상상 속에만 존재하는 게 아니라 진짜 있어… 매일 밤, 그것들은 날 찾아와서 그때 무슨 일이 있었는지 기억하지 못하게 만들어. 난… 잠들 수가 없어. 이 모든 것의 열쇠는 내 머릿속에, 내 기억 속에 있을 것 같아."

그때 도라가 허리춤에 손을 얹고 아스트리드에게 희망을 불어넣는 말을 했다. "다른 경로로 네 마음을 들여다볼 수 있어. 최면을 시도해 보는 거야."

※

아스트리드는 도라에게 톰의 집에 같이 가자고 졸랐다. 도라의 이야기를 처음부터 다 말할 필요는 없다고, 그러니까 그 공포를 다시 겪을 일은 없을 거라고 설득했다. 둘은 톰을 찾아가 꼭 알아야 하는 내용만 전했다.

"너희 둘 다 입 다물고 있을 거면, 내가 말할게. 그건 미친 소리야."

톰은 자신의 방 창문턱에 걸터앉아, 아스트리드와 도라를 번갈아 쳐다봤다. 두 사람이 방금 나눈 이야기를 믿을 수 없다는 표정이었다.

"내 말을 믿지 않는다는 소리야?" 도라가 차분하게 물었다.

"그런 소리가 아니야." 톰이 고개를 저었다. "내 말은… 그게 말이 될 것 같으면서도 안 될 수도 있다는 뜻이야."

도라는 혼란스럽다는 표정을 지으며 아스트리드를 바라봤다. 아스트리드라면 설명해줄 수 있을 것만 같았다. 이제 정오밖에 안 됐는데 아스트리드는 점점 지쳐갔다. 1분 1초가 지날 때마다 피로감이 커지는 느낌이었다.

아스트리드가 아무 대답이 없자, 도라는 하는 수없이 톰에게 말했다. "네가 무슨 말을 하는 건지 모르겠어, 톰."

그는 생각을 정리하려는 듯이 창틀을 손가락으로 두드리기 시작했다. "난… 많이 기억나는 건 아니야…. 어느 순간 갑자기 떠오르는 정도라서…. 하지만 그게 뭐든, 밤마다 내 꿈에 계속 나타나, 그러니까…."

아스트리드는 그 말을 놓치지 않았다. "악몽을 꾼다는 소리야?"

톰은 어색하게 어깨를 으쓱였다. "잠 못 이룬다고 하는 게 맞을 거야. 아침엔 이상한 꿈을 꿨어. 기억은 안 나지만. 그 최면 계획은 효과가 있을지도 모르겠다. 그래도 미친 짓이야. 네가 보는 것 중에 뭐가 진짜인지 어떻게 알 수 있겠어?"

"넌 같이 할 필요 없어." 아스트리드는 곧바로 되받아쳤다.

"제정신이야? 당연히 나도 해야지."

톰의 결의에 아스트리드는 마음이 든든해졌지만, 의구심을 품지 않을 수 없었다. 아스트리드가 본격적으로 하려는 것을 톰은 탐탁지 않게 여겼기 때문이었다. 그는 절대적으로 명백한 사실을 마주하지 않거나, 마주하길 원하지 않았다. 구스토도, 다른 사람 누구도, 아이들을 사라지게 했던 원인이 아니라는 사실을. 오히려 이성적으로는 설명할 수 없는 무언가가 원인이었다.

"무슨 계획이 있니?" 톰이 물었다. "아니면…."

아스트리드가 목소리를 높였다.

"우리를 치료해주던 의사를 찾아 가볼 수 있겠다고 생각했어. 최면하는 걸 도와줄 수도 있고, 그렇지? 아니면 다른 사람을 추천해주거나."

톰은 의심스럽다는 표정을 지었다.

"그럴 수도 있겠지. 그런데 그 의사는 최면을 합법적인 의학 분야라고 인정하지 않는 사람 같았어. 사실과 사전만 믿는 부류랄까? 너는 어땠는지 모르지만, 그 사람 뭔가 이상한 점이 있었어."

아스트리드는 그 말에 반박하고 싶었지만, 의사와 대화했을 때 그의 말투를 떠올려보니 톰의 말이 맞을 수도 있겠다 싶은 생각이 들었다. 톰으로 인해서 자꾸 시험에 드는 것 같다는 생각이 들자 아스트리드는 마음이 편치 않았다.

"또 드는 생각이 있니?" 그녀는 대신 물었다. "이런 일은 보통 어떻게 진행할까? 이 지역 최면술사 광고를 찾아보면 될까…?"

아스트리드는 자신의 어설픈 농담 시도에 웃음을 터트릴 뻔했다.

"그런 광고가 있을 것 같니?" 톰은 재밌다는 듯 히죽거리며 말했다. "서커스 공연 페이지에 있을까? 점쟁이 코너 바로 밑에?"

"그렇게 재밌다니 다행이다."

"나한테도… 해결책이 있을지 몰라." 둘의 농담을 가로막으며, 도라가 불쑥 말을 꺼냈다. "그 일이… 벌어지고 내가 입을 닫았을 때, 엄마는 별짓을 다 하셨어. 정말 뭐든지 말이야. 어떤 여자… 최면술사 비슷한 사람한테 데려가기도 했었어." 도라가 말했다. "그래서 문득 생각이 난 거야."

"농담하는 거야?" 톰이 물었다.

"아니." 도라는 고개를 저었다. "그냥… 아무 소용이 없었어. 그건 그분의 잘못이 아니었지. 난 단지 말을 하고 싶지 않았던 거니까. 그게 문제였어. 다른 원인을 찾을 필요 없이, 내가 원하면 말을 할 수 있었어. 내가 내린 결정이었으니까."

"그 최면술사 어디 살았는지 기억나니?" 아스트리드가 불쑥 물었다. "거길 찾아가 보는 거야!"

도라는 어깨를 으쓱했다. 당황한 표정이 역력했다. "너무 오래전 일이라….”

“그 사람을 찾을 방법은 없을까?” 톰은 신중하게 말을 골라 했다. 민감한 문제는 건드리고 싶지 않은 게 분명했다.

“모르겠어. 엄마가 다른 사람한테 그 얘기를 했을 것 같지는 않아. 아빠한테 말했을 리는 절대 없고. 하지만 어떻게든 그 여자에 대한 정보를 얻었을 텐데.”

“아마 마을 사람 누군가가 너희 엄마한테 소개한 거겠지.” 아스트리드가 추측했다. “조언을 얻으려고 누군가를 찾아가셨던 게 틀림없어….”

“엄마는 여기 사람들과는 말을 주고받는 사이가 아니었어.” 도라는 의구심이 들었다. “사람들이 멀리하는 이상한 애를 데리고 사는 여자라고, 그때는 모두 그렇게 생각했으니까. 한 사람만 빼고는.”

“그 사람이 우리 엄마야.” 톰이 도라의 말을 이어받았다. 둘이 같은 결론에 도달하게 되자 도라만큼 톰도 놀란 눈치였다. “우리 엄마는 도라 엄마와 터놓고 지냈어.”

“그렇다면 말이 되겠네.” 도라가 고개를 끄덕거리며 톰의 말에 동의했다. “물론 아직 추측일 뿐이지만.”

아스트리드는 톰과 눈이 마주쳤다. 아무 말도 할 필요가 없었다. 둘은 같은 생각을 하고 있었다.

“내가 엄마한테 얘기해볼게.” 톰이 약속했다. “금방 돌아오실 거야. 잠깐 이웃집에 다녀오겠다고 하셨거든.”

“난 집에 가봐야겠다.” 도라가 한숨을 쉬었다. “아빠가 알기라도 하면… 우리 아빠가 어떤 사람인지 너도 봐서 알지.”

“같이 가자.” 아스트리드가 제안했다. “집에 같이 가자는 게 아니고." 도라가 어리둥절한 표정을 짓자, 아스트리드는 재빨리 덧붙였다. "집까지 같이 걸어가 주겠다는 말이야."

아스트리드의 느낌상, 톰은 엄마와 단둘이 이야기하고 싶은 것 같았다. 그녀는 톰 곁에 붙어있으면서 그를 난처하게 만들고 싶지 않았다.

"오후에 다시 모일까?"

"그래, 너희 집으로 갈게."

아스트리드는 식구들에 대해 미리 얘기해줘야 할까 고민했지만, 누군가에게 할머니에 대해 말로 설명하며 마음의 준비를 시킨다는 것은 불가능하다는 사실을 깨달았다. 셋은 작별 인사를 나누었고, 아스트리드는 도라와 함께 눈부시게 화창한 햇살 속으로 걸어갔다.

"우리 아빠는…" 한동안 단둘이 걷다가, 도라가 떨리는 목소리로 입을 열었다. "아빠는… 엄마가 돌아가시고 나서…" 도라는 생각에 잠기는 바람에 말을 제대로 마치지 못했다.

"가족에 대해선 미안해할 거 없어." 아스트리드가 불쑥 말했다. "네가 가족을 고른 게 아니잖아."

"가끔은 가족이 문제가 아닌 것 같은 느낌이 들어." 도라는 마치 자신을 보호하려는 듯 코트를 단단히 여미며 말했다. "여기, 이 마을 때문인 것 같아."

아스트리드는 도라의 말을 이해했다. "사람은 태어나면서 물려받은 가치관을 지니고 살아. 문제는, 이 마을 사람들이 왜곡된 가치관을 유지하며 살아왔는데, 그걸 맹목적으로 따르지 않으려는 사람도 있다는 거야. 그러면 여기선 벌을 받게 되지."

도라는 친구를 향해 희미하게 웃어 보였다. "아스트리드… 너한테 도움이 되고 싶어. 널 위해 내가 할 수 있는 게 있다면 뭐든지….”

불현듯 한가지 생각이 아스트리드의 머릿속을 스쳤다. “이 마을 사람들을 다 잘 아니?”

“대충은.” 도라가 대답했다. “주말마다 상점에서 일을 도와주거든. 마을 사람들은 대부분 거기서 물건을 사.”

“어떤 사람을 찾고 있어. 이름은 몰라. 키가 작고, 겨우 걸어 다닐 수 있을 정도로 거동이 쉽지 않은 노파야. 앞이 보이지 않아서 양쪽 다 의안을 끼고 있고.”

도라는 잠시 생각해 보았지만, 아스트리드가 원하는 답을 해줄 수는 없었다. “그런 사람은 본 적이 없어….”

“괜찮아. 어쨌든 고마워.”

“그 노파가 시내에 오지 않는 걸 수도 있지.” 도라는 아스트리드를 안심시키려고 노력했다.

“내일 일하러 가서 물어볼게.”

“그래 주면 좋겠다.”

그들은 큰길에서 헤어졌다. 도라는 들판을 향해 반대 방향으로 걸어갔다. 아스트리드의 집은 바로 코앞이었다. 아스트리드는 고개를 푹 숙이고, 마을 사람들이 아이들을 기억하기 위해 세운 기념비 옆을 지나갔다. 집에 거의 다다를 때쯤, 골목길에서 무언가 움직이며 번쩍거리는 것이 언뜻 보였다. 고개를 돌려 그쪽을 쳐다보니 예상치 못한 사람이 서 있었다. 남자는 그녀를 보자마자 코트 자락을 휘날리며 돌아서더니 쓰레기통 사이로 사라졌다.

“이봐요!” 아스트리드가 소리쳤다. “기다려요!”

그녀는 걸음을 재촉했다. 집들 사이로 나 있는 골목길은 좁고 더러웠다. 아스트리드는 쓰레기통과 오래된 잡동사니 사이를 비집고 들어가, 오래된 집 네 채가 모여서 일종의 작은 교차로를 이루고 있는 장소에 도착했다. 외투 깃을 코까지 끌어올려 입은 남자가 어느 집 지붕 홈통 밑에 서 있었다.

아스트리드는 그와 적당히 떨어진 곳에서 멈춰섰다. 남자가 어떻게 반응할지 알 수 없었고, 필요한 경우 도망칠 수 있는 길을 확보하고 싶었기 때문이었다.

"당신, 구스토 맞죠?"

남자의 오른쪽 얼굴이 움찔거렸다. 자신이 구스토가 맞다고 신호를 보내는 것인지 신경성 안면 경련인지 그녀는 구별할 수 없었다. 그는 아스트리드의 눈을 똑바로 바라보지도 못하며, 불안한 듯 시선을 이리저리 옮겼다. 어린 시절 이 남자가 그토록 불쾌하게 느껴졌던 이유를 바로 기억해낼 수 있었다. 그는 쉽지 않은 시간을 보낸 듯 수척하고 너저분한 모습이었다. 실제 나이보다 훨씬 더 늙어 보이는 것 같기도 했다.

"전 아스트리드예요." 그녀는 머뭇거리며 남자를 향해 손짓했다. 자신을 납치한 혐의로 고발된 사람과는 어떻게 얘기해야 적절한 걸까?

구스토는 갑자기 휙 돌아서더니 집들 사이로 걸어가기 시작했다.

"잠시만요!" 아스트리드는 소리쳤다. "당신이 안 그랬다는 거, 전 알아요!"

남자는 멈춰섰지만, 뒤를 돌아보지 않았다. 아스트리드는 그가 자신의 말을 듣고 있는지 알 수 없었지만 듣고 있길 바랐다.

"당신이 아이들을 해치지도, 납치하지도 않았다는 거 알고 있다고요."

남자는 고개를 아주 살짝 옆으로 돌렸다. 그리고 느닷없이, 거친 목소리로 입을 열었다. "그건 인간이 아니었다."

아스트리드는 긴장했다. "그게 무슨 말이에요?"

남자는 고개가 한쪽으로만 몇 차례 꺾이는 경련 반응을 보였다. "그건… 그건, 인간이 아니었다고."

"누가 그랬는지 아세요?"

남자가 너무 오래 침묵을 지켜서, 아스트리드는 그가 자신의 말을 이해하지 못한 것 같다고 생각했다.

하지만 그때, 남자는 대답 대신 질문을 던졌다.

"우리가 잠이 들면 어디로 가지?"

"그게 무슨…"

아스트리드는 갑자기 '펑'하고 폭발하는 소리에 말을 멈췄다. 급히 돌아보니 골목길에 옆으로 쓰러진 쓰레기통이 보였다. 갑자기 쓰러진 게 분명했다. 금속 쓰레기통 뚜껑이 그녀의 발밑으로 굴러왔다. 순식간에 일어난 일이었지만, 다시 돌아봤을 때 구스토는 사라지고 없었다.

"그렇게 서 있지만 말고 와서 좀 도와줄래?"

발레리아 해틀러는 욕실 바닥에 누워 욕조 옆에 붙어있는 금속 덮개를 뜯어내려고 안간힘을 쓰고 있었다. 바닥에는 물이 흥건했다. 톰은 욕실로 들어가자마자 양말이 다 젖었다.

"무슨 일이에요?"

"이게 또 말썽이네."

둘은 함께 여러 차례 시도한 끝에 덮개를 뜯어낼 수 있었다. 악취가 코를 찔렀다. 배관 전체에 녹이 슬어 물이 새고 있었다. 분명 처음 겪는 일은 아니었다. 배관 여기저기를 테이프로 감아서 누수를 막았을 뿐이었다. 발레리아는 자신을 바라보는 아들의 표정을 알아차렸다.

"당장 새로 살 형편은 안돼. 나중에 사람을 불러서 한번 봐 달라고 할게."

싱크대에서 테이프와 가위를 가져온 그녀는 임시방편으로 배수관을 테이프로 감기 시작했다. 톰은 지금이 말을 꺼내기에 좋은 상황이 아니란 것을 알았지만, 오늘은 딱히 그런 순간이 찾아오지 않을 것 같았다.

"뭐 하나 물어봐도 돼요?"

"그럼." 엄마가 말했다.

톰은 엄마의 목소리에서 약간의 주저함을 느낄 수 있었다. 대화가 어떤 식으로 흘러가냐에 따라 자신의 기분이 어떻게 바뀔지 몰라 불안해하는 듯했다.

"우리가 사라졌을 때 도라는 한동안 말을 안 했대요."

"맞아, 그랬어." 엄마는 고개를 끄덕였다. "하지만 그건 질문이 아니잖니."

톰은 슬쩍 미소를 지었다. "로트너 이모가 그 애를 데리고 최면술사를 찾아갔다고 하더라고요."

톰의 엄마는 말을 꺼내기 전에 테이프를 또 한 줄 잘라냈다. "안 해본 게 없었지…. 그런 것까지 말이야."

"이모가 그 사람을 어떻게 찾았는지 아세요? 어디 살았는지요."

그녀는 고개를 들어 톰을 쳐다봤다. "그건 왜 물어보는 건데?"

"그 사람이 우릴 도와줄 수도 있을 것 같아서요. 만나보고 싶어요."

정적이 흘렀다. 반복적으로 물 떨어지는 소리만이 그 정적을 깰 뿐이었다. 톰이 불안해하며 다른 한쪽으로 체중을 옮기자 발밑에서 물이 철벅거렸다.

"좋은 생각이 아닌 것 같아." 마침내 엄마가 입을 열었다.

톰은 이런 반응을 예상했다.

"엄마가 적응하기 힘들다는 건 알지만, 전 이제 어른이에요. 이제 내 문제는 스스로 결정할게요."

엄마는 톰의 말을 무시하듯 웃음을 터뜨렸다. "어른이 된다는 게 어떤 건지 넌 몰라. 아직 어린애라고. 네가 사라진 순간부터 단 하루도 성장하지 않았어. 모르겠니, 톰? 어른이 되려면 나이가 아니라 경험이 있어야 해."

엄마의 말에 톰은 상처를 받았다.

"엄마 말이 맞을지도 모르죠. 하지만 결국 결정은 제 몫이에요."

"네 몫이니, 아니면 아스트리드의 몫이니?"

"그게 대체 무슨 말이에요?"

"그 여자애가 너한테 안 좋은 영향을 끼치고 있는 것 같구나."

톰은 이를 악물었다.

"제 일은 알아서 결정할게요. 엄마가 제 걱정하시는 거 알아요. 하지만 전 최면 치료를 받을 거예요. 엄마가 좋아하든 싫어하든요. 엄마의 도움과 지원이 필요해요. 정말로 무슨 일이 일어났던 건지 알아내야 하거든요. 하지만 도와주시지 않는다 해도 이해해요."

엄마는 수도관을 만지작거리며 다시 뒤로 기대앉았다. "좋아, 그게 네가 원하는 거라면…. 내 동생이 찾아낸 사람은 진짜 의사는 아니었단다. 평범한 농부의 부인이자 로자니차[10]였어."

톰은 가슴이 온통 흥분으로 가득 차는 느낌이 들었다. 어릴 적 로자니차에 대해 들어본 적이 있었다. 그들은 특별한 마법의 힘을 가지고 있다고 알려져 있었다. 하지만 엄마는 그들이 독버섯으로 차를 끓이고 환각으로 본 것을 예언이라고 속여 말하는 사기꾼이라고 생각했다. 그럼에도 불구하고, 톰은 다른 사람들이 로자니차를 존중하며 대했던 것을 기억했다. 그 이유가 마법 버섯 때문일 리만은 없었다.

"그분, 아직 이 마을에 사나요?"

엄마는 뭐라고 중얼거렸지만, 톰은 듣지 못했다. 우물거리는 욕설과 한숨이 동시에 섞여 나오는 소리 같았다.

"엄마?"

"그럴지도 몰라." 그녀는 마지못해 대답했다. "하지만 경고하는데, 그 여자를 찾아가는 건 좋은 생각이 아니야. 분명히 말하지만 난 찬성하지 않아."

---

10. Rozhnitsa: 슬라브 신화에서 나오는 여신 중 하나로, 출산과 관련된 여러 가지 기능을 가지고 있는 신이다.

엄마의 목소리 속에는 톰이 마지막에라도 마음을 바꾸길 바라는 것 같은 느낌이 있었다. 하지만 이미 늦어버린 일이었다.

"전부 다 얘기해주세요." 톰은 간청했다.

❋

아스트리드, 도라, 톰이 아직 어렸을 적에 원로들은 마을 전체의 규칙을 정해서 지시하는 사람이었다. 모두가 그 역할을 알고 있었다. 이웃 간의 분쟁을 해결하는 것도 원로들이었다. 오래된 방앗간이 심하게 파손되어 행인들에게 위험요소가 될 것 같을 때 방앗간을 철거할지 결정하는 일들 말이다. 또 결혼을 허가하고 새로 태어난 아이를 축복해주는 역할도 했다. 원로들 대부분은 산파와 경험이 많은 치료사였는데, 그중 일부는 미래를 예지한다는 소문도 있었다. 여자들은 결혼을 해야 할지, 한다면 언제가 좋을지 알아보기 위해 원로들을 찾아갔다. 농부들은 어떤 작물을 심어야 하는지에 대한 조언을 받았다. 그들은 마을의 모든 의식과 관습을 창시했고 모든 공동 의식을 주도했다. 다른 사람들보다 더 많은 토지와 재산, 더 좋은 집을 소유했고 사회적 지위도 높았다. 원로들은 마을뿐만 아니라 주변 지역에서도 실질적인 통치자였다.

전해 내려오는 말에 따르면, 그들은 오래전 처음으로 이곳에 집을 지은 일곱 가족의 자손들이었다. 그들이 만든 삶의 규칙들을 오늘날까지도 사람들은 존중하고 따랐다. 하지만 세대가 여러 번 바뀌고 새로운 사람들이 유입되며 그 믿음에 대한 의문이 제기되기 시작했다. 그 후 몇 안 되는 인원만 남았는데, 사람들은 습관적이

긴 하지만 존중하는 마음으로 그들을 원로라고 불렀다. 하지만 시간이 갈수록 그들의 통제력은 서서히 약해졌다. 적어도 주민들은 대체로 그렇게 믿었다.

이런 이유에도 불구하고, 혹은 그 때문에 아스트리드는 조금은 긴장하지 않을 수 없었다. 당연하게도, 한 걸음만 앞으로 다가가면 진실을 알게 될지도 모른다는 사실이 두려웠다. 하지만 원로들이 그들을 만나길 거부해서 기회를 잃을까 봐 걱정되기도 했다. 두 가지 감정이 아스트리드의 내면에서 서로 격돌했다. 그사이 톰은 오래된 문고리를 향해 머뭇머뭇 손을 뻗었다. 손이 떨리는 것을 보니 톰 역시 긴장하고 있었다. 하지만 그의 경우, 다른 상황이 작용하고 있었다.

"너 괜찮아?" 아스트리드가 톰에게 물었다.

톰은 대답 대신 문을 두드렸다. 선홍색으로 물든 태양이 지붕 너머로 서서히 지고 있었다. 아스트리드가 바라본 마지막 태양 빛은 아름다우면서도 무서웠다. 밤이 다가오고 있다는 뜻이었다.

문이 천천히 열리자, 문 앞에 키 큰 남자가 모습을 드러냈다. 남자의 덥수룩하고 짙은 눈썹은 한 줄로 연결되어 있었다. 톰과 아스트리드를 보고 의심스럽다는 듯 일자 눈썹을 찡그렸다. 그는 몹시 당황한 듯했다.

"안녕하세요, 아빠." 톰이 침묵을 깼다.

그의 아빠는 긴장한 표정을 지었지만 아무런 반응을 하지 않았다. 아스트리드는 어디를 바라봐야 할지 몰랐다. 어색한 기분이었지만, 톰이 자신보다 더 어색할 거라고 생각했다.

"걱정하지 마세요. 아빠를 보러 여기 온 건 아니니까요." 톰이 말을 이었다. "아빠의 부인을 만나러 왔어요. 로자니차의 재능을 빌리고 싶어요."

무슨 수상한 짓을 하는 게 아닌가 싶어 남자는 톰과 아스트리드를 뚫어지게 쳐다봤다. 그의 시선이 톰에게서 아스트리드로, 그러다 다시 톰으로 옮겨왔다. 그리곤 둘의 뒤를 힐끗 쳐다보며 길거리에서 누가 본 사람은 없는지 살폈다.

"집사람한테 뭘 원하는데?" 그가 마침내 거친 목소리로 물었다.

"그건 저희랑 그분이 이야기할 문제예요."

"우선 물어봐야 해. 누가 보기 전에 들어와라."

그들은 좁은 복도로 비집고 들어갔다. 톰의 아빠는 둘을 어둠 속에 내버려 두고 집 안 어딘가로 사라졌다. 아스트리드는 감히 무슨 말을 할 용기가 나지 않았다. 누가 듣고 있을지도 모르기 때문에 위험을 무릅쓰지 않는 편이 낫겠다고 판단했다. 오래지 않아, 집 뒤쪽에서 목소리가 들려왔다. 남자와 여자가 낮은 목소리로 말하는 소리였다. 분명 무언가를 논의하고 있었지만, 아스트리드는 한마디도 알아들을 수 없었다. 옆에선 톰이 초조해하며 꼼지락대고 있었다. 어떻게든 그를 진정시키고 싶었지만 적절한 말이 떠오르지 않았다. 몹시 길게 느껴졌던 몇 분이 흐르고, 한 젊은 여자가 복도에 나타났다. 어제 거리에서 톰과 아스트리드가 봤던 여자, 바로 톰의 아빠의 아내였다. 얼굴이 붉게 달아오른 여자는 몹시 화가 난 듯했다. 묶음 머리에서 빠져나온 머리카락들이 어깨 위로 어지럽게 매달려있었다. 아스트리드는 여자를 보며, 톰의 엄마가 젊은 시절 이렇게 생겼었을 것 같다는 느낌을 지울 수 없었다.

"그래, 너희들이 로자니차의 도움을 구한다고?"

여자가 말하는 방식은 질문이 아니라 공격처럼 들렸다.

톰은 입을 굳게 다물고 아무 말도 하지 않았다. 안간힘을 써서 참고 있는 것처럼 보였다. 여자가 자신의 엄마와 비슷하게 생겼다는 점을 톰도 눈치챈 것 같았다.

결국 아스트리드가 직접 나섰다.

"저희는 최면술을 받고 싶은데, 로자니차가 할 수 있는 일 맞죠?"

여자는 눈을 가늘게 떴다.

"그럼 다른 사람을 찾아온 거로구나." 여자가 말했다. "너희가 찾는 사람은 우리 엄마란다. 로자니차에게 고급 기술을 가르치며 평생을 바치신 분이지. 나는 아직 초보라서 최면술은 내 능력 밖의 일이야."

"어머니께서 저흴 만나주실까요?"

"돈은 있니?"

"있어요." 아스트리드는 거짓말을 했다.

사실은 한 푼도 없었지만, 거의 다 와서 포기하고 싶지는 않았다. 필요하다면 자신의 피를 팔아서라도 돈을 낼 생각이었다.

"어머니는 위층에 계셔. 너희에게 시간을 낼 가치가 있을지, 직접 결정하실 거다."

여자는 가파른 나무 계단을 오르기 시작했고, 그 뒤를 톰과 아스트리드가 따랐다. 계단이 좁아 난간을 잡고 한 명씩 올라가야 했다. 복도를 따라 걸어갔다. 복도 맨 끝에 있는 방문이 살짝 열려 있었다.

여자는 노크를 하고 문을 열었다.

"손님이 어머니를 뵈러 왔어요."

아스트리드와 톰은 문 앞에 머뭇거리며 서 있었다. 침실은 작고 어두웠으며, 창문은 짙은 색의 두꺼운 커튼으로 가려져 있었다. 방 한가운데에는 나무로 만든 테이블이 있었고, 그 위에는 불이 붙은 양초가 놓여있었다. 한 중년 여자가 테이블에 앉아 그들을 주의 깊 게 관찰하고 있었다. 마치 지금까지 그들을 기다리고 있었던 것 같 은 모습이었다.

"어린 애들이구나."

중년 여자는 자세히 들여다보지도 않고 거친 목소리로 말했다.

여자의 딸이 끄덕였다. "맞아요, 그런데 돈을 가지고 왔다네요."

"거짓말이다."

아스트리드는 로자니차에 대해 많은 이야기를 들었다. 그중 절 반은 지어낸 이야기였겠지만 한가지는 항상 똑같았다. 그들은 신 성한 통찰력을 타고 나서 미래를 내다보거나 날씨를 예측할 수 있 다는 것이었다. 그들은 약간의 사례금만 받고 기꺼이 이웃들에게 도움을 주었다. 로자니차는 예외 없이 맏딸을 후계자로 삼고 자신 의 가르침을 따르도록 키웠다. 아들은 그 재능을 물려받지 않기 때 문이었다. 로자니차는 마을의 갓 태어난 아이들을 찾아가 축복을 내리고, 아이의 앞날이 잘 풀리기를 빌어주었다. 하지만 아이의 운 명이 얼마나 긍정적으로 풀릴지는 그 부모가 얼마나 돈을 많이 내 느냐에 따라 결정되었다.

모두 알고 있었다. 어떤 식으로든 로자니차를 적대시하거나 화 나게 해서 좋을 게 없다는 것을. 그래서 아스트리드는 그냥 진실을 말하는 게 낫겠다고 생각했다.

"제가 거짓말했어요. 돈은 한 푼도 없어요."

아스트리드는 톰의 시선이 느껴졌다. 톰의 계모도 아스트리드를 원망하는 눈빛으로 바라보고 있었다. 조금이나마 예의를 차리려던 기색도 사라졌다. 하지만 로자니차는 소리를 지르지도 않았고 집에서 내쫓지도 않았다.

"넌 레나 크비아트코프스카의 딸이구나." 로자니차가 말했다.

아스트리드는 끄덕였다. "엄마가 결혼 전 쓰던 이름이에요."

로자니차가 엄마의 이름을 그렇게 기억하는 게 이상했다. 엄마는 결혼할 당시 성년이 되기 전이었고, 근처 마을에서 이 마을로 이사를 온 것은 결혼식을 올린 이후였다.

"제 이름은 아스트리드 말러에요."

여자는 손을 올렸다. "네가 누군지 안다. 저 남자애도 누군지 알지." 여자는 손가락으로 톰을 가리켰다.

톰의 계모는 문 앞에서 안절부절못했다. 그녀는 자신의 남편이 첫 번째 결혼에서 낳은 아들의 존재가 못마땅한 게 분명했다.

"너희들 요청을 받아주마." 로자니차가 결국 결정을 내렸다.

"하지만 어머니…"

로자니차의 눈빛 한 번에 톰은 계모는 입을 다물었다. 계모는 순종적으로 머리를 숙이고 자리를 떴다. 잠시 후, 삐걱거리는 계단을 내려가는 발소리가 들렸다. 로자니차는 아스트리드와 톰에게 안으로 들어오라고 손짓했다.

"들어와 앉아라."

둘은 테이블 앞에 놓인 흔들거리는 나무 의자에 공손하게 앉았다. 바로 그 순간, 등 뒤의 문이 탁하고 닫혔다. 톰은 깜짝 놀라 돌아봤지만, 아스트리드는 방심하지 않고 여자를 계속 쳐다봤다.

"도움이 필요해서 찾아왔지만 내 수고에 대해 줄 돈은 없다는 거군. 그 정도로 멍청한 거냐 아니면 뻔뻔한 거냐?"

"둘 다 아니에요." 아스트리드는 확실히 말했다.

"저희는 절실해서 찾아온 거예요." 톰이 거들었다.

로자니차는 혀를 끌끌 찼다. 로자니차는 이가 몇 개 남지 않은 입속에서 약초를 굴렸다. 아스트리드는 여자가 우물거리는 것을 보았다. 방의 희미한 불빛 아래, 여자는 실제보다 더 나이가 들어 보였고, 노골적으로 어른거리는 촛불 때문에 주름이 더욱 도드라졌다. 수십 번의 삶을 살아온 사람 같은 인상이었다.

"다른 애들은 어디 있냐?" 여자가 물었다.

"다른 애들이요?"

"애들 네 명이 사라졌었지." 여자는 네 손가락을 들어 보였다. "하지만 두 명밖에 보이지 않는군."

"소냐는 병원에 있어요. 아직 깨어나지 않아서요." 아스트리드가 말했다. "제 동생은 저희와 함께 돌아오지 못했고요."

여자는 약초를 다 씹었는지, 입안에 있던 내용물을 깨진 도자기 컵에 뱉었다. 아스트리드는 역겨움에 몸서리가 쳐졌지만 참아야 했다.

"그 포레스 여자아이는 깨어났다." 여자가 차분한 어조로 알렸다. "오늘 아침에 일어났어."

"네?" 톰은 놀라움을 감출 수 없었다.

"그걸 어떻게 아세요?" 아스트리드가 덧붙였다.

여자는 대답 대신 질문을 던졌다. "왜 여길 찾아온 거냐?"

아스트리드는 어디서부터 말해야 할지 몰랐다. 소냐에 관해 물어봐야 할지, 여길 오게 만든 궁금증들에 관해 물어봐야 할지.

"로자니차는 사람들 마음속을 파고들 수 있다고 들었어요." 아스트리드는 일반적인 얘기부터 시작했다. "저희 중 아무도 저희에게 일어난 일을 정확히 기억하지 못해요. 의사는 일시적인 기억 상실일 수도 있다고 했지만, 영구적일 수도 있죠. 저희는 기억을 되살려야 해요. 최면을 통해서 기억을 되찾고 싶어요."

"그러냐?"

"네." 아스트리드는 끄덕였다.

여자는 아스트리드 쪽으로 몸을 가까이 기울였다. "너, 정말 그러고 싶은 거야?"

아스트리드는 그 질문 속에서 어떤 경고를 감지했다. 마치 여자 자신은 어떤 무형의 위협을 보고 파악할 수 있지만, 그들에게 그것을 직접 경고할 수는 없다는 의미 같았다.

"전… 확신해요." 아스트리드는 좀 전보다는 자신 없는 어조로 대답했다.

여자는 테이블에서 일어나 천천히 방 한구석에 있는 작은 찬장으로 걸어갔다. 그리고 아스트리드와 톰을 등진 채 무언가를 준비하기 시작했다. 아스트리드는 여자가 무엇을 하는지 볼 수 없었다. 하지만 이내 약초와 꽃향기가 방 전체에 퍼졌다. 스토브 위에서는 물이 팔팔 끓기 직전에 나는 쉭 하는 소리와 달걀 껍데기를 깨트리는 소리가 들렸다. 잠시 후 여자는 작은 법랑 냄비를 들고 테이블로 돌아왔다. 그리고는 자신이 좀 전에 컵에 뱉은 내용물 위로 끓는 물을 부었다. 불쾌한 냄새가 방 전체에 퍼졌다. 그런 다음 로자니차는 앞치마 주머니에서 가위를 꺼내 아스트리드 얼굴 가까이에

댔다. 아스트리드는 자리를 뜨고 싶었지만 움직이지 않았다. 여자는 아스트리드의 검은 머리에서 한 뭉치를 잘라냈다.

"자, 이걸 마셔라." 여자는 아스트리드에게 컵을 건넸다. 아스트리드는 의심스러운 눈초리로 내용물을 들여다봤다. 마치 찌꺼기가 섞인 물 같았다. 그 액체는 이제 끓지 않지만, 마치 계속 끓고 있는 것처럼 거품이 표면을 뚫고 나왔다. 가까이 다가가지 않아도 악취를 맡을 수 있었다. 그 냄새 때문에 아스트리드는 속이 뒤틀렸다.

"마시라니까." 여자는 다시 한번 재촉했다.

아스트리드는 톰과 눈이 마주쳤다. 그는 뜻을 바꾸고 싶지 않은 듯했다. 아스트리드는 얼른 마셔버리고 끝내는 게 낫겠다고 생각했다. 입을 벌리고 컵 안의 내용물을 두 모금 마셨다. 그 찌꺼기들이 목구멍을 타고 내려가는 것이 느껴지자 아스트리드는 기침을 하기 시작했다.

"삼켜라."

마지막 남은 액체를 삼키자, 아스트리드는 머리가 멍해지기 시작했다.

여자는 테이블 위에 팔을 올려놓았다. 걷어 올려진 소매 아래, 늙고 주름진 피부에 고대의 복잡한 상징들이 새겨져 있었다. 아스트리드가 오랫동안 보지 못했던, 원로들에게만 새겨지는 상징들이었다. 로자니차는 팔을 뒤집어 아스트리드의 손바닥을 잡았다. 여자의 손길은 얼음처럼 차가웠다. 아스트리드의 손을 살펴보던 여자는 이내 이상한 행동을 하기 시작했다. 마치 아스트리드에게는 말할 수 없는, 말하고 싶지도 않은 무언가를 감지한 것처럼. 그들 사이에 내려앉은 침묵은 거의 참을 수 없을 정도로 계속되었다. 시간이 지날수록 아스트리드는 점점 더 지쳐갔다. 눈꺼풀이 점점 더 무거워졌다. 마침내 로자니차가 큰 소리로 말하자, 아스트리드는 깜짝 놀라 벌떡 일어날 뻔했다.

"네 동생이 이럴 가치가 있느냐?" 여자가 물었다.

아스트리드는 더 생각할 것도 없이 답했다. "제 동생이니까요."

"그 애는 네가 자길 찾길 바라지 않을 수도 있어."

"전 찾아야만 해요."

여자는 마치 연못 바닥을 들여다보려고 수면에 잔물결을 일으키듯 아스트리드의 손바닥을 손가락으로 여러 차례 훑었다. 하지만 들여다보면 볼수록 어둠은 점점 더 깊어졌다.

"네가 죽는 대가를 치르더라도 말이냐?"

톰은 아스트리드의 이름을 작게 불렀다. 아스트리드는 그것이 무언의 애원인지 경고인지 알 수 없었다. 그녀는 톰의 말을 무시했다.

"어떤 대가를 치르더라도요."

그 순간, 아스트리드는 목덜미에서 이상하게 축축한 온기가 퍼지는 것을 느꼈다. 그녀의 머리가 축 늘어지기 시작했다. 여자가 아스트리드에게 마시라고 한 게 무엇이든, 효과가 나타나기 시작했다.

"최면은 잠을 자는 게 아니란다. 두려워할 필요 없어." 여자가 아스트리드에게 말했다.

아스트리드는 자신이 잠드는 걸 두려워한다는 것을 어떻게 알았는지 애써 묻지 않았다. 그것은 로자니차가 일하는 방식일 뿐이었다.

"내 말에 귀 기울이고, 내가 하는 말에 집중해라. 만약 네 생각이 길을 잃고 헤맨다면, 내가 말하는 목소리에 다시 집중하면 된다. 이제부터 일어날 모든 일이 자연스럽게 진행되도록 넌 그냥 내버려 두는 거다. 자, 눈을 감고, 숨을 깊게 들이마셔라. 이제 내쉬고."

여자의 목소리는 설득력이 있었다. 그리고 머지않아, 그 목소리는 아스트리드 마음의 모든 틈을 메워 다른 것들이 들어올 수 없게 만들었다. 여자의 목소리를 들으며 아스트리드는 서서히 잠이 들기 시작했다. 잠들고 싶지 않았지만, 이번에는 자고 싶은 마음이 잠드는 것에 대한 두려움보다 컸다.

"좀 더 긴장을 풀어보자. 근육의 긴장을 푸는 데 집중해라. 오른쪽 다리부터 시작하는 거다. 긴장이 풀리는 것이 느껴진다…. 이제 왼쪽 다리…."

어떠한 자기방어도 소용없었다. 아스트리드는 서서히 저항을 멈췄다. 그녀의 몸은 늘어지고 있었고, 의자에 주저앉아 힘없이 몸을 웅크리고 있는 봉제 인형이 된 느낌이었다.

"네 몸 구석구석에 공기를 넣는다는 느낌으로 숨을 들이쉰다…. 최대한 숨을 오래 참다가… 천천히 내쉬는 거야…. 숨을 전부 내뱉을 때까지…."

아스트리드의 의식은 자신의 가장 큰 두려움과 최악의 기억을 묻어두었던 미지의 세계로 깊이 빠져들고 있었다.

"자, 운명의 그 날을 떠올려보는 거다…. 뭐가 보이지?"

문득, 아스트리드는 칠흑 같은 어둠 속에 서 있었다. 안개가 걷히듯, 어둠 속에서 모습들이 하나둘 드러나기 시작했다. 사람들이 주위 땅에서 솟아나고 있었는데, 시간이 흐를 때마다 그 사람들의 특징이 두드러졌다. 하지만 아직 뚜렷하게 보이는 것은 없었다. 이

것을 제외하고는….

"하얀 토끼가 있어요." 아스트리드는 토끼 형상이 자신의 발치에 나타나자 깜짝 놀라 중얼거렸다. '이 토끼는 어디서 온 거지?'

"하나… 하얀 토끼를 따라가는 거다, 아스트리드…. 뒤따라가…. 둘."

아스트리드는 한 발 앞으로 나아갔다. 작은 토끼는 앞길을 가로막은 덤불을 헤치며 아주 느리게 뛰어다니고 있었다. 마치 방향을 잃은 것처럼 장애물들을 계속 마주쳤다. 아스트리드는 뿌리째 뽑힌 나무 뒤에 웅크리고 있었다. 토끼를 응시하며 손가락으로 나무껍질을 파고 있었다.

"더 깊은 잠으로 빠져들고 있다…. 셋… 넷… 다섯… 점점 더 깊이 빠져든다."

마음만 먹으면 맨손으로 토끼를 잡을 수 있었다. 나무 둥치를 뛰어넘어 빠른 걸음으로 두세 걸음 내디딘 다음 매끄러운 털을 잡기만 하면 됐다. 그런 기대를 하며 긴장하고 있는데 갑자기 날카로운 울음소리가 들렸다.

아스트리드는 고개를 돌려 살폈다. "막스?"

"여섯… 일곱… 여덟… 너는 이제 잠이 들었다. 잠시 후, 너는 여섯 살로 돌아갈 것이다. 그 후에 일어난 일은 모두 사라진다. 내가 너의 이마를 만지는 순간, 너는 다시 어린아이가 된다. 네가 사라지기 직전의 순간으로 돌아간다. 아홉… 열."

아스트리드는 어딘지도 모르는 곳에 서 있었다. 토끼는 사라졌다.

"내가 깨어나라고 하기 전까지 깨어나지 않을 거다."

누군가가 공중에서 아스트리드를 12년 전으로 집어 던진 듯한 기분이 들었다. 지금까지 기억하지 못하거나 잊어버렸다고 생각했던 그 순간에 착륙했지만, 막상 도착해보니 완벽한 사진처럼 기억이 다시 재생되었다.

"아스트리드… 뭐가 보이느냐…."

아스트리드는 로자니차의 목소리가 어디서 들려오는지 알 수 없었다. 바로 옆에 서 있거나, 스바로그[11]처럼 하늘에서 그녀에게 말을 거는 것일 수도 있었다. 아니면 머릿속에서 속삭이는 것일까, 아스트리드는 도통 알 수 없었다.

"오늘은 고난 주일이에요." 그녀가 대답했다. "스미에르치[12]가 보여요. 사신이요."

한동안 사용하지 않았던 말들이 또 한 번 자연스럽게 입에서 흘러나왔다.

아스트리드는 집 밖에 나와 있었다. 날이 저물고 있었지만 두렵지 않았다. 그 어떤 감정보다 억제할 수 없는 흥분이 느껴졌다. 밤에 밖에 있을 수 있게 되었기 때문이었다. 엄마가 처음으로 허락한 일이었다. 그리고 그녀는 행렬에 참여하고 있었다. 젊은이들을 위한 축제임에도 불구하고, 아스트리드는 참가해도 된다는 허락을 한 번도 받은 적이 없었다.

이곳에서 나이가 좀 든 소녀들은 억새를 엮어 죽음의 인형을 만들곤 했다. 이곳에서는 '모라나'라고 불리는 인형이었다. 사람들은 전통노래를 부르며, 모라나에게 마을에서 가장 최근에 죽은 사람

---

11. Svarog: 슬라브 신화에 나오는 모든 신의 우두머리이자 하늘의 신
12. smierć: 폴란드어로 죽음이라는 뜻

의 셔츠를 입히고 가장 최근에 결혼한 신부가 썼던 베일을 씌우는 의식을 치렀다. 그런 다음 제일 튼튼하다는 소녀가 모라나 인형을 들고 행렬의 선두에 서게 되는 영광을 얻었다.

아스트리드에게는 이 풍습이 영광이 아닌 굴욕으로 느껴졌다. 주민들은 보통 너무 키가 크거나, 너무 뚱뚱하거나, 못생긴 여자아이를 뽑았다. 이런 식으로 마을에서 여자아이 한 명을 선발해 자기네들이 그 아이를 어떻게 생각하는지 알려주는 것이었다. 그 자리에 뽑히고 싶은 사람은 아무도 없었다.

"아스트리드… 무슨 소리가 들리느냐?"

그녀는 귀를 기울였다. **"노랫소리요."**

아스트리드는 다른 사람들과 어울려 전통 민요를 불렀다.

"우리는 사신을 내쫓는다네, 봄을 부른다네. 고난 주일이 시작되는 바로 그 순간에…."

사람들은 집에서 나와 길가에 서 있었다. 그들은 말없이 서서 행렬이 지나가는 것을 쳐다보느라 여념이 없었다. 사람들은 나란히 길게 늘어서서 행렬이 마을 밖으로 나가도록 길을 안내하는 듯했다.

모라나를 들고 걸어가는 소녀는 행렬에서 몇십 미터 앞서 걸어가고 있었다. 갑자기, 관중들 사이에서 돌멩이가 하나가 날아왔고 뒤이어 또 다른 돌멩이가 날아왔다. 아스트리드는 이런 일이 벌어질 것을 알고 있었지만, 이런 거친 행동은 매번 당황스러웠다. 마을 사람들은 나무 막대와 돌을 던지며 모라나에게 혐오감을 드러냈다. 겨울, 썩 물러가라! 사신, 썩 물러가라! 때로는 표적을 빗나간 돌에 인형 대신 소녀가 맞기도 했다. 하지만 아이의 임무는 아무리 고통스러워도 견디는 것이었다.

마을 사람들에게 사신을 마을 밖으로 몰아내는 것은 새로운 계절의 시작을 상징하는 것뿐만 아니라 새로운 생명을 기대하며 오래된 악을 정화한다는 뜻이기도 했다. 거기다 인간과 동물의 질병, 화재와 가뭄으로부터 보호하는 역할도 했다.

"우리는 사신을 내쫓는다네. 마을에 여름이 찾아왔네. 초록 왕관을 쓴 달콤한 여름이여, 환영합니다."

"아스트리드, 거기 누구랑 같이 있느냐?"

그녀는 주위를 둘러봤다. 행렬을 이루고 있는 소녀들은 갈색 타탄 치마와 코트를 입었고, 말린 이끼, 산딸기 열매, 솔방울로 만든 화관을 땋은 머리 위에 쓰고 있었다. 남자아이들은 제복처럼 생긴 옷을 입고 행진했다. 그 애들은 버드나무 잔가지를 꼬아 어린 사슴뿔로 장식한 것으로만 수수하게 머리를 꾸몄다. 제일 어린아이들은 자신들의 신이 난 얼굴을 비추는 길고 하얀 초를 들고 다녔다. 행렬이 지나가자, 구경꾼들이 점차 합류하기 시작했고, 곧 아이들의 뒤를 따라 두 번째 행렬이 만들어졌다. 잠시 후, 마을 사람 전체가 함께 행진하는 광경이 펼쳐졌다.

"막스."

아스트리드는 한 손에는 양초를 쥐고 다른 손으로는 남동생 손을 잡고 있었다. 막스가 행렬을 제대로 따라가지 못하고 있었기 때문이었다. 그녀는 다른 사람들처럼 노래를 부르지 않았다. 이따금 입만 벙긋거리면서 노래하는 시늉만 했다. 아스트리드는 군중에 진정 사로잡혔다. 그들은 마치 전쟁에 나가는 군인들처럼 행진하고 있었다. 갑자기, 막스가 자신의 발에 걸려 잠시 비틀거렸다. 막판에 뒤에서 누가 붙잡아주지 않았다면 대형에서 빠져나갈 뻔했다.

아스트리드는 뒤를 돌아봤다. 그녀를 구해준 사람, 톰이 슬쩍 웃어 보였다. 문득 어떤 장면이 뇌리를 스쳤다. 며칠 전 유치원에서 둘이 몰래 나무에 올라가 선생님이 찾지 못하도록 숨었던 기억이었다. 선생님은 그들을 찾으려고 부질없이 정원을 샅샅이 뒤졌다. 아스트리드와 톰은 결국 선생님에게 발각되어 오후 내내 구석에서 무릎을 꿇고 있어야 하는 벌을 받았다. 톰과 함께라면 항상 재미있는 일이 생겼다. 그는 말썽을 피워서 벌을 받는 것을 아무렇지도 않게 생각했다. 아스트리드는 그의 미소에 화답하고 다시 앞으로 향했다.

"무슨 일이 일어나고 있는지 설명하거라."

행렬은 마을을 떠나 이제 들판 위를 걷고 있었다. 사람들 발밑의 땅은 아직 굳고 얼어붙은 상태였다. 강 골짜기에 이르자, 그들은 강둑을 따라 한 줄로 서서 노래를 부르기 시작했다. 사람들이 부르는 노래가 주변 절벽에까지 메아리쳤다. 해가 지며 깜빡거리는 촛불 빛은 몽환적인 장면을 만들어냈고, 이 광경에 어린아이들은 겁을 먹었다. 골짜기는 그리 깊지 않았지만, 아스트리드는 거세게 흐르는 강물이 얼마나 위험한지에 대해 경외심을 느꼈다. 노래가 멈췄다. 대열의 맨 앞에 선 소녀는 모라나 인형을 조금 더 높이 들어 올리고 무언가를 암송하기 시작했다.

"아무도 그녈 못 봤어요." 아스트리드가 화들짝 놀라며 대답했다.

"누굴 못 봤다는 소리냐?"

아스트리드의 엄마는 그녀에게 모라나를 강에 던진다고 해서 사신과 겨울이 소멸하는 것이 아니라, 단지 지하 세계로 돌려보내는 것이며, 이를 위해 강물이 관문 역할을 한다고 설명해주었다.

"모라나요. 사신이 우리 중에 있다는 걸 아무도 눈치채지 못했어요."

아스트리드는 이 말을 절대적으로 확신했다. 반대편 둑에 서 있는 여자가 보였다. 검은 옷을 입고 뚫어지게 아스트리드와 엄마를 쳐다보고 있었다.

군중들은 하나가 되어 소리쳤다. 아이들에게 그 소리는 거대한 용의 포효처럼 들렸다. 모라나 인형은 공중으로 날아갔다가 강물에 떨어졌다. 인형은 그 즉시 물살에 휩쓸려 떠내려가기 시작했다. 사람들은 주머니에서 돌을 꺼내 떠다니는 사신을 향해 던지며 물에 빠뜨리려고 했다. 막스도 사람들의 노력에 동참했지만, 그가 던진 조약돌은 간신히 둑을 넘겨 물에 들어갔다.

흥분이 고조되었다. 모라나는 강둑을 따라 늘어선 몇몇 마을 주민들을 지나 다리 아래로 사라졌다. 바람이 세차게 불기 시작했다. 촛불의 불꽃이 잠시 심하게 깜빡거리며, 창백하고 불안해하는 주민들의 얼굴을 비췄다. 갑자기 그들의 마음이 어둠에 휘둘리기 시작했다. 멀리 떨어진 마을에서부터 저녁 기도를 알리는 종소리가 들려왔다. 마지막 촛불이 꺼지자, 사람들은 모두 돌아서서 마을로 뛰어가기 시작했다. 불편했던 침묵이 일순간 사라졌다.

"어서 가자, 서둘러!" 아스트리드는 막스를 재촉했다.

하지만 군중이 갑작스럽게 흥분하며 행동하자 막스는 깜짝 놀랐다. 자리에서 얼어붙어 무슨 일이 일어나고 있는지 이해할 수 없었다. 사람들이 사방에서 그들에게 달려들고 있었다.

"막스!"

"아스트리드… 말해 보아라… 무슨 일이 벌어지고 있는 거냐?"

몇 걸음 내디딘 아스트리드는 급히 막스를 향해 되돌아갔다. 이미 너무 무거워진 막스를 안아 올릴 힘이 없어서 그냥 그의 손을 잡았다.

"어서 가자, 서둘러야 해! 아니면 뒤처질 거야!"

"그런데 대체 왜 그래야 하는데?"

아스트리드는 설명할 시간이 없었다. 둘은 다른 사람들 뒤를 따라 비틀거리며 걸어갔다. 벌써 군중은 작은 무리와 혼자 달리는 사람들로 흩어지고 있었다. 체력이 좋은 사람들은 이미 언덕을 넘어갔고, 부모들은 어린아이들을 품에 안고 달려가고 있었다. 아스트리드는 엄마를 찾을 수가 없어서, 그녀와 막스는 서로를 도울 수밖에 없었다. 그걸로 충분하길 바랐다.

"못가겠어." 잠시 후 막스가 칭얼거리기 시작했다.

둘의 발이 움푹 파인 고랑 속으로 깊숙이 빠지고 있었다.

"조금만 더 가보자! 힘내, 할 수 있어."

그러는 동안, 땅에는 어둠이 내려앉았다. 아스트리드의 심장은 입 밖으로 튀어나올 듯 미친 듯이 뛰었다. 몸을 심하게 움직여서 그런 것인지 두려움 때문인지 알 수 없었다. 다른 사람은 시야에서 사라졌다. 아스트리드와 막스는 최대한 빨리 달려갔다. 마을에 마지막으로 도착하는 사람은 다음 해에 모라나에게 끌려갈 거라는 말이 아스트리드의 머릿속에서 맴돌았다.

순간, 갑자기, 아스트리드는 느꼈다. 알 수 있었다. 그들이 모라나에게 잡혔다는 것을.

"누나!"

막스는 누나의 손을 놓쳤다. 아스트리드는 넘어지며 무릎을 꿇고 땅을 손으로 짚었다. 그녀는 곧바로 주위를 돌아보았다. 검은 옷을 입은 키가 큰 형체가 그녀를 내려다보고 있었다. 머리카락을 거칠게 휘날리며, 막스의 몸을 사지로 꽉 감싸고 있었다. 그 형체는 막스를 움켜잡은 채로 들어 올렸다.

"막스!"

아스트리드는 헐레벌떡 일어서서 자신을 향해 뻗은 동생의 두 손을 잡았다. 막스는 이성을 잃을 듯이 울부짖었다.

"내 동생 놔줘!" 아스트리드가 소리쳤다.

아스트리드는 땅에 발을 단단히 디뎠다. 이 정도면 충분히 막스를 빼낼 수 있을 거라고 순진하고 맹목적으로 생각했다. 하지만 그 형체는 둘을 동시에 끌고 가기 시작했다.

"포기해, 아스트리드." 수많은 목소리가 그녀의 귓가에서 속삭였다.

"절대 그러지 않을 거야!"

발아래 땅이 흔들리다가 갈라졌다. 막스를 품에 안은 채 그 망령은 땅속으로 사라져갔다. 아스트리드는 땀에 젖은 손아귀에서 동생의 작은 손이 빠져나가는 것을 느꼈다. 잠시 후면 동생을 영영 잃게 될 거라는 사실을 알았다. 그녀는 진창에 무릎을 꿇었다. 무릎이 격하게 떨려왔다.

"이 애는 우리 것이다."

안돼!

땅이 둘 다를 삼키기 직전, 아스트리드는 누군가 자신의 코트를 붙잡고 땅속으로 떨어지지 않도록 끌어당기는 것을 느꼈다. 그 형체는 날카로운 소리를 질렀다. 아스트리드는 산만한 틈을 타서 막스의 옷깃을 붙잡았고, 누군가가 그들을 잡아당겼다. 둘은 한꺼번에 땅에 쓰러졌다.

아스트리드, 흐느껴 우는 맥스, 톰 해틀러, 소냐 포레스. 네 사람모두 숨을 헐떡이며 조금 전 망령이 사라진 자리를 충격에 빠진 채응시하고 있었다.

"방금 뭐였어?" 소냐가 울부짖었다. "무슨 일이 일어난 거야?"

"가야 해." 톰이 즉시 결정을 내렸다. "어서. 일어나. 해가 완전히지기 전에 마을로 돌아가야 한다고."

톰은 아스트리드를 일으켜 세웠고, 둘은 함께 막스의 손을 잡았다. 네 명 모두 겁에 질려 마을을 향해 달려갔다.

"아스트리드. 아스트리드… 일어나라… 내가 열까지 세면 너는 깨어날 것이다."

로자니차의 목소리가 빠르게 뚜렷해지고 있었다.

"아스트리드!" 막스가 바지를 붙잡고 늘어졌다. "날 여기 두고가지 마! 누나!"

"하나… 둘… 셋… 넷… 다섯… 너는 천천히 깨어난다…. **여섯… 일곱… 여덟…** 깨어나고 있다. **아홉… 열.** 깨어나라."

✿

아스트리드는 앉았던 의자에서 튀어 올랐다. 너무 갑자기 일어나는 바람에 손이 테이블에 부딪혔고, 테이블 양쪽에 놓여있던 촛대가 엎어지며 로자니차와 그녀 모두에게 뜨거운 촛농이 흘렀다.

"아스트리드, 괜찮아, 이제 안전해!"

톰은 순식간에 그녀 곁으로 다가와 팔을 지그시 누르며 안심시켰다.

"무, 무슨 일이었어?"

아스트리드의 심장은 가슴 밖으로 튀어나오려는 듯이 쿵쾅거렸다. 내내 숨을 참고 있었던 것처럼 머리가 깨질 듯이 아팠다. 그녀의 폐가 산소를 달라고 애원하고 있었다.

"당신은…" 톰이 신경질적으로 로자니차를 쏘아봤다. "당신은… 정말 모르겠네요….."

"아주 최면에 잘 걸리는 아이야." 여자는 생각에 잠겨 중얼거렸다. "그렇게 바로 최면 상태로 빠져드는 경우는 드문데, 네가 그랬어…. 그래서 뭘 보았느냐?"

아스트리드는 눈을 깜빡거렸다. 안개가 깔린 듯 방이 온통 뿌옇게 보였다. "전…."

"내가 묻는 말에 대답을 안 하더구나. 내 목소리를 무시한 것이지. 네 머릿속에서 날 밀어내려고 했어. 이런 경우는 처음이다."

'포기해, 아스트리드.'

아스트리드는 어깨너머를 돌아봤다. 그 목소리는 나비 날개가 스치는 것처럼 그녀의 귀를 감돌았다. 마치 누군가 그녀 뒤에 서 있는 것 같았다.

"제 머릿속에 뭘 집어넣으신 거죠?" 아스트리드가 물었다.

"제가 뭘 보게 만든 거냐고요?"

로자니차는 미간을 찌푸렸다. "진실. 오로지 진실만을 보게 했지."

마음속의 혼돈이 폭발했다. 누군가 자물쇠를 열쇠로 열어 숨겨진 문을 연 것 같았다. 기억이 하나둘씩 밀려오기 시작했다.

"아스트리드." 톰이 걱정스러운 목소리로 말했다. "무슨 일이 있었던거야?"

"말이 안 돼." 그녀가 불쑥 말했다. "내가… 내가 본 것 말이야. 전혀 말이 안 된다고."

그런데도 아스트리드는 그 당시에 실제로 그런 일이 일어났음을 확신할 수 있었다. 하지만 그 의식을 치르며 벌어진 사건들이 아이들의 실종과 무슨 관련이 있을까? 모라나가 정말 그다음 날 아이들을 데려간 걸까?

"다시 돌아가고 싶어요!" 아스트리드가 결연한 목소리로 말했다. "돌아가게 해주세요, 지금 당장이요!"

"안된다." 로자니차가 고개를 가로저었다. "머리를 쉬게 해야 해."

"그래도 가야 해요!" 그녀는 손바닥으로 세게 테이블을 내리쳤다. 의도했던 것보다 좀 더 세게 쳤다.

로자니차는 의미심장한 눈빛으로 아스트리드를 바라봤다. "안 돼, 아스트리드. 오늘은 이걸로 됐다. 이제 나가거라."

톰은 아스트리드를 의자에서 부드럽게 일으키려고 했지만, 그녀는 고집스러운 표정으로 계속 자리에 앉아 있었다. 쉽사리 뜻을 굽히려 하지 않았다.

"제발요. 이해 못 하시겠지만…. 전 돌아가야 해요. 무슨 일이 벌어진 건지 알아내야 한다고요…."

하지만 여자는 눈도 깜짝하지 않았다. 더 이상 대화를 이어나갈 생각이 없다는 표시였다.

결국, 톰은 아스트리드를 일으켜 세워 먼저 방에서 데리고 나온 다음, 집 밖으로 나갈 수밖에 없었다. 그녀는 가파른 계단을 내려오며 몇 번이나 비틀거렸다. 현관문을 나서기 전, 그들은 복도에서 호기심 어린 얼굴로 자신들을 엿보는 아이 두 명을 보았다.

그사이 밖에는 어둠이 짙게 깔렸다. 톰은 아스트리드의 손을 잡고 그녀의 집으로 이끌었다. 톰이 부축하지 않았다면, 아스트리드는 분명 땅에 쓰러질 정도였다. 그녀의 다리는 고무처럼 힘이 풀려 있었다.

"무슨 일이 벌어졌던 거야?" 로자니차의 집에서 몇 걸음 멀어지자 톰이 물었다.

"그때 고난주일에 무슨 일이 벌어졌었는지 기억하니? 우리가 사라지기 전날 말이야."

톰은 잠시 골똘히 생각한 후 고개를 저었다.

"아니, 기억 안 나."

"우리는 들판을 달려가고 있었어. 막스랑 나랑. 그때 어떤 형체가 나타나서 막스를 데려가려고 했어. 왜냐하면….." 그녀의 목소리가 떨리며 눈에는 눈물이 고였다. "막스가 마지막에 남은 사람이었거든…. 기억나? 제일 늦게 마을에 도착하는 사람은 모라나가 1년 안에 데려간다는 말……. 그 형체가 모라나였던 것 같아."

톰은 이해할 수 없다는 표정으로 아스트리드를 바라보고 있었다.

"모라나가 막스를 데려가겠다고 해서 난 그 손아귀에서 그 애를 빼내려고 했어…. 그때 너와 소냐가 나타났지. 너희들이 도와줘서 다 같이 빠져나올 수 있었던 거야."

아스트리드의 훌쩍이는 소리만이 얼음처럼 싸늘하게 깔린 정적을 깨뜨렸다. 톰은 대답하기까지 시간이 좀 걸렸다.

"내 말 오해하지 말고 들어. 너… 정말 그게 다 사실이라고 믿는 거야?"

지금까지 미칠 듯이 두근거리던 아스트리드의 심장이 갑자기 멈추는 듯한 느낌이 들었다.

"뭐라고?"

"아스트리드…. 제발! 그 여자가 네가 마신 차에 뭘 넣었는지 누가 알겠어." 톰이 다그쳤다. "그 여자가 한 일이라곤 네 머릿속을 더욱 혼란스럽게 만든 것뿐이야. 우리가 돈을 내지 않아서 우리한테 그런 식으로 복수한 것일 수도 있어…."

"내 말을 안 믿는구나." 아스트리드는 믿을 수 없다는 듯이 속삭였다. 그녀는 잡고 있던 톰의 손을 놓았다. "내가 거짓말을 한다고 생각하는 거지."

"아니야." 톰이 고개를 가로저었다. "내 생각엔 로자니차가 너한테 속임수를 쓴 것 같아. 네가 무언가를 보게 해서 겁을 주려고 했던 거야."

"난 단지 최면을 겪었을 뿐이야. 너도 거기서 네 눈으로 봤잖아. 로자니차가 무슨 마법을 부린 게 아니고…."

"넌 마법을 믿지는 않지만, 우리를 납치한 게 죽음의 여신 모라나의 짓이라고 말하고 있는 거네?"

톰은 자신의 질문이 그녀를 공격하는 것처럼 들리지 않도록 조심하며 대화를 이어갔다. 하지만 아스트리드는 톰이 자신을 이해한다고 생각하지도, 그렇다고 생각하고 싶지도 않았다. 그리고는 자신을 옹호하기 시작했다.

"넌 도라의 말도 안 믿었잖아…." 아스트리드는 속삭였다. "그 애가 본 것도 믿지 않더니, 이제는 내 말도 안 믿는구나."

"아니야, 아스트리드. 내 말 들어봐. 그런 뜻이 아니야… 내가 하고 싶은 말은… 네가 그 말을 믿고 싶어서, 너도 모르게 그 이야기를 뒷받침할 만한 정보만 걸러 듣고 있다는 거야."

아스트리드는 마치 벼락에 맞은 듯이 동작을 멈추고 얼어붙었다.

"우리가 함께 이겨낼 거라고 네가 말했잖아. 함께 해결할 거라고."

톰은 무거운 한숨을 내쉬었다. "그래, 맞아."

"그런데 날 믿지 못하는 거구나."

아스트리드는 톰에게 설명할 기회를 주지 않았다. 그녀는 돌아서서 자신의 집 쪽으로 걸어갔다. 그러면 톰이 뒤에서 자신의 이름을 부를 거라고, 달려와 사과할 거라고 확신했다. 하지만 톰은 그러지 않았다. 걸음을 내디딜 때마다, 아스트리드의 속에서는 분노, 고통, 두려움과 같은 감정의 소용돌이가 일어났다. 결국 그녀는 아무것도 할 수 없을 것 같은 느낌에 사로잡혔다.

✻

아스트리드는 곧장 집으로 돌아가지 않았다. 그녀는 현관으로 이어지는 길을 벗어나, 집 뒤쪽의 골목길로 몰래 접어들었다. 바로 이곳에서 마지막으로 구스토를 만난 지 몇 시간이 흘렀을 뿐인데 몇 주는 지난 것 같았다. 예배당 뒤 언덕을 올랐다. 혼자만의 시간이 필요했다. 호기심 어린 시선들과 꼬치꼬치 캐묻는 질문들에서 벗어나고 싶었다. 삼촌, 할머니, 크리스티안으로부터도 최대한 멀리 떨어지고 싶었다.

저녁이 다가왔다. 그녀는 언덕 꼭대기의 작은 공동묘지 한가운데에 있는 아빠의 묘비를 찾아갔다. 산에서 불어오는 살을 에는 듯한 바람이 옷을 뚫고 지나가는 듯했다. 그녀의 머리가 헝클어졌다. 그곳은 축축한 흙냄새가 났고, 어디를 돌아봐도 보이는 것은 섬뜩한 그림자를 드리우는 촛불뿐이었다. 이곳에는 비현실적인 고요함이 있었다. 아스트리드는 웅크리고 앉아 묘비 위에 새겨진 아빠의 이름을 허공에서 어루만졌다. 마치 아빠의 뺨을 쓰다듬기라도 하듯이. 아빠가 살아계실 때가 좋았다. 아스트리드는 적어도 그렇게 생각했다. 엄마는 행복했고, 할머니는 그들에게 상처 줄 만한 말을 하지 않았다. 서로를 가족이라고 할 수 있었다. 하지만 아빠의 죽음 이후 멈출 수 없는 불운의 사건들이 이어졌다. 아스트리드는 진심으로 아빠가 그리웠다. 특히 지금처럼 혼자서 뭘 해야 할지 모르는 상황에서는 더 그랬다.

묘비를 바라보며 잠시 생각에 잠겼던 아스트리드는 자리에서 일어났다. 묘비 사이를 걸어가 출입문으로 향했다. 바로 그때 공동묘지에서 사람의 흔적이 느껴졌다. 누군가 높은 버드나무 아래에 서 있었다. 아스트리드는 그 사람의 얼굴을 볼 수 없었지만, 맹인 노파임을 단번에 알아챘다. 아스트리드는 망설임 없이 그 노파를 향해 걸어갔다.

"죽은 사람을 기리려고 왔느냐, 아스트리드?"

노파는 아스트리드가 가까이 다가오자마자 말을 걸었다.

"제가 누군지 어떻게 매번 아시는 거죠?"

노파의 얼굴에 옅은 미소가 번졌다.

"나를 볼 수 있는 사람은 너뿐이니까."

노파는 또 수수께끼 같은 말을 하고 있었다. 아스트리드는 더는 참을 수 없었다.

"그게 도대체 무슨 말이에요? 뭐 하는 분이세요?"

노파는 자신의 발아래를 가리켰다. 어느 낮은 묘비 위에 간신히 알아볼 수 있게 이름이 새겨져 있었다.

"그게 누군데요?" 아스트리드가 물었다.

처음 보는 이름이었다.

"나란다." 노파가 대답했다.

아스트리드는 혼란에 빠진 눈으로 노파를 바라보고는 묘비를 다시 쳐다봤다. 사망일은 지금으로부터 60년도 전이었다.

"이해가 안 가요. 무슨 말씀이신지, 혹시 당신이…."

"죽었다는 말이다." 노파가 대신 말을 이었다. "그래, 내 영혼은 살아있을 때 자주 다녔던 곳으로 돌아오거든."

노파가 단호하게 답하는 것을 듣고 아스트리드는 말문이 막혔다. 이미 복잡한 그녀의 마음속에 혼란스러움을 더할 뿐이었다.

"죽은 자와 말하는 건 불운의 상징이에요."

"그 사람들은 네가 그 말을 믿길 바라는 거다."

"누구요?"

"원로들 말이다. 그 사람들은 우리 신앙의 근본이 조상을 공경하는 데 있다는 걸 잊고, 점차 신들에게 모든 희망을 걸기 시작했어. 죽은 자들이 어떻게 널 다치게 할 수 있겠니, 아스트리드?"

아스트리드는 알 수 없었다. "어째서 그쪽을 볼 수 있는 사람이 저뿐이죠? 왜 다른 사람 눈에는 안 보이는 거예요?"

"내 혈육만이 나를 볼 수 있어. 나만 이승으로 돌아오는 게 아니다. 다른 사람들도 자손을 찾아가 그들을 지켜본다. 하지만 사람들은 이제 더는 주변을 주의 깊게 살피지 않아. 우리를 보지 못하지. 너처럼 우리의 존재를 느낄 수 있는 사람이 거의 없어. 너에게는 그 능력이 있단다."

"저는 아무 능력이 없어요." 아스트리드가 고개를 저었다.

노파가 아스트리드 쪽으로 살짝 고개를 돌렸다. 보이지 않는 그녀의 눈 흰자가 어둠 속에서 빛났다.

"동지, 그러니까 코로춘에 관해선 무얼 알고 있니?"

아스트리드는 잠시 생각했다. "1년 중 낮이 가장 짧아지고 밤이 가장 길어지는 날이요. 원로들 말로는 이날 해의 생명력은 가장 약해지고 어둠의 힘이 인간 세상에 미치는 영향이 절정에 달해서, 이승과 저승 사이의 장벽이 사라진다고 했어요."

"아직도 이해하지 못하는 거냐."

아스트리드는 의심스럽다는 듯이 어깨를 으쓱했지만 이내 멍한 기분이 들었다. 그녀 마음속의 퍼즐 조각들이 마침내 맞춰지기 시작했다.

"너희들 모두가 이 시기에 돌아온 것은 우연이 아니다. 관문은 동지에 열리고, 이후 12일 동안은 어떤 일이든 일어날 수 있어. 경계가 가장 약해져서 악령들과 죽은 자들이 땅 위를 배회하거든. 우리 조상의 조상들이 자손들에게 축복을 내리려고 돌아온다. 밤은 유령과 귀신들의 것이야. 너희들이 악령이라고 부르는. 이 시기에는 보이지 않은 것이 가능해지고 잃어버린 것들이 돌아오지."

아스트리드는 마음이 어수선했다. "그런데 왜 지금이죠? 하필이면 올해 동지냐고요? 왜 작년이나 5년 전 동지에는 우리가 돌아오지 않은 거죠?"

노파는 손가락 하나를 공중으로 들어 올렸다. "네 질문은 이해가 가지만, 나는 대답을 해줄 수 있는 사람이 아니다. 이번에는 뭔가 달라. 어둠이 더 강해졌어. 조심해야 할 거다. 사악한 세력이 네 주위에 모여들고 있으니까. 특히 네가 가장 약해지는 밤에는 더 조심해야 해. 넌 그들과 싸워야 한다. 안 그러면 관문이 닫혀서 다시는 돌아올 수 없게 될 거야."

"하지만 제 동생은요? 막스는 어디 있나요? 어떻게 하면 데리고 올 수 있죠?"

노파의 표정은 로자니차가 아스트리드의 손을 잡았을 때 지었던 표정과 비슷했다. 마치 자신은 말하는 것보다 훨씬 더 많은 것을 알고 있다는 듯한.

"네 동생은 아직 관문을 통과하지 못했다." 끝내 노파가 털어놓았다. "그 애를 구하려고 돌아가지는 말아라."

"그게 가능해요?" 아스트리드가 불쑥 물었다. "돌아가는 게 가능하다는 말이죠? 막스를 데려올 수 있겠네요!"

노파는 마지못해 고개를 끄덕였다. "아직 통로가 열려 있다면."

며칠 만에 처음으로 아스트리드는 긍정적인 생각이 혈관을 통해 퍼지는 느낌이 들었다. 완전히 미친 짓 같았어도, 계속 그 문제를 찔러보고 그래서 난 상처에 소금을 비벼보려 했던 게 맞았다. 주변 모든 사람은 아무 일도 일어나지 않은 척하며 살 수 있겠지만 아스트리드는 그렇지 않았다. 막스는 살아있고, 그를 구할 수 있었다. 비록 저승 '나브'로 직접 들어가야 할지라도. 아스트리드는 자신이 할 수 있다고 확신했다. 무슨 짓이든 할 준비가 되어 있었다.

가슴속에 희망이 차올라 무엇이든 할 준비가 된 기분이 들었을 때, 아스트리드는 그제야 노파가 한 말의 의미를 온전히 깨달았다.

'**아직 통로가 열려 있다면.**' 경계가 가장 약해지는 열두 번의 밤 동안 가야 했다. 그 기간이 지나면 돌아갈 방법이 없었다.

그녀는 오늘로써 다섯 번째 밤이 막 시작되었다는 것을 순식간에 계산했다.

이제 일곱 밤밖에 남지 않았다.

제 6 장

다섯 번째 밤

도라는 자신이 처한 상황을 그냥 받아들이는 법을 꽤 빨리 배웠다. 너무 많은 질문은 하지 않았고, 부모님 앞에서 무언가를 대놓고 불평하는 일도 없었다. 어린 시절, 부모님이 그녀에게 해주지 않은 것 중에 부당하다고 생각되는 것이 딱 하나 있긴 했다. 도라는 항상 형제자매가 있었으면 좋겠다고 생각했다. 같이 놀 수 있는 사람, 자신을 이해하고 다른 사람들처럼 자신을 무시하지 않을 사람. 도라가 친구들을 잃고 마을 사람들이 그녀에게 등을 돌린 후엔 특히나 그 열망이 강해졌다. 그녀 눈에는 형제자매란 무엇보다 사실상 공짜로 얻은 좋은 친구 같은 것이었다. 도라에게 형제자매가 있다면 인생이 훨씬 쉬워질 것 같았다.

하지만 그녀에게 있어 그러한 생각은 나이가 들수록 덜 중요해졌다. 외로움에 익숙해진 탓도 있었지만, 부모님에게 죄책감을 느꼈기 때문이었다. 엄마도 둘째가 생기기를 원했지만 임신하기 어려웠다는 사실을 도라는 알고 있었다. 도라는 엄마가 이 문제로 눈물짓는 것을 본 적이 있었다. 엄마는 도라가 너무 어려서 기억하지 못할 거라 확신했지만, 사실은 그렇지 않았다. 상처받고 불행했던 엄마에 대한 기억은 도라의 마음속 깊이 자리 잡고 있었다. 그리고 예기치 않게 그 생각이 떠오를 때면 도라도 엄마의 모든 고통을 절실히 느꼈다.

엄마가 마침내 다시 임신하게 되었을 때, 도라는 이미 사춘기의 정점에 있었다. 형제자매에 대한 갈망도 오래전에 포기한 상태였다. 엄마의 임신 소식에 아빠가 어떻게 반응했는지 기억나지 않았지만, 엄마는 완전히 다른 사람이 되었다. 온통 행복으로 물들어 빛나고 있었다. 아이를 낳기에는 너무 나이가 많은 것 아니냐고 마을 사람 절반이 쑥덕댔다. 하지만 엄마는 조금도 신경 쓰지 않았다. 엄마의 배가 커지면서 임신 사실이 분명해지자, 엄마는 누구나 감지할 수 있을 정도로 주위에 긍정적인 에너지를 발산했다. 그 에너지의 영향으로 도라도 흥분하기 시작했다. 자신이 돌봐줄 수 있는 새로운 가족이 생긴 것이었!

엄마는 출산 예정일을 몇 주 앞두고 갑자기 진통을 느꼈다. 도라는 그 날이 마치 어제처럼 생생히 기억났다. 아빠가 한밤중에 도라를 깨웠다. 산파가 이미 집에 와 있었고, 침실에서는 비명이 들려왔다. 도라는 해틀러 이모를 불러오기 위해 마을로 달려갔다. 그렇게 하자고 결정을 내렸기 때문이었다. 다른 상황이었더라면 아빠는 해틀러 이모가 찾아오는 것을 못마땅하게 여겼겠지만, 이번에는 반대하지 않았다. 도라는 이때 뭔가를 의심했어야 했다. 새벽에 의사를 부르기 전까지는 나쁜 일이 일어나고 있다는 것을 깨닫지 못했다. 의사는 엄마를 진찰하더니, 난산이 될 것 같다며 냉랭한 목소리로 즉시 구급차를 부르라고 했다. 구급차가 도착했을 때는 이미 올렉이 탯줄을 목에 감고 태어난 후였다. 안톤은 20분 후에 태어났다. 아기는 아빠의 손바닥에 들어갈 정도로 작았다. 도라의 할 일은 아기를 담요로 따뜻하게 감싸 의료진이 도착하기 전까지 보살피는 것이었다. 얼마나 마음을 졸였었는지 떠올랐다. 실수로 동생을 다치게 할까 봐 너무 무서웠다. 아기는 도라가 가지고 놀던 인형과는 달랐다. 못생기고 지저분한 데다 쭈글쭈글했다. 쌍둥이는 둘 다 울지 않았다. 도라가 아기를 안고 부엌 스토브 옆에 서서 온기를 쬐고 있는데, 침실에서 어렴풋한 소리가 들렸다. 구급차가 도착했다. 도라의 엄마는 엄청난 출혈을 겪고 있었는데, 의사도 조산사도 손쓸 방법이 없었다. 구급차로 옮겼을 때 엄마는 이미 의식이 없었다. 병원에 도착하기도 전에, 엄마는 세상을 떠났다.

도라는 피 묻은 침대 커버와 이불을 치우며, 동생을 원했던 욕심 때문에 엄마가 죽은 거라고 자신을 나무랐다. 스스로에 대한 혐오감을 느끼며, 그녀는 매트리스에 무릎을 꿇고 핏자국을 없애려 애썼다. 핏자국은 쌍둥이 동생의 탄생과 도라가 세상에서 가장 사랑했던 한 사람의 죽음을 상징했다. 동생들이 엄마의 자리를 차지해 버린 것 같은, 자신은 사랑하는 사람들과 함께할 자격이 없는 사람인 것만 같은 기분이 들었다.

도라는 엄마 역할을 했다. 어린 동생들을 돌보며 힘닿는 대로 그들에게 사랑을 주려고 노력했다. 동생들을 키우고 동생들의 편에 섰다. 그들이 마땅히 받아야 할 사랑을 아빠는 주지 못한다는 사실을 감추려고 애썼다. 아빠가 대놓고 말한 적은 없을지 몰라도, 도라는 똑똑히 기억했다. 몇 주가 지나 병원에서 집으로 돌아왔을 때 동생들을 쳐다보는 아빠의 모습을 말이다. 사랑, 분노, 혐오가 모두

섞여 있는 표정이었다. 아빠가 엄마의 죽음이 쌍둥이들 탓이라고 생각하는 것을 알고 있었다. 그건 도라가 어떻게 할 수 있는 일이 아니었다. 그래서 자신을 탓하게 되었다. 도라는 맏이였다. 마음의 준비가 되었든 안 되었든, 이제 그녀의 임무는 동생들을 돌보는 것이었다.

그래서 도라는 아스트리드의 마음을 이해했다. 무슨 일이 일어났는지 알아내려는 친구의 열망, 막스를 구하기 위해 힘든 여정도 마다하지 않는 그 끈기를 충분히 공감할 수 있었다. 도라도 동생을 구하기 위해서라면 같은 선택을 했을 것이다. 그것이 누나가 동생에게 해야 하는 일이고 역할이기 때문이었다. 동생을 지켜주고 돌보며 인생의 가치를 알려주는 것, 그것이 누나의 임무였다.

다행히도 도라는 그날 오후 아빠보다 먼저 집에 도착했다. 올렉과 안톤은 그녀에게 조금 짜증을 냈다. 온종일 지켜봐야 하는 성격 고약한 할아버지를 두고 나가버렸다는 이유에서였다. 동생들을 달래 아빠에게 고자질하지 않게 하려고, 도라는 재빨리 스펀지케이크를 굽기 시작했다. 아빠는 밤늦게서야 집에 돌아왔다. 도라는 아빠를 걱정하지 않는 법을 터득했다. 몇 년 전만 해도 아빠가 숲속에서 안 좋은 일을 당할까 봐 두려웠었다. 그렇게 되면 어린 두 동생과 연로한 할아버지를 무너져가는 집에서 도라 혼자 돌봐야 하기 때문이었다. 자신은 학교도 마치지 못하고 제대로 된 일도 경험해보지 못한 상황에서 말이다. 아빠는 기분이 언짢은 채로 돌아왔다. 저녁 식사 도중, 도라는 몇 가지 질문을 슬쩍 던져서 아빠가 어떤 일로 기분이 상했는지 티 나지 않게 알아낼 수 있었다.

이유인즉슨, 경비대원들이 숲에서 조사를 진행하는 도중 경솔하게 행동하는 바람에 야생동물들의 동면이 방해받았다는 것이었다. 그 때문인지 아니면 어떤 이유에서인지 모르겠지만, 동물들이 여기저기에서 죽어 나가고 있었다. 도라의 아빠는 종일 야생동물 무리를 추적해서 그 피해가 얼마나 되는지 가늠하고 죽은 동물들을 치워야 했다. 이런 사체들은 전염병이 퍼지는 것을 방지하기 위해 소각도 해야 했다.

"저희가 도와드릴 일이 있나요?" 도라가 저녁을 먹으며 물었다.

여러 해 동안, 도라는 아빠로부터 사냥터 관리법에 대해 몇 가지 배운 게 있었다. 그리고 적어도 어린 시절 아빠를 따라다녔던 숲속 구역은 손바닥 보듯이 훤하게 알고 있었다.

"너희들은 숲속에 들어가면 안 된다." 아빠는 자식들 모두에게 단단히 일렀다.

"왜 안돼요?" 곧바로 올렉이 물었다.

"내가 안 된다고 하면 안 되는 거야."

쌍둥이들은 서로 팔꿈치로 찌르며 장난스럽게 웃었지만, 도라는 아빠가 단호하게 경고하고 있음을 표정에서 읽을 수 있었다. 그는 진심으로 걱정하고 있었다.

"진지하게 말하는데, 숲 쪽을 쳐다보다 들키기만 해도 너희는 눈물이 쏙 빠지도록 매를 맞게 될 거다." 아빠는 통보했다.

도라와 동생들은 고개도 들지 않고 밥 먹는 데만 열중했다.

도라는 말없이 식탁을 치웠고, 나머지 식구들이 모두 잠자리에 든 후에야 긴장을 풀 수 있었다. 그녀는 자신의 방에 놓인 안락의자에 몸을 기대며 기계적으로 책을 집어 들었지만, 그저 무릎 위에 놓아둘 뿐이었다.

도라는 그날 일어났던 모든 일에 대해 생각하기 시작했다. 마음 깊은 곳에서는 항상 상상해왔다. 언젠가 아스트리드가 돌아와 깊이를 알 수 없는 검은 눈동자로 자신을 바라보며, 이 모든 게 그저 또 다른 게임에 불과하다고 말해주는 모습을. 친구는 돌아왔지만 여전히 길을 잃고 헤매고 있었다.

도라는 친구가 자신에게 온전히 솔직하지 않았을 수도 있다는 불안한 느낌을 떨칠 수가 없었다. 이런 생각을 하며 자신에게 화가 났다. 이게 다 자신의 기대 탓이라고 여겼다. 이루어지지는 않고 좌절하게 만드는 기대. 도라는 지난 수년간 상상해왔다. 자신이 겪은 모든 일을 마침내 누군가에게 털어놓을 때 어떤 느낌일지, 그 사람이 결국 그녀의 말을 믿어줄 때 어떤 느낌일지. 누가 봐도 아스트리드는 도라의 말을 믿는 게 분명했지만, 도라는 전혀 안도감을 느낄 수 없었다. 지금껏 짊어지고 다녔던 무거운 바위는 계속 그 자리에 있었다. 도라는 아스트리드가 아니라 자신에게 화가 난 것일지도 몰랐다.

사실 도라를 훨씬 더 괴롭힌 것은 전혀 다른 문제였다. 도라는 다리를 교차시켜 접은 자세로 안락의자에 앉아 질투의 감정에서 벗어나려고 노력했다. 오늘 오후 어느 시점에 느닷없이 생겨난 이 감정에 완전히 사로잡힌 상태였다. 도라는 질투심을 오래전에 떨쳐버렸다고 생각했었다.

어린 시절 도라와 아스트리드는 항상 둘이서만 놀았다. 인형을 가지고 놀든지, 밖에 나가 놀든지 상관없었다. 아스트리드는 어떤 놀이를 할지 생각해내는 사람이었고, 도라는 아스트리드가 시키는 대로 따랐다. 그건 아스트리드가 대장 행세를 해서가 아니라, 언제

나 최고로 멋진 아이디어를 냈기 때문이었다.

그러다 여섯 살 생일이 되기 전쯤, 둘 사이에 갑자기 톰이 나타났다. 그전까지만 해도 남자아이들이란 머릿속에 운동이나 자동차밖에 없는 멍청이라고 생각했다. 끊임없이 여자아이들을 놀려대는통에 아스트리드와 도라는 번갈아 가며 복수하기 일쑤였다.

어떤 이유에서인지, 아스트리드는 톰을 불쌍히 여기게 되었다. 그들은 곧바로 붙어 다니기 시작했다. 도라는 소외감을 느꼈다. 특히 그들이 소냐와 막스까지 무리에 끌어들였을 때는 더욱 그랬다. 더는 도라와 아스트리드, 둘만의 세상이 아니었다.

이제 아스트리드는 무리가 다 같이 놀 수 있는 놀이를 만들고있었다. 도라도 다른 친구들을 좋아하고 결국 같이 어울리며 익숙해졌지만, 질투심은 여전히 남아 있었다. 특히나, 아스트리드와 톰단둘이서 서로 이야기를 속삭이며 다른 친구들에게는 말하지 않는때에는 질투심이 다시 고개를 들었다. 마치 아스트리드의 가장 친한 친구가 바뀐 듯한 느낌이었다.

그 당시 도라를 괴롭혔던 감정이 오랜 시간이 지난 지금 갑자기 돌아왔다. 도라가 털어놓으려 했던 사람은 톰이 아닌 아스트리드였다. 아스트리드와 함께 최면술사를 찾아가 그날의 일을 알아낼 수 있도록 돕고 힘을 주고 싶었다. 하지만 톰과 달리, 도라는 그렇게 할 수 없었다. 그녀는 저녁 내내 톰과 아스트리드가 최면술사를 잘 찾아갔을지 궁금해했다. 어떤 사실을 발견했을까? 그걸 자신에게 말해주기는 할까? 도라는 구석에 버려진 쓰레기가 된 기분이들었다.

무언가 둔탁하게 부딪히는 소리에 생각을 멈췄다. 도라는 겁에 질려 몸을 휘청거리며 벌떡 일어섰다. 남은 눈덩이가 창문 유리를 타고 흘러내리고 있었다. 바로 그때, 눈덩이 하나가 또 날아와 유리에 부딪혔다. 도라는 두근거리는 심장을 부여잡고 유리창 가까이 살금살금 다가갔다. 방에 켜진 조명 때문에 창문 밖 어둠 속에 무엇이 있는지 구분할 수 없었다. 그녀는 창문을 열고 몸을 내밀어 볼 수밖에 없었다.

어떤 사람이 아주 헐렁한 외투를 입고 나무 밑에 웅크리고 있었다. 아스트리드였다.

✳

아스트리드는 도라가 아직 안 자고 있을지 확신하지 못했지만, 꼭대기 층 창문에서 빛이 새어 나오는 것을 보고 한번 운에 맡겨 보기로 했다. 도라는 창밖으로 머리를 내밀어 친구를 보고는 곧바로 안으로 들였다. 둘은 몰래 도라의 방으로 올라갔다. 그리고 함께 도라의 침대 위에 앉았다. 아스트리드는 로자니차를 만나 무슨 일이 있었는지 도라에게 속삭이듯 설명했다. 도라는 아스트리드의 말을 한 번도 끊지 않고 묵묵히, 참을성 있게 들었다. 아스트리드가 모라나에 대해 이야기할 때도 동요하지 않았다. 도라는 친구의 이야기가 거짓일 수도 있다는 내색을 전혀 비추지 않았다.

그럼에도 불구하고, 아스트리드는 자신을 정당화하고 싶은 욕구를 느꼈다.

"말도 안 되는 얘기인 거 알아…."

"그렇지 않아. 그런데 왜 찾아온 거야?" 아스트리드가 이야기를 마치자 도라가 물었다.

아스트리드는 잠시 생각했다. 솔직히 왜 그랬는지 알 수 없었다. 단지 충동적으로 행동했을 뿐이었다. 최면술을 받았던 것을 누군가에게 이야기해야 한다는 사실밖에 떠오르지 않았다. 하지만 유일하게 털어놓을 수 있는 사람이 그녀에게 등을 돌렸다.

"톰은 내 얘기를 믿지 않았거든." 아스트리드는 털어놓았다. 자신이 처음 생각했던 것보다 최면술의 파장이 큰 것 같은 느낌이었다.

배신이었다. 작은 비수가 날아와 가슴에 꽂힌 기분이었다. 그를 이렇게 비난하는 게 올바르지 않다는 것을 물론 알고 있었지만, 감정적으로는 그렇게 되지 않았다.

도라가 끄덕였다. "난 널 믿어. 너도 날 믿어줬으니까. 이 모든 일의 배후에 모라나가 있다고 생각하는 거야?"

"어쩌면." 아스트리드는 다리를 턱까지 접어 올려 머리를 무릎에 기댄 자세로 말했다. "그 일과 관련이 있을지도 몰라. 아닐 수도 있지만. 모르겠어. 환각이 아니었다는 건 확실히 말할 수 있어. 그 형체는… 진짜였어. 망토 아래 숨어 있던 게 누구든 간에, 그건 진짜였다고."

공포의 그림자가 도라의 얼굴을 스치고 지나갔다. "너 그게 무슨 뜻인지 알아?"

"무슨 뜻인데?"

도라는 아스트리드가 간신히 알아들을 수 있을 정도로 작게 속삭였다. "우리가 어릴 때 무서워하던 그 모든 괴물이 진짜… 존재한다는 뜻이야."

아스트리드는 한동안 아무 말도 하지 않았다. 그들은 서로를 빤히 쳐다볼 뿐이었다. 아스트리드는 서로가 무슨 생각을 하는지 알 아내려고 한다는 것만 짐작할 수 있었다. 그녀는 도라에게 자신이 만난 맹인 노파에 대해 말하고 싶었다. 그 노파가 자신에게 들려준 얘기와 모호한 말로 일러준 것들에 대해 말하고 싶었다. 하지만 마음 한쪽에서는 이 시점에서 그건 중요한 문제가 아니라고 말하고 있었다. 게다가, 그 얘기를 했다가는 도라가 기겁하고 도망치지 않을까? 아스트리드가 죽은 사람과 얘기했다는 사실을 알게 되면? 도라가 감당하기엔 벅차지 않을까?

"네 도움이 필요해서 왔어." 아스트리드가 털어놓았다.

도라는 주저하지 않고 대답했다. "말해봐."

아스트리드의 기억 속에서 도라는 항상 이런 식이었다. 의리 있고 남을 먼저 생각하는 모습. 그녀는 마음이 무거웠다.

"이상하게 들리겠지만… 난 잠이 들면 안 돼. 아침이 올 때까지 나와 함께 잠들지 않아 줬으면 좋겠어. 내가 잠깐도 졸지 못하게 말이야. 무슨 일이 있어도."

도라가 알겠다고 말하고 더 묻지 않자, 아스트리드는 안심했다. 어떤 것들은 혼자만 간직하고 싶었기 때문에, 그것들에 관해 설명할 필요가 없어서 다행이었다.

그들은 함께 기도했다. "이제 잠자리에 듭니다. 악령들은 저희에게 닿을 수 없으므로 저희는 깨어날 것입니다." 둘은 읊조렸다.

도라는 자신의 문신을 손가락으로 따라 그렸고, 아스트리드는 간신히 주변 허공에 대고 손가락을 움직였다. "거룩한 이 밤의 시간에, 우리는 고대 신들에게 도움을 청합니다." 그리고 기도를 이어나갔다. "날이 밝아올 때까지, 노츠니차의 사악한 힘으로부터 우리를 지켜주소서."

둘은 검지와 중지를 교차시켜 이마에 대고 뒤이어 입술에 갖다 대며 기도를 마쳤다.

"기도문 전체는 생각이 안 났어." 아스트리드는 당황했다. "다 잊어버렸나 봐."

"엄마가 나한테 가르쳐준 방법이야." 도라가 설명했다. "엄마는 '마녀의 시간[13]'이 오기 전에 잠자리에 들라고 항상 재촉했지."

그들은 이불을 두르고 침대에 앉아 잠이 들지 않으려고 수다를 떨었다. 주로 말을 하는 사람은 도라였다. 마을에서 일어나는 일들이나 학교생활, 공부 같은 것들에 대해 이야기했다. 아스트리드도 처음엔 유심히 들었지만, 자정을 알리는 시계 소리가 울리자 서서히 피곤이 몰려오기 시작했다. 도라는 아스트리드도 대화에 참여하게 하려고 어린 시절 이야기를 하기 시작했다. 한동안 그들은 방을 왔다 갔다 어슬렁거리고 기지개를 켜기도 했다. 하지만 밤이 깊어질수록 피로는 절정에 달했다.

"소냐가 콧구멍에 크레용을 집어넣었던 일 생각나? 크레용 끝이 부러지는 바람에 선생님이 콧구멍에서 못 뺄 뻔했잖아."

아스트리드는 하품하며 웃었다. "맞아, 분홍색 크레용이었어."

"크레용을 콧구멍에 다 집어넣을 수 있을지 없을지 네가 내기를 걸어서 소냐가 그랬던 거잖아. 기억나?"

아스트리드는 고개를 끄덕인 후 다시 하품했다. 그녀의 눈꺼풀이 떨리다가 감겼다.

"아스트리드. 자면 안 돼."

13. witching hour: 마녀가 활동하기 좋은 시간, 자정에서 새벽 4시까지의 시간

도라에게도 피로감이 몰려왔다. 그녀는 아스트리드의 어깨에 머리를 기댔다.

"그리고 또 이거 생각나니…."

하지만 아스트리드는 나머지 말을 듣지 못했다. 완전히 곯아떨어지기 전에 친구의 말에 대답하고 싶었지만, 혀가 나무처럼 굳고 입술이 떨어지지 않았다. 그녀는 너무나 피곤했다. 이내 아스트리드의 고개가 가슴팍으로 떨어졌다.

얼마 지나지 않아 도라는 잠에 빠졌다. 아스트리드는 몇 초 후 깨어나 이 사실을 깨달았다. 친구의 머리가 무거운 짐처럼 자신의 어깨에 기대어 있었기 때문이었다.

하지만 아스트리드는 실제로 잠든 게 아니었다. 잠든 즉시 깨어났거나, 아니면 잠들지 않았다고 생각했다. 악몽이 되살아났고, 그녀는 겁에 질렸다. 통제할 수 있는 거라고는 눈을 움직이는 것과 호흡뿐이었다. 나머지는 완전히 마비된 듯한 기분이었다. 빠르게 코로 숨을 쉬기 시작했지만 제대로 숨을 들이마실 수 없다는 느낌 때문에 숨이 막혀왔다. 아스트리드는 이어서 무슨 일이 일어날지 알고 있었다. 공황 상태가 훨씬 더 심해졌다. 자신이 안전하다는 것을 깨달으려고 노력했지만, 어찌할 수 없는 최악의 두려움이 예상대로 밀려왔다. 가슴을 짓누르는듯한 끔찍한 압박감은 금방이라도 질식할 것 같은 느낌을 증폭시킬 뿐이었다. 발끝부터 귀 끝까지, 온몸에 소름이 돋았다. 누군가가 빤히 그녀를 살피고 있는 기분이 들었지만, 처음에는 아무도 보지 못했다. 윙윙거리는 소리가 끊임없이 귓가에 들려왔다. 불쾌감이 증폭되며 머리가 깨질듯했다. 아스트리드는 비명을 지르고 싶었지만, 입술을 벌릴 수조차 없었다.

눈동자를 굴려 가며 방을 정신없이 살피고 있었는데, 갑자기 창밖에서 자신을 바라보는 형체의 윤곽이 눈에 띄었다. 아스트리드의 공포가 치솟았다. 그 생각만 해도 견딜 수가 없었다.

깨어나게 해줘. 제발, 깨어나게 해줘.

하지만 도움의 손길은 오지 않았다. 창문이 삐걱거리며 열렸다. 그 형체는 먼저 손을 집어넣어 창유리를 두드리다가 뼈만 앙상하게 긴 손가락으로 유리를 긁어댔다. 손가락은 기어다니는 덩굴로 변했다. 그리고 뒤이어 그 형체가 온전한 모습을 드러냈다. 아스트리드가 그것을 본 게 처음은 아니었지만, 그 눈빛은 언제나 그녀를 극도로 두렵게 만들었다.

형체는 이미 방안에 들어와 있었다. 공중에 떠서 점점 더 가까이 다가왔다. 아스트리드는 도라를 깨우기 위해 다시 비명을 질러보려 했지만, 도라는 완전히 곯아떨어진 상태였다. 윙윙거리는 소리가 점점 더 커지고 있었다. 동시에 머릿속에서는 나비 날개가 부딪치는 소리가 들렸다.

어째서 도라는 이 소리를 못 듣는 거지? 일어나기는 하는 걸까?

아스트리드의 목을 감은 형체의 두 손이 조여왔다. 이제 호흡이 거의 힘들어진 그녀는 거칠게 숨을 몰아쉬며 헐떡거렸다. 아스트리드는 머릿속에서 주문을 계속 반복했다.

이제 잠자리에 듭니다. 저희는 깨어날 것입니다…

검은 점들이 시야를 가렸다. 아스트리드는 점점 의식을 잃어가고 있었다.

"아스트리드!"

목을 조여오던 압력이 약해졌다. 아스트리드는 침대 위에서 똑바로 누운 채 잠에서 깨어났다. 옷이 온통 땀으로 젖어있었다. 그녀는 숨을 한번 크게 들이마시더니 비명을 질렀다. 지켜보고 있던 도라가 친구의 입을 손바닥으로 막았다.

"쉿, 아스트리드. 나야." 도라는 다급한 목소리로 속삭였다. "진정해. 이러다 식구들 다 깨겠어."

아스트리드의 심장이 터질 듯이 뛰었고, 두 볼을 따라 눈물을 흘러내리기 시작했다.

"안전해. 아무 일 없어." 도라가 그녀를 안심시켰다. "내가 여기 있어. 넌 혼자가 아니야."

아스트리드는 다시 비명을 지르지 않았다. 도라는 그녀를 놓아줘도 괜찮겠다 싶었다. 그녀는 헐떡이며 숨을 들이쉬었다.

"세상에, 아스트리드." 아스트리드의 목에 시선을 고정하며 도라가 불쑥 말을 꺼냈다. "무슨 일이 있었던 거야?"

아스트리드는 목소리를 제대로 낼 수 없어 그저 헐떡거렸다. 알 수 없는 소리만 내뱉어졌다. 도라는 침대에서 내려와 손거울을 가지고 돌아왔다. 친구와 함께 마비를 겪은 듯 도라의 손이 떨리고 있었다. 도라는 거울을 기울여 아스트리드의 목에 생긴 검은 멍을 볼 수 있도록 했다. 목이 졸렸다는 분명한 증거였다.

"이 멍들은 저절로 생겼어." 도라가 속삭였다. "일어나보니 네가 내 옆에 앉아 몸을 떨고 있었어. 넌 눈을 감고 무언가를 중얼거리고 있었지. 너를 깨우려고 했지만 깨울 수가 없었어. 그러다 네가 등을 대고 쓰러졌는데, 그냥 멍이 나타난 거야. 네가 직접 그런 것도 아니고…"

아스트리드는 이제 목소리를 되찾았다. "그건… 그건 그냥… 악몽이었어."

"악몽이 널 죽이려 했다는 소리야?" 도라가 반박했다.

"예전 우리가 사라졌던 곳이 어딘지 알 것 같아." 아스트리드는 마침내 고백했다. 그녀 자신도 아직 믿기 어려운 일이었다. "우린 악몽에 사로잡혀서 12년 동안 갇혀있었던 거야."

그녀는 도라가 자신의 말에 의문을 제기하길 기다렸지만, 도라는 말없이 아스트리드를 쳐다볼 뿐이었다. 아스트리드는 친구도 자신과 같은 기분이란 것을 깨달았다. 그 말을 믿고 싶지 않았지만 생각할수록 분명해진다는 것을.

"그래서 네가 잠들면 안 된다고 했구나."

"어느 날 잠들었다가 깨어나지 못할까 봐 두려워."

✳

새로운 날이 밝자, 아스트리드는 안도감에 눈물을 흘릴 뻔했다. 어젯밤은 그 전날 밤보다 좀 더 힘들었지만 무엇보다 겁이 났다. 악몽 그 자체 때문이 아니라 그 형체들이 사라진 순간 때문이었다. 맹인 노파의 말이 사실이라면, 아스트리드에게는 이제 동생을 구할 시간이 일곱 번의 낮과 밤밖에 남지 않았다. 하지만 지금까지 아무것도 하지 않고 시간만 보냈을 뿐이었다. 어디서부터 시작해야 할지도 모르는데, 일주일 안에 어떻게 성공할 수 있을지 알 수 없었다.

해가 뜰 무렵, 도라는 아빠의 침실 창문 아래를 지나가지 않도록 친구를 뒷문으로 안내했다. 아스트리드는 뒷마당을 살금살금 빠져나간 후, 수목한계선을 따라 지평선 방향으로 약간 이동했다. 꼭대기 층 창문에서 아무도 그녀를 보지 못하도록 조심했다. 그리고 나서야 아스트리드는 마을로 향했다.

맑은 12월의 아침이었다. 발밑에 쌓인 눈은 밟을 때마다 주기적으로 사각거리는 소리를 냈고, 추위에 다리 감각이 사라지는 느낌이라 기분이 썩 좋지 않았다. 피로는 그녀를 점점 더 힘들게 만들고 있었다. 이성적으로 생각하려고 애썼지만 갈피를 잡지 못했다. 어떤 생각에도 집중하기가 힘들었다.

악마들이 땅 위를 돌아다니는 열두 날들. 현실이 되는 악몽들. 찾을 수 없는 기억들.

마지막으로 마을로 돌아오는 사람은….

아스트리드는 계획을 세우기 시작했다. 잠을 거의 못 자서 그런 건지, 아니면 일어나는 일들 때문에 미칠 지경이어서 그런 건지 모르겠지만, 갑자기 계획이 완벽히 이치에 들어맞기 시작했다.

아스트리드는 이른 아침 집에 도착했다. 할머니의 침실 옆을 살금살금 지나갔다. 하지만 추측하기로 할머니는 분명 그 소리를 들었다. 아스트리드가 밤새 집에 들어오지 않았다는 것도 알고 있었을 터였다. 어디서 밤을 보냈는지 할머니가 알고 있다고 해도 아스트리드에게는 전혀 놀랄 일이 아니었다. 어떻게 그런 능력을 지녔는지 알 수 없었지만, 어릴 적 아스트리드는 그런 할머니가 놀라우면서도 섬뜩했다. 헤다 말러 할머니는 아스트리드의 거짓말을 족족 잡아내고 예상치 못한 곳에서 때마침 나타나는 능력을 지닌 사람이었다.

아스트리드는 씻은 다음 자신의 방으로 가서 옷을 갈아입었다. 뒤이어 욕실에서 엄마를 씻겼다. 그런 다음, 지금까지 지켜온 암묵적인 규칙을 무시하고, 엄마를 부엌으로 데리고 갔다. 아스트리드는 다른 식구들이 무슨 말을 말하더라도 상관하지 않았다. 엄마가 사람들과 동떨어져, 구석에서 남몰래 빵 조각이나 씹어먹는 동물처럼 어두운 방 안에 갇혀 지내게 할 수 없었다.

아스트리드는 아침 식사를 준비하기 시작했다. 엄마는 테이블에 앉아 몸을 앞뒤로 규칙적으로 흔들었다. 그러면서 저녁에 먹고 남은 빵 부스러기를 손가락으로 밀어내고 있었다. 식구들이 하나둘씩 슬슬 일어나는 소리가 집안에 퍼지기 시작했다. 이가 나간 찻잔 두 개에 끓는 물을 따르려는 순간, 아스트리드는 문을 두드리는 소리를 들었다. 그녀는 주전자를 한쪽에 내려놓고 머뭇거리며 복도로 나갔다.

하지만 숙모가 더 빨랐다. 맨 위층에서 계단을 타고 내려왔을 게 분명했다. 숙모가 먼저 현관문으로 다가가 문을 열었다. 문 앞에 서 있는 사람은 톰이었다. 그는 아스트리드의 숙모를 보고 놀란 표정을 지었지만, 곧바로 복도에 있는 아스트리드를 찾아냈다. 아침 일찍부터 아스트리드에게 사과하러 온 것 같지는 않았다. 그는 조급하고 초조한 모습이었다.

"저, 누굴 좀 만나러…." 톰은 숙모를 뿌리치는 듯한 손짓을 하며 말을 제대로 끝마칠 생각조차 하지 않았다.

"아스트리드." 톰은 그녀를 보자마자 불쑥 말했다. "너, 그 얘기 들었니…."

"무슨 얘기?"

"애, 지금 몇 시인 줄 아니?" 숙모가 불쾌한 티를 내며 끼어들었다.

"어젯밤에 사람들이 미치광이 구스토를 발견했어. 나무에 목을 맸대." 숙모의 말을 모른 체하며 톰이 설명했다. "그는 자살한 거야. 들리는 말로는 며칠은 매달려있었대. 원로들은 그의 죽음을 자백으로 보고 있어."

아스트리드의 등줄기가 서늘해졌다. "며칠이나 됐다고? 그건 불가능해. 어제 오후에 내가…." 그녀는 그 즉시 나머지 말을 삼켰다. "내 말은… 그를 본 것 같았거든."

구스토가 정말 죽었다면, 어제 그녀가 얘기한 사람은 누구였을까? 환영을 본 걸까? 아니면 그 노파처럼 다른 유령이었을까? 아스트리드는 차츰 깨달았다. 그 노파가 자신에게 거짓말을 하지 않았다는 것을. 그렇다면 왜 죽은 자들은 그녀에게만 나타났을까?

"속이 다 시원하네. 그 인간은 죽어도 싸지." 아스트리드의 숙모가 자신의 의견을 내비쳤다. 그리고는 아스트리드와 톰을 복도에 세워두고 부엌으로 들어갔다. 남겨진 둘 사이에 어색한 침묵이 감돌았다.

"아스트리드, 어제 일은, 내가…"

"소냐를 만나러 가야 해." 아스트리드가 그의 말을 가로막았다. "로자니차의 말대로 그 애가 깨어났다면, 지금쯤 집에 있을지도 몰라. 소냐가 뭘 알고 있는지 물어봐야 해. 내가 나중에 다 설명할게."

아스트리드는 곧바로 신발을 신고 외투를 걸친 다음 집 밖으로 나섰다. 톰은 아무 말도 하지 않고 바로 뒤를 따라갔다.

포레스네 집까지는 빠른 걸음으로 몇 분밖에 걸리지 않았다. 소냐의 엄마는 잠이 덜 깬 모습으로 문을 열어주었다. 잠옷 위에 뜨개질로 만든 숄만 대충 걸친 차림새였다. 그녀는 일찍부터 찾아온 손님들이 달갑지 않았다.

"소냐가 많이 혼란스러워하고 있어." 소냐의 엄마가 친구들에게 말했다. "지금은 뭔가에 대해 말할 상태가 아니란다…. 의사가 약을 주긴 했는데, 별 도움이 안 돼."

"잠깐이면 충분해요." 너무 조급해 보이지 않으려고 애쓰며 아스트리드가 고집을 부렸다. "저희는 그냥… 소냐에게 돌아온 걸 환영한다고, 얼른 회복하라고 말해주고 싶어서요."

몇 차례 더 애원의 말을 했다. 마음이 약해진 소냐의 엄마는 둘을 집 안으로 들였다. 아이들의 목소리가 귓가에 들렸다. 가족들이 식당에 모여 아침을 먹고 있었던 모양이었다. 소냐의 엄마는 바로 옆 작은 부엌으로 그들을 안내한 후 복도로 사라졌다가 돌아왔다. 옆에는 소냐가 있었다. 그 모습이 너무나 부서질 듯 연약해 보여서 아스트리드는 마음이 조였다. 피부는 창백하다 못해 거의 투명했다. 소냐의 엄마는 세 사람만 남겨둔 채 부엌문을 닫고 나갔다.

"깨어나서 얼마나 기쁜지 몰라." 톰이 점잖게 입을 뗐다. "정말 좋은 소식이야."

"소냐, 내 말 들어봐. 힘든 일인 거 아는데." 아스트리드가 열의에 찬 말투로 끼어들었다. "불공평하다는 것도 알아. 우린 이런 상황에 익숙해질 시간이 며칠이라도 있었지만, 넌 아니니까…. 그래도 우린 너와 이야기해야 해. 네가 기억하는 것에 대해서 말이야. 우린 일시적으로 기억을 잃었지만 노력하고 있어. 무슨 일이 일어났는지 알고 싶어. 그래야 함께 돌아오지 않은 막스를 찾을 수 있을 거야."

"네가 우릴 도와줄 거라고 기대하고 있어." 톰이 부드럽게 덧붙였다.

"너희를 도와달라고?" 소냐가 당황한 표정으로 톰의 말을 되풀이했다. 그녀는 목소리조차 힘이 없었다.

톰은 아스트리드와 눈길을 주고받았다.

아스트리드가 뒤이어 말했다. "그래, 무슨 일이 일어났는지 너는 기억을⋯."

"넌 하나도 기억이 안 나는 거야?" 소냐가 확인하려는 듯이 물었다.

아스트리드와 톰은 고개를 저었다.

"왜 그러는데? 넌 기억나?"

"소냐, 넌 뭘 알고 있는데?"

소냐는 금방이라도 기절할 것처럼 보였다. "내가 너희 둘을 도와줄 방법은 없어." 그녀는 단호하게 말했다. "그만둬."

"그게 무슨 말이야?"

"이건 모두 네 탓이야." 소냐는 아스트리드를 가리켰다. "거기가게 된 것도 너 때문이잖아. 우리가 12년 동안 실종되었던 게 다 네 잘못이라고. 네가 꾸던 악몽이었잖아. 막스한테 일어난 일도 네 탓이야. 난 도와주지 않을 거야. 너랑 아무것도 엮이고 싶지 않아."

톰이 먼저 정신을 차렸다. 아스트리드는 아무 소리도 내지 못하고 멍하니 서 있었다. 그녀를 충격에 빠뜨린 것은 소냐의 말이 아니라, 소냐가 그들에게 퍼부은 증오였다. 소냐는 자신의 타당성을 절대적으로 확신하는 사람 같았다. 아스트리드와 톰에게 상처를 주는 데서 만족하지 못하고 그들을 모든 악의 근원이라고 여기는 듯했다.

"우리 모두에게 민감한 문제란 건 잘 알아." 톰은 합리적으로 접근하려고 애썼다. "하지만 서로를 원망할 필요는 없잖아. 그리고…"

"아스트리드를 원망하는 게 아니야." 소냐는 절망스럽다는 듯이 헝클어진 금발 머리에 손가락을 집어넣으며 그의 말을 잘랐다. "내 말은 아스트리드의 잘못이라는 거야."

"글쎄… 내 귀에는 똑같은 말처럼 들리는데." 아스트리드가 씩씩대며 공격적으로 말했다.

소냐가 얼굴을 찌푸렸다. "어이가 없다. 정말이지, 믿을 수 없을 정도야. 네가 아무 책임도 지지 않겠다면…."

"진정해." 톰이 둘에게 부탁했다. "너희 둘 다. 그러지 말고 우리 그냥…."

차가운 침묵이 부엌을 메웠다. 똑딱거리는 시계 소리만 크게 들려왔다.

"소냐, 제발…. 네가 기억하는 걸 우리에게 말해줄 수 없겠니? 부탁이야."

도무지 이해할 수 없는 어떤 이유에서인지, 두 친구에게는 보이지 않는 누군가와 눈을 맞추는 것처럼 소냐의 시선이 구석으로 향했다. 아스트리드는 뒤를 살짝 돌아봤지만, 찬장 외에는 아무것도 없었다.

"네가 우리한테 저주를 내렸어." 소냐는 다시 한번 아스트리드에게 온 정신을 집중하며 다급히 속삭였다. "네가 신들을 화나게 해서 우리에게 불운이 온 거야. 우리 엄마는 널 멀리해야 한다고 하셨어. 너도 네 엄마랑 똑같이 **마녀**… 라고….”

소냐는 마녀라는 마지막 단어를 거의 뱉어내듯이 말했다. 아스트리드의 등줄기에 전율이 흘렀다. 소냐는 크리스티안이 했던 것과 똑같이 아스트리드에 대해 말하고 있었다. 그동안 아스트리드가 친구들에게 무슨 끔찍한 일을 저지른 걸까? 그래 봤자 모두 아이였을 텐데.

아스트리드는 톰이 옆에서 긴장하는 게 느껴졌다. 이 모든 상황이 끝나면, 그는 이제 아스트리드를 믿지 않을 게 뻔했다.

“내가 뭘 했는데?” 갈라지는 목소리로 여러 번 아스트리드가 물었다. “도대체 내가 뭘 어쨌다는 건데?”

하지만 소냐는 이제 제정신이 아닌 것처럼 보였다. 혼자서 무언가를 중얼거리기 시작했다. 머리카락을 잡아당기거나, 뭔가를 쫓는 것처럼 손을 머리 위로 휘둘렀다. 소냐의 시선은 자꾸 아스트리드 뒤쪽 구석을 향했다.

“네가 그들을 화나게 해서… 나타난 거잖아…. 몇 주 동안이나 내 꿈에 나와서 괴롭혔어…. 내 침대 아래에 있었고… 창문 뒤에도 있었어…. 유리 긁는 소리가 들렸지…. 아무도 나를 믿지 않았고, 지금도 내 말을 믿지 않아…. 그들이 여기 있는데….” 소냐는 참지 못하고 울음을 터뜨렸다.

“진정해, 소냐. 우리가 옆에 있잖아.” 톰이 그녀 쪽으로 조심스럽게 몇 걸음 다가갔다. 하지만 소냐는 당황하며 뒷걸음치다 부엌 카운터에 등을 부딪쳤다.

톰은 둘 사이에 충분한 거리를 두고 멈춰섰다. “네가 말한 그들이 누구니?”

소냐는 다시 귀 언저리를 손으로 휘저었다. 그 순간, 아스트리드는 그 몸짓을 알아챘다. 자신도 전에 같은 행동을 했던 적이 있었기 때문이었다. 윙윙거리면서 모든 얼굴 근육에 경련을 일으키는 소리. 나비 날개가 격렬히 퍼덕거리며 고막을 울리는 소리. 다른 모든 소리를 묻어버릴 만큼 시끄러운 소리.

"그들이 내 침대 머리맡에 나타났어…." 소냐는 구슬프게 흐느꼈다. "밤마다 말이야. 몇 주 동안 내 귀에 대고 무언가를 속삭였어. 그리고 그 후에 우리가 잠들었고… 우리 모두를 끌고 간 거야…. 너 정말 기억이 안 나?"

아스트리드는 소냐의 말을 더해 기억의 조각들을 맞춰나가기 시작했다. 사건의 실체가 점점 더 명확해지고 있었다.

속삭이는 자들. 그렇게 불렸다. 얼굴이 없고 갈고리 모양 발톱이 달린 손을 가진 존재들. 그들은 자신들이 만든 악몽 속으로 사람들을 끌어들였다. 그 모습을 어떻게 잊을 수 있겠는가?

"난 도저히…" 소냐는 두 주먹을 꽉 쥐고 연속해서 관자놀이를 내리쳤다. "그 생각을 멈출 수가 없어. 미쳐버릴 것만 같아….."

소냐의 흐느낌이 점점 더 커져 갔다. 부엌문이 갑작스럽게 열리며 포레스 부인이 문 앞에 나타났다. 포레스 부인의 표정을 보자마자, 아스트리드와 톰은 더는 여기 머무를 수 없겠다고 생각했다.

"나가, 당장." 소냐의 엄마는 대꾸할 여지를 주지 않았다. "그리고 다시는 내 집에 올 생각 하지 마라."

아스트리드는 마지막으로 소냐를 한 번 쳐다봤다. 소냐는 자신이 있는 곳이 어딘지 모르겠다는 것처럼 두 손을 머리를 감싼 채 몸부림쳤다.

둘은 소냐의 집을 나섰다. 소냐 엄마의 가차 없는 시선이 등에 꽂히는 듯했다. 그녀는 문 앞에 서서 나가려는 아스트리드와 톰을 향해 불만을 터뜨렸다.

"이제 여기 올 생각 마라. 너희들이 소냐에게 무슨 짓을 했는지 모르겠니? 소냐는 아파. 너희들은 쓸데없이 그 끔찍한 기억들을 떠올리게 할 뿐이야. 우리 가족은 이 고난을 극복하려고 함께 노력하고 있다고."

이런 말을 해도 될지 생각할 틈도 없이, 아스트리드는 소냐의 엄마를 향해 쏘아붙였다.

"고난을 꽤 빨리 극복하셨네요? 얼마 전까지도 소냐는 죽었다고 못 박으셨잖아요."

아스트리드는 민감한 문제를 건드렸다는 것을 알고 있었다. 하지만 그녀가 그냥 내버려 두니 주변 사람들 모두가 아무렇지 않게 자신에게 상처를 줬다. 아스트리드는 그 모든 것에 질려버렸다.

포레스 부인의 얼굴이 평소보다 더 하얗게 질렸다. 그녀는 굳은 얼굴로 소리 질렀다. "내 집에서 나가!"

톰은 아스트리드의 팔을 붙들고 끌어당기기 시작했다. 아스트리드는 분노로 몸을 떨고 있었다.

"너 몸조심 하는 게 좋을 거다!" 포레스 부인이 아스트리드를 향해 고함을 질렀다. "아니면 네 엄마 꼴이 날 테니까!"

그 말을 남기고, 그녀는 현관문을 쾅 닫았다. 아스트리드는 그 말에 화가 나서 숨을 몰아쉬었다. 그리고 포레스 부인에게 목청껏 소리를 질렀다.

"그만둬." 톰이 아스트리드를 설득했다. "가자. 어서, 아스트리드, 날 봐봐."

아스트리드는 마지못해 톰의 말을 따라 그의 눈을 바라봤다. 톰
의 눈망울은 놀랍도록 차분했다.

"숨 쉬어봐." 그가 말했다.

아스트리드는 깊게 숨을 들여 마셨다가 천천히 숨을 내뱉었다.
분노가 조금은 가라앉았다.

"그렇지. 좀 낫네. 이제 가자."

❋

몇 분이 지났다. 그들은 톰의 방 카펫 위에 앉아 있었다. 둘 다
손에는 찻잔을 하나씩 들었다. 톰은 달갑게 차를 후루룩 마셨고,
아스트리드는 꽁꽁 언 손가락을 녹일 수 있는 것만으로 족했다.

"어쩌다가 마음이 바뀐 거야?" 아스트리드가 갑작스럽게 물었다.

그 질문은 그날 아침 톰이 현관문을 두드릴 때부터 아스트리드
의 머릿속을 맴돌고 있었다. 하루 전까지만 해도 톰은 그녀의 말을
믿지 않았는데, 몇 시간 만에 아무 일도 없었던 것처럼 그녀의 집
부엌에 서 있었다.

톰이 얼굴을 찡그렸다. 생각할 시간을 좀 더 벌려는 듯, 차를 몇
번 더 꿀꺽꿀꺽 마셨다.

"어제 집에 돌아가서 네가 한 말을 전부 생각해봤어. 사실 안 믿
기지만, 어떤 면에서는 모든 걸 설명하는 것 같더라. 엄마에게 이
이야기를 털어놔야 했어. 그랬더니 엄마가 말해줬지. 우리가 사라
지기 몇 주 전부터 내가 악몽에 시달리고 있었대."

아스트리드의 온몸에 소름이 돋았다. 이번에는 두려움 때문이 아니라 불쾌한 흥분감 때문이었다.

"엄마 말로는… 매일 밤 내 꿈에 찾아오는 귀신이 어떻게 생겼는지 엄마에게 설명해줬다고 하더라. 악몽 때문에 잠에서 깨곤 했대. 자면서 걸어 다니기도 했고. 난… 너무 무서우니까 잠결에 몸을 긁어서 온몸이 상처투성이였대. 난 그때 기억을 완전 잊어 버리고 있었어."

톰은 찻잔을 한쪽으로 치우고 자리에서 일어나 책상 서랍에서 종이 몇 장을 꺼냈다. "내가 예전에 그린 그림을 엄마가 보관해 두셨어." 그는 아스트리드에게 그림을 건네며 설명했다.

아스트리드는 그림을 자세히 들여다봤다. 어떻게 보면 아이가 그릴법한 귀여운 그림이었지만, 묘사하는 내용은 전혀 유쾌하지 않았다. 속삭이는 자들. 검은 그림자, 긴 팔다리. 어두운 침대 아래에 숨은 눈은 누군가의 발목을 잡아끌려고 기회를 엿보고 있었다.

"그림들이… 도라가 우리한테 설명한 거랑 비슷해. 오늘 소냐가 말한 내용과도 그렇고." 톰이 한숨을 내쉬며 말했다. "너희들 말이 맞았어. 우리는 무언가… 비정상적인 것에 의해 끌려간 거야. 이 세계의 것은 아니지만, 항상 여기 있었다는 걸, 우리 모두 아는 무언가 말이야. 무슨 말인지 알겠니?"

"악령들이야." 아스트리드가 톰의 그림에서 시선을 떼지 않고 속삭이듯 말했다.

"그래, 바로 그거야." 톰이 아스트리드의 옆에 다시 앉으면서 말했다. "악령들."

아스트리드는 그림을 바닥에 놓고 톰을 바라봤다. "난 돌아오고 나서부터 매일 밤 저것들을 봤어. 진짜라는 증거도 있어."

그녀는 목에 둘렀던 스카프를 풀었다. 밤에 생긴 멍 자국들이 드러났다.

"아스트리드⋯."

"온몸에 다 멍이 들었어." 그녀가 바지 단을 걷어 올리며 속삭였다. 창백한 피부와 대조되어 멍들이 도드라져 보였다.

"난 전혀 몰랐어⋯. 왜 말하지 않은 거야? 아스트리드, 내가 도와줄게."

"네 예전 상처들 좀 봐도 되니?" 아스트리드는 말을 내뱉자마자 한심한 소리를 했다는 생각이 들었다.

톰은 숙연한 표정을 지었지만 결국 고개를 끄덕였다. 그는 거의 목에서부터 배까지 살이 다 보일 정도로 천천히 셔츠 단추를 풀었다. 최대한 평온한 표정을 유지하려 애썼다. 얼굴이 빨개지지 않도록 의지력을 발휘한 것이다. 이상하게도 진지하던 둘의 대화는 금세 친밀한 순간으로 바뀌었다. 아스트리드는 톰이 같은 감정을 느끼는지 전혀 몰랐지만, 불현듯 알고 싶어졌다. 하지만 톰이 셔츠를 풀어 제치고 가슴을 드러내자 그런 생각은 순식간에 사라졌다. 아스트리드는 자신의 상처에 대해서는 금방 잊었다. 톰의 배를 덮고 있는 상처는 진짜였다. 좌우 대칭으로 깊게 찢긴 흉터.

"톰, 이건 여섯 살짜리 남자아이가 스스로 저지를 수 있는 일이 아니야." 그녀가 속삭였다. "이건 분명⋯"

"그들 짓이지."

아스트리드는 톰의 드러난 가슴팍을 향해 머뭇거리며 손을 뻗었다. 그의 흉터를 어루만지고 싶었을지도 모르지만, 마지막 순간에 손을 뺐다. 마치 메아리처럼, 소냐의 목소리가 그녀의 머릿속을 가득 채웠다. 분노로 가득 찬, 소냐가 내뱉었던 모든 비난의 말들이 그녀를 괴롭혔다.

네가 우리한테 저주를 내렸어. 네가 신들을 화나게 해서 우리에게 불운이 온 거야.

아스트리드는 손을 내려놓았다. 톰은 그녀의 눈을 바라보며, 그녀의 마음을 읽어내려 했다. 몇 번이나 그랬듯이, 톰은 아스트리드의 의중을 쉽게 파악했다.

"난 소냐가 한 말은 하나도 믿지 않아." 톰이 그녀를 안심시켰다.

아스트리드가 숨을 들이마시며 반박하려 했지만, 톰은 그럴 틈을 주지 않았다.

"그 애가 우리한테 설명해준 그것들을 봤다는 건 믿어. 하지만 네 잘못은 아니라고 생각해, 아스트리드."

"어째서?" 아스트리드가 속삭였다. "어떻게 확신할 수 있는데?"

"겨우 여섯 살짜리 여자아이가 그런 불행을 일으킬 수는 없거든."

하지만 아스트리드는 웃을 수 없었다. 여전히 마음을 짓누르고 있는 무거운 돌이 있었기 때문이었다.

"너한테 말할 게 있어." 아스트리드는 입술을 깨물었다.

"듣고 있어."

아스트리드는 깊게 숨을 들이쉬었다. 그리고는 맹인 노파에 관한 이야기, 동지 이후 찾아오는 열두 번의 마법의 밤, 그리고 막스를 구할 시간이 일주일밖에 남지 않아 두려운 마음에 관해 이야기하기 시작했다. 톰에게 마음을 열고 이야기하는 것은 예상보다 훨씬 쉬웠다. 그런데도 아스트리드는 마치 누군가가 자신을 궁지로 몰아넣은 것처럼 불안한 기분이 들었다.

그녀의 말이 끝나고 톰은 한동안 아무 말도 하지 않았다. 그 모습에 아스트리드는 불안해지기 시작했다.

"무슨 생각을 하는 거야?" 한참 후에 아스트리드가 물었다. "내가 미쳤다고 생각하니? 정상이 아닌 것 같아?"

"아냐, 그런 게 아니고." 톰이 곧바로 그녀의 꼬리를 물고 이어지는 생각을 멈췄다. "무슨 말부터 해야 하나 생각하고 있었어."

아스트리드는 찻잔을 다시 손으로 감쌌다. 잔은 차갑게 식은 지 오래였다.

"로자니차를 다시 만나러 가봐야겠어." 아스트리드는 혼자 중얼거렸다. "최면을 다시 시도해봐야 할 것 같아. 이번에는 우리 둘 다 해보자. 그 사건들을 떠올려서 어떻게든⋯ 경계를 뚫어야 해. 우리가 갇혀있던 곳으로 가는 길을 기억해내는 거야. 혼자서는 힘들지만, 우리 둘이 함께하면 성공할지도 몰라⋯."

"소냐는 정말 우리를 도와주지 않을까? 그 애는 분명 우리보다 더 많이 기억하고 있어. 그 이유가 뭘까?"

아스트리드는 고개를 저었다. "소냐가 날 보던 눈빛, 너도 봤잖아. 그 애가 진정할 때까지 설득할 시간이 없어. 우릴 도우려고 하지 않을 거야. 하지만 만약⋯"

"만약?"

"만약 그 애가 우릴 도와주고 있다는 걸 모르게 한다면 말이야." 아스트리드의 머릿속에 생각 하나가 떠올랐다. "도라를 보내서 그 애를 만나게 하는 거야. 마음을 놓게 하면 뭔가 정보를 얻어올 수도 있겠지⋯."

"아스트리드 말러, 사람을 조종하는데 타고난 재능이 있구나."
톰은 흥미롭다는 듯이 눈을 가늘게 떴다.

톰의 말이 농담이란 것을 알았지만, 아스트리드는 발끈하며 말했다. "뭐라고? 넌 뭐 더 좋은 생각이라도 있어?"

"그냥 농담한 거야." 톰은 양손을 들어 올리며 방어적인 태도를 보였다. "사실 좋은 생각인 것 같아. 아스트리드를 설득할 수 있는 사람이 있다면, 그건 눈망울이 크고 순수한 도라일 거야."

아스트리드가 미소를 지었다. "나도 기대하는 부분이야."

아스트리드를 자기 집에서 몰래 재우게 했을 때, 도라는 자신이 위험한 짓을 하고 있다는 것을 알았다. 아빠가 마을 사람들을 만나 이야기를 듣는 건 시간문제였다. 그럼 도라는 야단맞을 게 뻔했다. 정오가 지나, 아스트리드와 톰이 가게로 찾아와 얘기 좀 하자고 했을 때는 더더욱 그런 생각이 들었다. 레소브스카 부인이 카운터 뒤에서 수상쩍게 쏘아보고 있었다. 눈빛이 하도 강렬해 소시지가 가득 담긴 진열장이 금이 가지 않은 게 신기할 정도였다. 도라는 휴식시간을 허락받고, 가게 뒷문으로 나가 미리 기다리고 있던 두 사람과 만났다. 아스트리드는 간단히 자신의 계획을 밝혔고 도라는 동의했다.

휴식시간이 끝나자 도라는 평소처럼 행동하려고 노력하며 가게로 돌아갔다. 한 걸음 내디딜 때마다 자신을 따라다니는 가게 주인의 시선이 느껴졌다. 이윽고 가게 문을 닫을 때가 되자, 도라는 가

방에 멍든 사과 몇 개와 유통기한이 지난 초콜릿 바를 몰래 집어넣고 포레스네 집으로 곧장 향했다.

다섯 번 문을 두드린 다음에야 소냐의 엄마가 문을 열어주었다. 그녀는 아주 살짝만 문을 열고는 수상쩍다는 듯이 도라를 위아래로 훑어보았다.

"뭐 때문에 온 거냐?"

소냐 엄마의 이런 모습은 처음이었다. 포레스 가족은 무슨 일이 있어도 예의 바르게 행동했다. 길 건너편에 있는 이웃에게 먼저 인사를 건네고, 이웃을 나쁘게 여기는 법이 없었다. 일주일에 몇 번씩 교회에 참석해, 본인들도 별로 가진 게 없었지만 가난한 이들을 돕기도 했다. 코버 부인이 공동묘지에서 떠들어대며 그들을 자극했을 때를 빼면, 어떻게 그렇게 사람들 눈에 띄지 않고 생활할 수 있었는지 신기할 정도였다.

"소냐를 만나러 왔어요." 도라는 사과와 초콜릿으로 가득 찬 가방을 들어 보이며 나긋나긋하게 설명했다. "그냥 인사만 하고 갈 거예요."

"소냐는 몹시 지친 상태야." 포레스 부인은 도라의 요청을 거절했다. "오늘 찾아온 사람이 너무 많았어."

그러면서 소냐의 엄마는 문을 닫으려고 했다. 하지만 도라는 낙담하지 않고 말했다.

"이해해요. 소냐를 귀찮게 할 생각은 없거든요. 그 애에게 잘 돌아왔다고, 필요한 게 있으면 절 찾으면 된다고 말해주고 싶었어요."

"그것참 고맙구나. 하지만 다음에 다시 오는 게 좋겠다."

도라의 눈앞에서 문이 쾅 하고 닫혔다.

"포레스 부인!" 도라는 다시 문을 두드렸다.

소나의 엄마는 다시 문을 열지 않으려 했다. "내 말 못 들었니?"

"이런 이야기를 꺼내서 죄송하지만요." 도라가 진지한 어투로 말했다. "레소브스카 사장님께서 저에게 말씀 전해달라고 하셨어요. 12월에 외상으로 산 물건값을 아직 내지 않으셨다고요. 말하기 좀 껄끄럽지만, 포레스 부인께서 지금 여러모로 상황이 복잡하신 것을 이해하신다고요…."

포레스 부인의 얼굴이 빨개졌다. 포레스 가족이 외상으로 물건을 살 수밖에 없다는 것을 마을 사람 누구도 몰랐기 때문에 도라는 그녀를 곤경에 빠트릴 수 있었다. '**먹여 살릴 입이 너무 많으니, 그러게 잘 생각했었어야지.**' 레소브스카 부인은 포레스 부인으로부터 지불 기한을 며칠만 연기해달라는 부탁을 받았을 때 이렇게 중얼거렸다. 매번 그녀의 부탁을 들어주었지만, 도라는 그럴 때마다 사장님의 일장연설을 들어야 했다. 도라는 개인적으로 포레스 가족이 딱하다고 생각했다. 그 부부는 실제로 먹여 살릴 수 없을 정도로 아이들을 많이 낳았다. 그런 도라가 이제 그들의 집 문 앞에 서서 죄책감을 느끼게 하려니 기분이 씁쓸했다.

"남편이 월급을 받는 대로 돈을 낼 거야." 누가 봐도 부끄러워하는 모습으로, 포레스 부인은 중얼거렸다.

"알아요." 도라가 끄덕였다. "레소브스카 부인께 그렇게 말씀드릴게요. 다만…."

도라는 말끝을 흐렸다. 눈치를 챈 포레스 부인의 표정이 순식간에 바뀌었다. 갑자기 도라를 반기는 듯이 문을 활짝 열어주었다.

"잠깐 들어와서 만나도 될 것 같구나."

"정말 감사합니다."

잠시 후 도라는 침실에 서 있었다. 몇 걸음 떨어진 곳에서 소냐가 의심스러운 눈으로 그녀를 바라보고 있었다. 적어도 도라가 받은 느낌은 그랬다. 소냐는 몰라보게 변해 있었다. 호리호리한 몸에 긴 금발 머리를 등까지 늘어뜨린 모습은 그녀 엄마와 판박이 같았지만, 그 외 모든 것은 달라졌다. 생기를 뿜어내던 이목구비가 사라졌다. 표정은 읽을 수 없었고, 몸짓도 기운이 없었다. 영혼이 빠져나가고 몸뚱이만 남은 것 같았다. 도라는 소냐가 두 발로 서있는 것 자체가 신기했다.

참 아이러니하게도 소냐는 도라에게 "넌 하나도 안 변했구나." 라고 말했다.

도라는 애써 웃어 보였다. 친구에게 거짓말을 할 용기는 없었지만, 솔직한 그녀의 말에도 어떻게 반응해야 할지 알 수 없었다. 아스트리드와 톰은 조심스럽게 소냐를 대해야 한다고 경고했었다.

"얼굴 보니 반가워." 도라는 대신 인사를 건넸다.

소냐는 눈을 가늘게 떴다. "정말?"

도라는 그녀의 목소리에 숨은 공격성을 느낄 수 있었다.

"정말이야."

"그렇게 생각하는 사람은 너뿐이네. 적어도 이 집 안에서는."

도라는 용기를 내어 소냐에게 물었다. "그게 무슨 말이야?"

소냐는 뒤돌아 다시 침대로 올라갔다. 이불 위로 올라가 무릎을 턱까지 끌어올린 그녀는 긴 한숨을 내쉬었다.

"이 집에서 난 기생충이 된 기분이야."

도라는 천천히 소냐에게 다가갔다. 소냐가 별다른 반응을 보이지 않자, 도라는 조심스럽게 침대 가장자리에 걸터앉았다.

"이 마을에 살면서부터 항상 그렇게 느꼈었어. 나아지는 건 전혀 없었지."

소냐는 도라의 눈을 바라봤다. 그녀의 꿰뚫어 보는 듯한 시선에 묘하게 들킨 기분이 들었지만, 도라는 불편함을 꾹 참고 친구의 시선을 거부하지 않았다.

"어째서 넌 여기 남았고 우리는 사라졌던 걸까?" 소냐가 뜬금없이 질문했다. "너의 어떤 점이 그렇게 특별했지? 너도 데리고 가는 거였어…. 그들이 너한테도 손을 뻗는 걸 봤는데."

도라의 등줄기를 타고 전율이 흘렀다. "지난 12년 동안 나도 그 점이 궁금했어."

"공평하지 않아."

"그래, 네 말이 맞아."

"내가 바란 건 이런 게 전혀 아니었어." 소냐가 불쑥 말했다. 공격적인 말투가 어느새 절망적으로 바뀌어 있었다.

"물론 그랬겠지." 도라가 맞장구를 쳤다.

"이게 다 아스트리드 탓이야." 눈물이 그렁그렁한 채로 소냐가 말했다. "그 애가 우리한테 불운을 가져온 거라고."

도라는 어떻게 반응해야 할지 몰라서, 소냐의 팔에 손을 얹으며 위로했다. "정말 힘들겠다. 네가 어떤 일을 겪고 있는지 난 상상도 못 하겠어."

"12년이야, 도라. 그 12년을 어떻게 보상받을 수 있겠어?"

"넌 혼자가 아니야. 가족도 있고 친구들도 있잖아. 우리가 도와줄게. 네가 마음을 열어준다면 말이야."

소녀는 눈물에 젖은 눈으로 도라를 바라보았다. "넌 이해 못 해. 나한텐 아무도 없어. 남은 건 나 자신뿐이야. 가족들은 나를 버렸고, 엄마는 그 빈자리를 메우려고 동생들을 많이 낳기로 한 거지. 의사는 내가 미쳤다고 생각해."

"네가 왜 미쳐?"

소녀는 입술을 깨물며 몸을 웅크렸다. 그 순간 도라는 깨달았다. 친구가 넘고 싶지 않은 어떤 보이지 않는 경계를, 자신이 건드렸다는 것을.

도라가 다시 설득했다. "나도… 너희 넷이 사라진 뒤로 혼자 지옥 속에 사는 것 같았어. 하지만 그렇다고 해서 너한테 일어난 일을 가볍게 생각하는 게 아니야. 절대로."

소녀가 입을 열어 대꾸하려는 모습을 보이자 도라가 빠르게 덧붙였다.

"난 여기 혼자 남겨졌어. 아무도 내 말을 믿지 않았지. 모두가 날 업신여기고 비웃었어. 내가 봤다고 설명한 내용을 마음대로 바꾸고 부인했어. 내가 하고 싶은 말은, 네가 지금 어떤 마음인지 안다는 거야. 세상에 맞서 혼자 싸워야 하는 기분이 어떤 건지."

"고마워." 소녀가 훌쩍거리며 속삭였다.

도라는 끄덕였다. 소녀의 경계심이 훨씬 누그러진 것 같았다.

"네가 그 일에 대해 털어놓으면 도움이 될 거야…. 네가 기억하는 걸 나한테 말해준다면."

소녀의 표정이 또다시 바뀌었다. 이번에는 온몸이 떨리며 얼굴이 창백해졌다.

"아, 아냐." 소녀는 고개가 흔들릴 정도로 떨면서 중얼거렸다.

"난, 난 못해…."

"왜?"

"난 못해." 소냐는 다시 말했다. 이번엔 더 작게 속삭였다. "그들이 내 말을 들을 거야."

한줄기 불안감이 도라의 목덜미를 타고 내려왔다. "누가 듣는다고?"

소냐는 손을 들어 방 반대편 구석을 가리켰다. 그녀가 다른 침대 아래를 가리키고 있다는 것을 알아채는 데는 시간이 좀 걸렸다.

"그들은 여기 있어." 소냐의 입술이 파르르 떨리고 있었다. "어두워질 때까지 여기서 기다리다가 나오는 거야. 우리와 함께 여기로 돌아왔어."

처음에 도라는 두려움 때문에 몸이 굳었지만, 어느 틈엔가 다른 침대 쪽으로 돌진하고 있었다. 소냐가 도라의 손을 붙잡고 끌어당기려 했지만, 도라의 스웨터 소맷자락만 스칠 뿐이었다. 도라는 방 반대쪽으로 걸어갔다. 조심스럽게 침대를 향해 걸음을 내디딜 때마다 나무판자로 된 바닥이 삐걱거렸다. 도라는 침대 옆에 무릎을 꿇고 매트리스에 손을 올려놓았다. 심장이 귀 밖으로 튀어나올 정도로 뛰어서 다른 소리는 들리지 않았다. 그녀는 깊게 숨을 들이마셨다. 침대 밑에는 아무것도 없을 거라고 확신했지만 두려운 예감을 떨쳐버리기엔 역부족이었다.

도라는 천천히 허리를 숙여 어둠 속을 들여다봤다. 자신을 응시하는 반짝이는 눈을 보고는 소스라치게 놀랐다.

비명을 지를 틈도 없이, 그 형체가 도라를 향해 손을 뻗었다.

✳

이번에는 로자니차가 직접 내려와 문을 열어주었다. 마치 그들을 기다렸다는 듯이, 아스트리드가 문을 두드리기도 전에 문 앞에 나타났다. 로자니차는 팔짱을 끼고 눈을 가늘게 뜬 채 그들을 바라봤다.

"여길 다시 오다니 어지간히 멍청한 게 아니구나." 로자니차가 말했다.

"**용감**하다고 해주시면 좋겠어요." 톰이 반박했다.

"멍청하니까 용감하겠죠." 아스트리드가 맞장구쳤다. "하지만 전 포기하지 않을 거예요. 최면을 다시 받아보고 싶어요." 그녀가 말했다. "이번에는 우리 둘 다 하려고요. 동시에."

로자니차는 둘에게 턱을 들어 보였다. "이번엔 돈을 내야 할 거야."

"돈은 있어요." 톰이 주머니에서 지폐 두 장을 꺼내며 여자를 안심시켰다. 톰은 로자니차에게 오면서 아스트리드에게 엄마의 비밀 장소에서 돈을 훔쳤다고 말했다. 부엌 찬장 설탕 그릇에 숨겨둔 돈이었다. 톰은 엄마에게 도와달라고 하면 돈을 빌려주지 않았을 거라고 확신했다. 말렸음에도 불구하고 톰이 아빠의 집을 찾아간 것 때문에 엄마는 아직 화가 나 있는 게 분명했다.

로자니차는 지저분한 손가락으로 톰의 손에서 돈을 낚아챘다. 여자는 앞치마 주머니에 돈을 쑤셔 넣으며 말했다. "그럼 들어가자."

집으로 들어간 그들은 로자니차를 따라 낡은 계단을 오른 다음 그녀의 방으로 갔다. 여자가 절뚝거리며 느릿느릿 걸어가는 바람에 아스트리드는 점점 초조해졌다.

이윽고 계단 꼭대기에 다다르자, 빨랫거리를 한 짐 든 톰의 계모가 어느 방에서 비좁은 복도로 나왔다. 계모는 그들을 알아보고는 순간적으로 인상을 썼다.

"저것들을 다시 끌고 온 거예요?" 계모는 로자니차를 향해 쏘아붙였다. "저 녀석이 여기 오는 걸 토마스가 싫어한다고 말씀드렸잖아요."

"여긴 내 집이다." 로자니차가 거들먹거리는 목소리로 맞받아쳤다. "네 남편에게는 나한테 누굴 데려오라 말라 말할 권리가 없어. 내가 시퍼렇게 두 눈을 뜨고 있는 한, 이 집 책임자는 나라고."

둘은 서로를 잡아먹을 듯이 노려봤지만, 결국 톰의 계모가 패배를 인정하고 고개를 숙였다.

"너도 그놈 말을 하나하나 다 따를 필요는 없다." 로자니차가 계모에게 충고했다.

톰의 계모는 입술을 질끈 다물고 계단을 내려갔다.

"가자." 로자니차가 다시 한번 둘을 재촉했다.

오늘, 로자니차의 방은 무겁고 퀴퀴한 공기로 가득 했다. 거의 알아채지 못할 정도로 달콤한 냄새가 그들의 감각에 스며들었다. 아스트리드와 톰은 의자 등받이에 코트를 걸고 앉았다. 로자니차는 방을 돌아다니며 혼합물을 만들 준비를 시작했다. 그녀는 여러 약초를 씹고, 각각의 머리카락을 잘라냈다. 톰은 아스트리드에게 안도의 미소를 지었지만, 그녀는 그가 긴장하고 있음을 느낄 수 있었다.

"두 사람에게 동시에 최면을 거는 것은 어려운 일이다." 로자니차가 그들에게 말했다. "잘 안 될 수도 있어. 둘 중 하나는 언제든

287

깨어날 수 있는데, 그럼 다른 하나는 길을 잃는 거지. 최면의 세계에서 둘이 만날 거라고 장담할 수도 없고. 무슨 말인지 알겠냐?"

"네." 둘은 끄덕였다.

"이걸 마셔라." 로자니차는 혼합물을 한 잔씩 따라주었다.

톰은 마시며 살짝 사레에 걸렸지만, 아스트리드는 그 역겨운 맛을 견딜 마음의 준비가 되어 있었다.

"테이블 위에 손을 올려놓아라. 한 손으로는 상대방의 손을 잡고. 다른 손으로는 내 손을 잡는 거다."

그들은 순순히 말을 따랐다. 톰은 용기를 불어넣으려는 듯 아스트리드의 손을 꽉 쥐었고, 그녀는 갑자기 온몸에 피로감이 퍼지는 것을 느꼈다. 로자니차는 빨간 실뭉치를 꺼내 능숙한 동작 몇 번만에 둘의 손을 묶었다.

"내 말을 잘 들어라. 생각이 빗나가는 것 같으면, 내가 하는 말로 돌아와야 한다. 일어날 일들은 그냥 진행되도록 내버려 둬. 눈을 감고 숨을 깊게 들이마셔라. 그리고 내쉬고."

아스트리드는 전날보다 더욱 빠르게 최면 속으로 빠져들었다. 그녀의 몸이 너무 지쳐있었던 탓이었다.

"근육에서 긴장이 빠져나가는 것을 느낀다. 차례차례. 오른쪽 다리부터 시작한다. 긴장감이 네 몸에서 나가는 것을 느낀다. 이제 왼쪽 다리 차례. 그다음은 양팔로 넘어가서…."

톰은 아스트리드의 손을 계속 잡고 있었지만, 아스트리드는 자신의 손을 쥐고 있던 톰의 손이 느슨해지는 느낌을 받았다. 그녀의 의식은 서서히 현실에서 멀어지고 있었다. 이번에는 곧장 흰 토끼가 나타나 그녀를 이끌었고, 아스트리드는 망설임 없이 그 뒤를 따랐다.

"순순히 느낌을 따라라." 멀리서 로자니차의 목소리가 들려왔다.

"**하나… 둘…** 뭐가 보이지?"

아스트리드는 하얀 방 한가운데 서 있었다. 바로 옆에서, 어떤 그림자의 윤곽이 점점 뚜렷해지기 시작했다. 톰이었다.

"깊은 잠으로 빠져든다…. **셋… 넷… 다섯…** 점점 더 깊이 빠져든다."

그녀의 뒤에서 무언가가 움직이며 소리치는 것을 들었다. **아스트리드!**

"**막스?**"

"**여섯… 일곱… 여덟…** 이제 잠이 든다. 잠시 후면 너는 여섯 살로 돌아갈 것이다. 그 후에 일어난 일들은 전부 사라진다. 네가 실종되기 직전의 순간으로 돌아갈 것이다. 아주 잠시 후면. **아홉… 열.**"

하얀 방의 모습이 더욱 분명하게 눈에 들어왔다. 순간, 아스트리드는 자신이 다니던 유치원 교실 한가운데에 서 있었다. 누군가 라디오 소리를 크게 틀어놓은 것 같았다. 그녀 주위로 잠옷을 입은 아이들이 오후 낮잠을 잘 준비를 하며 시끌벅적하게 놀고 있었다. 아이들의 키는 겨우 허리에 닿을 정도였다. 아스트리드는 금세 자신도 그들 중 한 명임을 깨달았다. 다시 여섯 살 유치원생이 되어 다른 아이들과 함께 낮잠을 잘 준비를 하고 있었다. 그곳에 서 있는 동안, 사물의 가장자리와 아이들의 얼굴 윤곽이 살짝 흐릿하다는 것을 깨달았다. 마치 모든 것이 안개에 휩싸인 것처럼.

비로소 그녀는 자신의 기억을 회상하며 다시 경험하고 있음을 깨달았다.

"누나, 나 좀 도와줄 수 있어?"

아래를 내려다본 아스트리드는 남동생 막스와 눈이 마주쳤다. 그녀의 심장이 기쁨으로 고동쳤다. 막스는 자신의 터틀넥 스웨터를 벗지 못해 난처해하며 서 있었다. 혼자서 벗어보려고 애썼지만 헛수고였다. 그의 검은 머리는 사방으로 뻗치고, 눈에는 눈물이 고였다.

"내가 해줄게." 동생을 달래며 그녀가 말했다. 아스트리드는 그의 손을 머리 위로 올린 다음 능숙한 동작으로 스웨터를 벗겼다. "잠옷 이리 줘봐."

막스는 자신의 침대로 들어가 한동안 이불 속을 샅샅이 뒤졌다. 그러는 동안 아스트리드는 주위를 둘러보았다. 오른쪽에서는 포니테일 머리를 한 어린 도라가 이불을 끌어 올려 자신과 인형을 덮고 있었다. 반대편에서는 소냐가 잠옷을 완벽히 차려입고 침대 가장자리에 꼿꼿한 자세로 앉아 거만하게 다른 친구들을 지켜보고 있었다. 아스트리드는 톰을 찾아냈다. 하지만 그는 그녀의 기억 속 여섯 살짜리 소년이 아니었다. 지금 그녀와 함께 최면을 받는 성인 남자 톰이었다. 그는 성인 사이즈의 아동용 잠옷을 입고 자신의 작은 침대 옆에 서서, 아스트리드와 마찬가지로 혼란스러운 표정을 짓고 있었다.

"여기." 막스가 잠옷을 들고 와 아스트리드에게 건넸다.

그녀는 동생의 작은 몸을 끌어당겨 꽉 안아주고 싶은 충동을 애써 참았다. 예전과 똑같이 행동하라고, 어떤 보이지 않는 힘이 그녀를 저지하고 있었다. 누군가 그녀 대신 입을 움직여 말을 하게 만드는 느낌이었다.

아스트리드는 동생이 잠옷 입는 것을 도와주었다.

"한쪽 팔을 이쪽으로 넣고. 다른 팔은 이쪽으로 넣는 거야. 잘했어." 그녀는 동생을 칭찬했다.

아스트리드가 그의 코를 가볍게 튕기자 막스는 깔깔거리며 웃었다. 그는 침대로 기어들어 가 자동으로 팔을 올렸고, 아스트리드는 이불을 목까지 끌어올려 덮어주었다. 아스트리드가 가까이 다가가자, 막스는 누나의 뺨을 어루만지며 자신 쪽으로 더 가까이 끌어당겼다. 그리고는 다른 사람이 듣지 못하도록 작은 목소리로 말했다.

"무서워, 누나."

막스의 작은 심장이 새끼 새의 심장처럼 두근대는 소리를 들을 수 있었다.

"내가 옆에 있잖아. 아무 일도 없을 거야, 알겠지?"

"약속해?"

"그럼."

그제야 막스는 마음이 놓인 듯 고개를 끄덕였다.

"이제 잠자리에 듭니다." 그녀는 중얼거렸고 막스도 곧이어 기도에 동참했다. "악령들은 저희에게 닿을 수 없으므로 저희는 깨어날 것입니다."

아스트리드는 자신의 침대로 돌아가 배게 밑에서 잠옷을 꺼냈다.

"자, 아스트리드, 서둘러." 선생님이 조바심내며 그녀를 재촉했다. 그녀의 시선이 다시 멍하게 바뀌었다. 아스트리드는 가끔 선생님이 오늘이 무슨 요일인지, 지금 있는 곳이 직장인지 집인지조차 모르는 것 같다는 생각이 들었다. 아스트리드는 종종 선생님의 고함을 들어야 했지만, 때로는 선생님이 불쌍하게 여겨지기도 했다. 아스트리드의 엄마는 선생님이 힘든 상황을 겪고 있어서 기분이 안 좋은 거라고 설명해준 적이 있었다.

아스트리드가 마지막으로 침대에 누웠다. 작은 침대여서 누울 수 있을지 의심스러웠지만, 다 큰 어른이 된 그녀의 체형에 맞게 갑자기 침대가 길어진 듯했다. 그녀는 침대에서 손을 내려 막스의 손을 잡았다. 하지만 그의 얼굴을 바라보지는 않았다. 대신, 도라 쪽으로 얼굴을 돌려 둘은 서로를 마주 보았다.

선생님은 교실 중앙에 놓인 의자에 앉아 〈빨간 망토〉 동화를 읽기 시작했다. 아스트리드는 건성으로 듣고 있었다. 이미 다 아는 이야기인 데다, 똑같은 이야기를 반복해서 듣고 싶지는 않았기 때문이었다. 게다가 선생님은 별다른 감정을 싣지 않고 이야기를 읽었다. 엄마가 읽어 줄 때와는 달리, 선생님은 등장인물에 맞춰 목소리를 달리하거나 이야기를 잠시 멈춰 극적인 효과를 내려고 하지도 않았다. 한마디로, 선생님이 읽어 주는 동화는 별로 재미가 없었다.

최근 몇 주 동안 아스트리드는 유치원에서 제대로 잠을 잘 수 없었다. 끔찍한 악몽에 시달렸는데, 친구들에게는 그 사실을 알리고 싶지 않았다. 선생님이 각 침대를 확인하며 돌아다닐 때면, 아스트리드는 항상 눈을 감고 자는 척했다. 하지만 선생님이 지나가면 바로 눈을 떴다. 그리고 몇 분이고 계속 벽을 바라보았다. 그렇게 시간을 보내며 모두가 깨어나길 기다렸다.

하지만 그날, 아스트리드는 평소와 달리 피곤하고 나른했다. 도라가 하품할 때마다 그녀도 연신 하품을 했다. 눈꺼풀이 저절로 서서히 감겼다. 억지로 눈을 다시 떠서 곯아떨어지기 전에 정신을 차리기는 했지만, 몇 초 만에 눈꺼풀이 다시 감겼다. 이번에는 버티지 못할까 봐 아스트리드는 덜컥 겁이 났다. 여섯 살 꼬마 아스트리드가 겪었던 두려움이 열여덟 살 그녀의 마음을 가득 채웠다. 12년 전의 기억들이 갑자기 뇌리를 스치고 지나갔다. 이윽고 빨간 망토가 나쁜 늑대의 함정에 빠지는 이야기를 들으며, 아스트리드는 못 이기고 잠이 들었다.

하지만 잠이 든 상태에서도, 어느 정도 의식을 유지할 수 있었다. 잠에 빠져들면서도 주변에서 일어나는 모든 소리를 들을 수 있다는 느낌이 들었다. 선생님의 이야기는 벌써 끝났다. 선생님은 문을 닫고 밖에서 문을 잠갔다. 그런데 갑자기 나비 날개가 바스락거리는 소리가 들려왔다. 아스트리드는 모든 게 잘못될 것만 같은 느낌이 들었다.

"아스트리드… 아스트리드…"

아스트리드의 눈이 번쩍 뜨였다. 잠이 들 때는 오른쪽으로 누워 있었지만, 눈을 떠보니 등을 대고 똑바로 누워 있었다. 보이지 않는 어떤 무거운 것에 가슴이 눌리는 느낌이 들었다. 가장 먼저, 자신이 막스의 손을 잡고 있지 않다는 것을 깨달았다. 그리고는 곧바로 뒤이어, 눈앞에서 자신의 악몽이 실체화된 진짜 모습을 목격했다.

나비 날개가 바스락거리는 소리는 그들이 내는 알아들을 수 없는 속삭임으로 바뀌었다.

"포기해, 아스트리드. 포기해…."

머릿속에서 그들의 말이 울렸다. 그들, 속삭이는 자들이 아스트리드에게 말을 걸고 있었다. 꼼짝도 할 수 없었고, 소리를 지를 수도 없었다. 아스트리드는 고개를 돌려 막스를 보려고 했지만 불가능했다. 속삭이는 자가 점점 더 가까이 그녀에게 다가오고 있었다. 그것은 끝도 없을 것 같은 구멍처럼 생긴 입을 크게 벌리더니, 손가락을 뻗어 아스트리드의 몸을 감쌌다. 마치 검은색 긴 숄을 온몸에 감은듯한 모습이었다.

"눈을 감고 잠을 자라, 아스트리드…. 그리고 너는 네 꿈속으로 빠져든다…."

곁눈질로 보니, 왼편에서 어떤 형체가 막스를 들어 올리고 있었다. 공포에 질려 두 눈을 부릅뜬 막스는 기괴하게 마비된 모습으로 공중에 떠 있었다. 그녀는 막스를 도와야 했다!

"네가 아는지 모르겠군…. 잠이 들면 어디로 가는지."

그들이 속삭이고 있었다. 과일 속으로 파고들어 알을 낳는 구더기처럼, 아스트리드의 뇌에 자신들의 말을 집어넣고 있었다. 그녀의 마음에 독을 퍼트리고 있었다. 아스트리드의 입술은 얼어붙어 아무도 들을 수 없는 조용한 비명을 질러댔다. 괴물은 입을 벌려 그녀를 통째로 삼켰다. 아스트리드는 캄캄한 무의식 상태로 사라졌다.

칠흑 같은 어둠 속에서 한 치 앞도 보이지 않았다. 하지만 누군가가 아스트리드의 손을 잡고 있었다. 톰이었다. 그녀는 톰의 부드러운 손길을 알아챘다. 그와 함께 있음을 알게 되니 안심이 되었다.

그들은 어디에도 없었다.

결코.

주위엔 아무도 없었다.

아무 소리도 들리지 않았다. 둘의 숨소리와 도와달라고 울부짖는 막스의 목소리가 메아리쳐 들릴 뿐이었다.

"막스!" 아스트리드는 그의 이름을 필사적으로 불렀다. "막스!"

"아스트리드. 멍청한 짓 하지 마." 톰이 경고했다. "내 손을 놓으면 안 돼. 놓으면 우린 서로에게 돌아갈 길을 다시는 찾지 못할 거야."

둘은 붉은 실에 느슨하게 묶여있었다.

"조금만 버텨, 막스!"

그때 불현듯, 한참 들리지 않던 로자니차의 목소리가 귀에 닿았다. **"너희는 너무 멀리 나갔어…. 더 붙잡고 있을 수가 없어. 돌아와야 해."**

"안돼요!" 아스트리드는 단박에 거절했다.

그리고 갑자기 그녀는 자신이 어디에 있는지, 그때 당시 어디에 있었던 것인지 알게 되었다. 아스트리드는 관문에 서 있었다. 산 자들의 땅과 죽은 자들의 땅 사이, 진짜 세상과 마법 세상 사이, 현실과 꿈의 땅 사이, 바로 그 경계에 서 있었다. 그리고 몇 걸음 남짓한 거리에 막스가 잡혀있었다.

"하나… 둘… 셋… 넷… 다섯… 너희들은 천천히 깨어난다…."

"안돼!" 아스트리드가 저항했다. "전 계속 가야 해요."

"그건 위험해!" 톰이 그녀에게 경고했다. "그만 돌아가자…."

그들 주위로 바람이 일기 시작하더니, 갑자기 강한 회오리바람 한가운데에 서 있게 되었다. 보이지 않는 적들의 비명이 아스트리드와 톰을 괴롭혔다. 수십 개의 손이 뻗어 나오며 그들을 관문으로 끌고 나가려고 했다.

"여섯… 일곱… 여덟… 너희는 돌아오고 있다."

붉은 실이 끊어졌고, 둘은 어둠 속에서 서로를 놓쳤다.

"톰!"

"아스트리드!"

"아홉… 열! 깨어나라."

❊

누군가 그녀의 중심부에 손을 집어넣어 갈비뼈를 모두 박살 내고, 거기서 나온 뼛조각들로 그녀의 영혼을 갈가리 찢는 느낌이었다. 끝 모를 시간이 흐르는 동안 온몸의 맥이 풀리고 심장은 거의 박동을 멈췄다. 아스트리드의 영혼이 그녀의 몸속으로 다시 거칠게 밀려들어 왔다. 그들은 예전보다 더 크고 고통스러운 상처를 남겼다. 그녀는 자신이 간신히 죽음을 모면했다는 것을 온몸 구석구석에서 느낄 수 있었다.

아스트리드는 돌아왔다. 이번에는 깊은 최면 상태에서 깨어났을 뿐만 아니라, 그녀 자신이 재구성되었다. 보이지 않는 힘이 아스트리드를 다시 육체로 돌아가게 밀어 넣고, 그녀의 가슴에서 뿜어져 나온 다음 방으로 돌진해 들어갔다. 그 순간 테이블 위에 놓인 양초가 꺼지고, 아직 음료가 남은 컵들이 바닥으로 떨어졌다. 벽을 따라 쳐진 두꺼운 커튼이 펄럭이기 시작했다. 자신의 입에서 인간의 것이 아닌듯한 비명이 터져 나오자 아스트리드는 까무러칠 뻔했다.

그리고 그 무언가가 방을 휩쓸고 지나갔다.

처음에는 들릴 듯 말 듯 하게 탁탁 소리가 나더니, 곧바로 우지끈 갈라지는 소리가 크게 나며 뒤편에 있는 창유리가 산산조각이 났다. 유리 파편들이 거리로 쏟아져 내렸다.

충격에 빠진 로자니차는 마치 뜨거운 것을 만진 것처럼 아스트리드의 손을 뿌리쳤다. 그녀는 검지와 중지를 교차시켰다. 손가락을 이마와 입술 순으로 갖다 대고 고대 언어로 빠르게 중얼거리며 기도했다. 무슨 말을 하는지는 알아들을 수 없었다. 아스트리드는 서서히 의식을 되찾고 있었다. 정신을 차린 아스트리드는 의자에 앉아 있는 톰을 힐끗 바라보았다. 그는 온몸에 상처를 입고, 눈도 뜨지 못한 채 고개를 떨구고 있었다.

"톰!" 그녀는 다급히 그에게 다가가 얼굴을 움켜쥐었다. 톰의 고개가 흐느적거리며 축 늘어졌고, 얼굴색은 죽은 듯이 창백했다. "톰, 정신 차려!" 아스트리드는 그의 뺨을 때렸다. "톰에게 무슨 일이 있었던 거죠?" 절망에 빠진 아스트리드가 로자니차에게 벌컥 화를 냈다.

하지만 나중에 생각해 보니, 그때 로자니차는 극심한 공포에 혐오가 섞인 표정으로 그녀를 바라볼 뿐이었다. "너, 도대체 무슨 짓을 한 게냐? 여기에 뭘 들인 거냐고, 이 멍청한 것!"

"무슨 소릴 하시는 거예요?" 아스트리드는 혼란스러움이 섞인 목소리로 맞받아쳤다. "톰에게 무슨 일이 일어난 거냐고요!"

아래층에서 문이 쾅 닫혔다. 목소리들이 그들을 향해 울려 퍼졌고, 순식간에 묵직하면서도 재빠른 발걸음들이 천둥소리를 내며 계단을 타고 올라오고 있었다.

"내 집에서 나가라." 로자니차가 아스트리드에게 명령했다. "어서 나가. 그리고 네가 함부로 이 세상에 풀어놓은 것도 같이 가지고 가거라."

혼란에 빠진 아스트리드는 로자니차를 빤히 처다보았다. "무슨 소리를 하시는 건데요?"

마침내 톰이 의식을 회복하고 있었다. 그는 혼란스러움에 두리번 거리며 신음했다. "무… 무슨 일이 있었던 거죠?" 톰이 중얼거렸다.

"다행이다." 아스트리드는 안도의 한숨을 내쉬었다. "깨어났구나!"

문이 확 열렸다. 톰의 아빠가 화가 나 벌게진 얼굴로 방으로 뛰어들며 소리쳤다.

"저 애들한테서 얼마를 받았는지 모르겠지만, 당장 내 집에서 나가라고 하세요! 어서 꺼지라고!"

그는 아들과 아스트리드를 더러운 쥐만도 못하게 여기며 쏘아붙였다. "여기서 당장 나가!"

로자니차는 그에게 반발하지 않았다. 그저 테이블 위에 올린 자신의 늙고 주름진 손을 내려다볼 뿐이었다.

"가자." 아스트리드가 톰을 재촉했다. "우리 이제 여기서 나가자."

고맙게도 톰은 그녀의 제안을 뿌리치지 않았다. 아버지와의 충돌을 피하려는 듯이 천천히 의자에서 일어섰다. 아직 멍한 상태일 수도 있었다.

아스트리드는 어떻게든 분위기를 풀어야겠다는 생각이 들었다. "전… 무슨 일이 일어났었는지는 모르겠지만…."

"나가라고 했을 텐데." 해틀러 씨가 견딜 수 없다는 듯이 성을 냈다. "지금 당장."

"넌 내 말을 듣지 않았다." 로자니차가 분명한 말투로 아스트리드에게 말했다. "거래는 끝났어. 넌 내가 데리고 갈 수 있는 것보다 너무 멀리 나갔어."

"하지만 전 도움이 필요해요…." 자신의 물건을 챙기며 아스트리드가 무심결에 말했다.

"다시 돌아가야 한다고요."

"나는 분명 경고했었다." 로자니차가 말했다. "내가 널 도와준 건 잊어도 좋다. 다시 널 최면시킬 일은 없으니까. 못 느꼈느냐? 무엇이 빠져나왔는지 모르는 게냐?"

"어머니." 해틀러 씨가 집요한 말투로 끼어들었다. "저 애들 때문에 불운이 찾아올 거예요."

그는 방으로 들어와 아스트리드와 톰의 옷자락을 붙들고 밖으로 끌고 나갔다. 괴력에 가까운 힘이었다.

"이거 놓으세요!" 톰이 그에게 대들었다. "제 몸에 손대지 말라고요!"

아스트리드는 거의 복도까지 끌려나가다가 뒤를 돌아보며 말했다. "그럼 누가 절 도와주나요?" 그녀는 절실한 마음으로 애원했다.

"다른 사람을 알아봐라." 로자니차가 충고했다.

"도와줄 다른 사람이 없다고요!"

로자니차는 다시 자신의 손을 내려다봤다. "모든 게 하얗게 물든 시간, 나브와 우리 인간 세계의 경계가 사라지는 때에, 죽은 자들이 살아있는 자들에게 말을 걸 수 있다. 네 조상이 너에게 나타났었지. 그분에게 진실을 물어봐라."

그것이 로자니차와 나눈 마지막 대화였다. 톰의 아빠는 말 그대로 둘을 계단으로 떠밀어 집 밖으로 내쫓았다. 그들이 나간 후 말없이 문을 닫고 굳게 잠갔다. 둘은 네 발로 엎드린 자세로 눈 위에 넘어져 한동안 일어나지 못했다. 그저 그 자리에 누워 무슨 일이 일어났던 건지 이해하려고 애썼다.

한동안 침묵이 흐른 후, 톰이 먼저 입을 열었다. "수백 명이 있었어." 톰이 믿을 수 없다는 듯이 중얼거렸다.

"맞아. 수백 명이 있어. 너도 봤잖아. 그들을 상대로 우리는 승산이 없어."

아스트리드는 밤하늘을 바라봤다. 그녀는 이제 자신이 알아야 할 것들을 다 알게 되었다.

"우리가 어릴 때는 속삭이는 자라고 불렀던 것 같아. 기억나? 우리 꿈속에 스며들어서 이렇게 이상하게 속삭이는 소리를 냈었거든. 그때 이런 식으로 우리를 꾀어냈던 거야. 그래서 도라만 무사했던 거지."

톰은 의아한듯한 표정으로 쳐다봤다.

"도라는 들리지 않았어. 오른쪽으로 누워서 자고 있었거든." 아스트리드는 쓸쓸한 미소를 지었다. "그 애는 귀를 다친 바람에 무사했어. 그들이 도라는 꾀어낼 수 없었지."

"그래서, 이게 우연이라는 소리야? 우리가 사라지기 전날 밤 일어났던 일은 뭔데? 모라나는 아무 상관 없어?"

아스트리드는 망설였다. "내 마음 때문에 혼란스러운 거라고 네가 말했지. 어느 정도는 맞는 말인 것 같아. 들판에서 그 일은… 정말 있었던 일이었어. 무언가가 막스를 끌고 가려고 했거든. 하지만 내가 본건 모라나가 아니었어. 둘을 하나로 합쳐서 본 거야. 사신을 쫓아내는 명절을 너무 많이 지내다 보니 모라나가 진짜 있다고 상상했어. 하지만 그건 그들, 속삭이는 자 중 하나였어. 날이 어두워지면 나타났지. 수없이 많은 내 꿈에 나타났던 것처럼 말이야.

우리를 데려가려고 기다리고 있었어. 적어도 우리 중 한 명을."

그것은 납치도 아니었고, 시종일관 결백했던 구스토와도 관계가 없었다. 마을 사람들의 잘못된 비난과 근시안적인 생각이 그의 목숨을 앗아갔다.

진실은 훨씬 더 무서운 것이었다.

아스트리드와 톰은 자신들이 무엇에 맞서야 하는지 알게 되었다. 이제 할 일은 그들보다 한 수 앞서, 그들의 손아귀에 걸리지 않고 막스를 구할 방법을 찾는 것이었다.

❋

도라는 해괴할 정도로 새까만 손가락이 그녀의 손목을 감싸는 것을 봤다. 동시에 비명을 질렀다. 그 찰나의 순간, 그녀는 자신의 문신을 따라 따뜻하면서도 따끔거리는 느낌을 느꼈다. 마치 뜨거운 차 한 모금을 마셔 추위에 얼어붙었던 몸이 녹을 때처럼. 도라는 자신도 몰랐던 놀라운 괴력을 발휘해, 괴물이 침대 밑으로 그녀를 끌어당기기 전에 손을 뿌리쳤다. 그 와중에 손목 마디를 침대 가장자리에 부딪혔다. 손에서 우두둑거리는 불쾌한 소리가 났지만, 간신히 빠져나올 수 있었다. 가능한 한 침대에서 멀리 떨어지도록 필사적으로 뒤로 물러났다. 도라는 소냐가 앉아 있는 침대에 등이 닿고 나서야 걸음을 멈췄다.

하지만 도라를 쫓고 있는 건 아무것도 없었다. 그녀는 멍든 손을 무릎 위에 어색하게 올려놓고 숨을 헐떡였다.

"이… 이게 뭐지?" 완전히 겁에 질려 속삭이는 도라의 목소리가 점점 높아졌다.

"악몽이야." 소냐가 속삭이며 답했다. "널 잡으러 왔어. 우리가 잠들 때까지 기다렸다가 끌고 가는 거야. 노츠니차가 저주를 내렸어. 아스트리드 때문에 우리가 모두 저주받은 거야."

도라는 몸을 돌려 충격에 빠진 소냐를 바라봤다. 눈꺼풀부터 입술까지 그녀의 온 얼굴이 경련을 일으키고 있었다. 공포에 휩싸인 나머지 소냐의 어깨도 눈에 보일 정도로 떨리고 있었다. 고열이 날 때처럼 이마에는 땀이 번져 나왔다.

도라는 물어보기가 두려웠다. 하지만 아스트리드가 자신을 여기로 보낸 이유가 바로 이것 때문이란 것을 깨달았다. "소냐, 너 뭘 알고 있니? 나한테 말하지 않는 게 뭐야?"

소냐의 속눈썹에 땀이 뚝뚝 떨어졌지만, 그녀는 아무 소리도 내지 않았다.

"여기서 나가야 해." 도라는 결심했다. 도라는 침대 밑의 어둠을 계속 바라봤지만, 멀리서는 아무것도 확인할 수 없었다. "이곳은 안전하지 않아. 나랑 같이 가자. 부모님께는 대신 말씀드려줄게…. 뭔가 말할만한 이유를 생각해 보자."

뜻밖에도 소냐는 고개를 저었다. "모르겠니? 도망칠 데는 없어. 그들은 어디를 가나 존재해. 그렇지 않다고 해도, 날 잡으러 나타나는 것은 시간문제야. 저들을 피할 곳은 없어."

도라는 할 말을 잃었다, 무슨 말이라도 하려고 입을 벌렸다가 곧바로 다시 다물었다. 그녀는 어떤 말로도 친구를 위로해줄 수 없다는 것을 알고 있었다.

"어서 가." 소냐가 말했다. 걱정해서 하는 말 같지는 않았다. 그저 있는 그대로 사실을 말하고 있었다. "진심으로 하는 말인데, 이 문제에 얽히지 마. 넌 모르잖아…. 모르는 게 좋아."

"하지만…."

"도라, 도망가." 소냐가 경고했다. "도망칠 수 있을 때 도망가야 해."

도라는 소냐와 계속 이야기를 나누려고 했지만, 소냐는 침대에 웅크리고 앉아 멍하게 있을 뿐이었다. 한참을 설득하려 한 노력이 소용없게 되자, 도라는 결국 소냐의 집을 나섰다. 밖은 어두워지기 시작했고, 그녀는 곧장 집으로 향했다. 빠르게 지는 해와 더불어 침대 밑에서 본 것이 떠올라 불안해지기 시작했다. 만약 소냐 말이 맞는다면? 자신이 어디에 있든지 잡으러 온다면 어떻게 되는 걸까?

❋

아스트리드는 다음 날 밤 무엇을 할지 계획이 있었지만, 그녀가 받은 최면으로 변한 것은 아무것도 없었다. 오히려 불쾌했던 경험 때문에 일을 서둘러 진행해야겠다는 생각만 들었다. 로자니차가 옳았다. 두 사람 모두 그렇게 느꼈다. 기억과 잠재의식, 아니면 그게 어디였든 간에 아스트리드가 그곳을 다녀온 동안 무언가가 경계를 건너갔다. 이 세상에 속하지 않는 무언가가. 어쩌면 소냐의 말이 맞을 수도 있었다. 모두에게 저주를 내린 것은 정말 아스트리드였을 지도.

아스트리드는 차분하고 침착하게 있으려고 노력했다. 그날 오후 최면 상태에서 겪은 일을 떠올려보니, 도라는 어린아이치고는 놀랍도록 정확하게 실종 사건의 상황을 기억하고 있었다. 유치원 교실 중앙의 침대에 다시 누웠을 때, 아스트리드는 바로 그 자리에서 예전에 보고, 듣고, 겪었던 모든 감각이 떠올라 압도되는 느낌이 들었다. 실종 당일의 사건이 점차 떠올랐기 때문만은 아니었다. 그 감각은 모든 비극이 발생하기 전, 겪었던 많은 낮과 밤과도 닮았기 때문이었다. 아스트리드는 항상 똑같은 악몽을 꾸었다. 새까만 손가락이 그녀의 목을 감아 조르는 꿈. 그러던 어느 날, 속삭이는 자들이 건너왔다. 목적을 달성하기 위해 경계를 넘었다. 오랜 세월 아스트리드를 따라다니던 그들은 결국 그녀와 친구들까지 데리고 가버렸다. 하지만 어디로 갔던 걸까? 무엇보다, 그녀는 어떻게 그곳에 갈 수 있었던 걸까?

이 마지막 의문에 대한 해답을 찾는 게 급선무였다. 그 해답 없이는 막스를 찾기도 불가능했다.

톰과 아스트리드는 로자니차의 집에서 나와 각자 갈 길을 갔다. 오늘 밤 계획을 성사시키기 위해서는 몇 가지 물건이 필요했고, 그녀는 톰에게 그것들을 구해오라고 시켰다. 톰과 헤어진 직후, 아스트리드는 가슴이 철렁 내려앉는 느낌을 받았다. 분명 혼자 길을 걷고 있었지만, 자신을 쳐다보는 시선이 느껴졌다. 마치 어딜 가든 붙어있어 숨 막히게 하는 거품 속에 갇힌 것처럼. 신경질적으로 뒤를 계속 돌아봤지만, 주변 집들의 창문 너머로 자신을 엿보는 사람은 보이지 않았다. 백 명의 사람이 자신을 쳐다보는 이 느낌은 어디서 왔을까? 그녀의 잠재의식은 무엇을 알려주고자 하는 것일까?

한 남자가 집 앞 진입로에 서서 인도에 깔린 얼음을 긁어내고 있었다. 하지만 아스트리드에게 관심을 두지는 않았다. 길고양이 한 마리가 길을 건너다 말고 아스트리드를 한번 쳐다보더니 다시 길을 갔다. 고양의 특유의 거만한 시선이었다. 길 건너 이웃들은 집 앞에서 누군가와 작별 인사를 하고 있었다. 아스트리드가 무리와 눈을 마주친 순간 그들은 침묵했고, 아스트리드가 고개를 숙이며 돌아서기 전까지 그녀를 응시했다.

집에 거의 다 왔을 무렵, 갑자기 종소리가 울려 퍼졌다. 시간을 알릴 때나 예배를 위해 신자들을 불러모을 때와는 달리 몹시 크게 울렸다. 마치 무언가를 경고하려는 것처럼 미친 듯이 종이 울렸다. 아스트리드는 현관문에 손을 올려놓은 채로 잠시 가만히 있었다.

"이게 뭐지? 무슨 일이야?"

집들 사이에서 겁에 질린 목소리가 들려왔다.

건너편 이웃집 사람들은 급하게 작별 인사를 마무리하고 아이들을 챙겨 각자의 집으로 재빨리 들어갔다.

"어서 들어오렴, 서둘러!"

시간이 흐를수록, 종소리는 점점 더 커지는 듯했다.

길모퉁이 이웃집에서 한 여자가 뛰쳐나왔다. 아스트리드는 여자의 이름을 기억하지는 못했다. 여자는 무덤 근처 언덕에서 썰매를 타고 내려오는 아이들을 향해 히스테리를 일으키듯 소리를 지르기 시작했다. "노라! 에드거!"

너무 멀리 떨어져 있어서 아이들이 여자의 목소리를 들을 리가 없었다. 여자는 옷도 제대로 입지 못하고 슬리퍼만 신은 채로 언덕을 향해 뛰어나갔다. 여자는 연신 아이들의 이름을 외쳐댔다.

사방에서 문이 닫히는 소리가 들렸다. 단박에 오래된 창문 셔터를 내려 잠그는 사람도 있었다. 아스트리드는 착잡한 심정으로 집으로 걸어 들어간 다음 문을 닫았다. 집 안에 들어서자마자 문 뒤에서 그녀를 기다리고 있었던 할머니와 마주쳤다.

"종일 어디 있다 오는 거냐?" 할머니는 언짢다는 말투로 호통쳤다. 할머니는 아스트리드를 한쪽으로 밀치고는 본인이 문을 세게 닫았다. 아스트리드가 제대로 문을 닫지 않았을까 봐 못 미더운 눈치였다. 할머니는 자물쇠 열쇠를 두 번 돌린 다음 문에 붙은 걸쇠를 걸어 잠갔다.

아스트리드는 할머니와 말하지 않겠다는 다짐을 깨고 자존심을 억누른 채 말을 걸었다. "이게 다 무슨 난리예요? 종소리는 왜 저래요?"

할머니는 입술을 굳게 다물고 천천히 부엌으로 돌아갔다.

"대답 좀 해주시면 안 돼요?" 아스트리드가 초조해하며 물었다. "도대체 무슨 일인 거죠?"

"통행금지령이 내려졌다." 이윽고 할머니가 대답했다. "모두 저물녘까지 집에 돌아가야 하고, 날이 밝기 전에 누구도 밖에 나가서는 안 된다."

깜짝 놀란 아스트리드는 부엌 문 앞에 멈춰섰다. 숙모는 테이블에 앉아 남자 작업복을 꿰매고 있었다. 할머니는 냄비가 끓고 있는 스토브 앞으로 돌아갔다. 숙모와 할머니 둘 다 경보 종소리가 일상적인 일인 것처럼, 통행금지는 전혀 신경 쓰지 않는다는 듯이 행동했다. 아스트리드는 이해할 수 없었다.

"왜 통행금지가 생긴 거죠? 누가 그런 명령을 내렸는데요?"

숙모는 바느질하다가 고개를 들어 할머니의 반응을 살폈다. 할머니가 아무런 대답을 하지 않자 숙모가 직접 말했다.

"어젯밤 사건을 논의하기 위해 오늘 원로들이 모였었어. 그리고 일시적으로 이런 안전 조치를 내리기로 했다는구나."

"무슨 사건이요?" 아스트리드는 영문을 알 수 없었다. "구스토 때문인가요?"

숙모는 잠시 바느질을 멈추고 말했다. "얘기 못 들었니? 마을에 키우는 닭 절반이 밤사이 목이 졸려 죽었단다. 불길한 징조들이 계속 쌓이고 있어."

아스트리드의 가슴이 철렁했다. "늑대 짓일까요?" 그녀는 숙모를 한번 떠봤다.

이모는 또 한 번 할머니 쪽을 흘끗 쳐다봤다. 하지만 할머니는 모르는 척 등을 돌린 채로 냄비 안의 무언가를 계속 젓고 있을 뿐이었다. "늑대 짓일 리가 없어. 닭들이 죄다 목이 졸렸다니까. 늑대였다면 닭을 갈기갈기 찢어놨겠지."

"닭들이 좀 죽었다고 원로들이 외출을 금지하는 건 말이 안 돼요." 아스트리드가 미심쩍다는 목소리로 말했다.

"닭 때문만은 아니다." 할머니가 스토브 앞에서 무섭게 호통쳤다.

"그럼 뭐 때문이에요? 원로들은 왜 있는 그대로 말하지 않는 거냐고요."

그 질문에는 아무도 답하지 않았다. 아스트리드는 모든 사람이 알고 있지만 존재하지 않는 척하는 무언가가 있음을 느꼈다.

"혹시 그 악령들 때문인가요?"

할머니는 냄비 뚜껑을 부엌 카운터 위에 내동댕이쳤다. "입 닥쳐라. 이 집에 그것들을 불러서는 안 돼!"

"입 닥치지 않으면요? 절 지하실에 가둘 수는 없어요. 이제 전 다섯 살이 아니니까요."

아스트리드는 돌아서서 엄마 방으로 향했다. 진정할 필요가 있었기 때문이었다. 그녀는 할머니라는 존재에 매번 자신의 몸이 반응하는 게 싫었다. 불안감이 치솟아 오장육부를 감쌌다. 몇 시간 동안 어둡고 축축한 지하실에 갇히는 벌을 받았던 기억이 떠올라 무서웠다. 아스트리드는 이제 성인이었다. 할머니는 이제 그녀를 지배할 힘이 없고 다치게 할 수도 없었다. 그런데도 아스트리드는 여전히 할머니가 말을 걸 때마다 목소리를 떨었다. 무뚝뚝한 말 한마디 한마디에 두려움을 느꼈다.

"오늘 어땠어요, 엄마?"

엄마는 창가에 앉아 밖을 내다보고 있었다. 엄마는 통행금지나 목이 졸린 닭들에 관해서는 전혀 아는 바가 없었다. 더는 세상과 접촉하지 않고 그저 주변을 관찰했을 뿐이다. 아스트리드는 엄마 옆에 앉았다. 그녀가 어렸을 적, 엄마는 매일 밤 잠자리에 들기 전에 신들에게 기도하라고 이야기했다.

"누구나 믿음이 있어야 해, 아스트리드." 아스트리드가 저녁 기도를 하지 않겠다고 거부할 때면 엄마는 이렇게 말하곤 했다.

고작 여섯 살이던 아스트리드는 믿음을 제대로 이해하지 못했다. 하지만 신들이 정말로 존재한다면, 이토록 빈번하게 자신이 쓸모없는 존재라고 생각하도록 내버려 둘 것 같지 않았다. 치우는 것을 잊어버려 할머니한테 매질을 당하게 만드는, 더러운 자국만도 못한 하찮은 존재처럼 느끼게 할 것 같지 않았다. 신이 있다면 분명, 흐느끼며 놓아달라고 애원하는 그녀가 지하실에 갇히도록 내버려 두지 않았을 것이다. 신이 있다면, 크리스티안과 그의 형이 아스트리드의 바지 속에 짚을 쑤셔 넣고 머리에 닭똥을 묻혀서 닭장에 가둘 때마다 그녀를 도와줬을 것이다. 신이 있다면, 그녀의 악몽이 현실이 되어 그녀가 어딘가로 끌려가지 않도록 도와줬을 것이다.

"배 안 고프세요?" 아스트리드는 뜬금없이 엄마에게 물었다.

아침도 거의 먹는 둥 마는 둥 했는데, 접시 위에 음식이 흩어져 있는 것을 보니 점심도 거의 손대지 않은 게 분명했다.

"자요, 제가 씻는 거 도와드릴게요."

아스트리드는 엄마를 욕실로 데리고 가 옷을 벗기고 욕조에 들어가게 했다. 엄마를 부드럽게 물로 헹궈주면서 아스트리드는 문득 궁금해졌다. 사라진 자신과 막스를 생각하면서 엄마는 두 사람에 대해 똑같이 슬퍼했는지를 말이다. 입 밖으로 냈던 적은 없었지만, 아스트리드는 엄마가 막스를 더 사랑한다는 것을 알고 있었다. 막스는 막내였고, 엄마는 언제나 그를 먼저 안아주었다. 막스가 어린아이라 도움이 필요해서가 아니라, 엄마는 그저 그렇게 하고 싶던 것이다. 할머니처럼 대놓고 차별대우를 하지는 않았지만, 그럼에도 아이들은 이런 상황을 본능적으로 알아차릴 수 있었다. 아스트리드는 항상 엄마가 자신을 밀어낸다고 느꼈다. 말로는 제대로 설명할 수 없는 것들 때문에 자신을 비난했다. 다시는 물어볼 기회가 없을 테니 시간이 지나도 설명할 수 없는 일이었다. 아스트리드는 자신을 안아주는 엄마의 품이 차가워졌다고 느꼈다. 가끔은 엄마가 낯선 사람 보듯이 자신을 곁눈질하는 것 같았다. 만약 자신과 남동생이 서 있는 얼음이 깨지면, 막스가 수영을 더 잘하더라도 엄마는 막스를 먼저 구할 게 분명했다.

아이들이 사라지고, 엄마는 아들 막스를 잃은 것 때문에 주로 절망감을 느꼈다. 그리고 어쩌면 첫아이에 대해서는 같은 감정을 느끼지 못하는 자신이 죄스럽게 느껴지기도 했을 것이다.

"조심하세요." 아스트리드는 엄마가 욕조에서 나오는 것을 도우며 말했다. "한 걸음씩 천천히요."

아스트리드는 천천히 엄마의 몸을 수건으로 말린 다음 잠옷으로 갈아입혔다. 둘은 방으로 돌아왔다. 엄마 침대에 깔려있던 이불을 들치고 침대에 눕는 것을 도왔다. 그리고 엄마에게 이불을 덮어주는데, 예상치 못한 일이 벌어졌다.

갑자기 엄마가 아스트리드의 손을 움켜쥐었다. 놀란 아스트리드는 엄마의 손을 뿌리쳤다.

"너한테 말해줘야 했는데…." 엄마는 쉰 목소리로 쌕쌕거리며 말했습니다. "너한테 진실을 말했어야 했어. 잠이 들면 어디로 가는지 알려줬어야 했는데 그러지 못했어."

"엄마!" 아스트리드는 오랜만에 엄마의 목소리를 듣고 충격을 받아 숨이 턱 막히는 기분이었다. "무슨 얘기를 하는 거예요? 저한테 말했어야 하는 게 뭔데요?"

엄마가 입을 연 그 귀한 순간은 순식간에 사라졌다. 손이 이불 위로 떨어지며 엄마의 눈에서도 빛이 가셨다. 엄마는 생기를 잃고 멍하니 허공만을 바라보았다. 아스트리드는 엄마에게 계속 말을 걸었지만, 엄마의 목소리는 이내 끊어졌다.

엄마는 너무 멀리 가버렸다.

아스트리드의 걱정은 오직 하나였다. 자신의 계획이, 비록 그것이 어리석다 할 정도로 위험한 일일지라도, 통행금지 같은 시시한 문제 때문에 결국 실패할까 봐 조심스러웠다. 그녀는 톰이 아직 자신과 뜻을 같이하면 좋겠다고, 그래서 그녀 혼자 일을 진행하게 내버려 두지 않기를 바랐다.

할머니 몰래 문이 잠긴 집을 빠져나가기는 생각보다 훨씬 어려웠다. 식구들 전부 다 계속 집안을 걸어 다니는 것을 보니 오늘 밤은 아무도 잘 생각이 없어 보였다. 그리고 아스트리드에게 무언가 꿍꿍이가 있다고 의심이라도 하듯, 할머니는 저녁 식사를 마치고도 유난히 오랫동안 부엌에 앉아 있었다. 그러다 보니 아스트리드는 그 시간에 부엌 식료품 창고로 급히 들어갈 핑곗거리를 찾기가 어려워졌다. 마른 약초 한 봉지를 필사적으로 옷 속에 숨기고, 부스럭거리는 소리를 들키지 않으려고 헛기침을 하면 얼마나 눈에 띌지 뻔했다. 그녀는 어둠 속에서 선반을 무턱대고 뒤져가며 상자들을 하나하나 냄새 맡았다. 할머니가 불을 켜서 자신이 도둑질하는 것을 들킬까 봐 두려웠다. 사실 앞뒤가 맞지 않는 상황이었다. 그것들은 아스트리드의 물건이어서 훔친다고 할 수 없기 때문이었다. 모든 약초와 꽃을 키우고 따서 말린 사람은 엄마여서 아스트리드에게는 그것들을 쓸 권리가 있었다. 하지만 할머니는 언제 어떻게 반응할지 종잡을 수 없는 사람이었다.

아스트리드는 중요한 물건들을 배낭에 챙겼다. 더는 기다릴 수 없었다. 10시에 만나기로 약속했는데, 삼촌이 10시가 되도록 집안 곳곳을 왔다 갔다 했다. 잘 생각이 없어 보였다. 아스트리드는 침대에 꼼짝도 하지 않고 앉아 30분을 흘려보냈다. 그녀는 한 번씩 유리병 안에서 날개를 펄럭이는 나방을 바라보았다. 나방은 아직 죽지 않고 살아있었다. 그게 어떻게 가능한지, 아스트리드는 알고 싶지도 않았다. 피곤함에 지친 아스트리드가 꾸벅꾸벅 졸았다. 11

시가 다 되자 집안이 조용해졌다. 그녀는 까치발로 자신의 방을 나와 현관문으로 향했다. 복도에 거의 다다랐을 때, 뒤에서 바스락거리는 소리가 들렸다. 저녁 내내 의심스러운 눈초리로 자신을 살피던 할머니와 맞닥뜨릴 거라고 예상했다. 하지만 그것은 할머니가 아니라 크리스티안이었다. 그의 방에서 일어난 사건 이후로, 아스트리드는 그를 피해 다녔다.

"너는 통행금지랑 상관없는 사람이다, 뭐 이런 거냐?" 그는 아스트리드를 보고 게걸스러운 눈을 가늘게 떴다.

아스트리드는 그의 말에 겁먹지 않으려고 마음을 다잡았다. "나 같은 사람이랑은 한 지붕 아래 있고 싶지 않다고 한 것 같은데."

크리스티안은 복도로 들어서는 마지막 계단을 내려왔다. 둘 사이의 거리가 좁혀졌다. 아스트리드는 자동으로 한걸음 물러났지만, 그녀의 등이 낡은 찬장에 어설프게 닿았다. 크리스티안은 찬장 안에 있던 은 식기들 덜컹거리는 소리에 아스트리드가 놀란 표정을 지은 것을 눈치챘다.

"할머니한테 도망치는 걸 들킬까 봐 두려운 건가?"

"너랑 무슨 상관인데?"

"상관이 많지. 네가 우리 집에 불러온 저주만으로도 너무 괴로우니까 잠자코 있어, 이 **정신 나간 계집애야.**"

"나에 대해 알 수 없는 얘기를 늘어놓는 거, 이제 지긋지긋하다. 나보다 나를 더 잘 아는 것 같아." 아스트리드는 화난 목소리로 작게 말하며 자리를 뜨려고 돌아섰다. "어디 한번 막아보시던가."

아스트리드는 크리스티안이 도전을 받아들일까 봐 신발과 코트를 최대한 재빨리 걸쳤다. 하지만 그는 움직이지 않았다. "그 한심한 해틀러 아들놈이랑 정신 나간 도라랑 함께 돌아다니고 있나 보네?" 그는 조롱했다. "찢어지게 가난하고 얼굴 창백한 애까지 합세해서 패거리가 완성됐겠어. 아, 미안···. 네 동생은 못 끼겠구나."

아스트리드가 홱 뒤를 돌아봤다. "함부로 내 동생 입에 담지 마."

"그러는 너야말로 네 동생한테 무슨 짓을 한 거냐, 아스트리드? 사람들이 모두 너보다 그 애를 좋아해서 거기 두고 온 거야?"

아스트리드는 크리스티안을 한 대 치고 싶었다. 그의 주먹코를 부러뜨리고, 손톱으로 눈을 할퀴고 싶었다. 할 수만 있다면, 막스를 살릴 수만 있다면 자신의 목숨을 바치겠다고, 그의 고막이 찢어질 때까지 소리 지르고 싶었다. 하지만 크리스티안은 그럴 가치가 없는 인물이었다. 그는 그저 민감한 부분을 건드려 아스트리드를 자극하고 싶었을 뿐이었다.

하지만 아스트리드는 그의 비밀을 알고 있었다.

"땅속 무덤으로 도라를 밀어 넣은 게 너였어, 맞지?" 아스트리드는 속삭였다. "너랑 네 형, 그리고 학교 친구들. 옛날 무덤을 파헤치러 묘지 뒤로 가곤 했던 거 알아. 거기서 너를 여러 번 봤거든."

크리스티안은 눈 하나 깜짝하지 않았다. "너도 나한테 그런 허접한 장난이라도 치고 싶은 거야?"

"장난? 도라는 거기서 얼어 죽을 뻔했어. 그렇게 떨어지는 바람에 목이 부러질 수도 있었다고. 그건 장난이 아니었어. 폭행이었지."

"그 애가 히스테리를 부리면서 소란을 피운 거야." 크리스티안이 거만하게 어깨를 으쓱거렸다. "그러더니 새끼 고양이처럼 훌쩍거렸지. 그 애가 자초한 일이었어."

아스트리드는 믿을 수 없다는 듯이 그를 쳐다봤다. "너 정말

역겨운 인간이구나. 도라에게 한 짓에 대한 대가는 반드시 치르게
될 거다."

그 말을 남기고, 아스트리드는 자물쇠를 열어 캄캄한 밖으로 나
갔다. 아스트리드는 이제 누구도 자신을 위협하게 내버려 두지 않
을 작정이었다. 더는 크리스티안이 괴롭힐 수 있는 어린아이가 아
니었다.

✻

개들이 또다시 미친 듯이 짖어대고 있었다. 애초에 짖기를 멈춘
적이 없었을지도 모른다. 생각해 보니 며칠 동안 개 짖는 소리가
끊임없이 들렸었다. 낮에는 그 소리가 조금 잦아들었지만, 밤에는
본격적으로 기승을 부렸다. 어둠의 공격을 받은 동물들이 더는 참
을 수 없어서 짖어대는 듯했다.

도라는 통행금지 명령을 매우 심각하게 받아들였다. 하지만 보
일러가 또다시 고장 나서 썩은 냄새가 나는 녹물이 부엌 수도꼭지
에서 쏟아지기 시작하자, 그녀는 어쩔 수 없이 양동이를 들고 마당
우물에서 물을 길어올 수밖에 없었다.

도라는 옷을 겹겹이 껴입고 뒷문을 통해 마당으로 나갔다. 개들
이 짖는 소리 외에는 이상하리만치 밖이 조용했다. 그녀는 우물 펌
프 주둥이 밑에 양동이를 놓고 펌프질을 시작했다. 리듬감 있게 펌
프가 삐걱거리는 소리, 산발적으로 뿜어져 나오는 물줄기 소리, 자
신의 가쁜 숨소리만이 정적을 가르고 있었다.

물 한 통이면 충분했다. 목욕은 못 하고 지내겠지만 말이다. 동

생들은 매일 밤 잠자리에 들기 전 목욕하기 싫어서 징징거리기 때문에, 그들을 행복하게 만들어줄 수는 있을 듯했다. 하지만 도라는 다친 손 때문에 무거운 양동이를 그냥 들기가 어려웠다. 양동이를 팔로 끌어안는 순간, 인간의 것이 아닌 듯한 비명이 어둠을 가르고 들려왔다. 양동이에서 흘러내린 물이 신발에 튀었다. 도라는 양동이를 땅에 떨어뜨리며 두 손으로 귀를 막았다. 참기 어려운 비명이었다. 그녀의 몸 구석구석을 파고들어 그 안에 냉기를 뿌리고 가는 느낌이었다. 도라는 양동이를 팽개치고 가능한 한 빨리 집을 향해 달려갔다. 문 앞에 거의 다다랐을 때, 갑자기 끔찍이도 혹독한 냉기가 그녀를 엄습했다. 도라는 숨을 헐떡였다. 바람이 일더니 동쪽에서부터 눈에 보이지 않는 폭풍 같은 무언가가 어둠을 가르고 휘몰아쳤다. 도라는 문손잡이를 움켜쥐었다. 무언가 파도치듯 그녀에게 달려들었다. 하지만 이번에는 그 차가운 돌풍이 더 깊이 파고들어 심장을 옥죄었다. 갑자기 심장이 더는 자신의 일부분이 아닌 것처럼 느껴졌다. 도라는 겁에 질려 죽을 지경이었다. 별안간 꿈쩍도 하지 않는 문을 붙잡고, 도라는 모든 신에게 기도하기 시작했다. 그 충격은 세력을 키우더니 숲을 지나 그녀 쪽으로 돌진했다. 나무들이 통째로 땅에 고꾸라졌다.

도라는 마침내 겨우 집 안으로 들어갔다. 그녀는 재빨리 문을 걸어 잠그고 기겁하며 뒤로 물러났다. 무언가 천둥처럼 울리는 소리를 내며 문에 부딪혔다.

다시, 그리고 또다시 부딪혔다. 그 무언가가 문을 열어달라고 두드리는 것처럼.

"누나! 무슨 일이야?" 쌍둥이 동생 중 한 명이 울부짖었다. "나

무서워!"

"누나!"

도라는 대답할 수 없었다. 떨리는 손가락을 힘겹게 꼬아서, 이마를 누른 다음 입술에 갖다 댔다. 마음속에 떠오르는 대로 기도문을 줄줄 읊어댔다. 문을 내리치던 소리가 멎었다. 도라는 무슨 일이 일어날지 예상하며 기다렸다. 벌써 포기한 걸까? 아니면 이전보다 훨씬 더 강한 힘으로 공격해올까?

무언가가 창문에 부딪히는 소리가 났다. 거대한 발톱이 달린 손이 끽끽 소리를 내며 창유리를 긁고 있었다. 도라의 피가 차갑게 식었다. 그녀는 비명을 질렀다. 소냐가 옳았다. 그들이 도라를 찾아냈다.

❋

졸린 상태로 잠옷 위에 가운만 걸친 발레리아 해틀러는 문 앞에 선 아스트리드가 별로 달갑지 않았다. 시간도 통행금지 시간을 훌쩍 넘긴 11시쯤이었는 데다가, 톰이 아스트리드를 재워주면 안 되냐고 설득할 때는 더욱 그랬다. 자기 아들에게 나쁜 영향을 끼칠지도 모른다는 생각이 들기 시작했지만, 겉으로 티를 내지는 않았다. 잠시 아들과 협상을 한 끝에, 결국 거실 소파에서 자는 것은 괜찮다고 허락했다. 하지만 톰은 자신의 방에서 아스트리드를 재우겠다고 고집을 부렸다.

"그편이 나을 것 같아요, 엄마." 아스트리드가 문 옆에 서서 기다리는 동안 톰은 구석에서 엄마에게 귓속말했다. "아스트리드는 악몽에 시달리고 있어요. 혼자 내버려 둘 수는 없다고요."

톰의 협상 전술에 아스트리드는 거의 미소를 지을 뻔했다. 톰이 엄마에게 말한 내용은 기본적으로 사실이긴 했다. 아스트리드가 악몽에 시달리는 건 사실이었다. 하지만 아스트리드에게 악몽이 어떤 의미인지 알았다면, 해틀러 부인이 하룻밤 머무르라고 허락할 리 없었을 것이다.

"네 방은 너무 좁아."

"아스트리드가 침대에서 자게 하고, 저는 바닥에서 잘게요." 그는 마음을 굳힌 듯 엄마의 말을 받아쳤다.

해틀러 부인은 그래도 망설였다. "너희 둘이 무슨 꿍꿍이를 꾸미고 있는지 모르겠지만…."

"아무것도 없어요, 엄마." 톰은 엄마를 안심시켰다. "저희는… 그냥 혼자 있고 싶지 않아서 그래요. 이 모든 일을 겪고 나니까요."

"너희들은 혼자가 아니야." 엄마는 톰을 위로했다. 그녀의 부드러운 목소리에 아스트리드의 마음이 따뜻해졌다. 아스트리드는 자신의 엄마에게서도 이런 따뜻한 말을 들을 수 있다면 얼마나 좋았을까 생각했다.

"난 혼자가 아니지만, 아스트리드는 혼자에요."

잠시 느꼈던 따뜻함은 사라지고, 갑자기 얼음물에 처박힌 듯한 느낌이었다. 물론 아스트리드는 그의 말을 객관적으로 생각할 수 있었다. 톰은 엄마의 허락을 얻는 동시에 아무 의심도 받지 않게 하려고 무슨 말이든 할 거라는 것을 알고 있었기 때문이었다. 그렇다 해도 진실은 쓰라렸다.

하지만 그녀는 자신을 불쌍히 여기고 있을 여유가 없었다. 아스트리드는 집에서 몰래 빠져나오지 못하며 소중한 몇 시간을 이미 날린 상태였다. 해틀러 부인은 여분의 이불과 베개를 가지고 나왔고, 톰은 소파 쿠션들을 자기 방으로 옮겼다. 그는 바닥에 대충 임시 침대를 마련했다. 톰의 엄마는 못마땅한 눈초리로 톰의 임시 침대를 살펴보더니, 아스트리드가 잘 침대로부터 충분히 떨어졌다 생각이 들었는지 이내 자신의 방으로 돌아가 잠을 청했다. 톰은 방에서 나와 아스트리드가 부탁한 차 한 잔을 만들기 위해 부엌으로 갔다. 한편, 아스트리드는 필요한 것들의 준비를 모두 마쳤다. 창턱과 문간을 따라 다즈보그에게 봉헌하는 촛불들을 배치하고 마른 회향 가루를 뿌렸다. 집 안으로 들어오려는 모든 악으로부터 둘을 보호하기 위함이었다. 아스트리드는 벽과 문 안쪽에 분필로 수호를 위한 상징을 그렸다. 톰이 큰 머그잔을 들고 방으로 돌아왔다. 예로부터 수면 보조제로 사용됐던 레몬 밤, 시계풀, 쥐오줌풀이 섞인 차의 향기가 공기 중을 떠돌았다.

"확실해?" 톰이 물었다.

"물론이지."

아스트리드는 그에게서 잔을 받아들고 차를 몇 모금 마셨다. 뜨거운 차에 목과 혀를 데었지만 신경 쓰지 않았다. 지난 5일 동안 잠을 이기기 위해 싸웠었다. 오늘 밤, 그녀는 정면으로 맞서야만 했다.

톰의 손에는 아스트리드의 것보다 더 큰 머그잔 하나가 더 들려 있었다. 아스트리드는 의아한 눈빛으로 그를 쳐다봤다.

"커피야." 그가 설명했다. "이거 마시고 잠 좀 깨려고."

"나 때문에 이렇게까지 해줘서 고마워."

톰이 미소를 지었다. "나한테 고마워할 필요 없어. 나 없이도 너는 계획대로 진행했을 거야. 넌 너무 고집이 세서, 무슨 말을 해도 그만두라고 설득할 수는 없을 것 같아."

"그건 그래."

"그럼 너한테 잘 보이는 편이 낫겠다." 톰이 농담을 건넸다. "그리고 아까 한 말은 진심이야. 네가 내 침대를 써. 어쨌든 난 침대에 눕지는 않을 테니까. 내가 네 옆 바닥에 앉아서…"

"그냥… 여기 내 옆에 있어도 돼." 아스트리드는 자신이 무슨 말을 하는지도 모른 채 그 말을 입 밖으로 내뱉었다. 그녀는 빨개진 얼굴을 들키지 않으려고 재빨리 시선을 돌렸다.

"그래." 톰이 즉각적으로 대답했다.

아스트리드는 톰을 등지고 앉아 혼자 미소를 지었다. 톰이 먼저 침대에 들어가 구석에 웅크린 채로 벽에 기대어 앉았다. 아스트리드는 그의 옆으로 가서 몸을 웅크리고는 조심스럽게 그의 어깨에 머리를 기댔다. 둘 다 아무 말도 하지 않았지만, 톰은 팔을 들어 올려 품에 그녀를 안았다. 아스트리드는 그의 가슴에 머리를 대고 눈을 감았다. 갑자기 지구상에서 톰의 품속보다 안전한 곳은 없을 것 같았다.

"느낌이 들기 시작하면 말이야…." 아스트리드는 입을 열었지만, 바로 하품을 했다.

"내가 널 깨울게." 톰은 단호한 목소리로 그녀를 안심시켰다. "무슨 일이 있어도, 제때 널 깨울게. 바로 여기 네 옆에서."

예상치 못하게 잠이 빨리 왔다. 자신의 두근거리는 심장을 톰이 느꼈는지 궁금해할 겨를이 없었다. 아스트리드는 톰이 느꼈길 바랐다. 무서워서가 아니라, 톰과 가까이 붙어있어서 그녀의 심장이 두근댔다는 것을 그가 알 수 있길 바랐다.

아스트리드는 속삭이는 자들에게 마치 고깃덩이를 바치듯 자신을 바칠 준비가 되어 있었다. 마침내 저항을 끝낼 때가 되었다. 그녀는 그들이 자신을 멀리 데려가기를 바랐다. 막스가 기다리고 있는 아득한 꿈나라로. 이것 말고는 막스를 찾을 방도가 없었다. 또한, 이것이 마지막 선택지가 되지 않기를 바랐다.

제 7 장

여섯 번째 밤

이번에는 뭔가 달랐다. 콕 집어 말할 수 없었지만, 아스트리드가 잠이 든 그 순간, 그녀는 알았다. 부드럽고 따뜻한 톰의 포옹이 사라졌기 때문이다. 아스트리드는 아직 그의 품 안에 있었지만 아무 느낌도 들지 않았다. 마치 그녀 혼자 몸을 웅크린 채로 마비된 것 같은 느낌이었다.

속삭이는 자 두 명이 반대쪽 구석에 앉아 있었다. 아스트리드는 그들을 볼 수 없었고 뒤를 돌아볼 수도 없었지만 그들의 존재를 느꼈다. 그들은 점점 가까워졌다. 그 순간, 아스트리드가 느끼는 두려움을 떨쳐버리긴 불가능했다. 아무리 원해도 공포에서 벗어날 수 없었다. 아스트리드는 무슨 일이 닥칠지 알고 있었다. 이렇게 되기를 원했기 때문이었다. 하지만 다 잘 될 거라고 확신할 수 없었다. 아스트리드는 그 공포가 자신의 내면에서 비롯되는 게 아니라, 속삭이는 자들이 주위에 온통 공포를 퍼뜨리고 진동처럼 내뿜고 있어서 그녀가 당해낼 수 없다는 것을 깨달았다.

나비의 날갯짓 소리가 점점 커지고 있었다. 그것이 그들의 속삭임이라는 것을 아스트리드는 이미 알고 있었다. 그녀의 마음을 망가뜨리고 상상할 수 없을 정도로 두려움을 증폭시키려는 속셈이 분명했다. 속삭이는 자들은 가까이 다가와 아스트리드의 손을 휘감았다. 그들은 침대 위쪽으로 떠올랐다. 점점 더 높이 올라가더니 어둠 속으로 아스트리드를 집어삼켰다. 어찌 된 일인지 이번엔 아스트리드가 깨어나려고도, 도망치려고도 하지 않았다. 속으로는 비명을 지르고 발로 차며 발버둥 쳤다. 맞서 싸우는 것과 같은 질긴 마음으로, 그녀는 끝없는 어둠 속을 향해 곤두박질쳤다.

아스트리드는 회색빛이 도는 안개 속에 홀로 떨어졌다. 속삭이는 자들은 어디에도 보이지 않았다. 그녀는 완전히 혼자였다. 어디를 보아도 회색의 허공이 똑같이 생긴 구름 형태로 맴돌며 사방에 펼쳐져 있었다. 어느 방향으로도 몸을 던질 수 있었지만, 그것은 중요하지 않았다.

잠시 후 안개가 갈라지며 협곡처럼 생긴 틈새가 생겼다. 작은 구름이 흰 토끼로 변하더니 아스트리드 발밑을 지나쳐 멀리 달아났다. 아스트리드는 달리기 시작했다. 그래야만 할 것 같아서 뛰었다. 어디로 가야 할지 몰랐지만, 안개 속을 뚫고 달렸다. 머지않아 그녀의 발소리가 점차 조용해졌다.

몇 분, 아니 몇 시간을 달리고 또 달렸다. 다리에 힘이 빠지고 옆구리가 쑤셨지만 그녀는 멈추지 않았다. 흰 토끼는 사라졌고 안개는 흩어졌다. 문득 주위를 둘러보니 횃불 두 개만이 양쪽 벽을 밝히고 있는 좁은 지하감옥 같은 방 안이었다.

갑자기 아스트리드 뒤에서 무언가 움직이는 소리가 들렸다. 방어하기 위해 팔을 들어 싸울 태세를 취했지만 아무도 없었다. 그녀는 몸을 돌려 다시 방안을 둘러봤고, 그 순간 충격에 뒷걸음질 쳤다. 바로 앞에 동생 막스가 있었다.

"막스!" 그녀는 안도감에 소리치며 동생에게 달려갔다. 하지만 그의 표정에 드러난 무언가가 아스트리드의 발걸음을 멈춰 세웠다. 그녀 입가의 미소가 얼어붙었다. 막스는 이제껏 바라본 적 없는 방식으로 아스트리드를 바라보고 있었다. 그것은 혐오와 증오였다.

"어떻게 된 거야?" 아스트리드는 조심스럽게 물었다.

"나한테 어떻게 이럴 수 있어, 누나?"

"무슨 말을 하는지 모르겠…"

"왜 날 여기 버렸어? 난 우리가 서로를 의지한다고 생각했는데! 누나가 날 사랑한다고, 그래서 항상 모든 걸 함께한다고! 언제까지고 아빠한테서 날 지켜줄 거라고 약속했잖아. 그게 다 거짓말이었어. 날 여기 두고 누나만 살아 돌아갔어. 누나는 나쁜 사람이야."

"막스, 지금 여기서 그럴 때가 아니야." 아스트리드는 힘없이 항변했다. 평소의 침착함은 사라지고 패닉 상태에 빠졌다. "지금, 여기서 나가야 해. 난 널 찾으려고 돌아온 거야. 지금 당장은 달아나야 해. 안전한 곳에 도착하면 모든 걸 설명해줄게."

아스트리드는 동생을 향해 손을 뻗었지만 막스는 그 손을 뿌리쳤다.

"내 생각을 말해줘? 누나가 나한테 또 거짓말을 하는 것 같아. 안전하다고, 아무 일도 없을 거라고 말했었잖아. 그런데 지금 우리가 어디에 있는데? 내가 결국 어디에 있는 거냐고? 누나가 날 버린 그곳에 있잖아! 누나를 믿었는데, 이게 다 누나 때문이야!"

"그건 사실이 아니야!" 불안한 듯 아스트리드의 목소리가 떨렸다.

"누나는 그냥 괴물이야. 주위 사람들한테는 전부 거짓말로 둘러대지만, 난 누나가 진짜 어떤 사람인지 알아. 주술을 부리는 걸 봤거든. 누나가 우리한테 악을 불러들인 거야. 우리가 겪었던 일은 누나 책임이야."

"그렇지 않아." 아스트리드가 눈물을 글썽이며 속삭였다. 그녀는 단지 환영일 거라고 자신을 설득하려 했지만, 당장 그녀의 내면을 갉아먹고 있는 두려움은 더 커졌다. 갑자기 막스 뒤에서 두 형체가 나타났다. 어둠 속에서 모습을 드러낸 그들을 보고 아스트리드는 공포에 질렸다. 아스트리드가 마주 보고 있는 것은 엄마와 아빠였다.

"평범하게 굴라고 내가 몇 번이나 말했어? 튀지 말고 지내라고 했잖아. 왜 다른 애들처럼 평범할 순 없는 거야?" 엄마는 아스트리드를 꾸짖었다. "너와는 상관없는 일에 참견하지 말라고 말했는데, 왜 내 말은 듣지 않았니? 네 동생만 잘 돌보면 됐잖아."

"그러려고 했어요, 정말이에요." 아스트리드는 기어들어 가는 목소리로 말했다.

"너한테 정말 실망했다." 그녀의 아빠가 호통쳤다. "네가 약속을 지킬 수 있을 거라 믿었던 내가 어리석었다."

"아빠…."

"누나 도움은 필요 없어." 막스가 이어 말했다. "이젠 너무 늦었어. 난 영원히 여기 갇혀 살겠지. 누나도 그래야 해. 누나가 있을 곳은 여기니까. 나랑 같이 있어."

"모두를 위해 그편이 낫겠다." 엄마가 막스의 말에 수긍했다.

"네가 여기 있으면 다치는 사람도 없을 거야."

"아니에요, 제발요." 아스트리드는 무릎을 꿇고 간절히 애원했다.

막스와 그녀의 엄마 아빠가 양쪽에서 내지르는 목소리가 점점 더 커졌다. 한마디 한마디가 가슴을 후벼 파는 것처럼 고통스러웠다. 그들은 아스트리드가 가장 듣기 두려워했던 말들을 뱉어내고 있었다.

❀

아스트리드는 놀랄 정도로 빨리 잠들었다. 톰은 그녀가 몹시 지쳐 보였기 때문에 그럴 만도 하다고 생각했다. 톰의 가슴에 머리를 기대자마자 그녀의 숨소리가 잠잠해졌다. 톰은 무슨 일이 일어날지 초조하게 기다렸지만, 처음 한 시간 동안은 아무 일도 일어나지 않았다. 머리 냄새를 맡을 수 있을 정도로 그녀는 톰의 가까이서 웅크린 채 곤히 잠들어 있었다. 팔이 저리고 손이 무감각해졌지만, 톰은 아스트리드를 깨울까 봐 꼼짝도 할 수 없었다.

잠이 든 아스트리드의 얼굴은 편안해 보였다. 사람들을 차갑게 대했던 가면이 사라지니 갑자기 연약한 어린아이 같이 느껴졌다. 톰은 그녀의 머리카락을 쓸어내리며 그녀가 마음속에서 어떤 고난을 겪든지 자신도 함께한다는 것을 전하고 싶었다. 하지만 무언가가 그를 가로막았다. 겁쟁이처럼 그녀 몰래 이런 짓을 하고 있다는 수치심이나 당혹감 같은 것이었다.

밤이 계속되었다. 톰은 움직이지 않는 아스트리드를 껴안고 침대에 누워, 그때 그들이 사라지지 않았더라면 어땠을까 생각했다.

어린 시절 우정이 계속 이어졌을까? 남녀 사이에 우정이란 게 가능했을까? 세월이 흐르면서 멀어지지는 않았을까?

참 기이한 일이었다. 여섯 살 어린아이였을 때 나는 대화를 끝으로 삶의 큰 덩어리가 잘려나갔고, 이제 어른이 되어 겨우 며칠을 함께 보냈을 뿐이었다. 하지만 그 며칠 동안, 톰은 아스트리드가 이 세상에서 자신과 가장 가까운 사람이라는 것을 마음속 깊은 곳에서부터 느꼈다. 그녀와는 무엇이든 이야기할 수 있었고, 떨어져 보내는 시간은 어쩐지 아무 의미도 없는 것 같았다. 무슨 이유에선지 아무것도 기억하지 못하지만, 지난 12년간 어디에 있었든 간에 그들은 함께였다. 톰은 온몸으로 확신했다. 그들은 10년 넘게 함께 지냈고, 기억 상실도 그들에게서 함께한 시간을 가져갈 수 없었다.

자정이 다된 마녀의 시간에, 아스트리드는 마침내 몸을 움직이기 시작했다. 처음에 톰은 그녀 다리에 쥐가 났을 뿐이라고 생각했다. 자신도 몸 여기저기가 몹시 쑤시고 뻐근한 상태였다. 하지만 아스트리드는 다리를 움찔하더니 곧 온몸이 뻣뻣해졌다.

"아스트리드?" 그가 조심스럽게 속삭였다.

아스트리드는 대답하지도, 깨어나지도 않았다. 몸 전체가 팽팽한 실처럼 긴장되어 있었다. 그녀의 눈꺼풀 너머에서 어떤 내면의 드라마가 펼쳐지고 있는 게 분명했다. 안구가 안절부절못하며 이리저리 움직이고 있었다. 아스트리드의 입에서 억눌린 신음이 흘러나왔다. 톰은 시야 한 편에서 움직임을 포착했다. 그는 살짝 고개를 들었다. 몇 시간 전 최면 상태에서 보았던 존재와 눈이 마주쳤다.

그들은 여기에 실제로 존재했다.

그들이 다가오고 있었지만, 톰은 눈 하나 깜짝하지 않았다.

✳

악몽이 바뀌었다.

무릎을 꿇은 아스트리드의 위로 할머니가 나타났다. 그러자 그녀의 엄마와 아빠, 그리고 막스가 갑자기 동작을 멈추고 동상으로 변했다. 하지만 할머니 헤다 말러는 지금처럼 늙고 피곤함에 찌든 모습이 아니었다. 아스트리드가 어린 시절 보았던 할머니의 모습 같았다. 갑자기 그녀는 아스트리드의 머리채를 세게 잡아당겼고 아스트리드는 울부짖었다.

"이번엔 뭐 때문에 우는 거냐? 그래, 실컷 울게 해주마!"

할머니는 놀라운 힘으로 아스트리드를 잡아당겼다. 그녀는 땅에 고꾸라졌고, 할머니는 그녀의 머리채를 잡은 채 질질 끌고 갔다.

"아파요!" 아스트리드는 팔다리를 허우적거리며 소리 질렀다.

"우리 집은 모든 게 이 계집애 위주로만 돌아가. 더는 못 해 먹겠어." 할머니는 악에 받친 목소리로 말했다.

"아빠!" 아스트리드는 간절히 아빠를 찾았다. 하지만 아빠는 꿈쩍도 하지 않았다. 동상처럼 멍하니 앞만 볼 뿐이었다.

"그동안은 내 아들이 널 구해줬겠지만 이젠 널 지켜주지 못해." 할머니는 호통쳤다. "앞으로는 허튼소리 하면서 빠져나가지 못할 거다. 그런 날들은 끝났어."

할머니는 인형을 끌고 가듯 아스트리드를 질질 끌고 갔다. 아스트리드의 눈에는 고통의 눈물이 차올랐다.

"그 말도 안 되는 소리를 네 머릿속에서 완전히 지워주마."

"할머니, 제발요. 너무 아파요! 할머니!"

할머니는 돌벽 앞에 멈춰섰다. 갑자기 그 벽에 문이 생겨났다. 아스트리드는 비명을 지르며 경악했다. 그 문은 자신의 집 지하실로 이어지는 문과 똑같이 생겼기 때문이었다.

"이러지 마세요, 할머니! 저, 착하게 굴게요, 약속해요. 이제부터 말 잘 들을게요!"

하지만 할머니는 전혀 개의치 않고 문을 열어 아스트리드를 발로 차 넣었다. 아스트리드는 문 입구를 지나 바로 쓰러졌고, 할머니는 아스트리드가 나오지 못하게 있는 힘껏 문을 몸으로 밀었다. 아스트리드는 간신히 문틀을 붙잡았지만, 그 순간 문이 쾅 닫히며 그녀의 손가락이 끼었다. 손가락뼈가 부서지는 소리가 들렸다. 아스트리드는 소리를 지르며 고통스러워했다.

"반항하지 마! 너는 그 안에 갇혀 썩어 문드러져야 해. 네가 있을 곳은 지하실이다. 너 같은 건 무거운 짐일 뿐이야."

결국은 문이 닫혔고, 아스트리드는 어둠에 휩싸였다. 썩은 냄새와 습기가 코를 강타했다. 그녀는 차가운 땅바닥에 앉아 캄캄한 어둠에 적응하려고 안간힘을 썼다. 불안하고 겁이 났지만, 이 비좁은 공간에 대해 생각하지 않으려고 필사적으로 노력했다. 시간이 지날수록 숨쉬기가 점점 더 어려워졌다. 그녀는 어둠 속에 숨어 있는 게 무엇인지 몰랐다. 알고 싶지 않았다.

'이건 꿈일 뿐이야, 그냥 악몽이라고. 진짜가 아니야.' 그녀는 쉬지 않고 혼잣말을 했다.

하지만 아스트리드의 마음은 자신의 말이 사실이라고 믿지 않왔다. 머릿속에서는 계속 경보음이 울렸다. 영원히 어둠 속에 갇혀버릴지도 몰랐다. 속삭이는 자들이 서서히 그녀를 질식시켜 그녀의 흔적은 아무것도 남지 않을 수도 있었다.

아스트리드는 무릎 위에 머리를 대고, 깊게 숨을 들이쉬려고 했다. 공황 상태에 빠져 발작을 일으킬 것 같았다. 그녀는 몇 시간을 그러고 앉아 있었다. 아니면 몇 초가 흘렀을 뿐일까? 여기서 빠져나갈 방법은 없었다. 그녀는 언제까지고 여기 갇혀있어야 할지도 몰랐다….

이건 게임일 뿐이란 것을, 아스트리드는 알고 있었다. 그들은 극도의 공포를 유발해 그녀의 정신을 무너뜨리려고 했을 것이다. 아스트리드는 스스로 자신의 한계를 극복할 수 있다고 믿고 싶었다. 이건 그저 꿈이라고, 자신을 설득할 수 있기를 간절히 바랐다. 하지만 지금 상황에서는 불가능해 보였다.

속삭이는 자들이 돌아왔다. 아스트리드를 사방에서 에워쌌다.

"대체 나한테 원하는 게 뭐야?" 아스트리드는 소리쳤다. "뭘 원하냐고? 내가 왜 여기 있는 건데?"

그들은 답이 없었다. 속삭이는 소리만 점점 더 커질 뿐이었다.

"내 동생 어딨어?" 그녀는 흐느끼며 간신히 말했다. "그 애한테 무슨 짓을 한 거야? 내 말 들려?"

우리와 싸울 생각 마라. 그들이 속삭였다. **우리와 함께하자.**

무언가가 아스트리드의 머리에 닿았다. 마치 누군가가 빨갛게 달궈진 꼬챙이를 피부에 대고 누른 것처럼, 관자놀이에 찌르는듯한 통증이 발생했다. 뒤이어 키 큰 낙엽송 나무들로 가득 찬 황량한 숲의 이미지가 그녀의 뇌리를 스쳤다. **마침내** 아스트리드는 어디를 찾아봐야 할지 알게 되었다.

※

"아스트리드!"

아스트리드는 비명을 들었다. 그리고 한참이 지나서야 비명을 지르는 사람이 자신인 것을 깨달았다. 그녀는 소리 지르는 것을 멈출 수가 없었다.

"정신 차려봐, 아스트리드! 나야. 넌 무사해!"

톰이 아스트리드를 흔들어 깨웠다. 아스트리드는 눈을 떴다. 자신의 앞에 있는 얼굴을 알아보고 나서야 비명을 멈췄다. 그래도 그녀는 숨을 제대로 쉴 수 없었다.

"괜찮아. 나 여기 있어." 톰이 그녀를 달랬다.

아스트리드는 한기를 느꼈다. 어찌 된 일인지 혼란스러워 주위를 둘러보았다. 그녀는 침대가 아니라 욕조에 누워 있었다. 수도꼭지에서는 얼음장처럼 차가운 물이 뿜어져 나오고 있었다. 머리카락과 잠옷이 흠뻑 물에 젖은 상태였다. 그녀는 자신을 꽉 껴안고 있는 톰의 팔을 붙잡고 있었다.

"잠깐만 이 손 놓을게, 잠깐만. 물을 잠가야 하거든." 톰은 상황을 설명했다. 그리고 재빨리 수도꼭지를 닫고 다시 그녀를 껴안았다. "이제 다 괜찮아. 내가 있으니까."

"이게 무… 무슨 일이야?" 아스트리드가 겨우 입을 뗐다.

"잠을 깨울 수가 없었어." 톰이 의기소침한 표정을 지으며 말했다. "네가 몸부림치기 시작했어. 무슨 일인지 몰라서 당황했어. 내 말에도 반응이 없고, 깨우려고 흔들어 봤지만… 아무 반응도 없었어. 그러다 찬물에 집어넣어 깨워 볼 생각이 들어서, 널 여기로 끌고 온 거야…."

아스트리드는 못 믿겠다는 듯한 눈빛으로 그를 바라봤다.

"자, 여기서 나가자. 감기 걸리겠어."

톰은 아스트리드가 일어서게 도와주었다. 일어서자 아스트리드의 발목까지 물이 찼다. 와중에 톰의 엄마가 문 앞에 나타났다. 그 광경을 본 그녀는 충격으로 입이 떡 벌어졌다.

"세상에! 이게 다 무슨 일이니?" 톰의 엄마가 당황스러워하며 물었다. "비명을 들었는데…." 톰을 바라보던 엄마의 시선이 물에 젖은 아스트리드로 향했다. 아스트리드는 오들오들 떨고 있었다.

"아스트리드가 악몽을 꿨어요." 톰이 엄마에게 설명했다. 그의 목소리는 놀랍도록 차분했다. "그런데 아스트리드를 깨울 수가 없어서…."

"그래서 저 애를 데리고 욕조에 들어갔단 거냐? 욕실은 반쯤 물바다로 만들어 놓고?"

아스트리드는 다리를 후들거리며 욕조 밖으로 발을 내디뎠다. 톰은 그녀에게 수건을 건넸고, 그녀는 수건으로 몸을 감쌌다.

"제가 치울게요, 엄마." 톰은 엄마를 안심시켰다. "다시 주무세요."

하지만 발레리아 해틀러는 그의 말을 믿지 않았다. 그녀는 아들을 내려다보며 문 앞에서 서성거렸다. 하지만 어떤 이유에서인지, 톰이 무언의 의지 싸움에서 이겼다.

"이 문제는 아침에 얘기하자꾸나." 그녀는 자신의 침실로 돌아가며 톰에게 말했다.

이제 욕실엔 물웅덩이에 나란히 선 아스트리드와 톰, 둘만 남았다. 무슨 말부터 해야 할지 몰라 머뭇거리다가 동시에 입을 열었다.

"나 속삭이는 자들을 봤어. 방에 있었어." 톰이 말했다.

"어디서부터 찾아봐야 할지 알았어." 아스트리드도 동시에 말했다.

톰이 놀라 얼어붙었다. "좋아, 네가 이겼어. 너부터 말해봐."

"이건 무슨 경쟁이 아니야!" 아스트리드는 기분이 상한 척하며 소리쳤다. "이겨봤자 하나도 기쁘지 않아."

"그냥 농담한 거였어." 톰이 그녀를 안심시켰다. "어서 말해봐. 준비됐으니까."

"난…" 아스트리드는 적절한 말을 찾고 있었다. "드디어 이해하게 된 것 같아. 우리의 꿈이 이 모든 것의 열쇠야…. 꿈을 통해 우리가 그곳으로 돌아갈 수 있어. 그런데 우리가 잠만 자면 된다는 뜻일까? 그렇진 않을 거야. 그건 너무 쉽거든. 조금 전에도 난 벼랑 끝에 있었어. 난 꿈으로 넘어가지 못했어. 충분히 멀리, 깊이 들어가지 못했지…. 지금까지 난 잘못된 방식으로 해왔던 거야."

"이해가 안 가. 무슨 말을 하고 싶은 거야?"

"우리가 있었던 그 장소는 우리 머릿속, 무의식 속에 있는 게 아니야. 생각해봐. 우리가 사라진 건 잠들거나 최면을 받을 때처럼 마음만 사라진 게 아니었잖아. 몸도 같이 사라졌어. 그럼 우리는 물리적으로 그곳에 갈 수 있어야 한다는 뜻이야. 꿈은 길을 찾는 열쇠일 뿐이지, 실제 통로가 아니야. 우리가 통과한 관문은 검은 숲 어딘가에 있어…. 이번 꿈에서 또 그 나무들을 봤어. 아주 또렷하게. 그리고 거기 가는 길도 봤지. 어렸을 때 가본 적이 있는 곳 같아. 우리가 진흙과 먼지를 뒤집어쓰고 나타난 이유가 바로 이거야…. 검은 숲으로 가야 해."

"하지만 경비대원들이 이미 숲을 수색했잖아." 톰은 분명 의심을 품고 있었다. "어디서 나타났는지도 모를 발자국이 있었다고 말했어. 그리고 마을 경계 너머에서는 아무것도 찾지 못했고."

"난 그들을 믿지 않아. 경비대원들도, 원로들도. 생각해봐. 진짜로 우릴 찾으려 했던 사람은 아무도 없었어. 그들은 12년 전에도 지금도 무슨 일이 일어났는지 신경 쓰지 않아. 막스에 대해서도 마찬가지야. 그 사람들은 그냥 아무 탈 없이 조용히 살길 원해. 마을 사람들을 진정시켜야 하니까 다 괜찮은 척하는 거야. 기도문을 읊어대고, 신에게 절을 하고, 모든 게 지나가길 기다리는 거지."

"하지만 다 괜찮지는 않은 것 같아. 오늘 통행금지를 발표한 걸 보면…."

아스트리드는 고개를 끄덕였다. "무슨 일이 벌어지고 있는지, 그들도 아는 거야. 올해 악령들의 밤에 악령들이 실제로 이 세계로 넘어와 우리 사이를 돌아다니고 있다는 걸 그들도 알고 있어. 만약 그 관문이 어딘가에 있다면, 분명 가까이에 있을 거야. 톰, 생각해봐. 통행금지, 그리고 숲에서는 아무것도 찾지 못했다는 그들의 주장. 이건 우리를 숲에 가지 못하게 하려는 수작이야."

"아스트리드, 검은 숲이 엄청나게 크다는 거 알지? 노련한 추적견도 거기서 길을 잃을 정도라고. 얼마나 거칠고 위험한 곳이겠어. 평생을 살면서도 그 숲 전체를 본 사람은 거의 없어. 게다가, 만약 관문이 그 안에 숨겨져 있다 해도, 생각조차 하기 싫은 생물체들이 지키고 있을 수도 있고. 정확한 장소를 찾으려면… 몇 주가 걸릴 수도 있어."

아스트리드는 톰의 눈을 쳐다볼 수가 없었다. 그 때문에 톰은 그녀 눈에 담긴 두려움을 읽지 못했을 것이다.

"알아. 하지만 이제 6일밖에 남지 않았는걸."

❊

그날 아침 기온이 영하로 뚝 떨어졌다. 허름하고 울퉁불퉁한 부엌 천장에 얼음꽃이 필 정도로 너무 추웠다. 도라는 아침으로 스크램블드에그를 만들며 스토브 앞에 서서 그 얼음꽃을 관찰했다. 가족들은 잠자코 밥을 먹었다. 도라는 문 앞까지 나가 아빠를 배웅했다. 그의 실루엣이 숲 가장자리 너머 나무 그림자 속으로 사라지는 것을 보고, 그녀는 서둘러 부츠를 신고 따뜻하게 옷을 껴입었다.

"누나 어디 가?" 잠이 덜 깬 올렉이 조그만 주먹으로 눈을 비비며 복도에 나타났다.

"시내에 가야 해." 도라가 모호하게 대답했다. "언제 돌아올지 모르겠네. 부엌에 먹을 것 있어. 누나가 나간 동안 서로 챙기면서 얌전히 있을 수 있니?"

"우린 어린 애가 아니야!"

도라는 억지 미소를 짓고는 동생의 머리에 입을 맞췄다. "아빠가 했던 말 알지…."

"우리 아무 데도 안 가." 올렉은 누나의 잔소리는 참을 수 없다는 듯한 말투로 그녀를 안심시켰다. "어차피 이런 날씨에 누가 밖에 나가고 싶겠어? 멍청이나 그러겠지."

도라는 겨울 모자를 귀까지 푹 눌러쓰고 밖으로 나갔다. 칼날처럼 차가운 바람이 온몸을 휘감고 드러난 뺨에 수천 개의 작은 바늘을 찔러대는 듯했다. 마을로 가는 언덕을 반도 못 내려갔는데 이미 뼛속까지 얼어붙을 지경이었다. 심장이 귀에 들릴 듯 쿵쾅거렸다. 그녀의 심박 수가 증가하면서 체온이 올라가 몸을 덥혀주었다. 가는 도중 뚱한 얼굴의 이웃 몇 명을 마주쳤을 뿐이었다. 그들은 코트의 깃을 높이 세우고 주머니 깊숙이 손을 찔러넣고 있었다.

도라는 다급하게 해틀러네 집 현관문을 두드렸다. 곧바로 아스트리드가 문 앞에 모습을 보였다.

"네가 왜 여기서 나와?" 도라는 깜짝 놀라 질문을 내뱉었다.

아스트리드는 대답 대신 허겁지겁 친구를 안으로 들였다. 그녀는 최대한 조용히 딸깍 소리를 내며 문을 닫았다. 도라는 무슨 일인지 물어보려고 숨을 들이쉬었지만, 그 순간 다른 방에서 톰과 해틀러 이모가 말다툼하는 소리가 들렸다.

"너희 둘이 그동안 무슨 짓을 했는지 모르겠지만, 난 마음에 안 들어. 엄마한테 숨기는 것도 싫고, 무슨 일이 일어나고 있는지도 전혀 모르겠어. 둘이 같은 트라우마를 겪으면서 가까워졌는지 모르겠다만, 갑자기 이런 식으로 아스트리드를 하룻밤 재우는 건 말이 안 돼, 톰. 밤새 자면서 소리를 지르면 어쩌려고. 넌 그 애를 돌봐줄 수 없어. 최면을 받으면서 뭘 알아냈는지는 모르겠지만, 그러면 안 돼…"

"제 일은 제가 알아서 할게요, 엄마." 톰이 엄마의 말을 가로막았다. "저도 성인이라고요."

둘이 다투는 소리를 듣고 아스트리드는 수치심에 고개를 떨궜다.

"네가 내 집에 사는 한, 어젯밤과 같은 일이 반복되는 것은 원치 않아."

"엄마 마음대로 저희에 대해 생각하는 거잖아요!"

"구스타프 린하트가 널 납치했어. 그게 다야! 그가 널 납치했다가 정신병원에서 풀려날 때 너도 풀어준 거야. 결국엔 양심의 가책을 못 이겨서 그랬겠지. 그리고 그는 이제 죽어서 없어. 참 잘된 일이지. 이야기는 이게 끝이야."

"엄마, 뭐가 그렇게 두려우세요? 무슨 일이 일어날 거라고 생각하는 건데요?"

"톰, 네가 걱정돼서 그래. 네가 다칠까 봐 겁나. 널 다시 잃고 싶지 않다는 게 정말 그렇게 이해하기 힘드니?"

"엄마는 왜 다른 사람들 따라서 게임을 하는 거예요? 여기서 정말 미친 일이 벌어지고 있다는 걸 왜 인정하지 못하냐고요?"

"톰, 너 무슨 얘길 하는 거니?"

방안은 침묵으로 가득 찼다. 아스트리드는 도라에게 톰의 방으로 가자고 손짓했다. 바로 그때, 갑자기 문이 열리더니 발레리아 해틀러가 복도에 들어섰다.

"오늘 내가 병원에서 근무하는 날이야. 저녁에 돌아올게." 그녀는 어깨너머로 아들을 향해 중얼거렸다. 복도에 서 있는 젊은 여자 두 명을 보고 그녀는 멈춰섰다.

"안녕하세요, 이모." 도라가 말을 꺼냈다.

해틀러 이모는 미소는커녕 화난 표정을 지었다. "여기 온걸 알면 네 아빠가 널 가만히 두지 않을 거다."

그 말을 남기고 해틀러 이모는 떠났다. 평소보다 더 세게 현관문을 닫고 나갔다. 도라와 아스트리드는 거실로 향했다. 톰은 그들에게 등을 돌리고 창밖을 내다보며 서 있었다. 그는 마음을 진정시켜야 했다.

"미안해." 아스트리드가 먼저 말했다.

"네가 미안해할 것 없어." 톰이 뒤를 돌아보며 아스트리드를 안심시켰다. 그는 억지로 미소를 지으려고 노력했다. "엄마는 그냥 히스테리를 부리는 거야. 금방 진정하실 거야. 지금은 처리해야 할 더 중요한 일이 있어. 도라, 소냐를 찾아갔을 때 뭐라도 알아냈니?"

도라는 기이했던 소냐와의 만남을 이야기하기 시작했고, 말을 하면서 겉옷을 벗었다. 무슨 이유에서인지 집안 난방이 최대로 작동되고 있는 것 같았다. 그들은 모두 소파에 앉았다. 아스트리드와 톰은 도라의 말을 주의 깊게 들으며 한 번도 방해하지 않았다. 도라는 몇 년 만에 처음으로 누군가 자신의 말을 들어주는 것에 행복감을 느꼈다.

"대낮에 거기 있었다고?" 아스트리드는 놀란 얼굴로 물었다. "속삭이는 자 중 한 명이?"

"침대 아래, 어둠 속에 숨어 있었어." 그 증거로 도라는 스웨터 소매를 걷어 올려 그 존재의 손길이 남긴 멍 자국으로 보여주었다. 그것은 아스트리드의 몸 여기저기에 남은 자국과 비슷했다. "문신이 내 목숨을 살린 것 같아. 피부 전체에 저린 느낌이 들었는데, 바로 날 놓더라고. 뒤로 물러났어."

"그러니까, 그들이 낮에도 어둠 속에 숨을 수 있다는 뜻이야?" 톰이 걱정스러운 목소리로 물었다. "그들이 더 강해지고 있는 거야? 숫자도 많아지고? 낮에도 우릴 공격할 수 있어?"

"그건 알 수 없어." 아스트리드가 이마를 찌푸렸다. "시간이 부족해서 그럴 수도 있어. 겨우 여섯 밤밖에 남지 않았잖아. 문신이 어느 정도 수호 역할을 해주는 건 확실해." 아스트리드는 생각에 잠겼다. "하지만 도라, 12년 전 널 구한 것은 문신이 아니었어."

아스트리드의 말을 들은 도라의 맥박이 솟구쳤다. 수년간 그녀는 누군가가 그 수수께끼를 풀어줄 수 있기를 바랐다. 하지만 그런 일이 일어나지 않을 거라고 거의 포기한 상태였다. "뭐라고?"

아스트리드는 손바닥을 오므려 조심스럽게 도라의 들리지 않는 귀에 가져다 댔다. 도라의 몸에 소름이 돋았다.

"이게 무슨 뜻이야?"

"넌 그들의 말을 듣지 못했어. 네가 옆으로 누워 자는 동안, 들리지 않는 쪽 귀에다 속삭이고 있었던 거지. 이제 기억나? 그래서 속삭이는 자들의 공격에도 무사했던 거야."

그렇다면… 도라가 무사했던 게 우연이라는 말인가? 그게 전부라고? 하지만 그 순간 도라는 그게 전부가 아니라는 것을 깨달았다. 단지 **우연**만은 아니었다. 도라는 항상, 매일 그쪽으로 누워서 잤다. 그러면 아스트리드와 마주 보고 우스운 표정 짓기 놀이를 할 수 있었기 때문이었다. 아스트리드가 그녀를 구했던 것이다.

"그나저나 최면은 어떻게 됐어? 성공했니?" 도라는 빨개지는 얼굴을 감추기 위해 재빨리 물었다.

아스트리드는 인상을 썼다. "반쯤 성공이었어. 지난번보다는 더 깊이 들어갔는데, 충분하지는 않았어."

"그 장소를 찾을 열쇠는 검은 숲에 있는 것 같아." 톰이 설명했다.

도라는 곧바로 아빠를 떠올렸다. 두려움에 가슴이 철렁 내려앉았다. 아빠는 보통 밤낮을 가리지 않고 그 숲에서 살았다. 아빠에게 무슨 일이 생긴다면 어떻게 해야 할까?

"너희 아빠는 누구보다 그 숲을 잘 아시잖아." 아스트리드가 말했다.

"안돼. 그런 생각은 하지도 마." 도라는 터져 나오는 실소를 간신히 참으며 대답했다. "아빠가 알면 산채로 가죽을 벗길 거야. 우리 셋 다. 우리를 데리고 거기에 갈 리가 없어. 너랑 이야기하는 것도 허락하지 않았었는데. 그만둬."

"그래도 뭔가를 말해주실 수도 있잖아." 톰은 설득하려 했다.

"내가 아는 거라곤 지난 며칠 동안 숲에서 이상한 일이 벌어지고 있다는 거야." 도라는 마지못해 인정했다. "특별한 이유 없이 동물들이 죽고 있어. 무리 전체가 사라지기도 했지. 그 문제로 아빠가 걱정하고 있어."

아스트리드와 톰은 눈짓을 주고받았다. 또 한 번 둘이 말없이 소통하는 것처럼 보였다.

"도라, 잘 생각해봐. 혹시 숲속에 아무도 입에 올리지 않는 장소가 있니? 모두가 피하는 곳? 아빠가 너한테 무언가에 대해 경고했을지도 몰라."

도라는 생각했다. 어렸을 때, 엄마가 살아계시고 동생들이 아직 태어나지 않았을 때, 아빠는 이따금 자신을 숲에 데리고 가곤 했다. 그녀는 아빠를 따라다니며 야생동물을 관찰하고, 야생 딸기나 버섯을 따서 나중에 집에서 말렸다. 아빠는 곰이 사는 협곡에 대해 말하며, 산 위쪽을 배회하는 늑대 무리에 대해 경고했다. 사람들이 생각하는 것보다 숲은 훨씬 더 위험하다고, 아빠는 말했었다.

"떠오르는 게 없네." 도라는 고개를 저었다. "미안해."

"괜찮아." 아스트리드는 도라를 안심시켰다. "어쨌든 우린 숲속으로 들어가야 해."

"검은 숲으로 가겠다고?" 도라는 잘못 들은 건가 싶어서 되물었다.

"응"

"오늘 밤에." 톰이 거들었다.

"우리와 같이 가줬으면 좋겠어." 아스트리드가 제안했다. "숲은 위험하지만, 그래도 네가 우리 중에선 숲을 제일 잘 알잖아."

도라는 아스트리드가 하는 말이면 자동으로 동의하곤 했다. 하지만 이번에는 대답하기가 어려웠다. 도라는 그곳에 가지 않겠다고, 아빠에게 약속했었다. 동생들을 돌보겠다는 약속도 했다. 그녀는 아빠와 한 약속들을 지키겠다고 맹세해야 했다. 신은 맹세를 어기는 자에게 벌을 주기 때문이었다.

아스트리드는 친구가 망설이는 것을 감지했다. "위험하다는 거 알아…."

"할게." 도라는 자신도 모르게 말했다. "같이 가겠다고."

아스트리드는 격려의 표시로 도라의 손을 꼭 쥐었다. "도라, 한 가지 더 부탁하고 싶은 게 있어. 우린 소냐에게도 같이 가자고 할 거야."

도라는 소파에서 벌떡 일어났다. "미쳤어? 너도 그 애를 봤잖아. 소냐는 완전히 정신이 나갔어. 도대체, 자기 그림자도 무서워하는 애가 너를 따라가겠니? 그 애가 숲에 발을 들일 일은 절대 없을 거야."

"우리 중에 무언가를 기억하는 애는 소냐 밖에 없어." 톰이 끼어들었다. "그 애는 우리한테 말한 것보다 더 많은 것을 알고 있어.

그곳으로 돌아가는 길을 알고 있을지도 몰라."

아스트리드가 덧붙였다. "정말로 그곳이란 게 있다면 말이야."

도라는 아무도 자신의 말을 듣지 않는 것 같았다. 친구들의 마음은 이미 숲속에 들어간 듯했다. 그들의 무엇이 위험한지, 무슨 일이 일어날 수 있는지 전혀 깨닫지 못하는 것 같았다.

그때 도라는 불쌍한 막스가 떠올랐다. 아스트리드에게 막스를 되찾을 수 있도록 도와주겠다고 약속했었다. 그 약속이 도라가 아빠와 한 약속과 완전히 어긋난다는 것이 문제였다. 무엇이 옳은 선택인지, 도라는 어떻게 판단할 수 있을까?

"소녀가 우리와 함께 가도록 설득할 방법을 알아내야 해." 도라가 마침내 말했다.

제 8 장

일곱 번째 밤

아스트리드와 친구들은 온종일 숲으로 원정 나갈 준비를 했다. 하지만 밤이 다가오자 아스트리드조차 이게 좋은 생각인지 의심하기 시작했다. 아스트리드는 두려움이 자신을 지배하려 한다는 것을 알았다. 지나치게 피곤하고 흥분하기도 해서 기분이 좋지 않았다. 아스트리드는 마지막으로 푹 잠을 잔 게 며칠 전인지도 기억이 안 났다. 눈이 저절로 감기기 시작했고 집중력도 떨어졌다. 무엇을 하든 더 오래 걸렸다. 심지어 말하는 것도 점점 더 어려워지는 느낌이었다. 깨어있을 수 있는 유일한 이유는 톰이 부지런히 커피를 제공해줬기 때문이었다.

아스트리드와 톰은 야간 순찰을 피하려고 해가 지기 전에 마을을 떠났다. 마을에서는 통행금지가 지켜지고 있는지 감독하려고 순찰을 돌고 있었다. 들판을 가로질러 숲으로 가는 길에, 둘은 한마디도 주고받지 않았다. 아스트리드는 알고 있었다. 톰도 자신처럼 이게 옳은 짓인지 아니면 완전히 미친 짓인지 고민하고 있다는 것을. 그들은 도라의 집에서 멀지 않은 교차로에서 저녁 7시 정각에 도라와 만나기로 했다. 하지만 생각보다 날이 일찍 저무는 바람에, 약속 장소에서 둘만 시간을 더 보내게 되었다.

해가 지자, 다가오는 어둠과 함께 더 지독한 한기가 둘을 덮쳤다. 마지막 햇살이 산꼭대기 너머로 사라지자, 톰과 아스트리드는 서로를 볼 수 없을 정도로 짙은 어둠에 휩싸였다. 나란히 선 둘은 추위에 이가 덜덜 떨려왔다. 움직일 엄두조차 내지 못했다.

아스트리드는 가슴팍으로 고개를 떨구며 몇 번이나 잠이 들뻔했다. 너무 피곤해서 서서라도 잘 수 있을 것 같았다. 영원처럼 느껴졌던 시간이 흐른 어느 순간, 근처에서 두 개의 빛줄기가 나타났다.

"기다려." 톰은 속삭이듯 경고했다. 하지만 아스트리드는 미리 합의한 대로 손전등으로 신호를 보내기 시작했다. 불빛이 점점 가까워졌다. 눈이 뽀드득거리는 소리만이 섬뜩한 정적을 가르고 있었다. 그리고 그때, 도라가 바로 뒤에 소냐를 데리고 공터에 나타났다. 아스트리드는 믿을 수 없었다. 도라가 정말 해냈다는 사실을.

"늦어서 미안해." 도라가 살짝 당황해하며 사과했다. "아빠가 평소보다 좀 늦게 술집에 가시는 바람에."

"너희 아빠는 네가 사라진 걸 눈치채지 못하시겠지?" 아스트리드가 확실히 했다. 그녀는 친구가 자신 때문에 더 큰 문제에 휘말리는 것은 바라지 않았다. "몸이 안 좋아서 일찍 자러 가겠다고 말씀드렸어."

"잘 자고 있나 확인하러 오시면 어떡하지?"

"월경 중이라고 말하면 아빠는 내가 무슨 역병 환자인 것처럼 나를 피해." 도라가 얼굴을 붉혔다. "아빠는 월경에 대해 어떻게 말해야 할지 모르니까, 그냥 모르는 척해. 심지어 이틀 동안 꼼짝하지 말고 침대에서 쉬라고 하고 날 내버려 두거든."

두 사람의 대화는 소녀의 존재로 인해 생긴 긴장을 감추기 위한 시도였다. 사실, 아스트리드는 도라가 소녀를 설득할 수 있을 거라고 기대하지 않았다. 아스트리드는 어떻게 해냈는지 묻고 싶었지만, 지금은 때가 아니라는 것쯤은 알았다. 세 명은 모두 어색한 눈길을 교환했다.

뜻밖에도 소녀가 제일 먼저 입을 열었다. "우리 집은 애들이 많아서 나 하나쯤 사라져도 부모님은 눈치 못 채실 거야."

소녀의 말이 농담인지 아닌지 몰라서 아무도 웃을 생각을 못 했다.

"난 도라한테 빚진 게 있어서 왔을 뿐이야." 소녀가 덧붙였다. "난 너희들을 믿지 않아. 아스트리드, 너도 믿지 않아." 소녀는 아스트리드의 눈을 똑바로 바라보았다. "그리고 이번이 너와 얘기하는 마지막일 될 거야."

소녀의 말에 침묵이 흘렀다.

"공평한 거래인 것 같네." 결국은 톰이 말했다. "아스트리드, 어떻게 생각해?"

"어서 가자." 아스트리드는 대답 대신 이렇게 말하고 뒤쪽 숲으로 길을 안내했다.

그들은 서로 가까이 붙어서 걸어갔다. 숲속으로 더 깊이 들어갈수록 그들 사이의 거리도 더 좁혀졌다. 어두운 숲, 칠흑 같은 어둠, 끝없는 침묵이 사방으로 펼쳐져 있었다. 그들은 사람들이 걸어 다져진 길을 따라 걸었다. 아스트리드는 자신이 조만간 뭔가를 기억해내기를 바랐다. 그래야만 했다. 바위나 뿌리째 뽑힌 나무… 어쩌면 익숙한 것을 발견할지도 몰랐다. 도라의 집에 찾아가기 전에 어디에 있었던 걸까? 어느 방향을 달렸을까? 이 길을 따라갔을까? 동쪽에서 달려왔을까, 아니면 반대 방향에서였을까?

잠시 후 소냐가 무리를 이끌기 시작했다. 그들이 왔던 곳으로 가는 길을 기억한다며 나머지를 설득했다. 하지만 그 후 톰과 도라가 묻는 말에는 아무 대답도 하지 않았다. 아스트리드는 침묵을 지켰다. 자신의 질문으로 소냐를 다시 화나게 하고 싶지는 않았다. 하지만 궁금한 것을 꾹 참고 아무 말도 하지 않는 건 쉽지 않은 일이었다.

숲속으로 더 깊숙이 들어갈수록 주위에는 생명의 흔적이 줄어들었다. 바람도 멎었고, 벌거벗은 나무들만이 쓸쓸히 서 있었다.

"방금 그 소리 들었어?" 도라가 갑자기 물었다.

모두가 얼어붙었다.

"뭔데?" 톰이 속삭였다.

"이제 잠자리에 듭니다. 악령들은 저희에게 닿을 수 없으므로 저희는 깨어날 것입니다." 소냐가 완전히 겁에 질려 중얼거렸다. "이토록 신성한 밤의 시간에 고대의 신들에게 도움을 청합니다. 아침 해가 뜰 때까지, 사악한 손길로 흔들어대는 노츠니차로부터 저희를 보호해주소서."

"쉿." 아스트리드는 짜증스러운 목소리로 소냐에게 속삭였다. 소냐의 기도 소리가 너무 커서 아무것도 들을 수 없었다.

하지만 소냐는 아스트리드를 무시했다. "이제 잠자리에 듭니다. 악령들은 저희에게 닿을 수 없으므로 저희는 깨어날 것입니다." 소냐가 벌벌 떨며 중얼거렸다. "이토록 신성한 밤의 시간에 고대의 신들에게 도움을 청합니다. 아침 해가 뜰 때까지, 사악한 손길로 흔들어대는 노츠니차로부터 저희를 보호해주소서. 맙소사, 여길 오지 말았어야 했는데. 여길 오는 게 아니었어."

"소냐." 도라가 다급히 간청했다. "제발 진정해…."

"이제 잠자리에 듭니다. 악령들은 저희에게 닿을 수 없으므로 저희는 깨어날 것입니다." 소냐는 기도문을 세 번이나 연속해서 읊어댔다. "난 조용히 할 수가 없어. 내 기도 소리가 들려야 신들이 날 보호해줄 거 아냐. 노츠니차, 넌 날 지배할 수 없어." 소냐는 겁에 질려 아스트리드를 가리켰다.

"소냐, 진정해." 도라가 간청했다. "그들이 우리를 찾아낼 거야."

"그들은 우릴 찾을 필요가 없어, 모르겠니?" 소냐는 광적으로 소리쳤다. 손전등에 비친 그림자 속에서 그녀의 창백한 얼굴이 섬뜩했다. "그들은 항상, 어디에나 있어. 저 애 때문에 여기 있는 거야. 아스트리드가 우리에게 저주를 내린 거라고. 아스트리드가 노츠니차야."

"뭐라고?" 아스트리드는 더 이상 참지 못하고 목소리를 높였다. 난무하는 비난에 지쳐가고 있었다.

"그럴 리가." 도라가 겁에 질려 속삭였다.

"아스트리드가 뭐라고?" 톰은 알아들을 수가 없었다.

소냐는 주먹으로 자신의 관자놀이를 때리기 시작했다. 내면에서 싸움이 벌어지고 있는 듯했다. 도라는 소냐의 양팔을 옆구리에 붙여 움직이지 못하게 하려 했다.

"노츠니차는 밤과 악몽을 다스리는 악마야." 도라가 설명했다. "어렸을 때 부모님이 노츠니차 얘길 하면서 우릴 겁주려고 했던 거 생각나? 일찍 잠자리에 들지 않으면 한밤중에 노츠니차가 잡으러 올 거라고 했잖아. 폴루드니차와 비슷한 거야. 농부들이 한낮에 는 쉬어야 하는데 그렇지 않고 들에서 일하고 있으면 그에 대한 벌로 아이들을 납치하는 악마. 황혼 마녀 클레카니차도 해진 뒤에 돌아다니면서 저녁 기도 시간에 늦은 사람들을 쫓아다니지. 말 안 듣는 아이들이 어른들 말 잘 듣게 하려고 들려주는 세 자매 이야기 야…."

"하지만 그것들은 진짜가 아니지?"

아스트리드는 톰이 자신을 바라보는 모습에 깜짝 놀랐다. "너, 내가 무슨 밤의 악마 같은 거라고 진짜 믿는 건 아니지?" 아스트리드가 성을 냈다. "맙소사, 난 어둠을 무서워하잖아. 내가 어떻게 그럴 수 있겠어?"

"아니, 그런 뜻이 아니었어." 톰이 아스트리드를 안심시켰다. "하지만 생각해봐. 속삭이는 자들은 다 어디서 나왔을까? 그냥 뜬금없이 등장했을까? 그럴지도 모르지. 하지만 누군가 그들을 소환한 거라면?"

별안간 소냐가 비명을 질렀다. 소냐는 무릎을 꿇고 두 손으로 관자놀이를 눌렀다. 소냐는 발작을 일으키는 것처럼 보였다.

"나랑 같이 소냐 좀 도와줘!" 도라가 친구들을 향해 울부짖었다. "소냐, 내 말 들려? 우리가 옆에 있어. 넌 안전해. 아무 일도 일어나지 않을 거야."

소냐의 흐느낌이 점점 더 커졌다.

"내 말이 안 들리는 것 같아. 제발, 소냐! 소냐, 나야 도라."

아스트리드는 그 자리에 얼어붙었다. 움직일 수도, 말을 할 수도 없었다. **말 안 듣는 아이들이 어른들 말 잘 듣게 하려고 들려주는**

이야기. 하지만 그게 전부가 아니라면?

"소냐의 말이 사실이라면, 그리고 속삭이는 자들이 노츠니차의 수하일 뿐이라면, 막스는 밤의 악마에게 붙잡혀 있는 걸까?" 아스트리드가 불쑥 말을 꺼냈다.

아스트리드의 말에 도라와 톰이 동시에 돌아보았고, 결정적인 순간 그들은 소냐에게서 눈을 떼었다.

"맙소사, 큰일이네." 도라가 가장 먼저 반응했다. "내가 생각했던 것보다 훨씬 더 심각해. **더 나빠지긴 힘들 거라고** 생각했는데."

"방금 그렇게 된 거야." 톰이 말했다. 톰은 그제야 셋밖에 남지 않았다는 것을 깨달았다. "소냐! 돌아와, 소냐!"

"어디로 간 거야?"

그들은 희미하게 남은 발자국을 따라 달려갔다. 아스트리드는 도중에 친구가 떨어뜨린 손전등을 집어 들었다. 소냐는 깜깜한 어둠 속으로 몸을 던졌다. 어떤 절망을 품었길래 그런 짓을 하게 된 걸까? 아스트리드는 상상조차 할 수 없었다.

"소냐!"

그들은 이제 더 이상 조용히 움직이려고 하지 않았다. 고요한 숲 속에서 발소리가 사방으로 울려 퍼져도 상관하지 않았다. 손전등이 발사하는 빛줄기가 나무줄기에 반사되며 무시무시한 그림자놀이를 연출했다. 그것이 착시현상이 아닐 수도 있고, 속삭이는 자들이 그들의 일거수일투족을 지켜보며 잡아가기에 적당한 순간을 기다리고 있을 수도 있다는 사실을 아스트리드는 애써 무시했다.

"소냐, 거기 서!"

세 사람 사이의 거리가 점점 벌어졌다. 달리기가 빠른 톰이 제일 앞섰고, 도라는 생각보다 민첩해서 결국 아스트리드가 뒤처졌다. 며칠 전에도 이 길을 따라 달렸을지 아스트리드는 궁금했다. 그들도 처음에는 함께였지만, 나중에 서로의 행방을 놓친 걸까? 아니면 관문을 통과하는 순간 서로를 잊었을까? 혹은 광란의 도주를 하는 바람에 기억을 두고 온 걸까?

숲이 점점 듬성듬성해졌다. 어둠이 옅어지고 있다는 것을 깨닫기도 전에 그들은 처음 만났던 갈림길로 돌아왔다. 아스트리드는 멈춰 섰다. 상황이 안 좋았다. 이곳으로 돌아오면 안 됐다. 이제 겨우 숲속에 들어왔는데 지금 돌아 나오면 안 될 일이었다. 막스를 구할 기회였기 때문이었다. 아스트리드는 돌아가야 했다.

"아스트리드?" 무슨 본능인지, 도라는 멈춰 서서 뒤를 돌아봤다. 아스트리드와 눈이 마주쳤다. "혼자 거기 가지마. 알겠어?"

"하지만…."

도라는 아스트리드의 대답을 기다리지 않고 계속 달렸다. 톰과 소냐는 서서히 멀어졌다. 아스트리드는 막스를 구하기 위해 무엇이든 하겠다고 자신과 약속했다. 이번이 그 기회였다. 두 번 다시 없을 기회일 수도 있었다. 하지만 친구들은 아스트리드의 도움이 필요했다. 친구들이 아스트리드를 위해 모든 위험을 감수했기 때문에, 그녀도 그 빚을 갚아야 했다. 그리고 소냐에게도 마음의 빚이 있었다. 소냐의 정신은 영영 회복되지 못할 게 분명했다.

"젠장, 될 대로 되라지." 아스트리드는 욕을 내뱉고는 다른 친구들 뒤를 쫓았다.

"소냐! 소냐, 멈춰!"

소냐는 들판을 가로질러 마을을 향해 달려가고 있었다. 이제 그들은 큰 곤경에 처할 게 분명했다. 제시간에 소냐를 막기란 불가능했다. 근처에 있는 순찰대가 소냐를 발견할 테고, 그 이후로는 어떤 거짓말도 소용없는 일이었다.

쟁기질한 들판은 함정과 구덩이가 가득한 지뢰밭 같았다. 아스트리드는 그 위를 달리다 발이 걸려 발목을 삐끗할 뻔하기도 했다. 그사이 마을 언저리에 도착한 소냐는 지칠 대로 지쳐서 무릎을 꿇고 쓰러지고 말았다. 더는 달릴 의지가 없어 보였다. 바로 뒤를 쫓던 톰은 소냐의 옆에서 무릎을 꿇고 그녀를 팔로 감싸 안았다. 이시점에서는 불필요한 동작이었지만 다시 도망가지 못하도록 하기 위함이었다.

도라와 아스트리드는 나머지 둘로부터 겨우 몇 발짝 뒤에 있었다. 그때 어둠 속에서 경비대원 두 명이 나타나 길을 막았다.

"너희들은 원로들의 명령을 어겼다." 그중 한 명이 딱딱한 어조로 말했다. "해가 진 후에는 외출 금지다."

소냐가 요란하게 흐느껴 울고 있었다. 도라와 아스트리드는 그 자리에서 몸이 굳었다.

"죄송합니다." 톰은 경비대원들과 이성적으로 이야기하려 했지만, 숨이 차오르는 바람에 말이 잘 안 나왔다. "저희는, 저희는 그냥…"

"해는 벌써 몇 시간 전에 졌어." 경비대원이 톰의 말을 잘랐다. "네가 저지른 잘못에 대해 원로들로부터 심문을 받아야 할 것이다."

톰과 아스트리드는 짧게 눈빛을 교환할 수 있었다. 톰이 무슨 생각을 하는지, 아스트리드는 알고 있었다.

'**도망가**' 톰이 입 모양으로 아스트리드에게 말했다. 아스트리드는 냅다 뒤돌아 달려갔다. 도라도 마찬가지였다.

"거기, 멈춰!" 경비대원이 아스트리드에게 달려들어 잡으려 했지만, 그녀는 그의 손아귀를 빠져나갔다. 아스트리드를 낚아채려 했던 대원의 거대한 손은 그녀의 등을 살짝 스쳐 지나갔다. 아스트리드는 놀란 토끼처럼 건물 사이를 미친 듯이 헤매며 달렸다. 아스트리드는 그에게 잡힐 수 없었다. 지금 그녀를 움직이게 하는 것은 단지 민첩성이 아니었다. 그 원동력은 상상할 수 없는 공포였다.

"이 쥐새끼 같은…." 그녀의 뒤에서 경비대원이 헐떡거리며 숨을 몰아쉬었다.

큰 소리로 경고하며 호루라기를 불어대는 소리가 마을 전체에 울려 퍼졌다. 순찰대는 이미 아이들 소식을 들어 알고 있었다.

※

경보가 울리자 주민들은 즉시 밖으로 모여들었다. 마을 사람 거의 전원이 나타났다. 사람들은 앞다투어 나서거나 목을 빼고 두리번거리지 않았다. 서로 거리를 유지하며 조용히 기다렸다. 톰은 구경거리가 된 기분이었다. 소냐는 그의 옆에 누워 이해할 수 없는 말을 중얼거리며 얼굴을 흙 속에 파묻고 있었다. 도라는 몇 미터 떨어진 곳에서 잡혔다. 경비대원 중 한 명이 그녀를 거칠게 끌고 와서 두 사람이 있는 쪽으로 내동댕이쳤다.

한 남자가 말문을 열었다. "지난 며칠 동안, 마을에서 목격된 징후와 이상한 사건들은 모두 올해 악마의 밤이 그 어느 때보다 강력하다는 것을 보여줍니다. 우리 마을은 보호받지 못했습니다. 밤에 땅 위를 떠도는 어둠의 세력으로부터 마을을 지키지 못했습니다. 그리고 여기 이 아이들은 무책임한 행동으로 우리를 더 큰 위험에 빠뜨렸죠."

군중들이 웅성댔다. 한 여자는 숨을 헐떡였다. 마을 사람들은 기도하는 마음으로 손가락을 꼬아 이마와 입술에 가져다 댔다.

"악마들이 우릴 공격할 때는 그만한 이유가 있소!" 누군가 군중 속에서 소리쳤다.

"우리는 대를 이어 그들의 공격을 막아왔어요!" 주민 몇 명이 동조하며 투덜거렸다.

그때 뒤에서 어떤 목소리가 군중을 휩쓸었다. "이게 다 저 세 녀석 탓이오. 우린 12년 동안 평화롭게 살았다고요!"

"옳소!"

"저 애들이 나타날 때까지 아무 문제 없었어요!"

도라의 입술에서 겁에 질린 신음이 새어 나왔다. 다른 사람들이 자신들을 바라보는 방식에 톰은 불안해졌다. 그들의 분노를 느낄 수 있었다.

"우린 아무 짓도 안 했어요." 톰은 자신을 변호했다.

쑥덕거리는 소리가 점점 더 커졌다.

"너희들 때문에 우리 모두에게 불운이 닥친 거야!" 한 여자가 아이들을 향해 손가락질했다.

그때 마침 톰의 엄마가 격분한 군중을 헤치고 세 사람 앞에 나섰다. 처음에는 톰을 보고 안도하는 표정이 역력했지만, 그 안도감은 곧바로 분노로 바뀌었다. 그녀는 자신의 몸으로 아들을 보호하려는 듯 톰의 앞에 섰다.

"내 아들한테 이렇게 하도록 내가 내버려 둘 것 같아? 이 애는 당신들한테 아무 짓도 하지 않았다고! 생각이란 걸 해봐! 지금 아이들을 때려죽이기라도 하겠다는 거야? 이 애들은, 그 가족들은 그 모든 일을 다 겪었어!"

"입 닥쳐, 발레리아." 누군가가 군중 속에서 그녀에게 소리쳤다. "마을을 위한 최선이 뭔지 당신이 알아? 당신은 수년간 신성모독자에 불과했어." 어떤 이가 웃음을 터뜨렸다.

"겁쟁이처럼 사람들 속에 숨지 말고 내 앞에 와서 말해!" 그녀가 쏘아붙였다.

그러자 군중은 다시 갈라졌다.

"도라!" 거친 목소리가 침묵을 깼다.

톰은 옆에서 도라가 떨고 있는 게 느껴졌다.

"아빠." 도라가 중얼거렸다.

도라의 아빠는 딸의 해명을 기다리지 않고 숲에서 잡은 사냥감을 끌고 가듯 그녀의 코트를 잡고 끌고 가기 시작했다.

"로트너! 저 애들은 원로들의 심문을 받아야 해! 통행금지를 어겼어."

도라의 아빠는 분노의 화신 같은 모습으로 돌아섰다. "당신들 모두 지금 통행금지를 어기고 있잖소." 그는 가까이에 있는 사람들을 손가락으로 가리켰다. "이 일은 내가 알아서 처리하겠소. 내 자식이니까."

아무도 그에게 대항하지 못했다. 로트너 가족이 떠나고 군중은 잠시 침묵했다. 곧이어 사람들은 자신들이 한밤중에 무방비로 집 밖에 서 있다는 것을 깨달았다.

"당신들 말이 맞아요!" 소냐가 갑자기 소리쳤다. 놀란 듯 웅성거리는 소리가 군중 속에서 퍼졌다. "우리 잘못일지도 몰라요!"

"소냐!" 톰이 애원하듯 그녀를 책망했다.

"눈을 떠요!" 소냐가 목청껏 소리쳤다. "마을은 저주받았어요! 악마들이 우리 사이를 걸어 다녀요! 당신들의 영혼을 구해야 해요!"

누군가가 비명을 질렀다. 군중의 소리가 커졌다. 잠시 후, 아이들의 울음소리가 혼란 속에서 들려왔다.

군중들 사이에서 고성이 들렸다. "밤새도록 천둥소리가 들리고, 거리에서는 사람들이 울부짖네. 인간의 모습을 한 악마들이 돌아다니고 있는데…." 몇몇 사람이 일제히 외쳤다. "틀림없이, 집 밖으로 나간 사람은 죽임을 맞이했고…."

대혼란이 일어났다. 동시에 사람들은 톰과 소냐를 잊었다.

❋

다른 순찰대가 와서 경비대원과 만난 순간, 아스트리드는 대원으로부터 도망칠 수 있었다. 그녀를 쫓고 있었다는 사실을 갑자기 잊은 것처럼, 경비대원은 다른 사람들과 함께 뒤로 달려갔다. 마을 종이 경보를 울리고 있었다. 사람들은 집 밖으로 나와 무슨 일인지 목을 내밀어 확인했다.

아스트리드는 속도를 늦추고 사람들 사이로 섞였다. 다른 사람들처럼 어깨너머로 살펴보는 척했지만, 실은 천천히 공동묘지 쪽으로 물러나고 있었다. 아스트리드는 등 뒤에 있는 문으로 들어가 조용히 서 있었다. 그날 밤 공동묘지는 칠흑같이 어두웠다. 켜진 촛불이 하나도 보이지 않는 것이 이상했다. 아스트리드는 심지어 자신의 손도 알아볼 수 없었다. 사람들 몇 명이 지나가는 소리가 들렸지만, 망자를 애도하려 이 시간에 공동묘지를 찾는 사람은 없었다.

아스트리드를 제외하고는. 그녀는 해답을 구해야 했다.

"죽은 자의 영혼이여, 우리 세계의 문턱에 선 너의 진정한 목적이 드러났으니 이제 인간의 모습으로 나타나라." 아스트리드는 나지막이 중얼거렸다. 이게 효과가 있을지조차 확신할 수 없었다.

아스트리드는 몇 마디 말을 골라 늘어놓고, 죽은 자를 기리는 상징을 공중에 그린 다음 효과가 있기를 기도했다. 급류에 빠진 사람처럼, 아스트리드는 어떤 것이든 도움이 되는 거라면 무엇이든 붙잡으려고 했다.

차가운 바람이 부드럽게 불어와 그녀의 얼굴을 어루만졌다. 아스트리드는 더 이상 혼자가 아니었다.

"처음으로 우리가 같은 입장이 되었군, 즈두하크." 맹인 노파가 말했다. "너의 눈은 이제 어둠밖에 보지 못하고, 오직 내 목소리에만 집중할 수 있다. 생각건대, 어둠은 더 이상 너의 적이 아니다. 너는 어둠을 네 편으로 만드는 법을 배웠다."

"진실을 마주할 준비가 되면 당신을 소환하라고 했잖아요." 아스트리드는 곧장 요점을 말했다. "그 시간이 온 것 같아요."

"온 것 같은 거냐, 아니면 확실하냐, 즈두하크?"

"확실해요." 그녀는 고쳐 말했다. "막스를 구하는 데 도움이 된다면 그게 뭐든지 들을 준비가 되어 있어요. 그런데 지금 저를 뭐라고 불렀죠? 즈두하크?"

노파는 마치 아스트리드를 만지고 싶은 듯 앞으로 손을 뻗었다. "저주가 아니라 선물로 생각하는 게 낫다. 즈두하크는 밤이면 영혼이 몸을 떠나 사악한 존재와 싸우는 사람이니까." 노파가 설명했다.

"고대에는 일부 사람들이 제한된 능력을 부여받아 그 힘으로 마을에 좋은 날씨와 풍성한 수확을 가져다주었다. 마을에 위협이 되는 늑대인간, 흡혈귀, 물의 정령, 다른 악마들과 싸우는 사람들도 있었지.

수백 년 전, 우리 조상들은 즈두하크를 존경했다. 그들은 밤마다 백성을 위해 치르는 이들의 헌신을 소중히 여겼기 때문이었어. 하지만 신에 대한 믿음이 서서히 약해지면서, 신이 준 마법을 조금이라도 가지고 있는 사람은 악의 옹호자로 간주하면서 박해하기 일쑤였지. 그때부터 태어나는 즈두하크의 수가 줄어들었고, 자신이 어떤 힘을 부여받았는지조차 모르는 사람도 있었어. 태어난 이후 밤마다 여정을 떠난 사실도 기억하지 못하고 죽었지."

"하지만 왜 저죠? 어쩌다 제가 즈두하크가 된 건데요? 우리 가족은 평범해요."

"넌 평범한 아이가 아니다." 노파가 아스트리드에게 확실한 어투로 말했다. "넌 대망막에 싸인 채 태어났어. 아기가 태어날 때 머리에 뒤집어쓰고 나오는 막 말이야. 그건 신이 내린 특별한 행운의 표시지. 즈두하크를 알리는 징표이고."

아스트리드는 자신의 삶에 행운의 흔적이라곤 전혀 없다고 항변하려 했다. 하지만 노파는 자신의 마음을 읽는 것 같았다.

"모든 시험과 장애물을 통과해 지금의 네가 있는 것이다." 노파가 말했다. "네가 그토록 많은 고난을 겪지 않았다면 좋은 즈두하크가 될 수 없었을 거야."

"하지만 전…."

"일반적으로 즈두하크는 일곱 살이 되면 능력을 발휘하기 시작하지." 노파는 말을 이었다.

"그때부터 꿈속 모험이 강렬해지기 시작하고 자신의 재능을 인식하게 돼. 마침 네가 그 나이 때 사라지는 바람에 그 시절을 못 겪었지. 그래서 네가 내 말을 믿으려 하지 않는 거야."

아스트리드는 머릿속이 복잡하고 어지러웠다. 로자니차가 실제로 신비로운 능력을 지닌 존재라기보다는 약초학자이면서 조종자라고 생각했다. 기도하는 것이나 특정 상징에 의미를 부여하는 건 대대로 전해지는 의식에 불과하지, 실제로 힘을 발휘하지는 않는다고 믿었다. 하지만 그녀의 모든 꿈이 현실이라고 받아들인다면 이야기가 달라졌다. 그동안 무슨 일이 벌어지고 있었는지에 대한 해답은 노파에게서 얻은 걸까? 아스트리드가 정말로 즈두하크인 걸까?

"노츠니차가 우리에게 저주를 내린 거 맞나요? 소냐… 제 친구는 제가 노츠니차래요."

"넌 노츠니차가 아니다. 넌 그 악마와는 정반대로 태어났어."

"어떻게 그렇게 많이 아시죠? 당신도… 그중 한 명이잖아요." 아스트리드가 더듬거렸다.

"내 평생 즈두하크를 직접 만난 적이 없다."

"그럼 즈두하크가 진짜 있는지 어떻게 알죠?"

"내가 눈은 안 보일지 몰라도 그렇다고 주변에서 일어나는 일들을 모르는 것은 아니야."

"노츠니차가 우리를 12년 동안 악몽에 가두었다면, 막스가 여전히 그곳에 잡혀있다는 뜻이에요. 어떻게 하면 그녀에게 맞설 수 있죠? 어디서 그녀를 찾아야 하나요? 어떻게 막스를 거기서 꺼내오죠?"

"너의 재능을 써라."

"하지만 어떻게요?" 아스트리드는 거의 소리치다시피 했다. "어떻게 해야 하는 건데요? 전 싸우고 싶지 않아요. 그저 동생을 찾아 안전한 곳으로 데려오고 싶을 뿐이에요. 전 이 마을의 구원자가 될 운명이 아니에요. 그럴싸한 명목만 생기면 절 화형에 처할 사람들을 위해 싸우고 싶지 않아요. 나를 믿지 않는 사람들을 위해 어떻게 싸울 수 있냐고요?"

"네가 먼저 너 자신을 믿어야 다른 사람들이 너를 믿을 수 있는 거란다."

아스트리드는 대답하려고 입을 열었다가 마지막 순간에 마음을 바꾸어 다른 질문을 했다. "당신은 대체 누구신가요? 제 친척인가요? 그래서 제가 당신을 볼 수 있는 건가요? 악마의 밤에 죽은 사람들이 친척을 찾아온다는데, 저희 엄마의 조상인가요? 왜 저를 도와주는 거예요?"

그러나 노파는 그녀의 질문에 아무런 대답도 하지 않았다. 대신 질문을 하나 던졌다. "우리 처음 만났을 때 내가 뭐라고 했지?"

아스트리드는 기억을 뒤졌다. 정육점 주인이 생선을 팔고 있는 마을 광장에서 만났던 일이 떠올랐다. "깨어나라."

"그리고는 정말로 네가 깨어났어. 내 조언을 따라서. 마지막으로 한가지 조언을 해주지."

아스트리드의 심장이 쿵쾅거렸다. 마침내 숲을 통과해 막스에게 갈 방법을 알아낼까? 그게 끝일까? 과연 노파가 그녀에게 길을 알려줄까?

"때가 오면, 흰 토끼를 따라가거라."

그 이별의 말과 함께, 노파는 허공으로 사라졌다. 아스트리드는 공동묘지 한가운데 홀로 남겨졌다. 그 어느 때보다도 더 많은 질문이 그녀의 머릿속에서 맴돌았다.

경비대원들이 반쯤 의식이 없는 소녀를 집까지 끌고 갔다. 그녀의 아빠가 문 앞으로 나왔다. 그는 딸을 발견하고는 그 자리에 얼어붙었다. 문이 닫힌 뒤에 일어난 일은 소녀가 꿈에도 상상할 수 없을 정도로 끔찍했다. 소녀의 엄마는 양팔에 동생들을 안고 문 앞에 서 있었다. 식구들은 모두 입을 벌리고 아빠를 바라보았다.

"네가 감히 내 명령을 거역해? 다른 사람들 앞에서 어떻게 이렇게 망신을 줄 수 있나! 네 엄마와 내가 해주는 거로는 충분하지 않았던 거냐? 너를 위해 모든 걸 희생했는데 고맙게 생각하지는 못할망정!"

"희생이요?" 소녀는 이해할 수 없었다. "그게 무슨 말이죠? 날 죽게 내버려 뒀는데! 뒤도 돌아보지 않고 빈 무덤에 날 버렸잖아요!"

"뒤도 돌아보지 않고?" 소녀의 아빠가 차갑게 쏘아붙였다. "우리한테는 쉬운 일이었을 것 같냐?"

소녀의 눈에 눈물이 고였다. "아빠 입장이 어땠는지는 상관없어요! 제가 어떤 기분이었을지 상상해보세요. 전 12년 동안 떠나있었고, 그동안 제 자리는 저랑 닮은 아이 여섯이 차지했어요. 제가 돌아오니까 엄마 아빠는 저를 몇 년 동안 어딘가로 여행을 다녀온

먼 친척 취급하기 시작했죠. 그러다 갑자기 지금은 아빠에게 짐이
됐고요!"

소냐가 미처 피할 겨를도 없이 아빠의 손바닥이 엄청난 속도와
강도로 소냐의 뺨을 내리쳤다. 소냐는 균형을 잃고 벽에 내동댕이
쳐졌다.

"아이를 내버려 둬요!" 소냐의 엄마가 복도로 달려갔다. 그녀는
남편과 소냐 사이를 비집고 자신의 몸으로 소냐를 보호했다.

"부모한테 이딴 식으로 말하는 데 가만히 있으라고!"

소냐의 엄마는 뜻을 굽히지 않았다. "그런 얘기 들으면 나도 속
상해요!" 그녀는 이성을 잃을 듯이 고함을 질렀다. "그래도 우린
자식을 때리는 부모는 아니라고요!"

엄마와 아빠가 서로 소리를 지르는 동안, 소냐는 자리를 피해 곧
장 자기 방으로 갔다. 소냐의 아빠는 돌아오라고 소리쳤지만, 소냐
는 듣지 않았다. 소냐는 문을 쾅 닫고 즉시 잠갔다. 열쇠로 자물쇠
를 돌리자마자 아빠는 문고리를 잡고 흔들어댔다.

"소냐, 이 문 열어!"

아빠는 여러 번 문을 두드렸다. 소냐는 겁에 질려 뒷걸음쳤다.

"당장 문 열라고 했다!"

소냐는 대답하지 않았다. 그녀는 책상에서 큼직한 재단 가위를
집어 들고 침대로 들어가 이불을 끌어 올려 덮었다. 다가오는 밤이
훨씬 더 두려웠기 때문에 격노한 아빠의 목소리를 금세 잊을 수 있
었다. 그녀의 심장은 격렬하게 뛰고 있었다. 소냐는 입이 너무 말
라 침을 삼킬 때마다 목구멍에 못이 박혀있는 것처럼 느껴졌다.

소냐는 불을 켜고 무릎을 턱까지 끌어당겨 앉은 상태로 방 반대

편 침대 밑 어두운 구석에 시선을 고정했다. 방어하는 자세로 가위를 무기처럼 들고 있었다. 자신이 잠들지 않았다는 것을 확인하려고 몇 초마다 팔뚝을 꼬집었다.

소냐는 자신이 여전히 악몽에 갇혀있는 것 같았다. 만약 그게 진짜라면 어떻게 하지? 고통은 참을 수 없었다. "이제 잠자리에 듭니다. 악령들은 저희에게 닿을 수 없으므로 저희는 깨어날 것입니다." 소냐는 조용히 혼자 읊조렸다.

침대 밑에서 발톱이 달린 손이 나오는 것을 발견했을 때, 그녀는 터져 나오는 비명을 간신히 참았다.

"날 내버려 둬…. 제발 부탁이야." 소냐는 간청했다. "이제 잠자리에 듭니다. 악령들은 저희에게 닿을 수 없으므로 저희는 깨어날 것입니다." 그녀는 계속해서 중얼거렸다.

소냐의 온몸이 사시나무처럼 벌벌 떨리고 있었다.

"소냐! 지금 당장 문을 열지 않으면 문을 부수고 들어갈 테다!"

속삭이는 자가 점점 가까이 다가왔다. 나무 바닥을 기어 다니며 발톱으로 마루판을 긁어댔다. 그 소리는 소냐를 미치게 했다. 그것은 덜커덕거리며 비정상적으로 움직였지만, 그 속도는 놀랍도록 빨랐다.

"날 내버려 둬!"

"너 그 안에서 누구랑 말하고 있는 거냐?"

속삭이는 자는 발톱이 달린 손을 들어 소냐의 손목을 꽉 움켜잡았다. 뜨겁게 달궈진 쇠꼬챙이가 닿아 손목이 타들어 가는 느낌이었다. 그것은 무자비한 힘으로 소냐의 손을 그녀의 몸쪽으로 밀어 누르기 시작했다.

"제발." 소녀가 흐느꼈다. "제발…."

가위의 끝이 소녀의 창백한 피부를 스쳤다.

※

소녀의 아빠가 문을 부수고 들어갔을 때, 소녀는 목이 길게 찢긴 채로 침대에 누워 있었다.

더 이상 소녀를 도울 방법이 없었다.

제 9 장

열한 번째 밤

소냐의 죽음 이후, 아스트리드는 멍한 상태로 4일을 보냈다. 그녀는 무슨 일이 일어났는지 믿을 수 없었다. 그날 이후로는 충격이 끝없이 이어지며 다른 어떤 감정도 들지 않았다. 톰은 최선을 다해 아스트리드와 매 순간을 보내려고 노력했지만, 그들 사이에 싹트고 있던 모든 것이 멈춘 것처럼 느껴졌다.

도라의 아빠는 도라를 집에 가뒀다. 레소브스카 부인의 가게로 가서 도라가 아파 며칠 쉬어야 한다고 말할 정도였다. 하지만 아스트리드는 알고 있었다. 감기 때문에 도라가 집에 있는 게 아니라는 것을. 도라의 아빠는 자기 딸을 감시하려 했다. 그렇다 해도 아스트리드는 놀랍지 않았다. 강렬한 공포가 마을을 점령하고 있었다. 어둠이 내리면 단단히 잠긴 창문과 현관 앞을 속삭이는 자들이 지나갔다. 악의 존재를 모두가 느낄 수 있었다. 다음에는 그들을 찾아온다면? 나머지 아이들의 목도 찢는다면 어쩌지?

하지만 세 친구는 연락을 주고받을 방법을 찾아냈다. 도라의 동생 중 한 명이 매일 아침 마을에 장을 보러 갔다. 그때마다 아스트리드나 톰에게서 메시지를 받아 도라에게 가져다줬다. 그리고 도라는 같은 방식으로 답장을 보냈다. 도라의 임무는 아빠를 지켜보면서 검은 숲에 대해 가능한 한 많은 정보를 알아내는 것이었다.

소녀의 죽음으로 마을이 충격에 빠지지는 않았다. 그저 그런 일이 일어났을 뿐이고, 직접 연루되지 않은 사람들은 자신들과는 관련이 없으니 안심하는 듯한 반응을 보였다. 적어도 당장은 그랬다.

"어쨌거나 포레스 부부한테는 돌봐야 할 애들이 너무 많았어. 그저 먹여 살려야 할 입이 하나 준 것뿐이지."

아스트리드의 할머니는 다음날 점심을 먹으며 모든 상황에 대한 총평을 내놨다. 그게 다였다. 아스트리드는 식탁에서 일어났고, 그 후로는 할머니와 같이 밥을 먹지 않았다.

아스트리드는 자신의 집에서 유령이 되었다. 방에서 방으로 조용히 움직였고, 촉각을 곤두세운 채 지냈다. 집에서 어떤 종류의 삐걱거리는 소리가 나는지 구별하는 법을 익혔다. 아스트리드는 나흘 동안 엄마의 방에서 오래된 책을 읽었다. 우연히 찾아냈는데, 어느 날 엄마가 잠이 들 때 손에 들고 있던 책이었다. 아스트리드는 침대 옆 테이블에 올려놓으려다가 불현듯 그게 무엇인지 알아차렸다. 그 책은 엄마가 오래전에 직접 만든 약초 도감이었다. 약초와 꽃에 대한 사실 외에도, 책에는 민간전승에 따라 말린 식물을 보존하는 방법과 약초의 특성을 손으로 그린 스케치와 메모가 들어있었다. 아스트리드는 거들떠보지도 않았던 책들에 자신의 질문에 대한 해답이 담겨 있을지도 모른다고 생각하게 되었다. 그녀는 낮에도 밤에도 이 책들에 몰두하며 깨어있으려고 노력했다. 너무 피곤한 나머지 시간이 멈춘 것처럼 느껴졌다.

버티지 못할 것 같을 때마다, 잠시라도 잠이 들면 속삭이는 자들은 그녀를 단단히 움켜쥐었다. 밤이 지날 때마다 그들의 손아귀에서 벗어나기가 점점 더 어려워졌다. 아스트리드는 그들의 공격을 더 이상 견딜 수 없을 것 같았다. 즈두하크가 된다는 게 무슨 의미인지 알 수 없었다. 아무도 그녀에게 가르쳐준 적이 없었다.

잠이 든다는 생각만으로도 두려움에 몸이 떨리는데, 어떻게 자신의 몸을 떠나 악마와 악령을 퇴치할 수 있을까? 도대체 어떤 힘을 가질 수 있다는 말인가? 아스트리드는 자신이 할 수 있는 일이 아무것도 없다고 생각했다. 그 노파가 잘못 본 게 분명했다.

마을에서는 순찰 인원을 두 배로 늘렸다. 이제 모두가 알게 되었다. 원로들의 경고를 가볍게 여겨서는 안 된다는 것을 말이다. 사람들은 밖에 나가기를 두려워했다. 경비대원들은 밤낮으로 거리를 순찰하며 악을 물리친다는 부적을 달았고 통행금지를 어기는 사람이 보이면 즉시 공격할 수 있도록 훈련을 받았다. 아스트리드가 가장 아이러니하게 생각한 것은 그녀의 사촌과 삼촌이 자발적으로 순찰에 참여했다는 사실이었다. 그토록 이기적이고 비열한 사람 손에 자신의 안전이 달려 있다는 생각을 하면 끔찍했다.

그 어느 때보다 한 해가 빠르게 저물고 있었다. 이틀 밤만 지나면 새해였다. 아스트리드는 검은 숲으로 돌아갈 가능성이 영원히 사라진 것 같아 겁이 났다.

소냐의 장례식은 그 후로 일어날 모든 일의 촉매제가 되었다. 모든 일은 원로들이 예배당에서 추모식을 열지 못하게 한 결정에서 시작되었다. 이 결정으로 마을은 두 진영으로 나뉘었다. 고대 신앙에 따르면, 인간은 스스로 생명을 부여하지도 않고 생명을 빼앗을 권리도 없었다. 삶은 신이 인간에게 부여한 임무였고, 이 임무에는 그저 견뎌야 하는 고난이 따라오기 마련이었다.

아스트리드는 종교의 이런 면이 항상 야만적이라고 생각했다. 원로들이 볼 때 소냐는 실패한 존재였다. 소냐는 스스로 목숨을 끊었고, 이는 그녀의 육체가 신에게 봉헌된 땅에 묻힐 수 없다는 의미였다.

"전부 말도 안 되는 소리야." 레소브스카 부인은 계산대 뒤에서 믿을 수 없다는 듯이 고개를 저었다. 가게 안의 손님 몇 명도 그녀의 말에 동의했다. "딱하기도 하지. 성인이 된 지 얼마 되지 않아서 자기가 무슨 짓을 하는지조차 몰랐을 거야. 그런 순수한 영혼은 제대로 장례를 치러줘야 해."

"소냐 엄마가 몇 년 전에 그 애를 위해 비석을 세웠다는데, 성지라는 공동묘지에다가 말이죠. 그런데 이제 딸을 묻지도 못한다네요." 정육점 주인의 아내가 큰 소리로 중얼거렸다.

"불쌍한 조야. 딸을 되찾았다는 사실을 받아들일 새도 없이 딸을 다시 잃었네요."

"이젠 무슨 수를 써도 되찾을 수 없겠지."

아스트리드의 손에서 옥수수 통조림이 미끄러져 바닥에 떨어졌다. 재빨리 집어 들었지만, 그 소리에 여자들의 대화가 멈췄다. 아스트리드가 구석을 돌아 나오자 여자들은 그녀를 발견하고 서로 눈짓을 주고받았다. 아스트리드는 통로 어딘가에 장바구니를 버려두고 서둘러 가게를 뛰쳐나왔다.

소냐의 장례식은 공동묘지 벽 뒤에서 열렸다. 태어나자마자 죽은 아이들과 자살한 사람들만 안치하는 곳이었다. 아스트리드는 소나의 가족으로부터 가능한 한 멀리 떨어진 곳에 서 있었다. 실신 직전인 소나 엄마의 모습을 보는 것만으로도 가슴이 쥐어짜는 듯 아팠다. 소나의 동생들이 양쪽에서 부축하지 않았다면, 그녀는 아마도 큰딸을 따라 열린 무덤으로 몸을 내던졌을지도 몰랐다.

"땅이 너무 딱딱해서 일꾼의 삽이 부러졌다네." 톰이 갑자기 아스트리드의 귀에 대고 말했다. "다섯 명이 달려들어서 무덤을 팠대."

아스트리드는 대답하지 않았다. 목 뒤에 돋아난 소름은 추운 날씨와는 상관이 없었다.

"사실 나… 나도 조금 도왔어." 톰이 머뭇거리며 말했다. "친구를 위해 그 정도는 해야 할 것 같아서."

"그건…." 아스트리드는 톰에게 뭐라고 말해야 했을까? 친절하다고? 친구의 무덤을 파는 게 어떻게 친절한 일일까? 아스트리드는 목구멍에서 분노가 치밀어 오르는 것을 느꼈다.

톰은 그녀가 하려는 말을 눈치채고 격려하는 미소를 지었다. "가까이 가볼래?"

아스트리드는 고개를 저었다. "여기 있는 게 낫겠어."

톰은 죽은 친구의 가족 곁으로 다가가길 두려워하는 아스트리드의 마음을 이해하려 노력했다. 아스트리드와 톰은 묘지에서 꽤 멀리 떨어져 있었다. 쌀쌀한 바람이 그들 주위를 휘몰아치며 소나의 무덤에서 울려 퍼지는 모든 말을 전달해주었다.

얼어붙은 속눈썹 사이로, 아스트리드는 반대편이 서 있는 도라를 발견했다. 도라의 아빠는 경호원처럼 보호하는 자세로 그녀의 옆에 서 있었고, 동생들은 그녀 옆에 붙어 손을 꼭 잡고 있었다. 도라는 잠시 아스트리드와 눈을 맞추고는 다시 고개를 숙였다.

이윽고 고대 언어로 기도하는 시간이 왔다. 아스트리드와 톰은 따라 하지 않았다.

"소녀가 신을 믿었다고 생각해?" 아스트리드가 나지막이 톰에게 물었다.

톰은 어깨를 으쓱했다. "어린 시절에는 뭘 믿어야 할지 몰랐을 거야. 그리고 어른이 되어서는… 스스로 깨달을 시간이 충분하지 않았겠지."

그의 말이 맞을 수도 있었다. 신앙은 실체가 없었다. 그리고 은밀한 것이었다. 각자의 신앙이 얼마나 굳건한지는 스스로 파악해야 했다. 하지만 이 지역 아이들은 신앙이 강요된 세상에서 태어났다. 고대의 의식을 치르며 아이들의 피부에 수호의 상징을 새겨넣을지 결정하는 것도 그 부모였다.

"아스트리드 너는? 신을 믿니?" 톰이 불쑥 물었다. 아스트리드도 내내 자신에게 묻고 있던 질문이었다.

"이 모든 일을 겪고도 어떻게 안 믿을 수가 있겠어?"

"바로 그 사실 때문이지. 신은 정말 전능한 존재일까? 그렇다면 왜 악마들이 세상을 돌아다니며 사람들을 해치게 내버려 두는 거지?"

"난 신이 무서워. 그게 네가 묻는 거라면 말이야." 아스트리드가 대답했다. "저 너머 세상에서 기다리고 있는 게 무서워. 그게 아무것도 아니라 해도."

"그럴 수 있지."

아스트리드는 고개를 돌려 톰을 바라봤다. "다 내 잘못이야, 톰." 그녀가 속삭였다.

톰은 한숨을 쉬었다. 그의 입술 사이로 응축된 공기가 빠져나왔다. "넌 항상 그렇게 말하잖아, 아스트리드. 세상의 모든 잘못이 네 탓이라고 자책하지 마. 그건 네가 짊어질 짐이 아니야. 네 잘못도 아니고…"

"그 애를 깨운 건 나였어." 아스트리드가 톰의 말을 가로막았다. "난 소냐를 보려고 병원에 갔었어. 난 몇 가지 약초를 써서 고대 언어로 어떤… 의식을 진행했어." 아스트리드는 불안한 듯 우물쭈물했다. "그건 봄을 소환하는 의식이었어. 한번 해볼 만하다고 생각했거든. 실제로 효과가 있을 줄을 정말 몰랐어…. 후회해도 이젠 소용없지만. 내가 소냐를 혼수상태에서 깨운 거야. 내 잘못이라고. 소냐의 몸이 그 부담을 견딜 수가 없어서 발작을 일으켰어. 깨우지 말았어야 했어. 그럼 나아졌을 텐데…."

톰이 뭐라고 답하려는 차에 장례식은 끝이 났다.

"소냐 포레스." 장례식을 집행하는 남자가 손을 공중으로 들어 올렸다. "이제 평화롭게 떠나십시오. 당신이 진 빚은 다 해결되었습니다. 살아있는 자들 사이에 머물지 말고, 신과 함께 안식하십시오."

남자 넷이 관을 땅에 내려놓기 시작했다. 조야 포레스가 가장 먼저 흙 한 줌을 무덤에 뿌렸고, 뒤이어 남편과 아이들도 흙을 뿌렸다. 그런 다음 그들은 다른 사람들이 조의를 표할 수 있도록 한쪽으로 물러났다. 장례식 참석자들은 사방에서 모여들다가 두 줄을 형성해 무덤 앞까지 다가갔다.

아스트리드가 두려워하던 순간이 왔다. 줄은 점점 짧아졌고, 그녀는 도망치고만 싶었다. 갓 파낸 흙냄새와 향냄새를 맡는 순간, 아스트리드는 자신이 참석했던 또 다른 장례식을 떠올렸다. 태어나서 처음으로 참석했던 장례식이었다. 그녀의 아빠는 너무 오래

전에 돌아가셔서 그 장례식을 기억하는 것 자체가 신기한 일이었다. 하지만 그녀는 기억했다. 장례식의 매 순간이 기억 속에 각인되어 있었다.

아스트리드는 흙을 파서 한 줌 집어 들었다. 앞에 있던 남자가 자리를 뜰 때까지 기다렸다. 주저하며 무덤에 다가간 아스트리드는 아래에 놓인 간소한 관을 바라보았다. 소냐가 그 안에 있었다. 차갑게 식어 저항할 수 없는 상태로 외로이. 흙이 관 뚜껑 위로 쏟아졌다. 줄을 선 다음 사람에게 자리를 비키자, 무덤을 향해 구불구불 이어진 반대편 줄에서 도라가 모습을 나타냈다. 도라는 재빨리 아스트리드에게 다가와 위로의 표시로 그녀의 손을 꽉 쥐었다.

아스트리드는 도라가 자신의 손바닥에 쪽지를 쥐여 주는 것을 느꼈다. 도라는 한 줌 흙을 던지며 무덤을 지나가면서도 아무런 설명을 하지 않았다. 도라의 아빠는 수상쩍은 표정으로 둘을 매섭게 바라보았다. 아스트리드는 쪽지를 움켜쥐고 있던 손을 코트 주머니에 집어넣고 한쪽으로 물러나 톰을 기다렸다. 다른 사람들과 서 있던 톰의 엄마도 그들 옆으로 왔다. 세 사람은 유족에게 조의를 표하기 위해 줄을 섰다.

조의를 표하는 줄은 다른 줄보다 진행이 훨씬 느렸다. 사람들은 고인의 묘소에서 묵념하기보단 슬픔에 잠긴 유가족과 이야기하며 위로의 말을 전하고 싶어 하는 것 같았다. 아스트리드는 빨리 해치워버리고 싶었다. 이 모든 것에서 도망친 다음 도라가 전해준 쪽지를 읽고 싶을 뿐이었다. 쪽지가 주머니 속에서 뜨거운 불씨처럼 타고 있었다.

드디어 아스트리드의 차례가 왔을 때, 그녀는 갑자기 소냐의 아빠와 마주하게 되었다. 그는 여전히 침착했지만, 표정은 바뀌어 있었다. 눈을 감고 보아도, 그가 아스트리드를 만나 달갑지 않음을 알 수 있었다. 그는 아스트리드와 짧게 악수를 했다.

"애도를 표합니다." 아스트리드는 차분한 목소리로 웅얼거리며 말했다.

아스트리드는 오른쪽을 한 걸음 다가가 소냐의 엄마에게 손을 내밀었다. 소냐 엄마의 손은 축 늘어져 있었다. 남편과는 달리, 조야 포레스는 자신의 증오를 숨기려고조차 하지 않았다. 갑자기 아스트리드의 팔꿈치를 잡아 자신 쪽으로, 거의 얼굴이 맞닿을 정도로 가까이 끌어당겼다.

"내 딸 근처에 오지 말라고 했잖아. 너는 가는 곳마다 나쁜 운을 뿌리는 인간이야, 네 엄마처럼!"

아스트리드는 충격을 받았지만 이내 정신을 차리고 물었다. "무슨 말씀을 하시는 거예요?"

"너희 엄마가 요부라는 거, 모두가 다 안다." 그녀는 아스트리드에게 비난 조로 말했다. "젊었을 적에 남자들을 엄청 홀리고 다녔다고! 너희 아빠가 그 꼴을 안 보고 가서 다행이야."

"그만 해요." 남편이 그녀를 아스트리드에게서 떨어뜨렸다. "갑시다, 조야."

"사람들 다 들으라 해요!" 그녀는 광기 어린 목소리로 외쳤다. "이게 다 저 애 때문이란 걸 사람들이 다 알아야 한다고요. 우리 소냐한테 일어난 일은 다 저 애, 아스트리드 말러 책임이에요!"

아스트리드는 말문이 막혔다. 이 상황에서 어떻게 자신을 변호할 수 있을까? 사실 그녀의 말이 틀린 말은 아니었다. 아스트리드는 모두의 시선이 자신에게 집중되는 것을 느꼈다. 그때 예상치 못하게, 톰의 엄마가 끼어들었다.

"조야, 그런 말까지 할 필요는 없잖아요." 톰의 엄마는 목소리를 높이며 권위 있는 어조로 말했다. "이번에 겪은 엄청난 상실 때문에… 당신은 지금 무슨 말을 하는지도 모르는 것 같군요. 아이들 탓할 거 없어요."

소냐의 동생 중 한 명이 울음을 터뜨렸지만, 아무도 신경 쓰지 않았다.

"아주 잘 알죠!" 소냐의 엄마가 반박했다. "마음 깊은 곳에서부터 저 애를 저주하니까. 지옥이나 가라!"

"조야!" 남편이 그녀에게 소리쳤다. "비참하게 불경스러운 말 좀 그만 내뱉어!"

하지만 소냐의 엄마는 이미 신경쇠약 직전이었다. 모인 사람 모두가 들을 수 있도록 목이 터질 듯이 소리를 질러대고 있었다. "신 따위 상관없어요! 우리 딸이 사라졌을 때 신은 어디에 있었는데요? 지난 12년 동안 소냐를 그리워할 때 어디에 있었냐고요! 그 애가 잘못된 길로 가고 있을 때 어디에 있었는데요? 대답해봐요! 그때 신은 대체 어디에 있었나요!"

혼란이 일었다. 톰이 아스트리드의 손을 잡고 데리고 나갔다. 아스트리드는 어떤 대응도 할 수 없어 그의 손에 이끌려 따라갔다. 톰의 엄마는 다른 사람들과 큰 소리로 말싸움을 벌이고 있었다. 묘지에서 한참 멀리 떨어지고 나서야 아스트리드는 깊게 심호흡을 할 수 있었다.

"그냥 너무 슬퍼서 하는 말이야." 톰이 아스트리드를 달래려 했다.

"그럴지도 모르지." 아스트리드는 무심하게 대답했다. 그녀는 주머니에서 도라의 쪽지를 꺼내 읽었다. 쪽지에는 그날 저녁 해가 진 후에 만나자고 적혀있었다. 심지어 걸리지 않고 그 일을 해낼 계획을 자세히 설명해놨다. 적어도 좋은 계획 같아 보이진 않았다.

"왜? 그게 뭔데?"

아스트리드는 말없이 톰의 손에 편지를 밀어 넣었다. 바로 그때 톰의 엄마가 옆에 나타났다. 톰은 주머니에 쪽지를 넣고 엄마에게 미소를 지어 보였다.

"아스트리드 편을 들어줘서 고마워요."

"어서 가자." 톰의 엄마는 무미건조한 말투로 둘을 재촉했다. "어차피 저들은 뒤풀이에 우릴 초대하지 않을 테니까."

※

아스트리드는 손가락으로 테이블 위를 두드리고 있었다. 톰은 아스트리드의 떨리는 무릎을 진정시키기 위해 그녀의 허벅지에 손을 얹었다. 테이블이 흔들릴 정도로 다리를 떠는 바람에 커피가 테이블보 위로 흘러넘쳤다. 톰의 엄마는 단둘이만 두지 않으려고 부엌에 와서 같이 앉자고 했다.

둘은 톰의 방에서 그날 저녁 도라의 계획을 실행할 방법을 상의하고 싶었지만, 발레리아는 함께 커피를 마시자고 주장했다. 아스트리드는 톰의 엄마가 자신들의 활동을 막으려고 한바탕 잔소리를 할 거라고 예상했다. 톰의 엄마는 그들 앞에 앉아 읽을 수 없는 표정으로 말했다.

"어디서부터 말해야 할지 모르겠구나." 그녀는 천천히 긴 한숨을 내뱉었다.

톰과 아스트리드는 정신을 바짝 차렸다. 톰은 테이블 위에 놓인 엄마의 팔뚝에 손을 얹었다.

"엄마, 무슨 일 있어요?"

하지만 발레리아는 아스트리드만 뚫어지기 바라봤다. "네 엄마한테 말하지 않겠다고 약속했었지만, 더는 잠자코 있을 수가 없다. 오늘 일 이후로는 말이야."

아스트리드는 발레리아가 그 약속을 중요하게 여겼음을 알 수 있었다. 아스트리드는 다음 할 말을 신중하게 골랐다. "엄마는 절 보호하고 도와달라고 부탁하기 위해서 아줌마한테 비밀을 털어놨을 거예요. 하지만 엄마의 비밀을 저한테 말해주시는 게 장기적으로는 더 큰 도움이 될 거예요."

톰의 엄마가 고개를 끄덕였다.

"조야 포레스에게는 그런 말을 할 권리가 없어. 그런 식으로, 모두 앞에서 공개적으로 말할 권리는 더더욱 없지. 네 엄마는 이미 충분히 고난을 겪었다. 그렇게 어린 나이에 남편을 떠나보내고, 두 아이까지 잃었으니… 어느 누가 미치지 않을 수 있겠니? 그 모든 걸 견디면서 오랜 시간 당당하게 존엄을 유지했다는 건, 정말 존경스러운 일이야."

아스트리드의 눈에 눈물이 차올랐다.

"내 말 잘 들어라." 발레리아는 아스트리드 쪽으로 몸을 기울였다. "네 엄마 레나가 네 나이 정도였을 때… 어느 날 밤 우리 집 문 앞에 나타났었다. 레나는 당시 산파였던 우리 어머니에게 자신의 실수를… 지워달라고 간청했었어."

"무슨 말을 하시는 건지 모르겠어요. 톰의 외할머니에게 엄마가 뭘 해달라 했다고요?"

"원치 않은 아이를 없애는 것 말이다. 결혼 전에 임신을 한 사람이 레나 밖에 없는 건 아니야."

아스트리드는 얼어붙었다. 자신의 엄마가 임신 중절 수술을 받길 원했다고?

"날 그렇게 쳐다보지 말아줘." 발레리아가 간청했다. 그녀의 표정은 그녀가 얼마나 미안해하는지 보여주었다.

"내 어머니는 평생 산파 일을 하셨어. 어머니가 출산을 도와 세상에 나온 아기가 낙태한 아기보다 훨씬 많았지. 어머니는 그저 최선을 다해 도움이 필요한 사람들을 도와주셨을 뿐이야. 어머니는 어린 나를 데리고 다니곤 하셨어. 내가 배울 수 있도록 말이야. 그리고 중절을 하려고 찾아오는 사람도 비난하는 법이 없으셨지.

"하지만 레나의 경우는 너무 늦었어. 임신한 지 벌써 몇 주가 지난 상태여서 아무것도 할 수 없었어. 어머니는 그녀를 집으로 돌려보냈지. 난 그녀가 너무 딱했어. 나보다 몇 살 어린, 이제 겨우 어른이 된 레나가 서럽게 울던 기억이 아직도 생생해.

"불쌍한 레나는 스스로 아이를 없애려 했어. 쓰러질 때까지 밭에서 일하고 일부러 무거운 물건을 들기도 했어. 절망에 빠진 채로 계단에서 구른 적도 있었지. 몇 주가 지나 그녀는 발목을 삔 상태로 결혼을 했어. 절뚝거리는, 더러운 신부가 된 거지."

"하지만 왜 엄마는…" 아스트리드는 생각을 마무리할 수도 없었다. "어째서… 어차피 결혼할 거라면…"

발레리아는 대답을 고민하는 듯 고개를 한쪽으로 기울였다. "정말로 이유를 모르겠니?"

"모르겠어요." 아스트리드가 말했다. 하지만 마음속 깊은 곳에서는 알고 있었다. 단지 받아들이고 싶지 않았을 뿐.

"약혼자는 아기의 아버지가 아니었거든." 발레리아가 말했다. 이 말에 아스트리드는 자신이 평생 겪어온 배척감과 소외감에는 이유가 있었음을 확인할 수 있었다.

"결혼 후 7개월 만에 네가 태어났지만 아무도 의심하지 않았어. 네가 작아서, 일찍 태어난 조산아라고 생각한 거지." 발레리아는 이야기를 이어갔다. "하지만 너는 양막에 싸여 태어났고, 그건 행운의 징조였어. 우리 어머니는 그렇게 축복받은 아이들에게 행운이 따른다고 말씀하셨거든."

아스트리드는 이해하기 힘들었다. 그 순간 뜻밖에도, 맹인 노파가 떠올랐다.

톰이 대신 물었다. "양막에 싸여 태어났다는 게 정확히 무슨 뜻이에요?"

그 순간 아스트리드는 맹인 노파의 말을 기억해냈다. **즈두하크.**

"드물긴 하지만 아기 머리가 막에 싸여서 나오는 경우가 있어. 그런 출산을 직접 목격한 적은 우리 어머니도 나도 한 번도 없었지. 네가 처음이었어." 발레리아가 설명했다. "보통 출산 도중에 그 막은 찢어진단다. 그렇지 않으면 제거해야 해. 아기가 질식할 수 있거든. 양막을 가지고 태어난 아이는 초자연적인 힘을 가질 운명이라고들 말해. 어찌 되었든 아주 드문 일이야. 네가 행운을 타고난 거라고 사람들이 네 엄마한테 말했지."

하지만 아스트리드는 한 가지 생각밖에 할 수 없었다. "엄마는 날 없애고 싶어했나요?"

아스트리드는 정말 혼외자로 태어났을까? 그녀의 엄마는 비밀스러운 연애를 하고 있었던 걸까? 그렇다면 왜 그 남자와 결혼하지 않은 걸까? 아빠는 이 사실을 알고 있었을까?

"오, 아스트리드, 넌 이미 오래전에 알아챘을 거야." 발레리아가 손을 들어 올렸다. 동정심은 느껴지지 않는 말투였다. "그래서 네 할머니가 평생 너를 미워했던 거란다. 그 사람은 알고 있었어. 네가 친손녀가 아니라는 걸. 모두가 알고 있었지. 아무도 그 사실을 입 밖에 내고 싶지 않았을 뿐이야."

아스트리드는 마른침을 삼켰다. 그녀는 불륜으로 태어난 아이에 불과했다. 누군가의 사생아일 뿐이었다. 부엌은 숨 막히는 침묵으로 가득 찼다. 톰의 엄마는 오랫동안 언덕길을 오르며 짊어지고 있던 무거운 짐을, 이제야 내려놓은 듯 편안한 모습이었다. 아스트리드는 해틀러 부인에게 이성을 잃을 정도로 화가 났다. 왜 하필 지금 이런 얘기를 그녀에게 하는 걸까? 지금은 그 일과는 전혀 상관없는 때였다. 지금은 남은 두 밤 동안 막스를 찾는 게 중요한 때인데, 왜 하필?

아스트리드는 할 말이 없었다. 톰조차도. 정말 오랜만에, 그녀에게 무엇이 필요한지 물을 엄두가 나지 않았다. 이번엔 조용히 있는 게 최선이라고 생각했다. 아스트리드의 머릿속은 쉴 새 없이 돌아갔다. 하지만 그녀가 자신을 설득하려 할수록, 늘 존재했던 단서들이 하나씩 밝혀지고 있었다.

막스가 말러 집안 특유의 외모를 갖고 있다고 모두가 말했다. 하지만 아스트리드는 아니었다. 그녀는 가족 중 누구와도 닮지 않았다. 크리스티안은 알고 있었을까? 어린 시절 크리스티안과 그의 형이 그녀를 괴롭혔던 이유는 그 때문이었을까? 그는 콜레다 기간 동안 아스트리드에게 죽은 뻐꾸기를 갖다 놓은 적이 있었다. 뻐꾸기는 오래전부터 남에게 얹혀사는 아이를 나타내는 상징이었다.

아스트리드는 그 사실을 더 일찍 깨달아야 했다. **후레자식**, 할머니는 그녀를 그렇게 부르곤 했다. 고마운 줄 모르는 **후레자식**. 그리고 할머니는 막스는 제쳐두고 아스트리드만 골라내 매질을 했다. 자신의 혈육이 아니라는 이유로 벌을 주고 있던 것이다.

"아빠도 이 사실을 알았나요?" 아스트리드는 계속 물었다. "제 말은… 돌아가신 아빠요."

갑자기 아스트리드는 자신의 성이 이상하고 어색하게 느껴졌다.

"그건 모르겠다." 발레리아가 말했다. "아마 알았을 거야."

'**온 마을 사람들이 뒤에서 그 이야기를 했다면 결국 아빠의 귀에도 들어갔을 거야.**' 아스트리드는 생각했다. 그럼에도 불구하고 아빠는 아스트리드보다 막스를 더 사랑하는 티를 내지 않았다. 아빠는 다른 사람들과는 달랐다.

아스트리드는 해틀러 부인에게 감사의 뜻을 표했다. 그녀는 이곳에 앉아 있어야 할 의무를 다했다고 생각하고, 커피를 마시던 자리에서 일어났다. 발레리아는 자리를 뜨는 두 사람을 막지 않았다. 그저 멍하니 커피잔을 바라볼 뿐이었다.

톰은 침실 문을 단단히 잠글 때까지 아무 말도 하지 않았다. 오히려 그가 입을 열어 무언가를 말하려는 찰나, 아스트리드가 그를 말렸다.

"그건 중요하지 않아. 지금 당장은 아니야. 우린 오늘 밤 계획에 집중해야 해. 집에 가서 몇 가지 물건을 챙겨서 다시 올게."

"30분 후면 해가 질 거야." 톰이 아스트리드에게 경고했다. "네가 늦어지면 우린 첫 순찰대가 거리에 나타나기 전에 떠날 수 없을 거야. 20분 후에 너희 집 뒷마당에서 만나자. 뒷마당 뒤쪽 길로 무덤 벽을 따라 언덕까지 갈 거야. 그곳에서 도라가 우릴 기다리고 있을 거고. 멀리 돌아가는 길이지만 훨씬 안전해."

"알았어. 우리 집 뒤에서 만나." 아스트리드는 찬성했다.

시간 낭비할 틈이 없어서, 아스트리드는 곧장 집으로 향했다. 마을은 거의 텅 비어 있었다. 장례식 참석자 몇 명이 동네 술집에서 나오는 것을 봤지만 아직 순찰대는 발견하지 못했다. 잠시 뒤 아스트리드는 자신의 집 현관문을 닫고 복도를 걸어 들어갔다.

"문을 제대로 잠가라. 걸쇠까지." 아스트리드의 뒤에서 갑자기 어떤 목소리가 울려 퍼졌다.

아스트리드는 식은땀을 흘리기 시작했다. 그 목소리만으로도 그런 반응을 보일 수 있다는 게 놀라웠다. 눈물이 마를 때까지 흐느끼며, 지하실에서 나가게 해달라고 얼마나 많이 애원했던가! 그럴 때마다 할머니는 매번 비슷한, 뼈가 시리도록 매서운 명령으로 그녀의 입을 다물게 했었다. 하지만 이번은 달랐다. 공포에 떨며 움츠러들던 시절은 끝났다.

아스트리드는 할머니의 요구대로 문을 잠갔다. 아스트리드는 신발과 코트를 벗고 부엌으로 들어갔다. 오랜만에 그녀는 두렵지 않았다. 하지만 예상하지 못한 건 온 가족이 부엌에 있다는 것이었다. 할머니는 스토브 옆 창가에 앉아 창밖의 어둠을 바라보고 있었다. 크리스티안과 삼촌은 식탁에 널브러져 앉아 식사가 차려지길 기다리고 있었다.

"마침 잘 왔다." 숙모는 아스트리드를 바라보며 담담하게 말했다. 아스트리드는 여전히 톰의 엄마가 장례식에 입으라고 빌려준 수수한 검은색 드레스를 입고 있었다.

"늦었구나." 할머니가 느닷없이 아스트리드를 향해 말했다.

"어차피 아스트리드 쟤는 늘 자기 마음대로 하고 살았는데요." 크리스티안이 조롱하며 말했다. 그는 게걸스러운 눈빛으로 아스트리드를 바라보았다.

숙모는 크리스티안의 접시를 들어 으깬 완두콩을 가득 담아 주었다. 삼촌은 아스트리드가 존재하지 않는 것처럼 굴었다. 이 모든 세월이 지나고 나서야, 아스트리드는 삼촌이 자신과 눈도 마주치지 않을 정도로 왜 자신을 싫어했는지 알 수 있을 것 같았다. 아스트리드가 자신의 친조카가 아니었기 때문이었다. 삼촌은 아스트리드를 경멸했다.

아스트리드는 빈자리로 걸어갔지만 앉지는 않았다. 그녀는 숙모가 모두에게 저녁밥을 내놓을 때까지 기다렸다. 크리스티안은 그 새를 못 참고 자신 앞에 있는 음식을 걸신들린 듯 먹기 시작했다. 다른 사람들은 아스트리드가 무슨 의도로 앉지 않는지 파악하려 애썼다.

"앉아라." 할머니가 무정한 목소리로 아스트리드에게 명령했다.

"싫어요."

할머니에게 말대꾸하는 것은 금지사항이었다. 크리스티안은 낄낄대며 웃었지만, 삼촌이 경고의 눈길을 보내는 순간 조용해졌다.

"네놈이 무슨 일을 벌이려는 건지 모르겠지만 자리에 앉아. 아니면 내 집에서 나가라." 할머니는 눈 하나 깜짝하지 않고 말했다.

아스트리드는 할머니의 말에 겁먹지 않았다. "한 번만이라도 제 말을 좀 들어주세요."

할머니는 주름진 얼굴을 들어 아스트리드를 뚫어지게 쳐다보았다. "내가 왜 그래야 하지?"

"제가 그 정도 자격은 있으니까요."

할머니는 조금도 신경 쓰는 기색 없이 그녀를 주시했다. "그게 다냐?"

아스트리드는 침착함을 잃지 않았다. 그녀는 거리를 유지해야 했다. 이번만큼은, 할머니는 아스트리드의 연약한 모습을 볼 자격이 없는 사람이었다.

"장례식에 오지 않으셨더라고요."

"우리가 왜 그래야 하지?" 할머니가 쏘아붙였다. "그 애는 이미 한번 묻혔었어. 며칠 살아 돌아온 게 무슨 상관이야? 한번 죽은 거로 선고가 내려졌으면 그대로 땅속에 있었어야지."

아스트리드는 테이블을 뛰어넘어 할머니의 얼굴에 대고 고래고래 소리를 지르고 싶었다. 어떻게 사람이 이토록 냉정할 수 있을까?

"모두 **제가** 죽었다고 생각했을 때 할머니는 기쁘셨나요?" 아스트리드가 속삭였다. "오랜 세월이 흘러서 마침내 제가 없어지니까, 당신 손녀가 될 수 없는 후레자식이 사라지니까 너무 기쁘셨냐고요!"

아스트리드의 말에 깜짝 놀란 숙모는 유리잔을 넘어뜨렸고 하얀 식탁보에 물이 엎질러졌다. 삼촌도 마침내 그녀의 존재를 인정하는 듯이 아스트리드를 쳐다보았다.

하지만 아스트리드의 관심은 온통 할머니에게로 향했다. 할머니의 눈은 위협을 가할 듯이 번뜩였다.

"누가 그런 소릴 했지? 내가 맞춰보마, 그 포레스 여자? 그 여자가 함부로 입을 놀린 게로구나. 그 수다쟁이가 알고 있을지도 모른다고 항상 의심했지. 그 여잔 진실을 알았지만, 자기한테 유리하게 쓸 수 있을 때까지 숨겨둔 거야."

"저만 빼고 다 알고 있었던 게 분명하네요."

이번에는 크리스티안이 침묵을 깼다. "오래도 걸렸네."

"그 입 닫아라." 할머니는 그를 침묵시키더니 갑자기 아스트리드를 돌아봤다. "진짜 원하는 게 뭐냐? 참, 스스로 구경거리가 되었구나. 이제 만족하느냐?"

"할머니에게 뭘 원하냐고요?" 아스트리드는 믿을 수 없다는 듯이 할머니의 말을 되풀이했다. "그저 설명이 필요했는데, 그게 그렇게 어려운 일인가요? 할머니가 저를 그렇게 오랫동안 미워한 이유가 이거였는지 알고 싶었을 뿐이에요."

"그 질문에는 너 스스로 대답한 것 같은데? 아니면 그렇게 어리석은 거냐? 네 엄마는 뜨내기 매춘부였을 뿐이었다. 불쌍한 내 아들한테 요염을 떨어서 완전히 미쳐버리게 했지. 그 여자는 이 집에 불운만을 가져왔다. 그리고 난 불쌍한 내 아들을 영영 잃었어. 그건 네 탓이야!"

오랫동안 입 밖으로 나오지 못했던 말들이 마침내 나왔다. 하지만 그게 전부였다. 예전이라면 그 말은 아스트리드에게 고통을 안겨줬을 것이다. 하지만 더 이상은 아니었다.

"왜 절 내쫓지 않으신 거죠?" 아스트리드가 물었다. "제가 돌아왔을 때요."

할머니는 노골적으로 혐오감을 드러내며 아스트리드를 노려보았다. 할머니는 더 이상 자신의 모습을 가장할 필요가 없었다. 가면을 벗어던지고 진짜 모습을 드러낸 듯한 모습이었다. 그들을 둘러싼 침묵은 많은 것을 말해주었다.

"내쫓을 수가 없었네요." 아스트리드는 그 순간 깨달았다. "아빠가 유언장에 집 일부를 저와 엄마한테 남겼어요. 우린 여기 있을 권리가 있었고, 그러니 할머니는 우릴 쫓아낼 수 없었던 거죠."

아스트리드는 할머니의 침묵을 긍정으로 받아들였다.

"이 모든 게 다 엄마를 없애려는 시도였나요? 제가 돌아오지 않았다면, 엄마를 죽을 때까지 괴롭혀서 전부 할머니 것으로 만들려고 계획한 건가요? 엄마의 정신을 무너뜨려 놓고 기분이 좋으신가요?"

"그만!"

우렁찬 남자 목소리가 방안에 울려 퍼지는 바람에 모두가 깜짝 놀랐다. 아스트리드의 삼촌은 테이블 위를 주먹으로 세게 내리쳤고, 그 바람에 놓인 접시들이 흔들거렸다. 모두가 삼촌을 바라봤다.

"우리 어머니한테 그딴 식으로 말하지 마!" 그는 아스트리드의 얼굴을 가리켰다. "세상 그 어떤 것도 너한테 어른을 무시할 권리를 주진 않아. 사과해."

다른 사람들은 아스트리드를 쳐다보고 있었지만, 숙모는 고개를 숙이고 있었다. 크리스티안은 분명 그 상황을 즐기고 있었다. 그는 분노에 찬 자신의 아빠와 아스트리드를 번갈아 쳐다보며, 둘 중 누가 먼저 물러설지 지켜보고 있었다.

아스트리드의 삼촌이 처음으로 어떤 권위를 드러낸 순간이었다.

역설적이지만, 아스트리드는 삼촌의 이런 모습을 보고 처음으로 자신의 아빠를 떠올렸다. 아빠와 삼촌은 평소에 할머니를 가장으로 여기며 순종적이었지만, 성격은 완전히 딴판이었다. 삼촌도 가끔은 한계에 이르는 모양이었다.

아스트리드는 신경 쓰지 않았다. 삼촌이 아무리 위협해도 상관없었다. 이건 그녀와 할머니 사이의 문제였고, 아스트리드는 할머니에게서 눈을 떼지 않았다. "할머니가 괴롭혀서 엄마가 오늘 같은 상태가 된 거예요. 그리고 제가 사라지지 않았다면, 저한테도 똑같이 했겠죠."

삼촌이 테이블을 박차고 일어났다. "당장 꺼져! 내 눈앞에서 사라지라고!"

아스트리드는 문 쪽으로 걸어갔다. 할머니는 차분한 표정으로 아스트리드를 응시했고, 자신을 비난하는 그녀의 말을 애써 확인하거나 부인하지 않았다. "긴 밤이 될 거다. 어떤 이에게는 너무 긴 밤이 될 수도 있지." 할머니는 마침내 입을 열었다.

그 순간, 아스트리드는 이 가족과의 연을 영원히 끊기로 결심했다. 아마도 그들도 그녀와 같은 생각이었을 것이다.

"짐을 다 싸서 여기서 나가라. 너와 네 엄마 둘 다." 삼촌은 단호한 목소리로 말했다. "우리랑은 끝이다. 아침이 오기 전에 둘 다 이 집을 나갔으면 좋겠다."

"그럴 거예요." 아스트리드는 부엌을 나가기 전에 삼촌을 향해 말했다.

분노가 혈관을 타고 흘렀지만, 아스트리드는 문을 세게 닫지 않았다. 그녀는 엄마의 방으로 들어가 문을 닫았다. 손목시계를 슬쩍 보고는 10분밖에 남지 않았다는 것을 알았다. 지칠 대로 지쳐 다리가 후들거렸지만, 엄마를 한 번 더 바라본 것으로 힘을 낼 수 있었다.

평소처럼 엄마는 안락의자에 앉아 있었다. 손은 차갑게 식어버린 찻잔을 감싸고, 시선은 무릎을 내려다보고 있었다. 테이블 위에는 아스트리드가 엄마를 위해 준비했던 음식이 그대로 놓여있었다. 아스트리드는 다 식은 토스트 한 조각을 들어 어린아이에게 하듯이 엄마 얼굴 바로 앞에 가져다 댔다.

"한 입 먹어봐요."

엄마는 고개를 저었다. 그 바람에 엄마의 머리카락이 빵 위에 발라진 잼에 붙었다.

"알겠어요." 아스트리드가 체념한 듯 한숨을 쉬었다. "그럼 굶어요. 이제 잘 시간이에요. 찻잔 이리 주세요."

아스트리드는 엄마의 손에서 찻잔을 빼내려고 했지만, 엄마는 꿈쩍도 하지 않았다.

"엄마, 잔 주세요. 그럴 기분이 아니고, 게임을 할 시간도 없어요." 아스트리드가 조바심을 내며 말했다. "얼른 주세요!"

순간 참아왔던 좌절과 분노가 한꺼번에 터져 나왔다. 아스트리드는 온 힘을 다해 잔을 잡아당겼다. 잔은 공중으로 날아갔다. 차가운 찻물이 아스트리드의 다리 위로 쏟아졌고, 잔은 바닥에 떨어져 산산이 조각났다.

"엄마가 무슨 짓을 했는지 보세요! 제발 한 번이라도 제 말을 들을 순 없나요? 적어도 한번은 제대로 밥을 먹을 수 있잖아요! 끼니마다 옷을 버리지 않을 수 있잖아요! 적어도 한번은 제시간에 화장실에 갈 수 있잖아요! 그게 그렇게 무리한 부탁이에요?"

하지만 엄마는 심드렁하게 먼 곳만 응시하고 있었고, 이는 오히려 아스트리드를 더 화나게 했다.

"한 번이라도 평범한 엄마처럼 따뜻하게 날 위로해주면 좋을 텐데. 다 잘 될 거라고 안심시켜주고요. 왜냐면 난 어른이 되는 법을 모르겠거든요. 아무도 가르쳐주지 않았고, 혼자서 알아낼 시간도 없었어요. 의지할 사람도 없었단 말이에요. 어른이 되는 게 이런 거라면 정말 형편없는 일이에요." 아스트리드는 울먹거렸다. "젠장, 엄마, 어떻게 내가 태어나기도 전에 날 실망스러운 존재라고 생각했어요? 왜 날 없애려 했던 거죠?"

돌아오는 것은 침묵뿐이었다. 아스트리드는 무슨 생각이었던 걸까? 그녀의 엄마가 갑자기 다시 말을 할 거라고 생각했을까? 자신이 애원했으니, 모든 게 정상으로 돌아갈 거라고 생각했던 걸까? 가망 없는 일이었다.

아스트리드는 천천히 흥분을 가라앉혔다. 기적을 바라는 건 소용없는 일이었다. 그녀는 막스만 생각하자고 마음을 다잡았다. 막스는 그녀가 필요했다. 막스를 데려오면 모든 게 다시 괜찮아질 것 같았다.

"엄마, 전 가봐야 해요." 아스트리드가 다급하게 속삭였다. "무슨 일이 있어도 막스를 구해야 해요. 우린 아침에 이 집을 떠날 건데, 우리 셋이 함께할 거예요."

아스트리드는 엄마의 정수리에 입을 맞추고 침대 밑에서 배낭을 꺼냈다. 지난 며칠 동안 그녀는 가방 안에 몰래 물건들을 꾸렸다. 무엇이 숲에서 자신을 기다리고 있는지 몰랐지만, 이성적으로 생각했을 때 어떤 상황에도 대비할 수 있게 해야 했다.

아스트리드는 돌아보지 않고 몰래 자신의 방으로 들어갔다. 그
녀는 재빨리 장례식을 위해 입었던 드레스를 벗고 가장 두툼한 옷
을 입었다. 마루판을 연 다음, 악몽을 쫓으려고 보관하던 부적과
물건들을 넣어둔 상자를 꺼내 배낭에 넣었다. 아스트리드가 방을
나서려는 순간, 문이 저절로 열렸다.

할머니가 문 앞에 서 있었다. "날이 곧 저무는데, 어딜 가려고 그
러냐? 규칙을 어겨서 우리 가족을 위험에 빠뜨리게 내버려 둘 순
없다. 원로들이 우리에게 등 돌리게 할 셈이야?"

"막아보시던가요." 아스트리드는 할머니에게 반항적으로 대들
었다.

아스트리드는 할머니가 방으로 쳐들어와 자신의 머리채를 휘어
잡을 거라고 예상했다. 하지만 할머니는 그저 무게중심을 옮기기
만 하고 그 자리에서 움직이지 않았다. 아스트리드는 무엇을 할 수
있을지 생각했다. 할머니의 늙고 주름진 몸을 밀치며 지나갈 수도
있었지만, 할머니를 만져야 한다는 생각만으로도 혐오스러웠다.

아스트리드는 다른 옵션을 선택했다. 그녀는 몸을 홱 돌려 창문
을 향해 돌진했다.

"감히 네놈이!"

순식간에 아스트리드는 창문을 열고 민첩한 동작으로 쌓인 눈
위에 뛰어내렸다. 뒤에서 할머니의 고함이 들렸지만 뒤돌아보지
않고 집을 따라 달렸다. 아스트리드는 가능한 한 조용히 집 둘레를
따라 몰래 움직였다. 뒷마당을 피해 모퉁이를 도는 순간, 그녀는
부드러운 무언가에 부딪혔다.

톰이 재빨리 아스트리드의 입을 막아 소리를 지르지 못하게 했

다. 곧바로 그들은 울타리를 따라 살금살금 기어갔다. 단 한 명의 이웃이라도 창문 너머로 그들을 보고 순찰대에 알릴까 봐 두려웠다. 두 사람이 지나치는 집 앞마당의 동물들이 안절부절못했다. 태양이 어두운 붉은 색을 띠는 날부터 11일째 계속 짖고 있었기 때문에 아무도 개 짖는 소리에 신경 쓰지 않았다.

톰과 아스트리드가 묘지 뒤편 들판에 도착하기도 전에 빠르게 땅거미가 지고 있었다. 마을을 뒤로한 순간부터 그들은 한숨을 돌리고 속도를 높여 움직였다. 약속대로 도라가 집 앞에서 둘을 기다리고 있었다. 아빠의 사냥꾼 복장을 한 그녀는 평소보다 더 어른스러워 보였다. 심지어 아빠의 사냥용 소총도 어깨에 메고 있었다.

"처음 보는 도라의 모습이 맘에 드네." 톰이 제일 먼저 침묵을 끊었다.

도라는 톰에게 긴장한 듯한 미소를 지어 보였다. "아빠는 밤새 집에 오지 않을 거야. 첫 번째 밤에 소녀의 무덤을 지키는 당번으로 뽑혔거든. 운이 없었던 거지."

전통적으로 장례식 후 7일 동안은, 밤새 고인의 무덤을 지키는 사람이 항상 있어야 했다. 고인의 영혼이 오래 이승을 떠돌지 않고 평안을 찾을 수 있도록 하기 위함이었다.

"새벽까지 시간이 있어." 도라가 말했다.

＊

검은 숲은 마치 그들이 평생 숲의 일부였던 것처럼 삼킬 듯이 그들을 끌어들였다. 아스트리드가 가지고 있는 가장 큰 등불로 앞길을 밝히며 앞장섰다. 톰은 나침반의 바늘을 주시하고 있었고, 도라는 이따금 지도를 확인했다. 그들의 계획은 여러 변수에 따라 바뀔 확률이 높았다.

"아빠를 속이는 게 지옥이었어." 도라가 말했다. "아빠가 내 행동 하나하나를 계속 지켜보는 것 같았다니까. 무슨 핑계라도 꾸며서 식료품 창고로 가려고 했지. 그럼 잠깐이나마 아빠 감시에서 벗어날 수 있으니까. 하지만 안톤과 올렉 덕분에 숲에 대한 거의 모든 지도를 확인할 수 있었어. 다행히 화장실은 혼자 가도 된다고 허락을 받아서, 화장실에서 그 지도들을 전부 살펴봤지. 네 말이 맞았어, 아스트리드. 그 지도들에는 한가지 공통점이 있었어."

"미지의 영역." 셋은 모두 한목소리로 말했다.

그 아이디어는 아스트리드가 엄마의 오래된 책을 읽다가 떠올랐다. 옛날에는 지도 제작자와 탐험가들이 지도에 '여기 용이 있다'라고 썼다. 미개척 지역을 표시한 것이다. 만약 검은 숲 어딘가에 또 다른 세계로 이어지는 관문이 존재한대도, 지도 제작자들이 그것을 명시하지는 않았을 것이다. 아스트리드가 그 정도로 순진하지는 않았다. 하지만 그것을 분명히 생각해서 제작해야 했을 것이다. 따라서 모든 지역 지도에는 나머지 지역과 비교했을 때 어떻게든 눈에 띄게 다른 지점이 있어야 한다는 것이 아스트리드의 이론이었다.

"한 지도에 안이 텅 빈 흰 얼룩이 있더라고." 도라가 말했다. "두 번째 지도를 보니 같은 지점에 늑대의 계곡이라고 표시되어 있었고, 세 번째 지도에는 빨간 십자가만 있었어. 네 번째 지도에는 그곳에 숨어 있는 위험에 대한 경고가 적혀있었지. 그 지역의 크기는 각각 달랐지만, 산이 있는 방향으로 동쪽이라고 표시가 되어 있었어. 그리고 매번 가까운 곳에 늪지가 있었고."

또 하나의 결정적 단서는 진흙이었다. 그들이 혹독하게 추운 겨울 날씨에 온몸에 진흙과 먼지를 묻히는 것은 불가능했다. 제 발로 습지 같은 데를 들어가 뒹군 게 아닌 이상.

아스트리드는 도라가 그들을 둘러싼 소름 끼치는 침묵을 떨쳐내려고 계속 말을 하는 것이 아닐까 생각했다. 하지만 도라를 비난하지는 않았다. 아스트리드 자신도 안절부절못하고 있었기 때문이었다. 잠시라도 누울 수만 있다면…. 아스트리드는 잠깐이라도 눈을 붙이고 싶었다. 잠이 쏟아져서 미칠 지경이었다. 몸 세포 하나하나가 잠을 재워달라고 아우성치고 있었다.

"이 길에서 벗어나야 해." 톰이 갑자기 나머지를 향해 말했다. "이 길로 가면 언덕 아래로 내려가게 돼 있어."

아무도 안전한 길을 벗어나고 싶지 않았지만, 그들에게는 선택의 여지가 없었다. 숲의 형세가 변하기 시작했다. 흙길과 벌거벗은 나무 대신 높은 풀숲이 눈에 띄기 시작했다. 세 친구는 나뭇가지를 주워서 무성한 덤불을 헤치며 앞으로 나갔다. 잔가지들이 얼굴을 할퀴고 살갗에 상처를 냈다. 그들은 나뭇가지에 눈을 찔리지 않으려고 눈을 질끈 감아야 했다.

아스트리드는 그 어느 때보다 힘이 없고 무력했다. 가지를 휘두르는 손에서는 점점 힘이 빠져나갔다. 돋아난 가시에 옷이 걸리기 일쑤였고 땅 위로 드러난 뿌리에 발이 걸렸다. 그들은 멈출 수도, 쉴 수도 없었다. 뒤에서 도라가 울먹이는 소리가 들렸다. 아스트리드도 울고 싶었다. 시간이 얼마나 흘렀을까, 마침내 덤불이 듬성듬성해졌다. 아스트리드는 마지막 가지를 밀어냈다. 돌연 그녀가 서 있는 곳은 늪 한가운데였다. 얼음처럼 차가운 물이 신발 안으로 새어 들어왔다.

"모두 조심해, 여긴…"

늪을 경고하려는 아스트리드의 말이 끝나기도 전에, 톰이 기겁을 하며 비명을 질렀다. 허리까지 잠기는 물에 도라가 빠지려는 찰나 톰이 간신히 도라를 낚아챘다.

"세상에, 물이 너무 차다. 지독하게 차가워." 도라의 이빨이 딱딱 소리를 내며 부딪혔다.

랜턴 빛이 닿는 곳은 온통 늪이 펼쳐져 있었다. 톰은 나침반을 꺼내 그들의 진행 방향을 확인했다. 아스트리드는 앞을 막고 있던 나뭇가지를 늪 바닥 쪽으로 꺾었다. 그제야 주저하며 발걸음을 내디딜 수 있었다.

그들은 천천히 전진하면서 가지를 넣어 앞쪽 물의 깊이를 확인했다. 한 명씩 돌아가며 늪에 빠질 뻔한 일도 있었다. 물은 발목 깊이였지만, 가장 깊은 곳은 허리까지 찼다. 제일 키가 큰 톰이 아스트리드의 배낭과 도라의 소총이 젖지 않도록 들고 다녔다. 공포에 떨면서 얼마나 추운지 생각할 여유조차 없었다. 그때 수면 한쪽에서 작은 푸른 빛이 나타나기 시작했다.

"쳐다보지 마." 아스트리드가 나머지 둘에게 경고했다. "쳐다보면 우릴 물속으로 끌어당길지도 몰라."

"요정일까?" 도라가 비명을 지르며 말했다.

"내가 며칠 동안 물의 악마에 대해 너무 많이 읽었는지 몰라도, 이 물 안에 우리밖에 없을 리가 없어." 아스트리드가 대답했다. "그냥 벌레일 수도 있지만 우릴 물에 빠뜨려 죽이려는 작은 악마일지도 몰라."

톰은 걸음을 멈췄다. 그런 위험을 감수면서까지 이 여정을 계속할 가치가 없다고 결정한 듯한 모습이었다. "그러니까 보댜노이[14]가 여기 살지도 모른단 거야?" 그는 두려워하며 속삭였다.

"아마 여긴 없을 거야." 도라가 추측했다. "보댜노이는 물고기의 수호신이니까 여기선 찾지 못하겠지. 예전 채석장 근처 강에는 있을지도 몰라. 그런데 방앗간 주인에 관한 옛날이야기 들어본 적 있지? 그 이야기엔 보댜노이가 겨울에는 잠을 자고 봄에는 얼음을 깬다고 나와."

"글쎄, 그게 동화에 나오는 이야기라면…." 톰이 비웃었다.

그들은 침묵 속에서 앞으로 나아갔다. 너무 심하게 물결을 일으키지 않으려고 발을 맞추어 걸었다. 아스트리드는 이따금 멈춰 서서 랜턴으로 전방에 빛을 비췄다.

"저기 봐, 저기가 그 기슭이야!"

아스트리드는 안도의 한숨을 내쉬었다. 이제 몇 걸음 만 더 가면 마른 땅이 나올 터였다. 방금까지 조심스럽게 걷던 모습은 사라졌다. 아스트리드는 전속력을 다해 기슭으로 나아갔다. 하지만 마지막 걸음을 내딛는 순간, 발밑의 땅이 푹 꺼지며 비명을 지를 새도 없이 물속으로 빠져들었다.

---

14. vodyanoy: 슬라브 신화에 나오는 물의 정령으로, 게르만 신화의 닉스와 동일시되기도 한다.

얼음장 같은 추위가 그녀를 덮쳤고, 목구멍을 자극하며 물이 쏟아져 들어왔다. 아스트리드는 깊은 어둠 속으로 빠르게 추락하고 있었다. 비명을 지르려 입을 벌리는 순간 소리는 나오지 않고 그 즉시 물로 가득 찼다. 아스트리드는 수영할 줄 몰랐다. 한 번도 배운 적이 없었다. 물속에서 격렬하게 발차기를 하고 팔을 휘둘렀다. 그녀는 솟아오르기 시작했다.

'여기서 죽을 순 없어. 지금 여기서 이렇게는 죽는 건 아니야. 정말 거의 다 왔다고.'

아스트리드는 숨을 참으면서 더욱 힘차게 발길질을 하기 시작했다. 강력한 물살에 굴복할 수는 없었다. 하지만 어떤 이유에선지 그녀는 수면 위로 헤엄쳐 올라갈 수 없었다. 어떤 보이지 않는 힘이 그녀를 끌어내리고 있었다. 아스트리드 뇌 안의 산소가 서서히 고갈되고 있었다. 망치로 관자놀이를 내리치는 듯이 머리가 지끈거렸다. 그 순간 갈망한 것은 단 한 번, 깊이 숨을 들이마시는 것이었다. 더 이상 싸워봤자 헛된 일이었다. 아스트리드는 물에 몸을 맡겼다.

바로 그때 아스트리드의 손목이 누군가의 손에 잡혔다. 아스트리드는 끌려 올라갔다.

수면 위로 아스트리드의 머리가 솟아올랐다. 그리고는 꽁꽁 언 땅 위로 내동댕이쳐졌다. 그녀는 폐에 들어찬 물을 빼내기 위해 미친 듯이 기침을 했다. 온 세상이 빙빙 돌고 있었다.

"아스트리드, 너 괜찮아?" 톰이 바로 옆에 나타났다.

아스트리드는 고개를 끄덕였다. 그녀의 시야에서 톰의 얼굴이 사라졌다. 온몸이 부들부들 떨렸다. 아스트리드는 팔꿈치로 받치며 겨우 몸을 일으킨 다음 옆으로 돌려 앉았다. 도라는 땅바닥에 누워 있었다. 온몸이 흠뻑 젖은 상태로 역시 물을 토해내고 있었고, 톰은 도라의 등을 부드럽게 두들기고 있었다.

"괜찮아. 다 토해내."

"네가 내 목숨을 구해줬네." 아스트리드가 고마움을 담아 속삭였다.

도라는 힘겹게 미소를 지어 보였다. "여기서 수영할 수 있는 사람은 나뿐이니까, 이 별종들아."

✳

젖은 옷을 입고 걷는 것은 굉장히 불쾌한 경험이었다. 처음에는 얼음처럼 차가워진 옷이 움직일 때마다 몸에 들러붙어 아스트리드는 그냥 옷을 벗어버리고 싶었다. 하지만 30분 후, 상황은 더 나빠졌다. 옷이 얼기 시작한 것이었다. 뒤를 따라오는 도라는 아무 말도 하지 않았다. 아스트리드는 자신과 마찬가지로 도라도 절박한 상황임을 느낄 수 있었다. 당장 따뜻하고 마른 옷으로 갈아입지 않으면 얼어 죽을 상황이었다.

"나침반이 고장 났나 봐." 절망에 빠진 목소리로 톰이 말했다.

"어떻게 고장이 났는데?"

"방위가 계속 바뀌고 있어. 뭐랄까… 예측할 수 없도록 움직이는 것 같아. 우리가 제대로 방향을 찾아가고 있는지 모르겠어."

"지도를 확인해볼게." 말을 꺼낸 도라의 손이 눈에 띄게 떨리고 있었다.

아스트리드는 가슴이 철렁 내려앉았다. 그들은 길을 잃었다. 그 장소를 찾을 가능성이 없었다. 여기서 빠져나갈 수도 없고, 아침이 오기 전에 얼어 죽을 공산이 컸다. 아스트리드는 우울한 생각을 떨쳐버리려고 고개를 저었다.

"분명히 가까이 왔는데." 도라는 펼쳐진 지도를 들여다보며 중얼거렸다. "여기에 빛을 비춰줘 봐."

어딘가에서 나뭇가지 부러지는 소리가 들렸다. 탁, 탁. 모두 그 자리에서 몸이 얼었다.

아스트리드가 가장 먼저 그들을 목격했다. "네 말이 맞아, 도라." 그녀가 낮은 목소리로 말했다.

속삭이는 자들이 어둠 속에서 모습을 드러내기 시작했다. 수십 명이 넘었다.

"뛰어!"

셋은 동시에 달리기 시작했다. 속삭이는 자 중 하나가 알아채지 못하게, 위험할 정도로 가까이 다가와 한순간 방심하는 틈을 타 톰의 발목을 잡았다.

"톰!"

속삭이는 자가 어둠 속으로 톰을 끌고 가려 하자, 아스트리드와 도라는 곧바로 돌아서서 그를 도우러 달려갔다. 아스트리드는 펄쩍 뛰어올라 배로 착지하고, 손을 뻗어 톰의 손을 잡으려 했다. 간신히 서로의 손가락을 붙잡았다. 하지만 아스트리드가 올라타도 아무 소용이 없었다. 속삭이는 자는 손쉽게 둘 다를 끌고 갔다.

도라는 망설임 없이 메고 있던 사냥용 소총을 풀어 총알 두 개를 꺼내 정확히 장전했다. 그녀는 속삭이는 자를 향해 조준하고 두 번 발사했다. 인간의 것이 아닌 비명이 숲 전체에 울려 퍼졌고, 그 것은 톰을 놓아주었다. 아스트리드는 재빨리 일어서 톰에게 손을 내밀었다. 톰은 다리에 상처를 입었다. 그의 바지 사이로 피가 새 어 나오고 있었다.

"난 괜찮을 거야." 그는 단호한 목소리로 아스트리드를 안심시 켰다. "얼른 가."

"아냐. 우리 함께하기로 했잖아."

아스트리드가 있는 힘껏 톰을 부축하며 세 사람은 다시 어두운 밤 속으로 뛰어들었다. 다친 다리 때문에 속도가 나지 않고 비틀 거렸지만, 톰은 이를 악물고 계속 앞으로 나아갔다. 장전한 소총을 든 도라가 둘의 뒤를 바짝 따랐다. 한때 겁에 질려 연약하기만 했 던 도라의 모습은 온데간데없었다.

눈앞의 숲은 점점 더 빽빽해졌다. 나무들 사이 간격도 좁아졌다. 아스트리드는 정면을 똑바로 바라보며 주변 움직임은 무시하려 애 썼다. 그들은 이미 포위당했을지도 몰랐다. 어쩌면 모든 게 끝났을 지도 몰랐다.

바로 그때, 갑자기 아스트리드는 땅에서 흐릿한 흰색 물체가 뛰 어 오르는 것을 발견했다. 묘하게 토끼와 닮은 물체였다. 본능적으 로 그녀는 방향을 바꾸어 그 뒤를 쫓아갔다.

도라가 소총을 다시 발사했다. 속삭이는 자들이 위험할 정도로 매우 근접했다는 뜻이었다. 톰은 점점 더 무게를 실어 아스트리드 의 어깨에 기대기 시작했다. 둘 다 에너지가 바닥나고 있었다. 토 끼는 갑자기 멈춰서 고개를 돌린 다음 아스트리드를 똑바로 바라 봤다. 손전등 빛을 비추자 토끼의 눈구멍이 비어 있는 것이 보였다. 앞이 보이지 않는 토끼였다.

그들은 토끼를 향해 비틀거리며 다가갔다. 그러자 토끼는 먼지 구름 속으로 사라졌다. 아스트리드, 톰, 도라는 토끼가 사라진 나무 줄기 사이를 비집고 들어갔다. 그들이 나온 곳은 커다란 둥근 바위들이 원형으로 늘어선 작은 공터였다.

그들이 밟아 다져진 길을 따라 그 원형 한가운데로 들어서자, 속삭이는 자들은 움직임을 멈췄다. 마치 늘어선 바위들이 건널 수 없는 장벽이라도 되는 것처럼, 그것들은 그 자리에 얼어붙었다.

"여기였어." 아스트리드가 경외의 한숨을 내쉬었다. "여기가 바로 그곳이야."

공터 중앙에는 나무 한 그루가 서 있었다. 오래되고 뒤틀린 주목이었는데, 나무의 거대한 줄기 사이로 일종의 관문이 형성되어 있었다. 관문 너머로 다른 쪽이 보였다.

"저것들이 왜 여기는 따라오지 않을까? 아는 사람 있니?" 도라가 힘없이 물었다.

"글쎄. 중요한 건 저것들이 우리에게서 멀리 떨어져 있다는 거야."

톰이 갑자기 주저앉으며 고통스러워하는 비명을 질렀다. 아스트리드와 도라가 양쪽에서 그를 잡고 앉을 수 있게 도왔다. 톰은 바위 하나에 등을 대고 앉았다.

"상태가 안 좋아 보여." 도라가 톰의 너덜너덜한 바지를 걷어 올리며 인상을 찌푸렸다.

"내 느낌에도 그래." 톰이 중얼거렸다.

톰의 이마에 땀이 맺혔다. 그의 다리 상처는 정말 심상치 않아 보였다. 상처는 깊고 벌어져 있었고, 주변 피부에는 염증이 생겼다.

아스트리드는 상처에 대해 잘 몰랐지만, 이것은 생긴 지 얼마 된 상처가 아니었다. 이미 몇 시간 방치되어 엉망진창이 된 모습이었다. 몇 시간 내로 제대로 소독을 받지 않으면 톰은 패혈증에 걸릴 게 뻔했다.

도라는 주위를 둘러보기 시작했다.

"지혈해야 해."

"기다려봐."

아스트리드는 배낭을 벗고 그 안을 뒤졌다. 약초 주머니 몇 개와 작은 절구를 꺼내 도라에게 도움을 요청했다.

"상처를 조여 매. 거기 끈이 있어." 아스트리드가 자신의 배낭을 향해 고갯짓했다.

그동안 그녀는 두 개의 봉지 안에 들어있는 내용물을 절구에 넣고 빻았다.

도라는 아스트리드의 말대로 끈을 꺼내 톰의 발목을 조였다. 아스트리드는 임시변통으로 만든 나무껍질 그릇에 약초 몇 가지를 부셔 넣고 팅크[15]를 첨가했다. 그리고 신맛을 더 잘 내기 위해 괭이밥 잎 몇 장을 씹어서 그릇에 뱉었다.

아스트리드는 얼어붙은 손가락으로 톰의 상처에 그 혼합물을 발랐다. 손가락이 상처에 닿을 때마다 톰은 고통에 몸부림쳤다.

"미안, 거의 다됐어."

아스트리드와 도라는 함께 그의 다리에 약초를 바르고 깨끗한 천으로 감쌌다.

"특효약은 아니지만, 내가 할 수 있는 최선이야." 아스트리드는

---

15. tincture: 동식물에서 식물에서 얻은 약물이나 화학 물질을, 에탄올 또는 에탄올과 정제수의 혼합액으로 흘러나오게 하여 만든 액제(液劑). 요오드팅크, 캠퍼팅크 따위가 있다.

무력감을 느꼈다.

"이만하면 완벽해. 고마워." 톰이 아스트리드의 손을 꽉 쥐었다.

아스트리드는 일어나서 뒤를 돌아 관문을 바라봤다. 실제로 그것을 발견했다는 사실이 아직도 믿기지 않았다.

"이제 가야 해. 시간이 없어."

"아스트리드…." 도라가 다급하게 속삭였다.

"왜 그래?"

도라는 아스트리드를 의미심장하게 바라봤다. "아무래도 톰은 같이 갈 수 없을 것 같아."

아스트리드의 심장이 조여왔다. 분명 톰은 함께 갈 수 없는 상황이었다. 어떻게 그렇게 멍청할 수 있는지 아스트리드는 자신이 원망스러웠다. 그녀는 어떻게 해야 할지 몰라 머뭇거렸다. 톰은 망설이는 아스트리드를 눈치챘다.

"어서 가, 뭘 기다리고 있어?" 그는 친구들을 재촉했다. "나 빼고 가. 여기서 기다릴게."

아스트리드는 고개를 저었다. "너 없이는 아무 데도 안 갈 거야."

"아스트리드, 그만해." 톰이 간청했다. "도라 말이 맞아. 난 걷기는커녕 일어서기도 힘들어. 네가 날 끌고 갈 수는 없잖아. 가서 막스를 구해. 네가 원해서 여기까지 왔는데, 유일한 기회를 이렇게 날려버리게 둘 순 없어. 난 네 앞길을 가로막는 사람이 되진 않을 거야. 가서 동생을 구해."

아스트리드는 그에게 하고 싶은 말이 많았다. 하지만 그 말들은 목에 걸려 입 밖으로 나오지 않았다. 대신 그녀는 그의 차가운 볼을 손가락으로 쓸어내렸다. 고통과 열병에 시달리는 톰의 눈이 밝게 빛났다.

"네 맘 알아." 톰이 속삭였다.

아스트리드와 도라는 짐을 챙기기 시작했다. "알았어. 혹시라도 악령들이 가까이 오면 수호 기도가 필요할지 모르니까 이건 두고 갈게." 아스트리드는 톰에게 자신의 상자를 건넸다. "양이 많지는 않지만… 꼭 전부 다 써야 해."

"걱정하지 마."

"소총도 여기 두고 갈까?" 도라가 제안했다.

"아냐." 톰이 떨리는 숨을 내쉬며 고개를 저었다. "너희들이 가져가면 내 마음이 훨씬 놓일 것 같아."

아스트리드는 주머니에서 봉투 하나를 꺼내 톰에게 건넸다. 그는 의아한 눈으로 그녀를 바라보았다.

"우리가 돌아왔는데 다시 기억을 잃을 경우를 대비해서 몇 가지 메모와 지침을 적어두었어." 아스트리드는 조심스럽게 설명했다. "우리한테 모든 걸 설명하는 것보다 이 쪽지를 읽게 하는 게 더 쉬울 거야."

아스트리드의 말에 도라가 깜짝 놀라 움찔했다. 도라는 기억을 잃을 가능성을 생각하지 않았던 게 분명했다.

"넌… 모든 걸 준비했구나." 톰이 인정했다.

대답 대신, 아스트리드는 배낭 안으로 손을 한 번 더 집어넣었다. 그녀는 최면을 받았을 때 로자니차가 그들의 손목에 감았던 것과 비슷한 빨간색 실뭉치를 꺼냈다. 아스트리드는 실의 한쪽 끝을 자신의 팔뚝에 묶고 실뭉치는 톰의 무릎에 놓았다.

"이렇게 하면 너한테 돌아올 수 있을 거야." 아스트리드가 설명했다. "한번 당기면 우린 괜찮다는 뜻이야. 두 번 당기면 위험하다는 뜻이고, 세 번은 천천히 우리를 끌어당겨달라는 뜻으로 하자."

"알겠어. 조심해야 해." 헤어지며 톰이 말했다.

아스트리드와 도라는 관문을 향해 출발했다. 아스트리드는 자신이 얼마나 두려운지, 자신이 무슨 짓을 하려는 건지에 대해 생각할 시간이 없었다. 관문의 어둠 속에서 부드러운 속삭임이 흘러나오고 있다는 사실만 인지할 뿐이었다. 드디어 막스와 재회할 수 있을까, 아스트리드는 생각했다.

❅

마치 장막을 통과하는 것 같았다. 주위의 어둠이 뭉쳐져 검은 구름이 되더니 이내 회색의 불투명한 안개로 변했다. 도라와 아스트리드는 반대편에 서 있었다. 둘은 해냈다. 그리고 적어도 지금은, 그들의 기억이 온전했다.

아스트리드는 부드럽게 빨간 실을 당겼다. 그러자 잠시 후, 얼마나 멀리 떨어져 있는지 알 수 없었지만, 톰이 실을 당기며 응답했다.

"여기야?" 도라가 어안이 벙벙한 채로 작게 중얼거렸다. "여기가 꿈의 영역인 거야?"

아스트리드가 고개를 끄덕였다. "적어도 내가 꿈에서 보는 장소가 맞아. 그 이름이 뭐든 간에."

"이제 어디로 가지?"

대답이라도 하듯 갑자기 흰 토끼가 나타나 길을 알려주었다. 그들은 뒤를 바짝 따랐다.

"아스트리드?" 도라가 속삭였다. "이 토끼는 어떻게 된 건데? 따라가도 되는지 어떻게 알아?"

"어떻게 알겠어, 따라가지 **않는다고 해서** 안전할지."

그 말에 도라는 달리 할 말이 없었다.

"그냥 믿는 거야." 아스트리드는 잠시 후 달래는듯한 말투로 덧붙였다. "선택의 여지가 없으니까."

그들을 에워싼 안개는 기이했다. 손을 뻗으면 그 너머는 아무것도 보이지 않았지만 동시에 어떤 형태인지 그 윤곽이 서서히 드러나고 있었다. 잠시 후 아스트리드는 그 윤곽이 실제 형체임을 깨달았다. 키가 큰 검은 그림자들이 이리저리 걸어 다니고 있었다. 손이 닿을 정도로 가까이에 있는 것들도 있었고 멀리 떨어진 것들도 있었다. 그것들은 아스트리드와 도라에게 접근하지 않았다. 둘의 존재를 인식하지 못하는 것처럼 보였다. 아스트리드와 도라는 거무스름한 윤곽선 외에는 그것들의 얼굴을 볼 수 없었다. 하지만 그것들이 숨을 죽이고 웅얼거리는 소리는 들을 수 있었다.

"저게 뭔 것 같아?" 도라가 긴장한 듯 물었다. "유령?"

"잠자는 것들." 아스트리드는 자신이 추측한 내용을 말했다. "저것들의 꿈이 안개를 만들어. 여긴 우리가 잠들면 오는 곳이야."

"저것들이 단지 꿈을 꾸고 있는 거라고?" 도라가 놀라 숨을 내뱉었다.

토끼가 속도를 내자 그들도 걸음을 빨리했다. 안개는 점점 더 작은 구름으로 뭉쳐지다가 결국에는 희미해졌다. 그들은 갑자기 바닥도 천장도 없는, 광활한 성당을 연상시키는 공간에 발을 디뎠다. 똑같이 생긴 기둥이 수없이 이어지며 장식된 성당이었다.

"우린 깊이 들어왔어, 도라. 여기까지 온 건 처음이야. 바로 여기야!" 아스트리드는 목소리에서 흥분을 감추지 못했다.

"아스트리드…?"

자신의 이름을 부르는 도라의 어조에 아스트리드는 당황하며 뒤를 돌아봤다. 두 걸음 뒤에 떨어져 서 있는 도라의 코에서 피가 쏟아져 나오고 있었다. 도라는 비정상적으로 급격하게 창백해졌다. 거의 반투명으로 변하고 있었다.

"이게 무슨 일이지?" 도라는 겁에 질려 중얼거렸다. "내 몸에 느낌이 없어… 나…."

"도라, 뒤로 가!" 아스트리드가 소리쳤다. "한 걸음 뒤로 가라고, 어서!"

도라는 아스트리드의 말을 듣고 안개 속으로 물러났다. 이내 코피는 멈췄다. 충격을 받은 도라가 소매로 피를 닦아냈다.

"방금 뭐였어? 무슨 일이 있었던 거야?"

"이제 한 발짝도 움직이지 마." 아스트리드가 경고했다. "도라, 넌 아무래도 꿈의 세계까지는 갈 수 없을 것 같아. 계속 가면 다칠 거야. 안개 속에 있어야 해."

"그럼 너 혼자 가게 두라고? 제정신이야?"

충직한 친구의 말에 아스트리드의 마음이 따뜻해졌다. "실을 꼭 잡고 있어. 한쪽 끝에는 내가 있고, 다른 쪽엔 톰이 있어. 오랫동안 내가 돌아오지 않으면 실을 세 번 잡아당기도록 해. 그럼 톰이 널 다시 끌어당길 거야. 그리고 토끼가 널 지켜줄 거야." 아스트리드는 도라의 발치에 있는 동물을 향해 고개를 끄덕였다.

"아스트리드, 난 이 계획이 맘에 안 들어. 이게 대체 무슨 일인데? 넌 갈 수 있는데 난 왜 못가?"

"도라, 내 말은 부탁이 아니었어. 나중에 다 설명해줄게."

한동안 그들은 무언의 의지 싸움을 벌였다. "그래." 도라가 마침내 포기했다. "조심해. 막스를 데리고 최대한 빨리 돌아와야 해."

아스트리드는 망설이지 않고 출발했다. 그녀는 거대한 기둥을 따라 기어갔다. 어둠 속에 웅크린 자세로 차가운 대리석을 손가락으로 더듬더듬 만지며 나아갔다. 시야에 어떤 움직임이 감지될 때마다 그녀는 마치 대리석에 녹아 들어갈 태세로 기둥에 몸을 밀착했다.

속삭이는 자들이 다가오고 있었다. 아스트리드는 그들의 존재를 느꼈다. 그 느낌은 어둠 속에서 한 명을 봤을 때보다 훨씬 더 무서웠다. 그들이 주위에 도사리고 있는 것 같았다. 재빨리 뒤를 돌아보면 바로 뒤에 맴돌고 있을 것만 같았다. 정말 그럴지도 몰랐다. 그들은 분명 그녀를 지켜보고 있었다. 적절한 순간을 기다리고 있는 걸까? 아니면 아스트리드를 궁지에 몰아넣고 함정에 빠뜨리려는 걸까? 아스트리드는 모든 에너지를 모아 하나의 목표에 집중했다. 이제 더 이상의 기회는 없다는 것을, 아스트리드는 잘 알고 있었다. 지금 행동해야 했다.

'막스. 대체 어디 있는 거야, 막스?'

이게 마지막 기회였다. 끝없이 나 있는 복도는 미로 같았다. 순간, 아스트리드는 자신이 원을 그리며 같은 곳을 걷고 있다는 것을 깨닫고는 상심했다. 꿈에서 성공했던 것처럼, 어떤 식으로든 막스와 연결을 시도했다. 하지만 모든 노력은 헛수고로 돌아갔다.

"어서, 제발." 아스트리드는 관자놀이를 문지르며 절박하게 속삭였다.

전에 없을 정도로 머리가 깨질 듯이 아팠다. 아스트리드는 울음을 터트릴 뻔했다. 밤이 벌써 다 지나갔으면 어쩌지? 톰은 거기서 얼어 죽었고, 도라는 안개 속에 영원히 갇힌 거라면 어쩌지? 소냐는 이미 죽었다. 아스트리드의 가장 가까운 친구 두 사람은 목숨을 걸고 여기까지 함께 왔다.

하지만 어떻게 막스를 찾아야 할까? 무슨 수로 막스를 구할 수 있을까? 여기서 그를 찾으려면 몇 년이 걸릴 수도 있었다. 모든 게 잘못되었다. 아스트리드는 성공할 리 없었다. 절대 동생을 찾을 리가 없었다. 오히려 속삭이는 자들이 아스트리드를 먼저 찾을 확률이 높았다.

침묵이 끝없이 이어지는 듯하다가 아스트리드는 어떤 소리를 들었다. 빨리 움직이는 발소리였다. 누군가 뒤에서 그녀의 허리를 잡고 입을 막았다. 두려움이 목을 조여와 아스트리드는 아무 소리도 내지 못했다. 그것은 속삭이는 자가 아니었다. 그녀의 목덜미에서 인간의 따뜻한 숨결이 느껴졌다. 둘은 기둥 몇 개를 지나 돌담과 벽감이 있는 복도로 들어섰다. 아스트리드의 입을 막고 있는 자가 동작을 멈췄다.

"소리 지르지 마." 남자가 조용한 목소리로 말했다.

아스트리드는 이해했다는 표시로 고개를 끄덕였다. 남자는 그녀가 돌아설 수 있게 놓아주었다. 아스트리드는 순식간에 남자가 누군지 알아차렸다. 남자는 다 큰 어른이 된 막스였다. 그에게도 12년이 흘렀고, 그는 청년으로 성장해 있었다. 아스트리드보다 키가 크고, 아빠를 많이 닮은 모습이었다. 정말 그녀의 남동생이었다.

"정말 너야?" 아스트리드가 속삭였다. "진짜 막스 맞니?"

막스가 미소지었다. "맞아, 나야."

"오, 막스!" 아스트리드는 막스를 끌어안았다. "널 여기 두고 가서 너무 미안해. 그러려고 했던 게 아니었어. 나도 어떻게 된 일인지 모르겠지만…."

"누나." 막스가 부드럽게 아스트리드를 떼어냈다. "무슨 소릴 하는 거야?"

"그러니까… 너는 모르겠지만, 우리가 사라진 이후로, 그러니까 우리가 여기 갇힌 순간부터… 12년이라는 세월이 흘렀어." 아스트리드는 급하게 설명하기 시작했다. "그러다 며칠 전 나와 톰, 소냐는 돌아갈 수 있었어. 하지만 넌 아니었지. 우리가 널 여기 남겨두고 갔던 거야. 내가 널 떠났어…. 그러고 싶지 않았지만, 난…"

"잠깐." 막스가 누나의 말을 끊었다. 그의 목소리는 아빠처럼 변해 있었다. "누나, 기억 안 나?"

아스트리드는 말을 더듬었다. "내가 기억을 많이 잃어버렸어…. 기억의 조각들이 조금씩 돌아오고 있지만 큰 그림은 아직 그려지지 않아. 왜 그래? 무슨 일이 있었어? 왜 그렇게 날 쳐다보는데?"

희미한 불빛 속에서도 아스트리드는 막스의 얼굴이 창백해지는 것을 알아차릴 수 있었다. 그는 손으로 머리를 빗어 넘겼다. "믿을 수가 없네…. 누나는 정말 기억하지 못하는구나…."

"무슨 일인데 그래?" 그녀는 가슴이 철렁 내려앉는 느낌이 들었다. "내가 뭘 알아야 하니?"

"누나…." 막스는 그녀의 손을 잡았다. "이런 말 해서 정말 미안한데… 누나가 여기로 돌아온다면 모든 걸 다시 경험해야 해. 그러니까, 누나가 날 여기 버린 건 아니었어. 누나는 날 잊지 않았어. **그 냥 내가 여기 남아야 했던 거야.** 우리를 여기 갇히게 한 그 악몽 은 누나의 악몽이 아니야. 그건 내 악몽이었어. 나 때문에 일어난 일이야, 누나. 잠자기 전에 하는 모든 의식, 기도, 침실 문에 그려둔 수호의 상징들, 다 나 때문에 했던 거야. 그날 유치원에서… 누나 는 날 보호하려고 그 괴물들에게 돌진했는데… 누나의 능력이 아 직 너무 불안정해서 실수로 톰과 소냐도 데려왔어. 우리는 여기 12 년 동안 갇혀서 탈출할 방법을 찾았지."

막스의 눈에 눈물이 가득했다. "누나는 포기하지 않았어. 우리는 할 수 있다고, 끈질기게 노력했어. 누나 말이 정말 맞아어. 실제로 관문이 나타난 거야. 탈출할 절호의 기회였지만, 난 통과할 수 없 었어. 노츠니차가 저주를 내려 나를 묶어뒀어. 이 저주가 계속되는 한 난 이 꿈의 세계에 갇혀 나갈 수 없어."

아스트리드는 멍하니 동생을 바라보았다. 그의 말에 폐에서 모 든 공기가 빠져나가는 것 같았다. 아스트리드는 갑자기 숨을 쉴 수 없었다.

"그래서… 그래서 지금껏 내가…."

막스의 표정이 굳어졌다. "날 구해서 다시 데려가려는 생각으로 여기 왔다면… 그건 불가능해. 난 누나가 여기 오려고 하는지 몰 랐어. 지난 며칠 동안 안갯속에서 누나의 목소리가 계속 들렸는데, 모습을 제대로 볼 수는 없었어. 너무 빨리 사라져버렸거든. 그래서 난 큰 전당에서 누나를 기다리기로 했어. 그러면 결국 누나가 다시 나타날 거고, 잠시나마 누나 꿈에서 서로 이야기는 할 수 있을 거 라고 생각했어."

아스트리드의 얼굴을 따라 눈물이 흘러내렸다. "널 집으로 데려갈 방법이 있을 거야. 그래야만 해."

"난 절대 기둥 너머로 갈 수 없어, 안개 속으로 발을 들여놓을 수도 없다고. 그 너머에 뭐가 있는지, 그게 어떤 모습인지 난 모르니까. 내 몸은…" 톰은 자신의 손을 응시했다. "이게 뭐든지 간에, 녹아 없어질 거야. 그리고 다시 처음으로 돌아가게 돼. 그곳은 정말이지, 다시는 가고 싶지 않은 곳이야."

"처음?"

"이 세계에는 몇 단계가 있어." 그가 설명했다. "누나한테는 안개가 첫 번째 단계지만 나한테는 마지막 단계야. 여기가 제일 수월하게 깨어나 현실 세계로 돌아갈 수 있는 곳이지. 안개는 인간들의 일상적인 꿈으로 이루어져 있어. 우리가 만난 그 전당은 환승역 같은 곳이야. 두 번째 단계지. 거기에는 우리를 납치한 괴물들이 살고 있어. 우리 방에 나타났던 괴물들, 속삭이는 자들 말이야. 어떤 괴물들은 다른 괴물들보다 약하고, 또 어떤 것들은 움직임에 민감해. 그 차이는 괴물들이 잠자는 희생자들을 얼마나 잘 먹었느냐에 달려 있다고 톰이 항상 말했었어. 내 생각엔, 이곳에 들어온 사람들이 가면 안 되는 곳에 가지 않도록 괴물들이 순찰하는 것 같아. 그리고 이 전당과 다른 장소 사이엔 이런 복도들이 있어." 막스는 주위를 둘러보았다. "출구가 없는 미로라고 할 수 있지. 여기서 몇 년을 헤맬 수도 있어."

"정말 끔찍하네. 그럼 세 번째 장소는 어딘데?"

막스는 어깨를 으쓱거렸다. "거긴 생각만 해도 구역질이 나. 다시 떠올리고 싶지 않아."

"미안해." 아스트리드는 그를 위로하며 손을 꼭 쥐었다. "널 여기서 빼낼 방법이 있을 거야. 영원히 여기 있을 수는 없잖아. 그럴수는 없어. 우리가 노츠니차를 물리칠 수 있어. 악마는 어떻게 해서든지 이길 방법이 있어."

막스는 말문이 막혔다.

"누나, 정말로 모든 기억을 잃은 거구나?" 그가 깨달았다. "아무것도 기억하지 못하네. 우리가 사라지기 직전에 일어난 일도 기억안 나? 이 모든 게 일어나기 전날 밤, 누나가 나한테 털어놓은 그비밀도?"

아스트리드는 고개를 저었다. "단편적인 기억들뿐이야."

막스는 그녀의 손을 잡았다. 그의 손은 따뜻했다. "아스트리드…. 누나는 할머니가 이 모든 악몽의 배후라고 생각했었어. 할머니가 노츠니차라고 믿었었어."

아스트리드는 숨이 막혔다. 그럴 리 없다고 대답하려 했지만 어안이 벙벙해 말이 나오지 않았다.

"할머니는 누나를 정말 미워했어. 누나를 지하실에 가두고 온갖벌을 주면서…. 그건 다 누나가 지어낸 이야기라면서 설득하려고했어. 누나가 어둠 속에서 본 것 말이야. 악몽으로 누나를 괴롭혀서영원히 누나를 없앨 수 있을 거라고 생각했던 거야. 그때 나는 몰랐어. 너무 어려서 할머니가 무슨 짓을 하는 건지 이해할 수 없었어. 할머니는 누나가 특별하다는 걸 알고 있었어. 그래도 누나는 굴복하지 않았고… 그래서 두 세계를 오갈 수 있게 되었지. 그런데 할머니가 저주를 풀어주지 않는 한, 나는 여기 갇혀있을 수밖에 없어."

"하지만 이해가 안 돼." 아스트리드가 대답했다. 그녀의 목소리에는 의심이 묻어났다. "할머니가 널 얼마나 사랑했는데, 왜 여기 내버려 두겠어? 할머니는 너에게 해를 가하는 건 용납하지 않았을 거야. 그리고 만약에 날 없애고 싶었으면, 새끼 고양이를 우물에 던지듯이 없앴을 수도 있었을 거야. 내 말은….."

"누나가 고통받길 원했던 거야. 절대 편안해지지 못하게. 죽이는 건 너무 쉬운 벌이라 생각했겠지."

"하지만 내가 돌아온 후에 할머니는 주문을 해제할 수도 있었 어. 널 여기서 꺼낼 수도 있었다고. 왜 그렇게 하지 않은 건데?"

"나도 모르겠어." 막스가 인정했다. "12년이 지났다고 했지? 놀 랍네."

안쓰럽다는 듯이 아스트리드가 끄덕였다.

"왜 그런지는 모르겠는데, 난 상상하기가 어려워. 여기서 시간은 다르게 흘러가거든. 12년이라…."

그들은 침묵했다. 아스트리드의 마음이 소용돌이쳤다. 아무리 생각해봐도 해결책이 떠오르지 않았다. 하나를 제외하고는.

"돌아가서 할머니와 대면해야겠어." 아스트리드가 단호하게 말 했다. "저주를 풀고 널 데려올 거야. 관문이 닫히기 전까진 아직 하 룻밤이 남았어."

막스는 이빨을 굳게 다문 채 말했다. "누나, 정말 정신이 나갔구 나. 지금 무슨 말 하는 건지나 알아?"

"아주 잘 알아." 그녀가 단호히 말했다. "내가 여기서 꺼내줄게. 약속해. 그리고 내가 살아있는 한 계속 노력할 거야."

막스는 누나가 방금 한 말이 얼마나 진심인지 생각하는 듯 아스 트리드를 빤히 쳐다보고 있었다. 그는 결국 아스트리드가 매우 심각하다는 것을 깨달았다.

"그 어느 때보다 미쳤구나." 막스가 한숨을 내쉬었다.

"맞아. 그래서 네가 나를 사랑하잖아. 최소한 그렇다고 생각하고 싶은데."

막스는 두 팔을 벌려 아스트리드를 안아주었다. 처음으로 막스가 오빠처럼, 그녀를 지키기 위해 존재하는 사람처럼 느껴졌다. 그는 더 이상 도와달라고 누나에게 달려오는 어린아이가 아니었다. 이곳에서 12년을 보낸 막스는 독립적이고 성숙한 남자로 변했다. 아스트리드는 엄마가 늘 하던 것처럼 그를 꼭 껴안았다. 18살의 아스트리드는 모든 사랑을 담아 막스를 포옹했다. 동생에 대한 걱정과 결국 모든 게 잘 될 거라는 희망을 담아.

서로 부둥켜안고 얼마나 있었는지 몰랐지만, 몸을 떼자 두 사람 모두 눈물을 흘리고 있었다. 말은 필요 없었다. 그 순간 느끼는 감정을 전달하기 위해 특별한 유대감도 필요하지 않았다. 둘은 그냥 알고 있었다.

운이 좋으면… 우리 둘 다 운이 좋으면… 금방 다시 만날 거야.

막스는 누나를 안개가 시작된 곳으로 데려갔다. 도라는 어디에도 보이지 않았다. 아스트리드는 가슴이 철렁 내려앉는 느낌이었다. 도라에게 무슨 끔찍한 일이 생긴 것만 같았다. 아스트리드는 앞으로 한 걸음 내디뎠고, 작은 구름 사이로 사라졌다.

"도라?"

이전에 안개 속에서 보았던 형체들이 온데간데없었다. 혼자 남은 것을 깨달은 아스트리드는 마음이 편치 않았다.

"도라?"

절망한 아스트리드는 손에 묶인 빨간 실을 잡아당겼다. 실은 풀어져 있었다. 언제 실이 풀어졌는지, 왜 알아차리지 못했는지 알 수 없었다. 아스트리드는 곧장 격분 상태에 빠지며 실을 필사적으로 끌어당겼다. 잡아당기고 또 잡아당겼다. 당긴 실을 뭉쳐 실타래를 만들었다. 몇 분 동안 숨을 헐떡거리며 잡아당겨 실 끝을 발견했다. 실은 가차 없이 두 동강 나 있었다.

"도라? 도라!"

아스트리드의 목소리가 안개 속에서 울려 퍼졌다. 그녀는 미친 듯이 앞으로 달렸다. 갑자기 안개가 어느 때보다 위험하고 끝이 없는 것처럼 보였다. 아스트리드는 정신을 바짝 차려야 한다는 것을 알았지만, 패닉에 휩싸이며 최악의 실수를 저질렀다. 아스트리드는 자신이 어디로 가는지 더 이상 신경 쓰지 않았다.

그녀는 도라의 이름을 외쳤지만 아무 대답이 없었다. 그 빌어먹을 토끼를 불러봤지만, 답이 없었다. 이번에는 나타나지 않기로 한 것 같았다. 여기까지였다. 아스트리드는 주변 상황을 인식하지 못하게 되었다. 제때 여기서 빠져나가지 못하면 어쩌지? 막스와 둘이 여기 갇히면 어쩌지? 분명, 여기서 길을 잃을 정도로 멍청할 수는 없는 노릇이었다. 아스트리드는 목이 쉴 때까지 흐느껴 외치며, 도라를 찾기 위해 이곳저곳을 뛰어다녔다. 몇 바퀴나 돌았을까, 몸에 힘이 점점 빠진 아스트리드는 땅바닥에 쓰러졌다.

"미안해." 그녀가 중얼거렸다. "누나가 미안해, 막스."

아스트리드는 쏟아지는 눈물을 멈출 수 없었다. 그 순간, 갑자기 장막 너머로 보이는 것처럼 붉은빛이 보이는 것을 발견했다. 그녀는 몸을 앞으로 던져, 실의 한쪽 끝을 손가락으로 잡았다. 심장이 미친 듯이 두근거렸다. 그녀는 실을 세 번 잡아당겼다.

그 순간 아스트리드는 반대편에서 줄을 당기는 느낌을 받았다. 그녀는 손목에 실을 단단히 감고 출발했다. 이내 잿빛 안개가 검은 연기로 변했고, 잠시 후 아스트리드는 공터에서 놀란 도라의 품에 안겨있었다.

"아스트리드! 다시 못 돌아오는 줄 알았어!" 도라가 소리쳤다. "정말 다행이야. 너무 무서워서 정말 미칠 뻔했어. 세상에, 나 기억하는 거지? 제발 기억을 잃지 않았다고 말해줘."

"기억나. **너** 때문에 **나도** 무서워죽을 뻔했어!" 아스트리드가 답했다. "끈이 끊어져 있더라고. 무, 무슨 일 있었던 거야? 얼굴은 왜 그래? 톰은 어디 있어?"

공터는 텅 비어 있었다. 그곳에는 두 사람뿐이었다. 아스트리드는 속이 뒤틀리는 듯했다. "도라, 톰은 어디 있냐고?"

"톰은 괜찮아." 아스트리드가 도라의 찢어진 입술과 멍이 든 얼굴을 놀란 듯이 쳐다보자, 도라는 재빨리 친구를 안심시켰다. "실이 당겨지는 느낌이 없었니? 실을 잡고 있느라 팔이 끊어질 뻔했어. 네가 너무 오래 걸리는 바람에 톰이 미친 듯이 실을 잡아당기며 감기 시작했어. 난 길을 잃지 않으려면 실을 꼭 잡고 있어야 했지. 애타게 널 불렀지만, 답이 없었어. 결국 난 관문으로 돌아와서 넘어가야 했고, 우린 너무 오래 있었어. 날이 밝기 시작하니까 톰이 두려워했어. 돌아가지 않으면 거기 갇힐까봐. 하지만 넌 시간이 되어도 넘어오지 않았고, 관문이 닫혔어."

아스트리드는 혼란스러운 얼굴로 도라를 쳐다봤다. "무슨 소리를 하는 거야? 아직 한밤중인데!"

도라는 초조하게 입술을 깨물었다. "네가 너무 오랫동안 그 안에 있었어. 벌써 1월 1일이야, 아스트리드. 새해라고. 악마들의 12번째 밤."

아스트리드의 심장이 내려앉았다. "내가 온종일 거기 있었다고?"

도라가 고개를 끄덕였다. "정말 미안해. 톰이 마을로 내려가게 내가 도와줬어. 그 애가 괜찮을 거라는 의사 말을 듣고 곧장 다시 여기로 돌아온 거야. 아빠는… 조금 화가 나셨어." 도라는 자신의 얼굴을 가리키며 말했다. "하지만 그건 중요하지 않아. 거기서 무슨 일이 있었던 거야, 아스트리드? 그리고 어째서 우리가 아직 모든 걸 기억할 수 있는 거지?"

"내가 다 설명해줄게. 약속해. 하지만 지금은 집으로 가야 해. 할머니와 이야기해야 할 게 있거든. 당장."

제 10 장

열두 번째 밤

숲을 통과하는 데는 전날 밤보다 시간이 조금 덜 걸렸다. 도라는 몇 시간 만에 이 길을 네 번째 가고 있었다. 그곳으로 가는 길에 어떤 큰 함정들을 마주칠 수 있는지 이미 알고 있었다.

이번에는 도라가 먼저 늪을 건너갔다. 지난번보다 훨씬 잘 맞는 장화를 신고 물이 가장 낮은 곳을 통과하며 앞장섰다. 심지어 도끼로 덤불을 쳐내서 길을 냈다. 그 후로 나무 사이를 지나가기가 쉬워졌고, 그들은 금세 숲을 벗어나 마을로 향했다. 그럼에도 불구하고 아스트리드는 그들의 이동 속도가 생각보다 느리다는 느낌을 지울 수 없었다.

"남은 길은 함께 가지 않아도 돼." 아스트리드가 도라에게 말했다. 도라의 표정에서 혼란스러움과 상처가 비쳐 보였다.

"내 말은… 이건 가족 문제니까." 아스트리드가 좀 더 친숙한 말투로 덧붙였다. "할머니와 몇 가지 해결해야 할 문제가 있어. 일이 잘되면 오늘 밤에 막스를 데리러 돌아갈 거야."

"잘 안되면?"

아스트리드는 친구의 질문에 대답하지 않았다. "집으로 가, 도라, 순찰대한테 들키지 말고. 넌 지금 상태로도 처지가 곤란하니까."

"숲의 끝자락에서 기다릴게." 도라가 결심한 듯 말했다. "네가 돌아올 때까지."

아스트리드는 친구에게 고마운 마음을 표현할 수 있는 적절한 말을 찾지 못했다. 그저 고개만 끄덕였다. 그리고는 홀로 어두운 밤을 향해 길을 나섰다. 그녀는 마을 경계에서 아직 멀리 떨어진 곳에서 첫 번째 경비대원을 마주쳤다.

"이봐! 거기 너! 움직이지 마!"

아스트리드는 발길을 멈췄다. 사람들이 그녀 쪽으로 달려왔다. 그 즉시 등불 아래에서 자신을 관찰하고 있는 게걸스러운 눈빛을 알아보았다. 아스트리드는 자신이 통행금지를 어긴 것을 잡은 사람이, 다름 아닌 크리스티안이라는 게 몹시 아이러니하다고 생각했다.

"아니, 이게 누구신가." 그는 재밌다는 듯 피식 웃었다. "우리 집 꼬맹이 아스트리드잖아! 무슨 일 있었던 거야? 하수구에서 방금 나온 것 같은 냄새가 나는군. 저 애를 잡아요." 크리스티안은 다른 경비대원 두 명에게 명령했다. "우리 집으로 데려갈 겁니다. 제가 직접 처리하죠."

크리스티안은 자신이 아스트리드의 손에 놀아나고 있다는 사실을 알 길이 없었다. 아스트리드는 경비대원들이 자신의 양팔을 잡고 집으로 끌고 가도록 내버려 뒀다. 그녀는 저항하지 않았고, 크리스티안의 도발에도 굳이 대응하지 않았다. 아스트리드의 머릿속에는 오직 한 가지 생각뿐이었다.

경비대원들은 아스트리드를 집 앞까지 데리고 갔다. 뒤를 이어 크리스티안이 그녀를 붙잡아 마구잡이로 끌고 들어가며, 다른 식구들에게 **이 꼬마 마녀를 잡아서 얼마나 혼꾸멍을 내줬는지** 자랑을 늘어놨다. 크리스티안을 제압할 기회는 단 한 번뿐이라고 아스트리드는 생각했다. 기습적으로 허를 찔러야만 성공할 수 있었다. 그녀는 문 안으로 들어올 때 균형을 잃은 척하며 벽 쪽으로 고꾸라져 몸을 반쯤 웅크렸다. 아스트리드는 어깨에서 배낭을 내린 다음 안으로 손을 집어넣었다.

"뭐 하는 거야, 이 쥐새끼 같은…"

아스트리드는 있는 힘껏 팔을 휘둘러 크리스티안의 입을 향해 도끼 손잡이를 내리쳤다. 크리스티안의 턱에서 피가 솟구쳤고, 그는 끔찍한 고통에 입을 다물지 못했다. 그는 무언가를, 아마도 분노에 찬 욕을 내뱉으려 했지만, 입에서는 거친 숨소리만 나올 뿐이었다.

아스트리드는 한 번 더 휘둘렀다. 이번에는 손잡이를 잡고 도끼날을 크리스티안의 관자놀이에 내리쳤다. 크리스티안은 곧장 의식을 잃고 바닥에 쓰러졌다. 아스트리드는 예상치 못한 상황에 충격을 받고 그의 몸을 잠시 멍하니 바라봤다. 자신이 그를 죽인 것은 아니길 바랐다.

도끼를 손에 쥐고 부엌으로 들어갔지만, 그곳엔 아무도 없었다. 마녀의 시간을 지난 지 오래였다. 집 안은 모두 잠들어 고요했다. 아스트리드는 복도로 돌아와 조심스럽게 할머니의 방문을 열었다. 창문으로 들어오는 달빛이 방을 비추고 있어 불을 켤 필요가 없었다. 할머니의 침대는 비어 있었다.

이제 확인할 곳은 한 곳뿐이었다. 지하실로 통하는 문은 지금도 아스트리드를 공포에 떨게 했다. 그녀는 한 손으로 문손잡이를 잡고, 다른 손으로는 도끼를 꼭 쥐었다. 삐걱거리며 문이 열렸다. 계단을 따라 켜진 촛불이 흔들리고 있었다. 아스트리드는 잠시 망설이는 듯하다가 첫걸음을 내딛고는 천천히 계단을 내려갔다.

✳

아스트리드는 집 지하실이 넓다는 것을 기억하고 있었다. 그녀에게 그곳은 마음이 끌리면서도 동시에 두려운 공간이었다. 안에는 촛불 수십 개가 여기저기서 깜빡이고 있었고, 습기와 썩은 내로 가득했다. 할머니 헤다 말러가 그 한가운데에 있었다. 앞에 책을 펼치고 앉아 고대의 언어로 나지막이 무언가를 암송하고 있었다. 아스트리드가 마지막 계단을 내려와 지하실로 들어서자 할머니는 눈을 뜨고 고개를 돌려 그녀를 똑바로 바라보았다. 할머니는 그녀를 보고도 놀란 기색이 없었다.

"지금까지 할머니 짓이었군요." 아스트리드가 말했다. "당신이 악몽의 악마, 노츠니차였어요. 12년 전 우리가 사라진 것도 당신 때문이었고요. 당신이 우리에게 저주를 내린 거예요."

촛불의 빛 때문인지, 할머니의 실체를 파악한 것 때문인지 확실하지 않았지만, 그 어느 때보다 할머니가 더 무서워 보였다. 그리고 비로소 아스트리드는 인정할 수밖에 없었다. 할머니는 위험한 존재라는 것을.

"왜죠?" 아스트리드는 최대한 침착한 목소리로 물었다. "왜 이 모든 짓을 저지른 거죠? 제가 진짜 혈육이 아니라서요?"

혜다 말러는 말이 없었다. 아스트리드는 할머니가 대답을 고민하는 건지, 아니면 대꾸할 가치가 없다고 생각하는 건지 알 수 없었다.

"절 싫어하신 건 알아요. 하지만 말해 보세요. 다른 아이들은 왜 끌어들인 거죠? 톰은 왜요? 소냐가 어쨌길래요? 어떻게 막스를 해칠 수 있냐고요! 그 애는 사랑했잖아요."

"막스를 다치게 한 사람은 너다." 할머니는 거친 목소리로 대답했다.

"그래도 저주를 건 사람을 할머니예요!"

아스트리드의 비난에 할머니는 결국 입을 열었다. "내가 저주를 퍼부은 건 너야, 이 멍청한 것아! 하지만 넌 고작 여섯 살인데도 **즈두하크**였더군. 어떻게 해도 널 꺾을 수가 없었어. 매일 지하실에 가둬놓고 온갖 괴물들을 보냈지만, 넌 항상 아무 일도 없던 것처럼 빠져나왔지. 너에겐 약점이 없었어. 단지…"

"막스." 아스트리드가 넋이 나간 얼굴로 말했다. "막스를 구하러 가게 하려고 저한테 그런 악몽을 보낸 건가요? 친손자까지 희생시키면서요?"

"막스는 돌아올 예정이었어! 너와는 계획이 달랐다고! 원래 계획은 너만 없애는 거였어. 하지만 저주가 역효과를 일으켰어. 네 주위에는 너무 강력한 보호막이 있었고, 넌 어리석게도 다른 아이들까지 데려갔지."

"막스가 돌아와서 아무것도 기억 못 하는 게… 계획이었다고요? 제 존재를 잊는 게요?"

"그게 모두를 위한 최선이었다."

"하지만 그 계획은 실패했어요. 전 그 애를 구하려고 그곳에 돌아갔고, 이제 모든 것을 기억해요. 할머니에 대해 원로들에게 말할 거예요. 마을을 정말로 해치는 사람이 누구인지 마침내 알게 되겠죠."

할머니가 소리 내 웃기 시작했다. "못할 거다. 넌 아무한테도 입도 뻥긋 못해. 내가 확실히 그렇게 만들어주마."

아스트리드는 가슴에서 울컥 올라오는 응어리를 삼키며 말했다. "저 때문에 모든 일을 저지른 거라면, 더 쉬운 방법으로 절 없앨 수도 있었잖아요. 잘 때 베개로 눌러 질식시키거나, 강물에 밀어 넣거나…. 많잖아요! 그런데 왜 가장 악랄한 방법을 골랐는데요!"

헤다 말러의 눈이 광기로 번뜩였다. "네 엄마는 생각보다 똑똑했어. 내가 무언가를 계획하고 있다는 걸 눈치챘을 거야. 그래서 **로자니차**를 찾아가 돈을 내고 너를 지키는 주문을 걸게 해달라 했지. 난 너에게 손댈 수조차 없었다. 계단에서 밀어버리기? 턱도 없었어. 최후의 수단으로 네 엄마는 스스로 보호하는 의식을 너에게 가르쳤지. 교활한 것 같으니라고. 네 베개 밑에 마늘을 집어넣고 문과 창틀을 따라 회향을 뿌렸더랬지. 난 그 장벽을 넘을 수 없었다."

지난밤 아스트리드는 엄마가 오래전 자신을 지우려 했던 것에 화가 났다. 하지만 지금은 죄책감이 들었다. 그동안 엄마는 아스트리드를 지켜온 것이다.

"어쩌다 노츠니차가 된 거죠?"

할머니는 웃음을 터뜨렸다. 그녀의 목소리가 지하실을 가득 채웠다. "하다 하다, 이제는 아주 쓸데없는 질문을 하는구나! 네 어리석음에 실망했다. 즈두하크가 태어나면 노츠니차도 반드시 나타나

가까이에 존재하는 법이다. 그 반대도 마찬가지지. 간단한 이치야. 즈두하크와 노츠니차는 서로가 없으면 존재할 수 없어. 노츠니차는 악몽을 만들어내고 즈두하크는 그걸 막는다.

둘은 세상의 균형을 맞추는 존재라고. 마치 빛과 어둠의 마법을 부리는 로자니차와 마녀들처럼. 너는 나의 상대로 태어났고, 나는 언젠가 너와 맞서야 할 운명으로 태어난 거야. 그것은 고대 시대부터 정해진 운명이었다."

"악몽을 꾸지 않았더라면 난 즈두하크가 되지 않았을 거예요. 지금의 나를 만든 건 할머니라고요!"

"이게 바로 삶의 의미란 거다. 모든 것은 끊임없이 만들어지고, 서로 영향을 미치면서 결정되는 거다. 뭐가 먼저였을까? 선? 악? 다른 존재가 없다면 뭐가 뭔지 어떻게 결정할 수 있는데? 동시에 존재하지 않는다면 누가 옳은지 그른지 어떻게 결정한단 말이냐. 왜 그 둘을 구별해야 하지? 선과 악은 사람마다 의미하는 바가 다른데. 그걸 판단할 권리가 너한테는 없어."

아스트리드는 주먹을 불끈 쥐었다. "당신이 존재하는 목적은 악몽을 만들어서 사람들을 조종하는 거군요. 그들을 공포에 빠뜨려서 두려움을 일깨우는 것 말이에요. 아무런 이유 없이 여섯 살짜리 아이들을 납치해 가두는 당신, 그게 바로 악이에요."

"좋을 대로 생각해라." 할머니가 대답했다.

"마지막으로 한 가지만 물어볼게요. 왜 저주를 풀지 않은 거죠? 막스가 주문에 묶여있어서 꿈의 세계를 떠날 수가 없다고요. 어서 주문을 취소하세요."

"그건 안 된다." 할머니는 아스트리드의 요청을 매몰차게 거절했다. "노츠니차의 마법을 그냥 되돌릴 수는 없어. 그건 오직 자신의 피로만 풀 수 있으니까."

아스트리드는 경멸하듯 할머니에게 말했다. "당신 손자가 그 정도 가치도 없는 거군요? 어떻게 그냥 내버려 둘 수 있죠? 정말이지, 당신은 나약한 데다 가증스럽네요. 역겨워요."

무슨 일이 일어날지 몰랐지만, 아스트리드는 본능적으로 상황이 좋지 않음을 느꼈다. 할머니는 팔을 들어 올려 얼굴 앞에서 십자 모양으로 교차시키며 주문을 외우기 시작했다. 그녀의 손가락 끝에서 짙은 검은 연기가 뿜어져 나왔다. 아스트리드는 재빨리 반응했다. 몇 걸음 뒤로 물러나, 주머니에서 분필 한 조각을 꺼내 바닥에 원을 그린 다음, 능숙하게 그 안으로 들어갔다.

"그런 허접스러운 속임수로는 어림없다." 할머니가 아스트리드에게 경고했다.

정말이었다. 연기는 원을 뚫고 들어와 아스트리드의 발목을 감은 후 그녀를 바닥에 내팽개쳤다. 아스트리드는 정신을 잃었고, 들고 있던 도끼는 지하실 한쪽으로 멀리 날아갔다. 할머니는 자리에서 일어났다. 그녀는 쓰러져 겨우 숨만 쉬고 있는 아스트리드를 우두커니 내려다보았다.

"꿈에서 깨어난 자는 다시 깊은 잠에 빠져야 한다." 할머니가 중얼거렸다.

그녀는 아스트리드가 이해하지 못하는 고대 언어로 몇 마디 중얼거렸다. 그와 동시에 아스트리드는 졸음이 쏟아지기 시작했다. 잠이 그녀를 덮쳐왔다.

'악령들은 저희에게 닿을 수 없으므로⋯' 아스트리드는 계속 중얼거렸다. 그녀는 손으로 바닥을 더듬거리며, 기다란 촛불 아래에 있던 천 조각을 잡아당겼다. 뜨거운 촛농이 할머니의 치마에 쏟아졌다. 할머니는 놀라 소리를 지르며 뒤로 물러났다.

혼란한 틈을 타 아스트리드는 벌떡 일어났다. 몇 걸음 앞으로 가자 강력한 장풍이 그녀를 강타했다. 무력하게 공중으로 날아간 아스트리드는 오래된 페인트통과 도구들이 가득 쌓인 선반에 부딪혔다. 페인트통 몇 개가 쓰러졌다. 바닥에 세게 부딪히며 떨어진 아스트리드는 쏟아진 페인트에 얼굴을 박았다. 그녀의 터진 입술에서 피가 새어 나왔다.

아스트리드는 생각했다. 이곳에 오면서 무슨 일이 벌어질 거라고 상상한 걸까? 할머니를 설득해 막스를 풀어줄 수 있을 거라고? 그렇게 쉽게? 아스트리드의 손끝에 기다란 못 무더기가 닿았다. 잠시 눈앞이 깜깜해졌지만, 아스트리드는 다시 일어나 할머니와 마주했다.

"아직 모자란 게로구나, 이 쥐새끼 같은 것."

할머니의 말이 끝나기도 전에, 그녀의 손바닥에서 검은 기운이 뿜어져 나왔다. 아스트리드는 망설임 없이 높은 나무 테이블 위로 몸을 날렸다. 테이블 가장자리에 부딪혀 조각난 주문이 사방으로 날아갔다.

"더 이상 숨을 생각 마라, 아스트리드."

할머니가 테이블 주변을 빙 돌았다. 엎질러진 페인트를 밟아 꾸덕꾸덕 거리는 소리가 났다. 아스트리드는 두 손 두 발로 테이블 주변을 기어 다니며 할머니와 거리를 유지했다. 아스트리드는 자신이 감당할 수 있는 만큼만 할머니가 가까이 다가오게 했다. 두 사람의 눈이 마주쳤다. 아스트리드는 꿀꺽 침을 삼켰다.

"이제 끝내자. 완전히."

"그래요." 아스트리드가 자신감 있는 목소리로 쏘아붙였다.

기회는 한 번뿐이었다. 할머니는 손가락으로 공중에 기호를 그리며 주문을 외우기 시작했다. 아스트리드는 테이블 밑으로 몸을 던져 재빨리 반대편으로 기어간 다음 할머니 등 뒤에 섰다. 쏟아진 페인트 위에 찍힌 할머니의 발자국이 촛불 빛에 비쳐 뚜렷이 보였다. 아스트리드는 눈에 띄는 것 중 제일 무거워 보이는 것을 들었다. 집어 들고 보니 그것은 오래된 두꺼운 책이었다. 아스트리드는 온 힘을 다해 그 책으로 할머니 발자국에 못을 박았다. 헤다 말러가 울부짖었다.

아스트리드는 주저하지 않고 할머니의 나머지 발자국에도 못을 박았다. 그리고 이내 겁에 질려 멀찍이 물러났다. 하지만 할머니는 꿈쩍도 안 했다. 아무 움직임 없이 그 자리에 굳은 채로 서 있었다. 성공이었다.

아스트리드는 서둘러 일어나 할머니를 향해 달려갔다. 믿을 수 없는 광경이었다. 할머니는 시간과 공간에 묶여 그 자리에 얼어붙었다. 여전히 광기 어린 눈은 아스트리드를 노려보고 있었다.

"악마를 물리치는 제일 손쉬운 방법이 그 발자국에 못을 박는 거죠." 아스트리드가 할머니의 얼굴에 대고 소리쳤다. "지하실에 나를 가둘 때 엄마의 책들을 남겨두지 말았어야죠. 그 책에 쓰인 방법을 정말 유용하게 썼거든요."

아스트리드는 코트 주머니에 손을 넣어, 얼마 전 뒷마당에 있는 삼촌의 공구 창고에서 훔쳐온 작은 펜 나이프를 꺼냈다. 아스트리드는 할머니에게 칼날을 보여주며 한 걸음씩 가까이 다가갔다.

"당신은 다시는 날 해치지 못할 거예요. 엄마도, 막스도, 그 누구도. 당신은 끝났어."

※

아스트리드는 숲을 가로질러 달려갔다. 체력은 거의 바닥났어도 순전히 의지력으로 자신을 몰아붙였다. 나뭇가지와 덤불이 달려들며 얼굴을 때렸지만, 그 어떤 것도 그녀를 막을 수 없었다. 이미 모여든 새들이 다가오는 새벽을 알리는 노래를 부르기 시작했다.

아스트리드는 넋이 나간 듯이 관문을 향해 돌진했다. 도라가 자신의 뒤쪽 어딘가에 있다는 것을 알았지만 그녀를 기다리거나 뒤돌아보지 않았다. 아스트리드는 늪으로 뛰어들었다. 이번에는 가장 안전한 경로를 찾을 시간이 없었다. 그저 운이 따라주길 바라며 계속 앞으로 나아갔다.

늪지대 물속에서 다리가 점점 가라앉았다. 무릎 깊이까지 빠질 때도 있었다. 이러다 물에 빠져 죽을 것 같은 순간도 있었지만, 다행히 물은 가슴까지만 차올랐다. 아스트리드는 마침내 반대편으로 걸어 나와 마른 땅에 몸을 던지고는 팔로 몸을 끌어 올렸다.

옆구리가 쑤셨다. 폐와 심장이 금방이라도 멎을 것만 같았다. 나무들 사이로 아스트리드는 움직임을 포착했다. 속삭이는 자들이 맨 나무줄기 사이를 떠다니고 있었지만, 그녀에게 관심을 보이지는 않았다. 그 모습에 아스트리드는 불안해졌다. 속삭이는 자들이 원래 있던 곳으로 돌아가려고 하고 있었다. 그들은 느낄 수 있었다. 관문이 닫히고 있다는 것을.

아스트리드는 멀리 있는 나무들 사이로 첫 햇살이 보일 것만 같았다.

'**아직은 안 돼요, 다즈보그. 태양이 조금만 더 잠들어 있게 해 주세요.**' 아스트리드는 태양의 신에게 간청했다.

그녀는 수풀의 마지막 부분을 뚫고 나와, 그 앞에 익숙한 공터를 발견했다.

"막스!" 아스트리드가 소리쳤다. 자신을 주체할 수 없었다. "널 구하러 갈게, 막스!"

아스트리드의 손에는 작은 유리병이 들려있었다. 병 안에 있는 것은 그녀에게 무엇보다 소중한 것, 저주를 풀 수 있다는 노츠니차의 피였다. 아스트리드가 앞으로 돌진하자, 공터 한가운데에 있는 나무가 눈앞에서 갑자기 움직이기 시작했다. 가지들이 서로 얽히기 시작하며 위에서 아래로 천천히 관문을 덮기 시작했다. 관문은 서서히 시야에서 사라졌다.

"안돼, 제발! 벌써 닫히면 안 돼!"

아스트리드는 불과 몇 발자국 떨어져 있었다. 조금만 더 가면 관문이었다. 성공이 눈앞에 있었다. 꼭 성공해야 하는데….

하지만 운명은 그녀에게 가혹했다. 마지막으로 얽힌 나뭇가지를 끝으로 관문은 완전히 닫혔다. 앞으로 1년 동안 열리지 않을 터였다. 너무나 절박했던 아스트리드는 뒤틀린 주목 표면을 손으로 쓸어내렸다. 아스트리드는 완전히 지쳐 무릎을 꿇고 주저앉았다.

모든 게 끝났다. 그녀는 실패했다.

태양이 떠올랐고, 첫 햇살이 공터를 비췄다. 새로운 하루가 시작되었다.

제 11 장

첫 번째 밤
1년 후

도라는 처음으로 자신의 인생을 통제할 수 있다는 느낌을 받았다.

열두 달 전, 도라는 새벽녘에 숲에서 나와 만신창이가 된 아스트리드를 끌고 집으로 갔다. 도라의 아빠는 집에서 그녀를 기다리고 있었는데, 처음으로 딸에게 소리를 지르지 않았다. 그는 도라가 아스트리드를 침대에 눕히는 것을 도왔고, 심지어 마을로 내려가 의사를 데려오기도 했다. 도라의 아빠가 왜 그랬는지는 확실치 않았다. 낙담한 채 오열하는 아스트리드를 보고 그랬거나, 아니면 아빠에게 할 일을 알려주는 도라의 당당한 태도 때문일 수도 있었다.

사실 그 순간부터 아빠는 도라를 달리 보게 되었다. 그는 분명 도라에게 화가 났다. 그리고 몇 주 동안 도라를 집에 가두는 벌을 내리기도 했다. 그러나 그해 봄, 도라의 엄마가 죽은 이후 처음으로, 아빠는 도라를 숲으로 데려가 야생동물 관리를 도울 수 있게 했다. 도라는 어떤 시험에 통과한 듯한 기분이 들었다.

그해 동짓날, 저녁 식사 시간에 동생들이 장난치며 노는 것을 지켜보며, 도라는 문득 작년 코로춘이 떠올랐다. 모닥불이 꺼지고 불

427

행이 뒤따랐지만 그로 인해 좋은 일도 생겼었다. 친구들을 되찾은 것이다. 도라는 이제야 다시 어딘가에 속하는 기분이었다.

지난 일 년 동안, 도라의 동생들은 훌쩍 성장했다. 곧 있으면 어린 티를 벗게 될 동생들을 바라보며 도라는 직감했다. 머지않아 동생들이 자신을 더 이상 필요로 하지 않을 것을. 마음 아프지만, 어느덧 다가온 현실이었다.

"이제 잘 시간이야, 가자." 도라는 저녁을 먹은 지 한참 후에 동생들을 재촉했지만 허사였다. "마녀의 시간이 되기 전에 잠자리에 들어야 하는 거 모르니?"

"그래, 알았다고." 올렉이 짜증 난다는 듯이 투덜댔다.

"이야기책 한 권만 읽어줘, 제발." 안톤이 애원했다.

"그럼 이번에는 짧은 이야기로 읽어 줄게." 도라가 승낙했다. "시간이 많지 않거든. 금방 가봐야 해."

"마녀의 시간에 어딜 간다는 거야? 그때는 잘 시간이라는 거 몰라?" 올렉은 누나의 훈계하는 어조를 꽤 비슷하게 흉내 내며 말했고, 모두가 웃음을 터뜨렸다.

쌍둥이들은 침대에 들어가 도라의 이야기에 귀 기울이기 시작했다. 얼마 전부터 도라는 동화를 읽는 척하면서, 어둠 속에 숨어 있는 악마와 그를 상대하는 영웅에 관한 이야기를 들려주고 있었다. 동생들을 겁주려는 의도는 아니었지만, 도라는 혹시 모를 일에… 동생들이 자신보다 잘 대비하도록 해야 했다.

"좋아." 도라는 30분 후에 책을 덮었다. "이제 잘 시간이야. 말대꾸 금지."

두 형제는 함께 기도할 수 있도록 이불 속에서 팔을 빼냈다.

꽃

"준비됐어?"

아스트리드가 톰에게서 고개를 돌리며 미소지었다. "평생 이렇게 준비된 적이 없었어."

아스트리드는 포니테일로 머리를 묶고 잠시 가만히 거울 속의 자신을 바라봤다. 팔에 새로 새긴 문신은 아직도 어색하게 느껴졌다. 도라가 문양을 골라 새겨 넣는 것을 도와주었다. 그 상징들이 모든 악령과 악마로부터 아스트리드를 지켜주지는 못할지라도, 자신이 어디에 속하며 어디서 왔는지 알게 해주었다.

지난겨울 사건 이후, 아스트리드와 그녀의 엄마는 해틀러 가족의 집에서 임시로 지내고 있었다. 처음에는 몇 주 정도만 머물 생각이었지만, 톰의 엄마는 필요한 만큼 있어도 된다고 제안했다. 아스트리드는 자신의 집으로 돌아가길 거부했다. 그것이 지구상에서의 마지막 선택지라 할지라도.

할머니가 어떻게 되었는지는 알 길이 없었다. 움직이지 않는 할머니의 몸을 뒤로하고 막스를 구하기 위해 숲으로 도망친 후에도 할머니는 살아있었다는 이야기를 들었을 뿐이었다. 말러 가족은 할머니의 장례식을 공식적으로 치르지 않았다. 하지만 그날 밤 이후로 마을에서 할머니의 모습을 본 적은 없었다. 아스트리드는 예전 집을 지나갈 때마다 마치 존재하지 않는 장소인 것처럼 일부러 고개를 돌렸다. 이따금 할머니가 두꺼운 커튼 뒤에서 자신의 일거수일투족을 지켜보고 있는 것만 같은 불안한 느낌이 들 때도 있었다. 하지만 그건 틀림없이 아스트리드를 괴롭히는 상상일 뿐이었다.

악몽에서 완전히 벗어날 수는 없었다. 악마의 밤이 지난 뒤에는 조금 잦아들었지만, 여전히 비명을 지르면서 잠에서 깰 때가 있었다. 그런 날은 잠옷이 젖을 정도로 식은땀을 많이 흘렸다. 밤마다, 아스트리드는 즈두하크가 된다는 게 어떤 의미인지 알게 되었다. 제대로 된 방법을 알려주는 사람은 없었지만, 아스트리드를 딱하게 여기며 기본적인 조언을 해주는 동네 로자니차를 찾아가기 시작했다. 적어도 로자니차는 쉽지 않은 길을 시작하는 아스트리드에게 도움이 되었다. 훗날 아스트리드는 자신의 잠재의식에 귀를 기울이는 법도 배웠다. 처음엔 이를 거부하며 싸웠지만, 점차 자신의 능력을 두려워하지 않게 되었다.

그날 저녁, 아스트리드와 그녀의 엄마, 그리고 해틀러 가족은 다른 마을 주민들과 함께 전통적으로 만들어온 수호용 모닥불을 피웠다. 주민들이 바라는 것보다 동지가 일찍 찾아왔다. 또 한 번의 긴 겨울이 다가오고 있음을 의미했다. 하지만 아스트리드는 지난 1년이 너무 더디게 흘러가는 것처럼 느껴졌다. 어서 코로춘이 오길 간절히 기다렸다. 온몸의 세포가 코로춘을 외치고 있었다. 그녀에게 코로춘은 어둠 속의 빛이었다.

저녁 식사를 마친 뒤, 아스트리드는 언제나처럼 엄마에게 코트를 입혀 산책을 데리고 나갔다. 일상을 즐기고 신선한 공기를 마시게 한 게 엄마에게 도움이 되었다. 그들은 팔짱을 끼고 함께 거닐었다. 아스트리드는 엄마에게 새로운 소식과 학교 공부를 따라잡으려면 얼마나 많이 공부해야 하는지 이야기했다. 톰과는 달리, 아스트리드는 놓친 부분을 따라잡는 게 즐거웠다. 그리고 어느 정도는 톰과 경쟁하는 것을 즐기기도 했다.

그녀의 엄마는 대체로 아스트리드의 말에 아무런 반응을 보이

지 않고 무관심했다. 자신의 진짜 아빠가 누구인지 알아냈다고 아
스트리드가 털어놨을 때도 마찬가지였다. 아스트리드는 한 번이라
도 속 시원히 털어놓고 싶었다. 그의 이름을 소리내어 말하며.

"그래서 그가 내 사진을 갖고 있었던 거야. 나에 대해 알고 있어
서. 내가 자신의 딸이란 걸 알고 있었어. 그래서 항상 우리를 따라
다녔던 거야. 그래서 그 사람이 죽은 후에도 내가 그와 이야기할
수 있었던 거고. 동지가 지나면, 죽은 자는 혈족과만 연결될 수 있
어. 나는 그 사람이랑 이야기할 수 있었어. 그가 나무에 매달려 죽
은 지 한참이 지났었지만."

엄마는 아무 말이 없었다.

"엄마가 그를 사랑했는지 아닌지는 몰라. 엄마에게 나는 지워버
리려 했던 무언가의 결과물인지도 모르지. 하지만 엄마를 용서한
다고 말하고 싶어. 사실을 말해주지 않았지만… 용서한다고."

엄마는 아스트리드의 팔을 꼭 쥐었고, 아스트리드도 똑같이 했
다. 1년 전, 아스트리드는 엄마에게 막스를 다시 데려오겠다고 약
속했다. 그녀는 그 약속을 지키기로 마음먹었고, 꼬박 1년을 기다
려 약속을 지킬 그 날이 왔다.

자정이 되기 전, 아스트리드와 톰은 함께 숲을 향해 나섰다. 아
스트리드는 작년보다 훨씬 더 긴장한 모습이었다. 이번에는 모든
게 잘 될 거라는 기대감과 함께, 기분 좋은 긴장감이 그녀의 혈관
을 타고 흐르고 있었다.

도라는 마을 가장자리에서 그들과 합류했다. 그녀는 마치 모험
을 위해 태어난 것처럼 어둠 속에서 기다리고 있었다.

"이제… 올 게 왔구나." 도라가 떨리는 목소리로 말했다. 그녀도

흥분을 감출 수 없었다.

"막스를 집으로 데려오는 거야." 아스트리드의 손을 꽉 잡으며 톰이 말했다.

"막스를… 집으로 데려오는 거야." 아스트리드도 힘주어 톰의 말을 반복했다.

셋은 함께 숲으로 들어갔다. 차가운 12월의 밤, 1년 중 밤이 가장 긴 날이었다. 걸어가는 그들 발밑으로 눈이 사각거리는 소리만 규칙적으로 들렸다.

어린 시절 아스트리드는 잠들기가 두려웠다. 악몽이 살아났기 때문이었다. 하지만 마침내 자신 안의 공포와 악마들을 직접 마주한 순간 깨달았다. 그 어떤 것도 보이는 것만큼 무섭지 않다는 사실을.

그리고 아스트리드는 알게 되었다. 자신은 어둠 속에서 결코 혼자가 아니었음을.